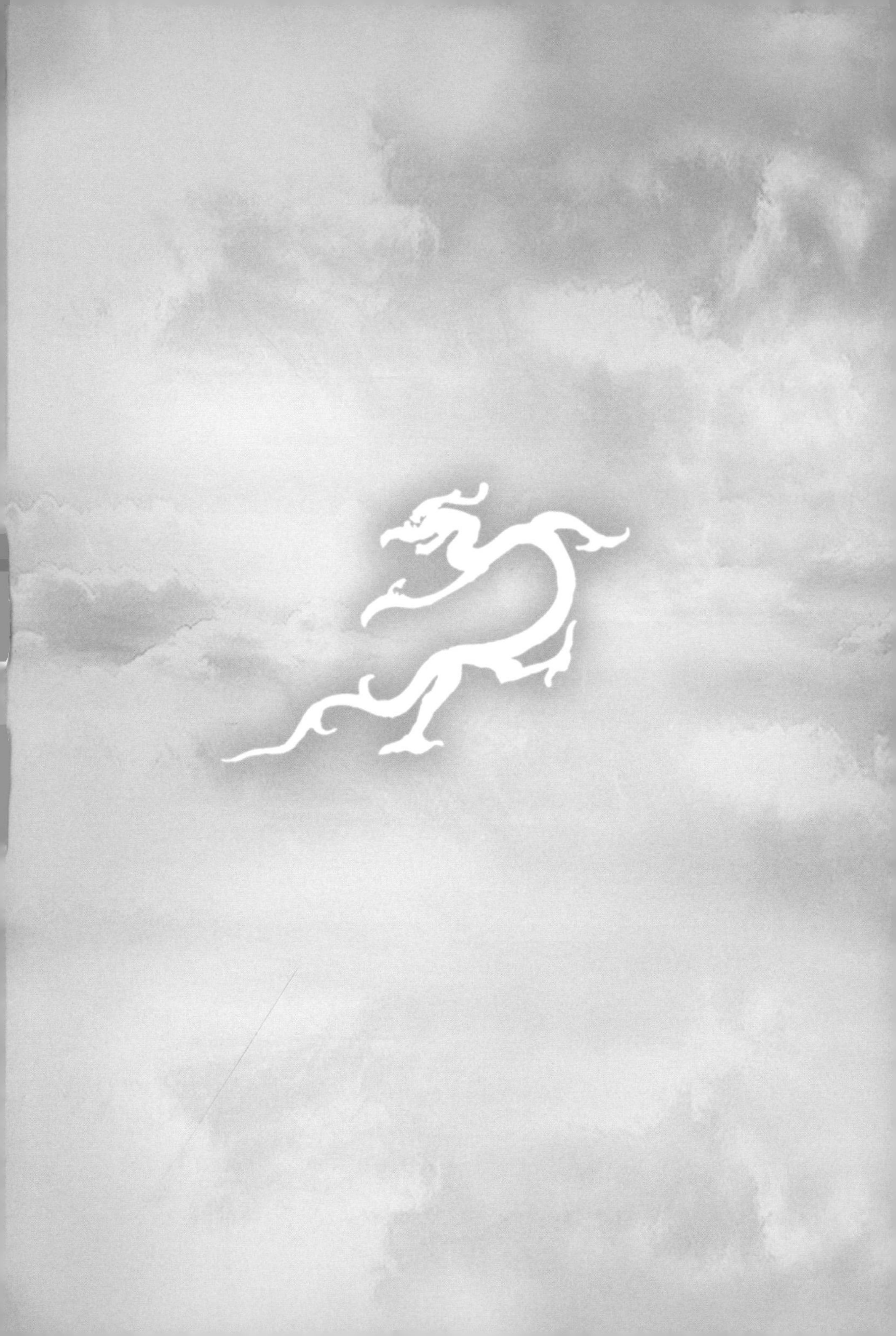

有華人的地方就有

龍人的作品

賊秦
9

滅秦內容簡介

大秦末年，神州大地群雄並起，在這烽火狼煙的亂世中。
隨著一個混混少年紀空手的崛起，他的風雲傳奇，拉開了秦末漢初恢宏壯闊的歷史長卷。
大秦帝國因他而滅，楚漢爭霸因他而起。
因爲他——霸王項羽死在小小的螞蟻面前。
因爲他——漢王劉邦用最心愛的女人來換取生命。
因爲他——才有了浪漫愛情紅顏知己的典故。
軍事史上的明修棧道，暗渡陳倉是他的謀略。
四面楚歌動搖軍心是他的籌畫。
十面埋伏這流傳千古的經典戰役是他最得意的傑作。
這一切一切的傳奇故事都來自他的智慧和武功……

滅秦五閥簡介

入世閣

閣主大秦權相趙高，身懷天下奇功「百無一忌」，又借助官府之力，使得入世閣漸漸強大至有力壓其他四閣的趨勢。而克制他的皇道武學「龍御斬」又消失江湖，故更令其橫行無忌。

流雲齋

西楚最強大的門派，在其齋主項梁的經營下，統一了西楚武林，將各門各派的人才盡歸入旗下，在萬里秦疆烽火四起之時，趁虛而入想一舉奪得大秦江山。鎮齋神功「流雲真氣」霸道無比，其侄項羽憑此功而搏得西楚霸王的英名。

知音亭

亭主五音先生是亂世武林中修爲最高的幾位強者之一，門下高手無數，紀空手就是得其之助，才能在亂世中立足，鎮門神功「無妄咒」可以控制天下任何絕學導氣時的經脈流向，使其敵不戰自敗，唯一弱點是不能駕馭中咒者的思想。

聽香榭

一個神秘而又古老的組織，當代閥主呂翥是一個不達目的勢不罷休又有著很強征服慾的女人，其門中的「附骨之蛆」、「生死劫」、「紅粉佳人」三大奇毒，控制著無數的武林高手。天下最可怕的殺手主使人。

問天樓

春秋戰國衛國亡國後的復國組織。當代閥主衛三公子，一個怪物中的怪物，雖身懷上古絕學「有容乃大」奇功，橫行天下稀有敵手，但其性格反覆無常讓人捉摸不定，他可以爲達目的而不擇手段，又可爲復國獻出自己唯一的生命。劉邦的親生父親，紀空手的強敵。

主要人物簡介

最聰明的女人——紅顏

知音亭的小公主，擁有著高貴典雅的氣質，空谷幽蘭般的容貌。音律與武學修爲都已達到很高的境界，性格平和堅強，其聰明之處便是在亂世眾雄中選擇了紀空手，而一代霸主項羽卻爲搏其一笑擁兵十萬，相迎十里。反而樹立了紀空手這位宿命中的強敵。

最可悲的女人——張盈

「入世閣」閣主趙高唯一的師妹，天生媚骨，媚術修爲之高已達到媚惑天下眾生之境。因趙高修練鎮閣神功「百無一忌」自閉精氣，冷落了她，使其成爲了秦末武林中最可怕的魔女。終死在扶滄海的「意守滄海」的奇功之下。

最可愛的女人——鳳影

「問天樓」刑獄長老鳳五之女，是位惹人疼愛的小美人，溫婉嫺靜，清純可愛。在韓信危難中與其結緣，成爲韓信的至愛，江湖傳言韓信背叛兄弟、助劉邦爭奪大秦疆土都是爲了此女。

最幸運的女人——呂雉

「聽香榭」真正的主人，是位有冒險精神，性格堅毅果斷的美女。因修練鎮榭神功「天外聽香」需保住處女元陰，而無法享受魚水之歡。後聽香榭發生內亂，她受其姐暗算，與紀空手有了合體之緣。得到了補天異氣之助，不但將神功修練到至高境界，還成爲了紀空手的妻子。

最善良的女人——虞姬

大秦美女，容貌清麗脫俗，是位惹人憐惜的嬌弱美人。性格外柔內剛，堅信緣由天定，對紀空手一見鍾情，爲救情郎情願被劉邦充當禮物送給項羽。劉邦也因此事而鑽進了紀空手布下的圈套，不但痛失至愛，還差點在鴻門宴中身陷萬劫不復之境。

最不幸的女人——卓小圓

「幻狐門」當代門主，性格如水般變化無常，媚功床技天下無敵，由於此門是問天樓中的一大分支，她自然而然成爲了劉邦的情婦，後被紀空手以偷天換日的手法易容後送給項羽，變成一個媚惑項羽的工具。

最成功的英雄——紀空手

一位混混與無賴眼中的神，一段段傳奇中的人物。他身具龍形虎相，偶得補天異寶，踏足江湖後在項羽的十萬大軍前，奪走他心中的美人——紅顏。又從劉邦的陷阱中將他送給項羽的禮物——「虞姬」據為己有。江山美人讓他樹敵無數，戰爭與血腥使他明白世間的殘酷。仁義二字讓他變得強大無比，這只因他堅信——仁者無敵！

最無情的君主——劉邦

衛國的皇室後裔，身具蓋世奇功「有容乃大」。但名利使他仍容不下身旁具有高才智的兄弟，為搏強敵的信任，他可以送上心愛的女人與父親的生命。「一將功成萬骨枯」，是他一生奉行的箴言。這只因——帝道無情！

最霸氣的男人——項羽

其天生神力，加之家族的至高武學「流雲道」，更使他身具蓋世霸氣，縱橫大秦疆域所向無敵。然而，為搏紅顏一笑，樹下了紀空手這位宿世之敵。西楚的疆土毀在其一意孤行，四面楚歌、十面埋伏各種奇計使其在楚漢相爭中敗得無回天之力。烏江之畔，橫劍脖頸只表達心中的霸意——「霸者無懼」！

最危險的敵人——韓信

亂世中的將才，紀空手兒時的好友，因能忍別人不能忍之事，使他很快在亂世中崛起。卻因抵不住名利的誘惑，出賣兄弟。霸上一戰他爲保存實力，親手放走他今生「宿命之敵」。爲自身的利益，他可出賣一切可以利用的東西。可惜等其擁有爭霸天下的實力時，卻得不到任何的支持力，這是他一生中最殘酷的打擊。但他至死仍不明白這是否是——「宿命之意」！

最聰明的隱士——張良

知音亭五音先生放入江湖中的一枚隱子，此人精通兵法，又足智多謀，是亂世中不可多得的謀士，在劉邦身旁盡心盡力助其發展勢力，紀空手復出後，因他之助，不費一兵一卒得到大漢所有的軍隊。此人唯一弱點——不懂絲毫武學。

最倒楣的鑄師——軒轅子

天下三大鑄劍師之一，因受人之託隱於市集鑄練神刃，刀成之際，因定名「離別」實屬凶兆，身受數大高手圍攻而血戰至死。後此刀在紀空手之手力戰天下知名高手威揚天下。

最可怕的劍手——龍賡

天生爲劍而生的人，因身具劍心，故能將劍道練至無劍的至高境界——心劍。五音之死令其復出，紀空手得其之助，才棄刀進入至高武學的殿堂——無我武道。

最富有的棋手——陳平

夜郎國的世家子弟，在夜郎陳家置辦賭業已有百年，憑的就是「信譽」二字，創下了無數財富，是各大爭奪天下勢力眼中不可多得的財力支柱。

最失敗的盜神——丁衡

五音旗下的五大高手之一，偷盜之技天下無敵，雖盜得天下異寶「玄鐵龜」，卻無緣目睹其寶讓紀空手成爲一代霸者的機會。

目錄

第一章　天人合一

這看上去似乎有些玄乎，但是世間有關「靈獸」的傳說卻佐證了這一點。世間之禽獸，雖然具有天生野性與獸性，但牠們的身體架構與人並無太大的區別。或者說，牠們與人有著太多的共同點，只是一直不爲人類所發現，一旦爲人馴服，就往往稟承了人類的感情與思想，表現出超乎常人想像的舉動，人們通常將之稱作「靈性」。

狼兄無疑是這其中的佼佼者，牠之所以被紀空手所馴服，並不是因爲紀空手對牠有過長時間的馴化，而是在紀空手的體內，有來自於天地的補天石異力，這股無形的力量來源於天地之靈氣，自然而然就會對狼兄的意識產生一種駕馭的力量，使之馴服，並且產生出心靈相通的感應。

但無論狼兄是如何地通靈，牠終究只是一頭野獸，怎麼能夠將紀空手從死亡的邊緣拉回來？畢竟紀空手的心脈已斷，畢竟他墜落的是萬丈深淵，人力尚不可爲之，一頭野狼又哪來的這般神通？

這看上去就像是一個謎，對紀空手來說，至少在這一刻是如此。

更讓紀空手感到驚奇的是，當他睜開眼的一剎那，感到自己的心脈之上彷彿有一股暖流在來回竄動，整個人的精神有一種質的變化。他不明白到底在自己的身上發生過什麼，卻真切地體會到補天石異力已融入了自己體內的每一條經脈，每一處穴道，甚至完全融入了自己的血肉之中，渾爲一體，根本無法分出彼此。

難道在無意之中，紀空手竟然步入了武道的極巔，真正悟透了「天人合一」的境界？

這簡直太不可思議了，莫非在紀空手的身上，真的存在著不老的神話？

紀空手無法解答這些玄奧的問題，對他來說，沒有答案的問題，他絕不去多想。他只是伸出手來，輕輕地拍了一下偎在自己身邊的狼兄的頭，以示謝意。

狼兄伸出舌頭，在紀空手的手上舔了一下，神情中既有幾分倦意，又有幾分驚喜，綠幽幽的眼神中泛出一絲異樣的色彩，顯得極是親昵。

紀空手顯然被狼兄對自己的真情所感染，眼中有些微濕潤，想到自己墜崖的始作俑者就是韓信，心中不由多出了幾分唏噓。

對紀空手來說，如果他這一生還有朋友，那就非韓信莫屬。因為在他的內心深處，一直把韓信當作是自己最要好的兄弟，若非當年大王莊的那一劍，他們之間絕不會決裂。

也許正是因為紀空手用情之深，所以才不能容忍韓信對他的背叛，所謂「愛之深，恨之切」，原本說的就是這個道理。

經過了驪山北峰的這一戰，紀空手不得不重新估量起韓信來。在他的心中此時只有兩大心願，一是不負五音先生的重托，一統天下，開創一個亙古未有的開明盛世；二是誅殺韓信，不容自己的感情受到半點玷污。

這兩個心願看上去有些矛盾：一統天下者，就必須有海納百川的胸懷，何以不能容下一個韓信？

但在紀空手看來，這實是再正常不過了，因爲韓信是他心中的一個結，死結！

爲了誅殺韓信，他這些年來一直關注著韓信的動向，更對其武功多加留意。韓信的內力與他同屬一脈，又師承冥宗，按理在劍術上的造詣很難超越龍賡，但是當韓信在百葉廟前出手的刹那間，紀空手突然感覺到韓信的劍術並非如自己想像中的那麼平常，而是將自身的補天石異力融入到了劍體之中，形成了一種全新的風格。

這種風格的形成，代表著韓信的劍術已達到了一個劍道的極致，就算紀空手不受心脈之傷，也根本無法擋住韓信那驚天動地的一劍。

紀空手的心頭一震，幾乎有些喪氣。他本可以和龍賡聯手，未必就不能與韓信一拚，但是他連想都沒想過這種做法。在他的潛意識裡，始終認爲這既是自己與韓信之間個人的恩怨，就絕不假手於人，唯有如此，方才不留遺憾。

他的眼芒緩緩劃動，所見到的是一塊藍天，天上白雲悠悠，有一種說不出的愜意，然而他的心情卻沈了一沈：自己能否逃出這裡尙是未知之數，卻想得這般深遠，這崖壁如此陡峭，只怕連飛鳥也飛不上去，何況是一個人？

直到這時，紀空手才發現自己竟躺在一塊深入水面的岩石之上，水面不大，卻是幽幽的，深不見底，四周全是高達百尺的崖壁，斜立而上，天空就像是一個圓盤掛在崖壁極處，讓人一見，心中生寒。

他的身體動了一下，「哎呀……」禁不住呻吟了一聲，感到渾身有一股劇痛襲來。他這才明白，自己從高崖墜下，雖然未受內傷，但肌膚無一完好，還是受到了極爲嚴重的外傷。

狼兇撐起身體，十分關注紀空手臉上的表情，見狀搖頭晃腦地踱到紀空手身後，一點一點地將紀空手的上半身拱將起來。

「狼兇，雖然蒙你相助，但我還是難逃劫難。」紀空手坐起來，苦澀一笑道。他已經感到肚中空空如也，就算沒有其他危險的襲擊，一個「餓」字就足以讓他斃命於此。

狼兇盯了他一眼，晃了晃頭，將身子倒趴在岩石上，然後將尾巴伸入水中，衝著紀空手眨了一下眼睛。

紀空手怔了一下，道：「你在幹什麼？」

狼兇狠狠地瞪他一眼，其意是要紀空手噤聲，靜觀好戲。

紀空手頓時來了興趣，當下再不言語，只是看著狼兇，倒要看看牠弄什麼玄虛。

這深水潭面積不過百畝，在東南方向的崖壁處掛出一簾飛瀑，激起團團水霧，這潭水顯得十分的清幽，水面與崖壁交接處生出厚厚的青苔，與水下森森的水草相映，構成一種陰森的氛圍。

「飛瀑潭有水流入，卻能不滿不溢，說明這潭底必有暗溝經過，如果說從水上離開這裡沒有可能，那麼能否自這水底出去呢？」紀空手的心裡跳出一個念頭，然而，他很快就否定了。

他已經看出這潭水之深，不可見底，憑人的身體，別說是潛水而逃，就是潛入水底，那種莫大的壓力也無法承受，看來這法子行不通。

紀空手不由抬頭向上而望，比起他剛才的想法，倒覺得從崖壁上攀援而上更爲現實一點，儘管這同樣顯得不太可能。

「嘩……」水面突然閃出一道裂紋，狼兄的尾巴猛然一甩，一條六七寸長的魚兒跳水而出，正落到紀空手的身前。

紀空手沒想到狼兄玩的竟是釣魚的把戲，不由又驚又喜，一手將魚兒按住，送入嘴中，連血帶刺生嚼起來。

一條魚下肚，紀空手頓覺精神一振，不僅餓感大減，而且氣血回流丹田，一股暖流開始蔓延全身。

「狼兄，想不到你還有這手絕活。」紀空手舔了舔嘴角處的魚血，拱了拱手道：「拜託你再釣一條。」

狼兄得意地搖了搖尾巴，如法炮製，果然又釣上了一條魚兒。

紀空手吃罷笑道：「古有姜太公釣魚，不用魚餌，今有狼兄釣魚，不用魚鉤，這聰明人人都有，倒也罷了，倒是你這份忠心，實在難得，不愧是我紀空手的一大摯友！」

狼兄似乎看出了紀空手在誇讚自己，不由仰首輕嘯一聲，踱步過來，與紀空手的臉挨了一下。

接連三天，紀空手憑著狼兄這一手釣魚絕技，不僅解決了肚腹之饑，而且漸漸恢復了元氣。讓他感到驚異的是，在這三天中，外傷竟以奇蹟般的速度結痂癒合，重生新皮，體內的經脈也無不適之感，較之墜崖前好了數倍。

面對這奇異的變化，紀空手心裡明白，這絕非是自己吃了狼兄釣來的鮮魚之故，雖然他無法找到答案，卻明白在這中間一定發生了什麼事情，只是自己不知道罷了。

「狼兄，你雖然只是一頭狼，但我從來都把你當作朋友，你能否告訴我，我們要怎樣才能從這裡走出去呢？」紀空手有些茫然地問道。

這些日子來，他想得最多的是紅顏、虞姬她們。他一直覺得自己對不起她們，為了完成五音先生的遺願，一統這個亂世，他常年奔波於外，很少有相聚的日子，如果不是因為這一次墜入深淵而陷入絕境，他也未必有時間去考慮她們的感受。

只有到了此時此刻，他才真正感到她們在自己心中的分量，才深深體會到她們對自己的用情之深。

「我一直不能理解韓信對鳳影的那份癡愛，現在想來，似乎有了幾分明白，敢情一個人愈是孤獨寂寞之時，就愈是會將心中的那份真愛看得很重很重。得到時不知珍惜，而一旦失去，才會感到它的珍貴。」紀空手這麼想道，不由對韓信有了幾分同情，但想到自己之所以落難於此，全拜韓信所賜，心中不免又對韓信之恨加重三分。

他絕不是一個無情之人，而是一個真正的男人，所以他才沒有沈湎於男女情愛之中，而是著手於天下大計。然而，當他真正孤獨寂寞之時，才豁然明白，愛與被愛，其實都是一種幸運，因為，只有當你擁有了這份感情時，才會擁有「博愛」，也只有擁有了「博愛」，才會有一統天下的動力，而一個心中無愛之人，他憑什麼贏得天下？

「五音先生也許正是這樣的一種人，他的心胸之廣，不僅胸懷天下，更是兼愛天下，這才讓他贏得了天下人的尊敬。而以項羽之能，武冠天下，實力雄厚，卻不能號令天下，實是因為他的心中只有殺戮，沒有真愛之故。這兩者都是絕頂聰明之人，都有一統天下的才能，但是他們最終都不能如願。難道說要奪天下，就必須做到有情與無情之間？」面對狼兄，紀空手喃喃而道，明知狼兄不會回答他的任何一個問題，卻願意將狼兄視作老朋友般對牠傾訴自己心中的迷茫。

狼兄搖了搖尾巴，站將起來，又來到水邊施展起牠的「釣魚」絕技。也許牠認爲，自己不能爲紀空手解惑，至少還可以解其肚腹之饑。

紀空手不由淡淡地笑了，心中想道：「就算到了斯時斯地，我也並不孤獨寂寞，至少還有狼兄爲伴。」

他望向這深黑幽藍的水面，看著狼兄的尾巴伸入水中的姿態，心裡彷彿多出了一絲恬靜。他想到了無施，此時的無施也許正在母親的呵護下跑到魚池邊戲水，那模樣豈非與狼兄有幾分相似？想到此處，不由歸心似箭，心忖：「狼兄既能來，也就能出去！」

◆

當紀空手趕到咸陽之時，議事廳的晉見儀式已經開始。

他已經意識到這是一場危機，一場敵人蓄謀已久的危機，只要自己處理得稍有不慎，就有可能引發一場更大的風暴。

危機的始作俑者就是韓信，以韓信之精明，當然不會不懂得按照目前的形勢，江淮軍只有與漢軍聯手，才有可能擊敗不可一世的西楚軍。一旦漢軍發生內亂，毀於一旦，則唇亡齒寒，江淮軍根本就無法與西楚軍抗衡。

韓信甘冒奇險，這麼做的目的只有一個，那就是鳳影。紀空手太了解韓信了，以韓信的個性，根本無法容忍別人用自己心愛的人來要挾自己。

但紀空手心裡清楚，以目前的形勢，自己要想爭霸天下，就絕不能擊殺韓信。雖然他很想將韓信置於死地，卻不得不以韓信制約自己的另一大敵——項羽！如果他忍不下這口氣，就無法取得楚漢爭霸的勝利。

但不殺韓信，並不意味著紀空手就毫無動作，相反，經過了驪山北峰一戰後，他已經意識到了在韓信的背後又出現了冥雪宗這股勢力，這是他絕不能容忍的，就像當年對付李秀樹一樣，無論付出多大的代價，他都必須將之剷除！

所以紀空手一回到漢王府，顧不上與愛妻嬌子親熱，即命呂雉調動聽香榭所有的精英，與他一道趕往議事廳。途中，遇上了從楓葉店趕回的龍賡與阿方卓，紀空手當機立斷，決定由他們三人潛入議事廳。

他這樣做的目的，一來是不想大動干戈，引起不必要的混亂，使得彭越等人的信使產生疑忌；二來他相信以他們三人的實力，完全可以應對一切強敵。自飛瀑潭出來之後，他對自己的武功很有自信。

◆

然而，進入議事廳後，他並沒有馬上動手，而是靜觀其變，儘管他一眼就認出了鳳陽等人，但要在這種隆重的朝會之上下手，就必須做到師出有名。

不僅如此，行動的最關鍵處，是要把握出手的時機。紀空手雖然不能確定韓信的方位，卻可以肯定韓信的人就在議事廳中，一旦鳳陽等人作亂，自己必須搶在韓信出手之前先行出手，而且不能出現一絲偏差。

唯有如此，他才可以在不驚動韓信的情況下誅殺鳳陽等人。事態的發展一切都如他所料，將全場牢牢控制手中。他此刻最大的擔心就是韓信，如果韓信出手，即使自己可以與之抗衡，但在自己與韓信之間的那層紙就被捅破了，結盟之事必將告吹，這絕不是紀空手願意看到的場面。

此時的議事廳中，靜寂無聲，每一個人都將目光注視著紀空手，表情各有不同，但他們心中所引起的震撼卻是一致的。這些日子以來，有關漢王身亡的謠傳鬧得滿朝風雨，這就爲紀空手的出現營造出一種非常神秘的氛圍，緊接著紀空手又以「人未到而聲先至」的出場方式，首先在心理上造成了先聲奪人之勢，再加上他剛才的那一番話，使得紀空手甫一出場，就在氣勢上與風度上高出一頭，將鳳陽等人營造出來的殺勢壓了下去。

高手相爭，氣勢爲先，鳳陽身爲冥雪宗的一代宗師，豈會不明白這麼簡單的武學原理？然而，他心裡明白，也無力挽回，因爲紀空手的出現完全出乎他的意料之外，他根本沒有任何心理準備。

他已經認出了那位站在紀空手身邊的劍客就是龍賡，這顯然也不在他的意料之中。在他所得到的情報中，確定龍賡已經不在咸陽，而是深入楚地，行刺范增。正是基於這一點，鳳陽和韓信才企圖趁機作亂，混水摸魚。

當兩個本不該出現的人突然出現在自己的眼前時，無論鳳陽的武學修爲有多麼精深，他都很難再保持那份「古井不波」的心境。參照紀空手以往的紀錄，他認為自己的確是掉入了紀空手事先布好的殺局之中。

鳳陽的神情並未出現一絲的慌亂，反而表現得更加冷靜。他的情緒明顯地感染到了鳳棲山，使得他們在紀空手與龍賡這兩大高手的強壓之下依然顯示出了旺盛的鬥志。

「你可以退下了。」紀空手拍了拍蔡胡的肩頭，笑了笑道：「就憑你剛才的表現，本王可以賜你一個縣郡的頭銜。不過，你給本王記住，為善者可以造福一方百姓，為惡者亦會禍害一方百姓。從善從惡，全在你的一念之間，而殺不殺你，卻在本王的一念之間！」

蔡胡心中一凜，謝恩而去。

紀空手目送著蔡胡走出廳門，這才冷冷地盯著鳳陽，淡淡道：「本王剛才的話，既是對他說的，也是對你說的。看你的身手，不是無名之輩，但是如果你認為自己還可以從這議事廳中全身而退，你就錯了！」

「哦，你何以這般自信？」鳳陽冷然一笑道。

「因為本王知道你是誰！」紀空手悠然而道：「世人盡知，我不僅是漢王，同時也是問天樓閥主。在我問天樓門下，有四大家族，若論起來，你們冥雪宗鳳家只是本王的奴才，試問，還有哪個主人識不得自家奴才的嗎？」

鳳陽心中陡然一驚，卻只是嘿嘿一笑，並不言語。

「你可以不說話，但弒主之名你是背定了！」紀空手表情顯得十分冷漠地道：「你是一個聰明人，所以你沒有找一個理由來搪塞自己的罪行，因爲你知道，本王也是一個聰明人，現在本王只想問你一句，首惡是誰？」

「你既是一個聰明人，就不該問這句話。」鳳陽冷冷地道，他始終相信，只要韓信能夠把握住時機，他們就還有全身而退的機會。是以，他顯得依然是那麼地冷靜。

「本王原本是不想問的，但本王卻知道，你雖然是冥雪宗上代掌門人，韜光養晦，胸有抱負，卻還稱不上是這次事件的首惡，充其量只是一個幫兇而已。」紀空手淡淡而道。對他來說，鳳陽絕對是一個不可小視的強敵，單是臨陣時的這份鎮定，就足以讓他躋身於天下高手的前十，自己要想與之一戰，殊無把握，所以必須要選擇一個最佳的出手時機。

鳳陽的眼中閃過一絲怒意，一閃即逝，他一生自負，最恨的就是別人輕視自己，雖然明知紀空手所用的是「激將法」，意在激怒自己，但他還是顯得氣血浮躁了一些。

紀空手將一切看在眼中，繼續說道：「這數百年來，冥雪宗一向被問天樓的光芒所遮蓋，是以在江湖上很少有人聽說過有冥雪宗弟子出人頭地的。你身爲冥雪宗的不世奇才，心高氣傲之下，自然不甘心居於人下，於是就帶領你那一批冥雪宗弟子盡數隱退江湖，靜觀事態的發展，以期伺機而動，讓冥雪宗之名得以傳揚天下。不錯，你所料的一點不錯，經過了這數十年的蟄伏，你的確等到了這個機會，只是這個機會不足以讓你揚名天下，反而會讓你全軍覆滅！」

「你既然如此自信，敢與老夫一戰嗎？」鳳陽終於不能忍受紀空手對自己的這般羞辱，昂起頭來，決定爲自己的榮譽而戰。

「你我之間的這一戰已是勢在必行，大可不必這般著急。」紀空手淡淡地笑了：「本王只是看在你們鳳家先輩的份上，不想讓你死得這麼糊塗罷了。需知天外有天，人外有人，你想揚名天下，有人未必就不會借你急功近利之心而大做文章。」

他這一句話說得非常精巧，在他的想像中，鳳陽聽了之後第一反應就會望向韓信所在的方位，因爲沒有人會甘心受人利用，何況鳳陽乃一宗之主。然而，他失望了，假如他事先便知道連鳳陽也不清楚韓信所在何處，那麼就不會如此費心了。

「難道韓信根本就不在議事廳中？」紀空手的心裡閃出這個念頭，連他自己也嚇了一跳。這並非是沒有可能的一個推斷，韓信此次潛入關中的目的，就是爲了尋找鳳影，只是因爲事情發生了變化之後才臨時決定以除逆平叛之名奪取大漢正權。以韓信對鳳影的癡情，他完全可以置這裡的一切而不顧，闖入漢王府內院去搜尋一番。

紀空手並不擔心韓信把鳳影救走，因爲鳳影壓根就不在內院，他所擔心的是韓信一旦不見鳳影，反而劫持紅顏、虞姬，抑或是無施，以要挾自己，這才是他感到最頭痛的事。

他這絕不是杞人憂天，此時的內院，除了紅顏與她的幾個女侍之外，戒備十分空虛，呂雉率領聽香榭的一干高手已經埋伏於這議事廳外，憑韓信的實力，要想將紅顏她們任何人中的一位劫持在手，都是易如反掌。

想到這裡，紀空手已然意識到了問題的嚴重性，正欲下令讓呂雉回援內院，卻聽得鳳陽哈哈一笑道：「你說了這麼多的話，不就是想套出誰是幕後主使嗎？其實要老夫說出來並不難，不過，老夫有一個條件，只要你能答應，我可以將此人的名字告知。」

滿場爲之一驚，所有人都將目光投射到鳳陽的身上，只有紀空手顯得非常平靜，似乎料到鳳陽會有如此一說。

「本王從來不與任何敵人談條件。」紀空手斷然答道：「其實就算你不說，本王也知道你要說的這個人是誰。」

鳳陽的眉鋒一跳，道：「你真的以爲自己是神仙嗎？」

「本王不是神仙，卻可以未卜先知。」紀空手冷冷地看了他一眼，寒芒從所有人的臉上劃過，這才一字一句地道：「你要說的這個人並非別人，正是淮陰侯韓信！」

第二章　氣勢磅礴

滿朝文武無不譁然，鳳陽的臉上露出了一絲難以置信的神情，只有紀空手卻淡淡地笑了，因爲他已知誰才是韓信，也知道了韓信此刻正在議事廳中。

這聽上去似乎有些玄乎，其實不然。紀空手早在踏入議事廳的那一刻起，就隱約地感受到有一股淡若無形的氣機似曾相識，起初他並未過多地留意，認爲在滿朝文武中不乏擁有這種氣機之人，但鳳陽的話一出口，紀空手卻驚奇地發現這股氣機明顯地震動了一下，等到他去搜尋這股氣機的來源時，這股氣機竟然平空消失，無跡可尋。

能將氣機內斂到如此境界之人，其內力之精深已臻武道至極的境界，環視議事中所有的人，只有紀空手、龍賡方可達到這種境地，但紀空手可以肯定這股氣機既不是自己散發出的，也並非屬於龍賡，那麼就只有一個可能，這股氣機的擁有者非韓信莫屬！

在驪山北峰之上，紀空手領略過韓信那一劍的霸烈，對其渾厚的氣機自然不會陌生。他曾經在心裡無數次地問著自己：假如自己真的在與韓信一對一的較量之中，韓信再次使出那一劍，自己能接下嗎？

他不知道，真的心裡沒底，因爲他十分清楚，高手決戰，決定勝負的因素很多，既要講究天時、地利，又要講究當時的精神心情，只要有一點疏忽，就有可能導致功虧一簣。

當他確定韓信的人就在議事廳時，懸著的心頓時放了下來。如果韓信以紅顏、虞姬和紀無施這三人中的任何一人向他提出要挾，紀空手真的不知自己將怎麼辦，因爲包括呂雉在內，她們都是他今生最愛的人，他已將她們視作了自己生命中的一部分。

紀空手輕輕地舒緩了一口氣，立刻就想到了一個可以捕捉到韓信氣機的辦法。當他說出「淮陰侯韓信」這幾個字的時候，氣機擴張，果然感覺到那股似曾相識的氣機重新出現，而且發出了一絲振顫性的波動。這一次，他當然不會再讓它平空消失。

氣機的來源竟然就在自己身後，而紀空手的身後，正是那幾位埋伏於香鼎機關之下的己方高手。韓信竟然在短時間內易容，並且成功地混入對方高手之中，難怪紀空手與鳳陽都無法確定他的方位。

紀空手並沒有向韓信望上一眼，他不想打草驚蛇。對紀空手來說，今日行動的目標是鳳陽，而非韓信，他沒有理由去驚動一個不是自己目標的人。

「其實，本王既不是神仙，也沒有未卜先知的本事，本王之所以敢如此確定，是因爲你原本就想栽贓嫁禍。眼見作亂不成，便企圖挑撥本王與淮陰侯之間的關係！」紀空手眼睛緊緊地盯著鳳陽，一字一句地道：「你們心裡十分清楚，淮陰侯挾數十萬江淮軍坐鎮江淮數郡，與我大漢軍一東一西遙相呼應，一旦結成同盟，必將對項羽的西楚軍構成最大的威脅。所以，你們經過深思熟慮之後，才會假冒淮陰侯的信使，前來參加晉見儀式。如此一來，即使作亂不成，你們也可嫁禍淮陰侯，不愧是一個『一石二鳥』的好計。可惜呀可惜，你們卻不知道，淮陰侯能有今日，既有當日本王的舉薦之功，又有本王數年來的扶植之力，他又怎會背信棄義，背叛本王呢？」

紀空手的這一番話，不僅先將韓信排除在外，反而直指鳳陽等人是受項羽指使才到咸陽的。他這麼做的目的只有一個，就是現在還沒有到與韓信翻臉的時候：楚漢爭霸，他必須仰仗韓信手中的那數十萬江淮軍。

張良的臉上露出了一絲淡淡的笑意，顯然明白了紀空手的良苦用心。

鳳陽的臉色卻一連數變，直到這時，他才明白韓信何以要臨時改變主意的用意。

「難道老夫竟然被一個後輩小子所利用了？」鳳陽在心中問著自己，心裡頓時透亮起來：韓信之所以要臨時改變主意，其實就是爲了置身事外，一旦事情敗露，爲自己留一條後路。這樣一來，就算失手，他還可以說是韓立爲人所乘，以至於讓人冒名頂替，行作亂之實，說不定此時韓立正在那暢水園的驛館中上演一齣「苦肉計」呢。

鳳陽想明白了這一點，心中頓有一股無名火起，想到自己聰明一世，老時卻遭人算計，不由惱羞成怒。不過，他畢竟是老江湖了，更懂得臨陣對敵切忌浮躁的道理，當下深深地吸了一口氣，搖搖頭道：「你既然這麼說，那麼老夫也就無話可言了。不過，老夫很想問一句，你真的以爲韓信是一個可以信得過的人嗎？」

紀空手笑了，笑得有些曖昧：「你以爲呢？」

鳳陽沒有說話，只是將手中的長劍在空中畫了一個半弧，緩緩地遙指向紀空手的眉心，然後一臉肅然道：「來吧！」

這句話出口，他整個人的精神頓時一變，猶如一座傲立於天地之間的山嶽，橫亙於紀空手的面前，那份鎮定不驚的從容，顯現出他身爲一代宗師獨有的風範。

在這個江湖之上，名人不少，但凡名人，就絕不是庸碌之輩。不過，江湖名人大致分爲兩種，一種人是因爲他身居於名門名派之中，因門派之名而出名；另一種人是因爲他本就是絕世奇才，經過多年打拚，門派因他而出名——鳳陽無疑是屬於後者。

早在鳳陽之前，鳳家作爲問天樓四大家族之一，一直鮮爲江湖人知曉，其創立的冥雪宗一派，更是默默無名。到了鳳陽這一代，他以自己罕有的武學天賦，對冥雪宗武學加以創新改進，並培養出大批精英高手，這才使冥雪宗之名得以躋身江湖各派之中。是以，對於每一個武者來說，遇上鳳陽這等強悍高手，絕對不是一件幸運的事，就連紀空手也不例外。

紀空手頓時感到了一股壓力推移過來，他不得不承認，鳳陽的功力之深，並不在衛三公子、趙高等人之下，就算自己全力以赴，也未必有一定的勝算。

「大師就是大師，劍未出手，劍氣已至，怪不得你敢置我漢王府中的數百高手如無物，公然向本王挑戰。」紀空手由衷地佩服鳳陽的膽識，更爲他臨危不亂的氣度而折服。

「你若不敢與老夫一戰，儘管可以讓人上前，就算以一敵十，以一擋百，老夫也絕不皺眉！」鳳陽傲然道，說到最後一句話，已有一絲淒涼。

他明白，面對這成百上千的高手，無論自己如何拚盡全力，最終都只有一個下場，那就是——死！他並非怕死之人，但是一想到未遂的霸業，不免有些遺憾。

他原以爲，以自己和鳳棲山的實力，再加上身藏暗處的韓信，只要把握時機，未必就是必死的結局。然而到了此時此刻，他知道，韓信絕對不會出手，單憑自己與鳳棲山兩人之力，要想突出這眾手高手布下的重圍，最多只是一個妄想。

「你也太小瞧本王了，就衝著你這句話，本王給你一個公平決鬥的機會！」不知爲什麼，紀空手突然改變了主意，因爲他突然發現活著的鳳陽遠比死了的鳳陽對自己更有利。至少，鳳陽可以替自己制約韓信——沒有人可以忍受別人出賣自己，鳳陽當然也不例外。

「你太自信了！」鳳陽冷然道：「你一定會爲這句話而後悔！」

「本王做事，從不後悔。」紀空手淡淡道：「我們以百招爲限，如果在百招之內本王不能勝你，這議事廳可任由你來去。」

所有人都爲之一怔，包括張良、陳平以及龍賡，雖然他們看出紀空手此次現身，無論是精神氣機，還是武學修爲，都有了今非昔比的精進，但要想在百招之內擊敗鳳陽這一等一的高手，還是顯得過於狂妄了些。

龍賡無疑是當世罕有的用劍高手，正因爲他用劍，所以才真正了解鳳陽的可怕。雖然紀空手甫一出場，就從鳳陽的手中奪回了蔡胡，但是以當時的情形，一是龍賡先聲奪人的那一劍吸引了鳳陽的注意力，二是紀空手的出手過於隱蔽，完全是出其不意，才使鳳陽吃了一個啞巴虧。所以，龍賡認爲，紀空手不是高估了自己，就是低估了對手。

龍賡這是第一次看到鳳陽出手，無論確定其劍術與內力達到了一個什麼樣的境界，但是單憑鳳陽那股靜默若山的氣勢，就顯得他與其他一般的高手大有不同，如果不是一個可怕至極的絕頂高手，面對如斯眾多的強敵，別說一戰，單是這份陣仗也足以讓其膽怯三分。因此，紀空手這百招之約，讓龍賡感到意外。

鳳陽的臉上乍驚又喜，彷佛看到了一線生機。他涉足江湖數十載，對江湖人物可謂瞭若指掌，從來沒有想到有人這般狂妄地誇下海口，竟要在百招之內與自己一決勝負。他平生自負，但還沒有自負到「老子天下第一」的地步，相信當世之中還有人可以勝過自己，但饒是如此，就算是五音先生、衛三公子重生，他們也絕對不可能在百招之內勝過自己。

這一線生機來得如此意外，反倒讓鳳陽心中生疑，情不自禁地問了句：「此話當真？」

「君無戲言！」紀空手回答得非常乾脆。

鳳陽不由「嘿嘿」一笑，狠聲道：「你的確非常自負，甚至自負到了狂妄無知的地步。你可知道，在冥雪宗的劍法之中，一共有多少招式？」

「冥雪宗劍法，知者甚少，但本王卻知道它有一百三十七式。」紀空手緩緩而道。

「不錯！」鳳陽冷然一笑道：「老夫自劍術有成以來，這數十年間，一共只敗於兩人，這兩人一個是知音亭閥主五音先生，還有一個正是問天樓閥主衛三公子。他們都是頂尖絕世的武學宗師，不僅功力非凡，而且目力過人，但都是在老夫使到第一百三十一式『暗香徐來』時才破了老夫的劍法！」

「那又怎樣？」紀空手傲然道。

「老夫說這些話的目的，是想告訴你，連五音先生、衛三公子這等豪閥尚且不能在百招之內勝我，更何況你？而且，他們既然在同一式上破了老夫的劍招，那就說明這『暗香徐來』確有破綻。老夫歷時十載，已經彌補了這劍式中的不足，此時就算他們親至，若要言勝，恐怕也是殊無把握了。」鳳陽一字一句地道，沒有人會認爲他是在誇大事實。

「『長江後浪推前浪，江山代有才人出』，本王相信你一定聽說過這句話，本王只想告訴你，五音先生、衛三公子不能做到的事情，本王就未必不能做到！」紀空手斷然道，整個人顯得無比自信，但滿場的人都認爲紀空手有些自信過頭了，想想五音先生，想想衛三公子，這些幾乎都是已被神話了的人物，他們的聲名如日中天，行走江湖的每一戰都是經典，要想趕上他們殊爲不易，更別說超越他們了。而紀空手竟將自己凌駕於他們之上，若這不是狂妄，那就是瘋了！

但紀空手絕不狂妄，也沒有瘋，他只感到自己體內的補天石異力正在瘋長，在蠢蠢欲動中醞釀著無限殺意。他本無殺人之心，可是當他面對鳳陽那雄渾而霸烈的氣機時，突然發現自己竟然失去了對異力的駕馭，異力彷彿沾了魔性一般，幾欲衝出體外，竟似要與鳳陽的氣機一較高低。

他只有暗暗叫苦，心中驚道：「難道這就是所謂的走火入魔？」

這不是走火入魔，紀空手之所以會在心裡這麼問著自己，是因爲他的崛起本就是江湖上的一個奇蹟，自一個流浪市井的小混混一躍成爲江湖上風頭最勁的人物，在很大程度上得益於補天石異力，而補天石異力完全不同於江湖中人修練而成的內家真氣，它來自於天地，是以稟承了天地之靈性，具有它自己的思想與個性。

這看上去似乎像是神話故事，但卻是千真萬確的一個事實。自補天石異力進入紀空手的體內之後，由於受心脈之傷的禁錮，它一直沒有空間發揮自己的能量，久而久之，自然就產生出一種壓抑的情緒。而一旦蛻變之後，它突然發現自己不再受任何東西所禁錮時，必然會將那種壓抑的情緒爆發出來。

這是遲早的問題，只是誰也不知道它會在這個緊要關頭爆發，當它一接觸到鳳陽那戰意極強的氣機時，便再也無法內斂，不受任何思想的駕馭，完全由著自己的個性開始行事了。

對紀空手來說，這無疑是致命的，尤其面對鳳陽這樣的強手。

他的臉部肌肉完全不由自己控制地開始抽搐起來，變得有幾分猙獰，所有的人幾乎在同一時間都大吃一驚，察覺到了紀空手的異樣。

龍賡距離紀空手只有一丈，是以是最先發現紀空手異樣的人。他雖然不能確定在這一刹那間紀空手的身體究竟發生了什麼變化，卻可以肯定此時的紀空手遇上了不小的麻煩。

「公子，發生了什麼事？需要我幫忙嗎？」龍賡關切地以束氣傳音之術問道。

「我也不知發生了什麼事。」紀空手以同樣的方式焦灼地道，他感到異力在自己經脈中的竄行速度愈來愈烈，血管幾有擠爆之虞。

「是走火入魔嗎？」龍賡緊盯著紀空手的表情，突然閃出一個可怕的念頭：在這種時候走火入魔，不啻於自殺！

「我不知道。」紀空手苦笑道，他從來沒有修練過內家真氣，根本不懂得走火入魔會有怎樣的症狀。

龍賡當即將走火入魔的症狀一五一十地告訴給紀空手。

紀空手搖了搖頭，握劍的手抖動了一下。

鳳陽的眼神中閃現出一絲詫異，當他的劍在空中劃出半弧之後，紀空手的一舉一動便在他的目光把握之中，任何異動都難逃他目力的捕捉！他目睹著這些微的變化，不明白紀空手到底在弄什麼玄虛，然而當紀空手的大手抖動的跡象出現在他的眼中時，他已明白，機會來了！

對鳳陽來說，這的確是一個千載難逢的機會，只要制服眼前這個漢王，冥雪宗揚名天下的時間也就不遠了。

「年輕人，你竟然如此自信，那就動手吧！老夫會讓你知道，薑爲什麼是老的辣！」鳳陽嘿嘿一笑，雖然他覺得此時動手，未免有趁人之危的嫌疑，但成大事者不拘小節，這是他一慣信奉的至理名言。

紀空手的頭上滲出絲絲冷汗，顯然是在強行壓制異力的爆發。強撐一口氣後，正欲開口說話，龍賡卻搶上一步，淡淡而道：「殺雞焉用牛刀？既然你的興致如此之高，就讓龍某陪你玩上百招吧！」

「你算什麼東西？敢與我家宗主對陣！來來來，你若不怕死，先和鳳某比劃比劃！」鳳棲山久經陣仗，自然看出了其中的端兒，上前一步道。

「我不算什麼東西。」龍賡冷冷地指著鳳不敗的屍身道：「如果你想和他一樣的下場，儘管可以拔劍！」

他的話十分平和，但鳳棲山感覺到非常沈重，因爲龍賡是在用事實說話：他甫一出場，就能一劍擊殺鳳不敗，雖然這有一定的偶然因素，卻證明了龍賡的劍術的確達到了通神的地步。以自己的功力和劍法，未必就是他的對手。

「老夫相信你的劍術非常高明。」鳳陽沈聲道：「但是這百招之約，既是漢王與老夫之間的約定，所謂『君無戲言』，是以還請閣下退下，待老夫領教漢王的百招之後，再與閣下一戰不遲。」

龍賡冷然道：「如果我不退呢？」

「老夫此時只不過是砧板上的魚肉，就是各位一哄而上，群起攻之，老夫也只有認命。」鳳陽淡淡一笑道：「死人當然不會說話，但是，漢王既然失信於我，只怕從此就會失信於天下！」

他說得很輕很慢，卻自有一股力量讓人無法辯駁。議事廳內外數百高手都覺得此事異常棘手，無不將目光投射在龍賡的身上，唯他馬首是瞻。

龍賡陷入進退兩難之境，不由暗暗叫苦，目光望向張良，但張良在一時之間也難尋解決之道，整個大廳頓時寂然。

「嗚……」一聲長嘯，驀從紀空手的口中響起，聲震長空，直沖九霄，如串串驚雷迴盪於大廳之中，震得瓦動牆搖。

眾人無不心驚，龍賡更是失色，全都以爲紀空手受魔障侵襲，已然神智不清。

「你們都給本王退下！」嘯聲方落，紀空手竟然回復常態，沈聲喝道。

他這一變化大大出人意料，誰也弄不清楚紀空手究竟在弄什麼玄虛，只有龍賡的臉色鐵青，似乎看到了問題的癥結。

他知道，紀空手之所以能夠恢復常態，並不是重新駕馭了異力，而是以自己的真氣強行壓制住異力。這種方法雖然有效，卻會大傷元氣，而且根本不能持久，一旦異力爆發，反有性命之憂。

但龍賡不得不退，他了解紀空手，一旦紀空手決定的事情，通常很難改變。他只能全神貫注，靜觀其變。

鳳陽也對鳳棲山遞了一個眼色，示意鳳棲山暫退。他同樣也看出紀空手此刻的鎮定只是一時的，猶如將亡之人的迴光返照。對於這樣的對手，鳳陽當然充滿了必勝的信心。

鳳陽的目光緩緩地從紀空手的臉上劃過，不放過任何一個表情。他以為此刻的紀空手絕對不堪一擊，可是當他的眼芒與紀空手的眼睛悍然相對時，他卻發現紀空手的眼中依然顯得那麼從容和自信，眸子深處彷若無底無盡的蒼穹，詮釋著一種悠遠而空靈的意境。

「這個對手的確有些與眾不同。」鳳陽這麼想著，他行走江湖數十載，身經大小戰役上百，卻還從來沒有見過像紀空手這般讓人琢磨不透的對手。他自問自己目力驚人，但從紀空手出場到現在，他根本就沒有看透過對方。紀空手就像是一塊多變的雲，當你以為他即將變成雨的時候，卻已化作一道清風，漫遊於遼闊的藍天。

鳳陽深深地吸了一口氣，劍鋒一斜，與自己的眼芒交錯而過，一股無形的殺機開始彌漫起來，一點一點地向虛空擴張。

風乍起，誰也不知道這股冷風自何而來，流過這大廳中的每一個角落。風過處，一片靜寂，只有沈重的呼吸聲成為這段空間唯一的節奏。

空氣彷彿在剎那之間凝固不動，每一個人的目光都追隨著那劍鋒耀出的寒芒而浮游，他們心中似乎都存在著同一個懸念，那就是在這百招之內，究竟誰會成爲最終的勝者？

當鳳陽的劍鋒再一次指向紀空手的眉心時，紀空手淡淡地笑了，在笑的同時，他的劍宛若一朵初綻枝頭的新梅，已然橫在了虛空，一切都顯得那麼平淡，而殺機在平淡中醞釀。

冷風又起，從劍鋒邊沿掠過，冷風末梢處，拖起一道淡若雲煙的殺氣，悠然地飄向虛空。靜寂無邊，無聲無息，誰都明白，靜至極致處，就會爆發出一場最狂野、最霸烈，同時也是最無情的風暴。

山雨欲來風滿樓，這是此時此刻最真實的寫照，所有人的心頭都不由一沈，感到了那種沈悶、那種緊張，以及那種幾欲讓人窒息的靜寂。

鳳陽的劍已在手，卻沒有立刻出擊。他很少做沒有把握的事，所以在他還沒有徹底摸清紀空手的虛實之前，寧願讓這種等待繼續下去，也許在十年或二十年前，他未必有這種耐心，然而今日的他已經老了。人一旦老了，難免就會變得小心一些，信奉的就是「小心能駛萬年船」。

紀空手不老，正當少年，可是他同樣沒有出擊。高手相爭，只爭一線，爭的其實就是先機。以紀空手與鳳陽的見識，當然不會不清楚這一點，可是，他們似乎都抱定了「後發制人」的策略，置這種難得的先機於不顧。

等待在繼續，但是當紀空手再次皺眉的剎那，鳳陽結束了這種等待，終於出手了！

他之所以要在這個時間出手，自然認爲這是最佳的出手時機。像紀空手這樣意志堅強的人，可以忍常人不能忍之事，如果他皺眉，那麼就表示其身體正經受著何等非人的煎熬。

鳳陽的一劍斜出，以驚人的速度裂開他眼前的虛空，就像是一枝噴吐著烈焰的火炬，所過之處，空氣發出一連串「劈哩叭啦」的爆響，帶著激湧翻騰的勁氣向前橫掠。

紀空手不再皺眉，卻笑了，眼中暴閃出一道寒芒，牢牢地鎖定如風襲來的人與劍，彷彿欲將它們擠壓成一個影像，一個毫無生命的影像。

他的神情如此怪異，以至於讓鳳陽古井不波的心境盪出一絲漣漪。不過，鳳陽沒有猶豫，以電芒之速突破了三丈空間，進入到紀空手劍鋒所懾的範圍之內。

他不愧爲一代宗師，一旦出手，便再也沒有了剛才的那份謹慎小心，而是果敢堅決，劍在旋動中一連變了三十六個角度，然後攻向了紀空手氣機中的最弱點。

紀空手氣機中的最弱點竟然在丹田，這實在讓人不可思議。丹田本是人體元氣的根本所在，也是每一個人氣機最旺盛的地方，鳳陽選擇這裡作爲突破口，豈不是過於輕率了？

龍賡的臉色卻變了一變，因爲他知道，鳳陽的判斷沒有錯，雖然他不知道紀空手的體內發生了怎樣的異變，但換作是他來選擇，也會將紀空手的丹田作爲自己的突破點。

「叮……」然而，鳳陽這凌厲無匹的一劍並沒有形成任何突破，當他的劍刺擊到紀空手的丹田時，紀空手的長劍已經橫亙其間，封住了對方所有攻擊的角度。

兩人完全是以快打快，就只一個照面，兩人已在攻防中互搏了十七招，當鳳陽擦著身子與紀空手錯身而過之時，他的臉色突然一變——

因爲，剛才的那十七招，兩人幾乎是在一瞬間完成，根本不容人有任何的思想。可是當鳳陽趁著這錯身的功夫回過神來時，這才驚訝地發現，紀空手剛才所用的十七招竟然與自己的劍法如出一轍，完全是自己冥雪宗劍法的翻版。

這絕不可能發生的事情竟然發生了，鳳陽真的有一種撞見鬼的感覺，而且就算紀空手熟諳冥雪宗劍法的一招一式，但在自己面前使出，不啻於班門弄斧，又怎能與自己鬥得旗鼓相當呢？

如此怪異之事發生在自己身上，對於鳳陽來說，還是平生第一次。他也曾聽說過有些武學大師反應之快，可以後發先至，但像紀空手這種在瞬間模仿得分毫不差的反應與悟性，未免也太駭人聽聞了。

他卻不知，紀空手此舉也是迫於無奈，真正作怪的元兇其實是他體內的補天石異力。

補天石異力遭到強行壓制之後，必然要尋找宣洩的疏導。換在平時，這也不算難事，只要紀空手靜心打坐，運氣一個大小周天，補天石異力自然而然就會融入到人體的每一處經絡穴位，不再有爆發之虞。但此時此刻，強敵在側，紀空手根本無法做到靜心，只能硬著頭皮聽天由命了。

但不曾想鳳陽的第一劍刺出，紀空手幾乎在沒有任何意識的情況下，竟然異力先動，帶動他手中的劍封住了鳳陽的所有劍路。紀空手吃驚之餘，終於悟到這是補天石異力受對方氣機的影響所作出的自然反應，就猶如一個充滿氣體的皮球，當它受到的抗力愈大，其彈跳的高度也就愈高，反之，它受到的抗力愈小，彈跳的高度也愈低。而且每一劍擊出之後，紀空手便驚奇地發現自己體內的不適就減輕一分，當他與鳳陽錯身之時，補天石異力終於又回復到了他的意識控制之下。

其實，紀空手與補天石異力的關係，就等同於騎師與野馬。補天石異力完成了蛻變之後，猶如一匹精力旺盛的野馬脫離了韁繩的禁錮，進入到一個新的天地，要想馴服它，不僅需消磨其銳氣，還要有磨合的時間，一旦將之馴服，就是一匹日行千里的良駒。

紀空手逃過這一劫後，整個人不由精神一振，冷冷地笑了一下道：「這是第十七招，本王雖然到現在還不知道薑爲什麼是老的辣，卻知道人老了爲什麼臉皮這麼厚。本王原無殺你之心，一切都是你自找的！」

他已動了殺機，對於趁人之危的小人，他從不留情！

話音一落，他手中的劍已不再是劍，而是刀！因爲他的心中無刀，是以任何兵器到了他的手中，既可以是刀，也可以什麼都不是，但那驚人的刀氣卻已彌漫空中，天地在這一刻變色。

紀空手的刀，是隱藏在劍身之中無形的刀，正因爲它無形，所以比有形之刀更可怕。刀既無形，自然無聲，只有那隨刀鋒而出的殺氣，讓人感受到它的確存在。

鳳陽臉色爲之一變，心中第一次有了驚懼的感覺。紀空手的每一變，都在他的意料之外；更讓他感到無所適從。多變彷彿成了紀空手的一種風格，正是這種多變的風格，打亂了鳳陽固有的節奏和韻律。

鳳陽一連換了七種身法，十二種方位，卻依然沒有逃出無形刀氣所籠罩的範圍，那種讓人無法迴避的壓力，就像是一座將傾的山嶽，正一點一點地壓上他的心頭。

心中無刀，只因刀鋒無處不在，刀既無處不在，心中又怎會無刀？

這莫非就是刀道的至高境界？抑或是武道中的一個神話！

龍賡的眉然一跳，眼中綻現出一絲亮芒。目睹了這一切，他已知曉，此刻的紀空手終於登上了武道中的一個極巔，此戰的勝負，在這一刻已經注定。

鳳陽的劍術不僅精湛博大，而且變幻莫測，算得上是當世江湖中一大絕藝，但是較之紀空手，他仍然還有一些微小的差距，這種差距並不是因爲實力造成的，而是因爲紀空手的無形刀氣隱匿於劍身之中，宛若羚羊掛角，未知有始，不知有終，讓人無跡可尋，那種詭異之感完全超出了鳳陽最初的想像。

「噹噹……」幾盡全力，鳳陽一連擋擊了紀空手八八六十四刀，殺氣漫天，刀光縱橫，無數劍影竄行其間，彷彿遮迷了所有人的視線。

兩人的動作依然沿襲了那十七劍的風格，以快打快，快得幾乎超出了肉眼可以企及的極限，但無論是紀空手，還是鳳陽，他們依然能夠清晰地看到對手的每一個動作，甚至可以在對手出招之前預判到下一個動作的發生。一切都仿如早已設計好的程式，顯得是那麼井然有序，又是那麼從容不迫。

「如果一切都照此進行，沒有太大的變化，那麼就算公子能夠擊殺鳳陽，這百招之約卻是必輸無疑。」龍賡的目力絕不在當世任何人之下，不僅可以看到他們的一招一式，甚至看到了這一戰最終的結局。是以，他的心中才會有此擔憂。

鳳陽之劍術絕對可以名列天下前十位，任何人要想打敗他，都不是一件容易的事情。龍賡琢磨著鳳陽劍破虛空的線路，自問若無上百招，自己也未必就能從他的手上贏得一招半式。看來，紀空手的這個海口誇大了。

但紀空手顯然沒有意識到這一點，不僅如此，反而更加自信，儘管此刻距百招之約只有十餘招了，可是他的出手依然從容不迫。

「公子向來自信，卻從不自負，今天如此反常，莫非他真的有什麼出其制勝的妙招不成？」龍賡的心中動了一下，就在這時，紀空手的刀鋒一變，竟然慢了下來。

在高頻率的攻防時突然將節奏放緩，龍賡自問自己也不難辦到，但問題在於紀空手的對手是同樣爲超一流劍客的鳳陽，這就讓人感到有些匪夷所思了。

鳳陽的劍也在這一剎那間慢了下來，他不得不慢下來，從交手一開始，除了最初的那十七招他尙可按照自己的節奏攻防之外，自錯身之後，他就感到有些身不由己了，彷彿置身於一個強大的漩渦中，只能隨著水流的流向一點一點地沈淪，一旦逆向而行，就有立遭漩渦吞噬的可能。

鳳陽本來是擁有先機的，這種先機對於每一個高手來說，都是決定勝負的一大要素。可是，他幾乎是在莫名其妙中失去了這難得的先機，一旦等到紀空手盡情發揮，他不得不落入後手，處處有捉襟見肘之感。如果說他一直能把握這種先機，處處搶攻的話，別說這百招之約已贏定，就是最終的勝負也難以預料。

他實在是感到心頭有些氣惱，有一種力不從心的感覺。就算當年與五音先生、衛三公子這等豪閥逐一決戰，他也從來沒有這麼窩囊過，這種氣惱的表現在於，他除了最初的十七招外，其餘的每一招都無法將自己的劍意淋漓盡致地發揮出來，心中產生出一種有力用不上的浮躁。

這無疑是高手的大忌，俗話說：「棋高一著，縛手縛腳」，假如紀空手的功力在他之上，鳳陽倒也無話可說，然而平心而論，紀空手的功力再高，無非是與他處於伯仲之間，這怎麼不讓鳳陽感到氣惱？

「難道公子剛才的一切只是一個表演，爲的是混淆視聽，以迷惑鳳陽？」龍賡突然生出這個念頭，這並非沒有可能，以紀空手一慣神出鬼沒的作風，最擅長的就是攻心戰術，這種充滿智者睿智的遊戲，紀空手一向樂此不疲，達到了爐火純青之境。

如果事實真是如此的話，那麼紀空手的心機與演技就太可怕了，至少在龍賡看來，剛才發生在紀空手身上的一切事情都是真的。

鳳陽已經看到了自己的危機，當他的劍速陡然一慢時，就意識到了自己出手的節奏已不是自己想要的節奏，不知不覺中，自己的出手竟然踏上了對手節奏的步點，這是致命的，他必須迅速扭轉這個局面，否則他死定了！

由慢至快難，由慢至更慢易，鳳陽的劍柄一沈之下，劍鋒在虛空中行進的速度已如蝸牛爬行一般，劍鋒所向，幻出了一片如鮮花般的圖案，花開處，彷彿有暗香徐來。

「暗香徐來」！所有的人都認出了這一劍的名稱，鳳陽曾經兩次因為這一劍式栽在了兩大絕世高手的手中，這一次，能例外嗎？

鳳陽說過，他幾乎花費了十年的心血，以彌補這一劍式的破綻，憑他的智慧與悟性，應該可以彌補它的缺陷，讓其日趨完美。而且，在今天這種場合之下，又是面對著像紀空手這般對手，他能再一次使出「暗香徐來」，這本身就需要勇氣，更難得的是，要有十分的自信！

龍賡的整顆心彷彿一下子提到了嗓子眼上，鳳陽竟然敢再一次使出「暗香徐來」，這就證明其有著十足的把握。這一歷經兩大絕世高手應證過的劍式，再經鳳陽十年精心打磨，它還會有破綻嗎？

如果還有，那鳳陽就死定了！如果沒有，死的人就是紀空手。

不知為什麼，當鳳陽使出這一劍「暗香徐來」之時，龍賡的心裡就有一個不祥的預兆，預見到此劍一出，必沾血光！

無窮無盡的霸殺之氣在一點一點地向前推移，到了這個時刻，時間已經不重要了，速度也變得毫無意義。當這一劍進入虛空時，就彷彿將這一段虛空變成了一個完全封閉的空間，劍氣在裡面激湧、暴綻、飛瀉，全方位地衍生出千萬道撕扯之力，直罩向紀空手。整個大廳之中，所有人的目光，所有的光芒，似乎都被這一劍所吸納。

鳳陽的臉色已變得十分猙獰，乍一看，就像是嗜血的魔怪嗅到了血腥，渾身透散出無比的興奮與張狂，他甚至感到了自己手中的劍在振顫，挾持著無限殺意在這虛空中肆意擴張。

這一瞬間，沒有人知道紀空手此刻在想什麼，也沒有人知道紀空手接下來會做什麼，他那孤傲筆直的身軀若大山挺立，殺氣吹起他的衣袂，飄飄然多了幾分仙逸之氣。

一動一靜，在這一刻顯得如此分明，動靜之間，似乎在演繹著武學至理，誰也不知道會是一個怎樣的結局，也許，應該問問這天、這地，問一問這變色的風雲。

風雲在變，天地又何嘗不是在變？唯一不變的，是那團閃耀著強光的劍雲！

變與不變之間，所有的人陡然發現，在那虛空的深處，突然升起了一道浮雲，這浮雲很暗，暗得似欲將劍雲所湧動的強光盡數吸納，大廳彷彿也在這一刻變得光線全無。

「呼……呼……」暗黑之中，突然傳來衣袂飄飄聲，十數條人影迅速向紀空手所站方位掠進，殺氣頃刻間飛瀉一地。

「全部給我拿下！」紀空手暴喝一聲。

龍賡出手了，陳平出手了，所有的高手盡數在同一時間出手了！

風雲驟變，暗影湧動，彷彿是天象大變。

「鏘……」隨著一聲金屬脆響，議事廳在頃刻間又回復了原狀。

一切戰鬥竟然在這一刻間結束。

鳳陽的臉色一片血紅，眼神暗淡無光，他怎麼也沒有料到，自己苦心十年所研創的傑作——「暗香徐來」，竟然還是爲紀空手所破。

劍鋒入肉，距心臟也不過三寸，握劍的人是紀空手。劍雖無情，人卻有情，至少在這一刻，紀空手的臉上流露出了一絲淡淡的笑意。

他之所以笑，並不是因爲完全爲了鳳陽，而是站在自己身邊的那十數個已然僵直不動的軀體。這些人有些是他所熟悉的，有些是他不認識的，一律穿著漢王府中的服飾，他們手中的兵刃還在手中，森森刃鋒竟是衝著紀空手而來，這一切只證明了一點：這些人都是臥底，是奸細！他們以爲等到了偷襲的時機，卻沒有想到這個時機只是一個「引蛇出洞」的圈套。

其實紀空手一直認爲漢王府絕對不是一個安全的地方，人數一多，難免就會魚蛇混雜。自從鳳孤秦事件發生之後，他更覺得漢王府中一定還存在著奸細，一旦到了關鍵時刻，這些奸細所形成的危害往往足以讓人致命，所以他早就有心將之一網打盡。

然而，要想從上千人中一一將這些奸細辨別出來，實與大海撈針無異，唯一的辦法就只有引蛇出洞，讓他們自己暴露出來。

第三章　悟道之劍

紀空手主意已定，首先一步就是故意把鳳陽諸人的幕後主使說成是項羽，這樣做的好處一來可以將韓信排除在外，不至於讓他疑心；二來可以讓這些奸細有蠢蠢欲動之心。紀空手算定，這些奸細十有八九來自於西楚，兩地相隔太遠，消息未必靈通，一旦聞聽鳳陽等人是受項羽委派而來，必然會以爲項羽有了大的動作。緊接著紀空手受異力之困，的確產生出不小的麻煩，但憑他的意志力與忍耐力，表面上看來絕不會如此痛苦。他之所以要這樣做，就是要讓這些奸細以爲刺殺自己的機會來了，同時也可以麻痹鳳陽。最後，他以束氣傳音之法通知龍賡、陳平等人，布下天羅地網，果然將這些奸細一網打盡。

這十數名奸細顯然都沒有意識到這是一個圈套，是以驚變發生之後，倉促之間毫無準備，只在頃刻間便被陳平他們制服。而鳳棲山更是在龍賡的目光鎖定之下，尙無任何反應，就被龍賡一劍刺中咽喉。

看著鳳不敗與鳳棲山的屍體，鳳陽的心中驀生一股淒涼。他萬萬沒有料到，鳳不敗與鳳棲山同爲冥雪宗四大劍王，竟然不敵別人的一劍，這實在讓人無法想像。

如此說來，龍賡的劍法豈不是高到了不可思議之境？

事實並非如此，鳳不敗與鳳棲山之敗，敗就敗在他們用的是劍，誰在龍賡的面前用劍，簡直就是班門弄斧！因爲，亙古以來，能夠將自己的生命與思想融於劍的人，唯有龍賡！

正因爲他賦予了劍之生命，正因爲他賦予了劍之思想，所以總可在瞬息間捕捉到稍縱即逝的戰機，並且以最強的攻勢擊向對方的最弱點。而且鳳不敗與鳳棲山之所以被一劍斃命，還在於他們面對龍賡這樣頂尖的劍客，居然被其他的事情分心，這無疑是致命的。

「你究竟是誰？」鳳陽的嗓音變得苦澀而嘶啞，衝著龍賡喊道。

「我就是一個劍客而已。」龍賡緩緩地將劍回收鞘中，轉身而去，邊走邊悠然道：「你無須記住我這個人，卻一定要認得我的劍，因爲它足以讓人致命！」

鳳陽盯著他遠去的背影，心中禁不住問著自己：「假如他的對手是我，誰會成爲最終的勝者？」

這是一個多餘的假設，至少在此刻而言，這是一個沒有答案的假設。紀空手的劍就在他的胸中，只要再進三寸，鳳陽的名號就將會成爲一段歷史。

當他的目光再一次與紀空手相對時，心不由自主地發出了一絲震顫。他所看到的是一雙眼睛，清澈明亮，那眸子的深處，就像是湛藍之天空，悠然寧靜，卻有不乏風雲的生動。

「你是老夫所見到的最不可捉摸的對手。」鳳陽的臉上有一分苦澀，緩緩接道：「從頭至尾，老夫看上去都不乏機會，而實際上老夫根本就沒有一點獲勝的機會。」

紀空手深深地看了他一眼，鄭重地道：「你錯了，這一戰對你我來說，機會均等，本王只不過是賭了一把，僥倖贏了罷了。」

「賭？」鳳陽的眼中閃過一絲驚詫。

「是的。」紀空手點了點頭，道：「正如你所言，當世之中，還沒有人能在百招之內將你擊敗，本王也不例外。本王若想在百招之內贏你，就只有一個機會，那便是誘使你在百招之內使出『暗香徐來』！」

鳳陽心中大駭，簡直有點不敢相信紀空手所說的話，但紀空手的確是在自己使出「暗香徐來」時勝了自己，這同樣是一個不可辯駁的事實。

他一直以爲，經過了這十年的時間，自己不僅彌補了「暗香徐來」中的所有破綻，甚至使得「暗香徐來」更具殺傷力，已成爲自己劍式之中少有的幾大殺手鐗之一。然而聽紀空手此言，似乎這「暗香徐來」尚存在著一個致命的破綻，頓時讓鳳陽的心中產生出一股強烈的求知欲。

「老夫不明白漢王話中所指，還請賜教！」他的臉上竟然露出畢恭畢敬的神情，拱手道。

「其實，明不明白你都得死，又何必多此一舉？」紀空手冷冷地看了鳳陽一眼，他本不想要鳳陽的命，可是鳳不敗與鳳棲山之死讓他改變了主意，他不能放虎歸山，爲日後埋下禍根。

「古人云：朝聞道，夕可死矣！老夫一生致力武學研究，自問在『暗香徐來』一式上下了莫大的功夫，應該沒有缺憾可言，卻沒想到一而再、再而三地在這一式上栽了跟斗。是以，這絕不是多此一舉，若蒙大王賜教，鳳陽雖死無憾！」鳳陽說得極是誠懇，對他來說，這是一個太大的懸念，寧願以自己的生命換取這個答案。

面對鳳陽的執著，看著那順著劍身湧流出來的鮮血，紀空手緩緩而道：「你是一個聰明人，卻因爲一記劍式同時栽在了兩個人的手中，就應該知道這一劍式必然存在著致命的弱點。『暗香徐來』乃是你冥雪宗劍法中固有的劍式。在你看來，既然是『暗香徐來』，就應該在這個『徐』字上作文章，通過內力一點一點地滲透，從而達到控制對手的目的。」

「不錯！老夫三歲習劍，七歲練到這一劍時，家父就是這樣傳授我的，難道這還有錯嗎？」鳳陽奇道。

紀空手淡淡笑道：「是的，你們的確錯了，自冥雪宗劍法創世以來，除了你們那位開宗祖師之外，其他人所想的思路無一不錯，這也是你們冥雪宗鳳家一直不能揚名天下的原因。」

鳳陽的眼中又驚又怒，深深地吸了一口氣後，才將這股怒氣強壓下去，冷然道：「你可以侮辱我，卻大可不必冷嘲熱諷，辱及鳳某先人。你既不願直說，還是一劍結束了我，豈不乾脆？」

紀空手一臉訝然道：「本王不過是直話直說，何來辱人之意？你若真想明白其間的道理，就聽本王將話說完。」

鳳陽抬起頭來，看到紀空手一本正經的樣子，只有默然無聲。

「從字面上來領悟『暗香徐來』這四個字，的確是應該在『徐』字上作文章。可是你是否想過，什麼才是『徐』？什麼才算是『徐』？『徐』與『疾』都是形容速度，更是相對的，沒有『徐』又哪來的『疾』？沒有『疾』又哪來的『徐』？既然這二者是相對的，那麼『徐』就是『疾』，『疾』即是『徐』，難道你還不明白嗎？」紀空手一字一句地道，說得異常清晰，似乎刻意要在場的每一個人都聽到。

鳳陽渾身一震，低下頭來，喃喃而道：「『徐』就是『疾』，『疾』即是『徐』……」

這其實是一個非常淺顯的道理，以鳳陽之智慧悟性，本來早應該想到這一點，可是就像這個世上的大多數人一樣，一旦人有了先入爲主的思想，就形成了一種慣性的思維，往往看到的是深遠複雜的問題，卻忽略了最淺顯的道理。

經紀空手點撥之後，鳳陽再靜心一想，這才發覺「暗香徐來」一式若是用一個「快」字使出，其意境較之先前截然不同，不僅正合自己劍路的節奏，而且更可使自己的劍意發揮得淋漓盡致，有一種流暢之美。

「可惜，可惜……」鳳陽搖了搖頭，情不自禁地道。

誰都可以聽出他話中的遺憾，是的，鳳陽的確感到十分的遺憾，如果他能夠在一刻鐘前悟到這些，那場上就將會是另外一個結局。

「你大可不必如此懊惱。」紀空手肅然道：「人生一世，本就不無缺憾，就像月有陰晴圓缺一樣，若是一切都完美無瑕，那麼人生也不再精彩，只會如同嚼蠟，從此了無生趣。」

他的話尚未說完，手上陡然發力，冷冷的劍鋒穿入鳳陽的心臟。

大廳之中一片寂然，「鏘……」只聽到一聲劍響，劍已入鞘，殺氣爲之而散。

當紀空手的餘光瞟向韓信所站的方位時，那個位置已然空缺，誰也不知道韓信是在什麼時候離開這裡的，就像誰也不清楚心魔會在什麼時候離開自己一樣。

紀空手的心裡一沈，韓信居然能夠在自己毫無察覺的情況下溜出自己的視線。這對紀空手來說，是一個不好的信號，至少證明了一點，韓信是有實力與他相抗衡的，一旦二者決戰，鹿死誰手，殊爲難料。

然而，讓紀空手感到更可怕的是韓信驚人的忍耐力，他能忍受誘惑，在自己看上去十分危險的情況下依然保持鎮定，沒有出手，單憑這一點，就說明韓信再也不是原來的韓信了。

一陣寂然之後，滿朝文武方才從這一系列的血腥中緩過神來，紛紛出列，向紀空手問安。紀空手與張良交換了一下眼色之後，一擺手道：「今天的朝會讓各位吃驚了，尤其是幾位遠道而來的信使，但是俗話說得好，塞翁失馬，焉知非福？如果沒有發生今日的事情，各位還以爲攻下關中之後，天下就已太平了，而事實呢？在關中的門戶武關和寧秦之外，項羽正集結數十萬大軍準備與我決一死戰！」

紀空手說得很慢，卻非常有力，森寒的眼芒自場上每個人的臉上劃過，自有一股不怒而威的氣度，朝臣之中有不少人都低下了頭，顯然紀空手正說出了他們心中的想法。

「你們可以好好地回去想一想，看本王所言是否有一定的道理。古人曾云，居安思危。而我大漢立國以來，不過數年時間，內是國庫空虛，外是重兵壓境，如果在座的各位沒有一點憂患意識，那我大漢王朝就有可能在一夜之間坍塌！」紀空手突然提高了嗓音，道：「這絕不是危言聳聽！」

群臣喏喏連聲，無不將目光投向紀空手。

紀空手心中驀生一股疲累，感到自己整日與這些人虛應故事，有一種甘於淪落的感覺。他正要宣佈散朝，一眼瞅見那三大信，便咳嗽了一聲，道：「三位信使辛苦了，今日時辰不早，你們先回暢水園休息，待本王解救出淮陰侯的信使後，在三日之內，我們就結盟一事再從長計議。」

三位信使眼見紀空手大發神威，哪敢不從？當下留下禮物，在蕭何的帶領下先行告退。

紀空手甩袖離座，便聽得張良高呼一聲：「退朝！」滿朝文武高呼萬歲。

紀空手的臉上沒有一絲喜色，只有一股倦意與落寞，彷彿自己與這個世界陌生得很，有一種脫俗出塵的感覺。

◆

當紀空手踏入內院之時，紅顏、呂雉以及虞姬母子正站在門口，帶著一臉的驚喜，將他擁在了中間。

每一個女人的眼圈都是紅紅的，臉上帶著幾分憔悴，雖然無話，但紀空手卻感到了那種至真的情愛。

他笑了，一掃剛才的疲倦與落寞，心中湧流著一股淡淡的暖流，似乎只要見到她們，他的心境立刻就顯得寧靜而放鬆。

「你們猜我這些日子來最想的東西是什麼？」回到房中，紀空手的第一句話就是這麼問道。

「爹一定是想無施了。」無施被虞姬抱在懷中，拍著小手叫道。

三個女人都笑了，紀空手俯身過去，笑瞇瞇地在無施的小臉上親了一口，道：「不錯，爹的確很想念無施，同時，也想念你的三位娘親，因爲爹想家了，而你和你娘親就是爹心中的那個家。」

他雖然說得平淡，就像是品一杯清茶，但紅顏的眼圈卻一紅，知道這是紀空手的心裡話。她記得自己第一次見到紀空手的時候，他只是一個浪子，與韓信流落於市井江湖，顯得是那麼孤獨，那麼寂寞。「家」這個字眼，對於大多數人來說，只是一個並不留戀的棲身之地，但對於紀空手來說，「家」

其實是自己心靈的避風港，正因爲他從小無家，所以才會把「家」看得很重，將之視作自己全部感情的慰藉地。

「爹既然這麼想家，就不要走了，無施也想爹。」無施的小手輕撫著紀空手的臉，充滿童真地道。

「爹也想你啊！」紀空手的臉上流露出一絲苦澀，感慨地道：「可是，爹是一個男人，一個頂天立地的男人。他生於世間，就要全力以赴地擔負起肩上的責任，否則，三位娘親又怎麼會瞧得起爹？」

紅顏「呸」地嗔了他一眼道：「你也當真是大言不慚，記得當初見到你時，我只記得是個小混混罷了，怎麼一下子變成了頂天立地的男子漢？」

紀空手嘻嘻一笑道：「你這就叫慧眼識英雄。」

紅顏斜他一眼，抱過無施道：「你呀，就是臉皮厚，也不怕教壞了小無施。」

「哈哈……你這話可就差矣，如果不是我臉皮厚，又哪來的小無施？」紀空手看了虞姬一眼，卻見虞姬已是一臉通紅，衝著他橫了一眼。

房中頓時傳出一陣笑聲，氛圍變得極爲溫馨。

呂雉聽了整個脫險經歷，禁不住打了個寒噤：「謝天謝地，你總算得以平安歸來，否則今日的朝會可真要鬧得不可收拾。」

紀空手漸漸收住了笑容，回想起剛才的一幕，猶自還有幾分顫慄。也許在剛才的議事廳中，在目睹了剛才那一幕的所有人的眼中，紀空手表現出來的那種從容鎮定、揮灑自如成爲了眾人記憶之中一道美麗的風景，但只有紀空手自己知道，他心裡壓根就沒有一點底，面對危險和困難，他同樣也顯得脆弱。

他是人，不是神。是人，他就同樣擁有喜怒哀樂，擁有脆弱，擁有恐懼，但他絕對不是一個普通的人，所以他可以將這些感情和情緒強行壓在心裡，不爲外人所知。

對他來說，也許只有面對紅顏她們這些心愛的女人，他才會真情流露，才會有放鬆的心情，就像是一隻回到洞穴的蝸牛，當牠放下了自己背上那重重的殼時，才有那種回家的感覺。

「我還是低估了韓信。」紀空手一臉肅然，緩緩接道：「不僅對他的武功有所低估，包括他的智慧，也同樣超出了我的想像範圍，所謂士別三日，當刮目相看，他將是一個比項羽更爲可怕的勁敵！」

「既然如此，你爲什麼還要放他走？須知你這決定，無異於縱虎歸山。」呂雉身爲聽香榭閥主，對天下大勢一向關注，更對大漢王朝當今的對手時有留意，是以十分贊同紀空手對韓信的評價。

「我不得不放，甚至，我還不能讓他覺察到我對他已有懷疑。」紀空手的臉上露出一絲無奈道：「楚漢爭霸已經開始，武關、寧秦兩地風雲變幻，戰事一觸即發，我與張先生商談多次，根據兩軍實力的對比，雖然西楚軍少了一個范增，但以項羽多年行軍打仗的經驗和手下那一批驍勇善戰的將士，我大漢軍要想畢其功於一役，顯然並不現實。唯一可以取勝的辦法，就是聯合各路諸侯，在局部上與西楚軍進行小規模的戰爭，以此消耗西楚軍的銳氣，等到其元氣大傷時，我軍再集中優勢兵力，與之一決生死！」

「如此說來，這一戰豈不是要打幾年？」呂雉皺了皺眉道。

「這是沒有辦法的事情，而且根本無法預料這一戰究竟孰勝孰負。」紀空手看著小無施打了個呵欠，笑了笑，示意虞姬帶他先去安歇，然後才道：「項羽的西楚軍畢竟號稱從來不敗，與這樣的軍隊一戰，其本身就是一種冒險。所以，如果沒有韓信、彭越等軍隊的協助，我軍絕無勝算。」

呂雉似乎想到了什麼，冷然一笑道：「其實，要想打敗西楚軍，還有另外一種捷徑，夫君何以不用呢？」

紀空手淡淡一笑，顯然明白了呂雉的意思：「以其人之道，還制其人之身？」

「不錯！」呂雉點頭道：「以問天樓與聽香榭的實力，刺殺項羽絕對不是一個不可能完成的任務。」

紀空手陷入了沈思之中，一臉肅然，良久才搖了搖頭道：「我何嘗沒有想過這個問題？只是，項羽的流雲道真氣與流雲道劍法，當世之中，無人能敵，有誰能夠擔負如此重任？」

面對強手，他向來自信，還沒有出現像此刻這樣毫無把握的情況。按理，他此刻心脈之傷已癒，補天石異力也全然融入了自己的肌體，能量之大，已今非昔比，完全可以面對任何一個強大的對手。但是，只有他心裡最清楚，項羽的武功，深不可測，幾乎接近了武道中的一個神話，要想打敗他，無異又是一個神話，毫無半點真實感可言。

他沒有和項羽有過真正的交手，唯一的一次，就是在樊陰的大船上。從嚴格的意義上說，那不算是一次交手，但項羽那種舉重若輕、傷人於無形的出手方式，讓紀空手感到了一種絕望，一種無法超越的絕望，他第一次在一個人的面前感到了害怕。

項羽能夠繼項梁之後，以如此年輕的年齡出任流雲齋閥主，這不能不說是一個奇蹟。這固然與他的身世不無關係，但其時的流雲齋人才濟濟，高手如雲，其實力在五閥之中名列第一，項羽能夠力排眾議登上閥主寶座，就證明了他的武功足以震懾群雄。凡是與項羽有過交手的人，幾乎沒有人能夠活下來，紀空手是唯一一個身受流雲道真氣重創，卻還能存活於世的人，這不是他的實力使然，更多的是一種運氣。是以，紀空手是當世之中唯一一個深知項羽威力的人，正因如此，他覺得刺殺項羽的這項重任是無人可以單獨完成的，必須要有一個配合得天衣無縫的組合，而在這個組合之中，每一個人都必須擁有超乎常人的功力，唯有如此，或許尚有一線勝負。

「龍賡，難道以龍賡的劍法，還不能夠擔負這項重任嗎？」呂雉的眼睛一亮道。

紀空手搖了搖頭道：「龍賡對劍道的領悟，的確已達到了一個常人無法企及的地步，縱是如鳳不敗、鳳棲山這等一等一的高手，一旦先機一失，也很難在他的手下接下一招。不過，正因如此，他對自己的劍術已相當自負，甚至對任何一個使劍之人都絕不放在眼中，如果讓他去行刺項羽，那麼這一點將成為其致命傷，根本不可能有任何補救的機會。」

「你是說，龍賡與項羽一戰，毫無勝機？」呂雉的眼中閃現出難以置信的神情，雖然她自聽香榭的藏書閣中看到過一些有關流雲齋武學的記載，但她始終覺得紀空手過於神話項羽了。

「不，兩人若是一戰，龍賡當有三成勝算，不過僅只三成而已。」紀空手沈吟半晌，接道：「這就是我不想讓龍賡去冒險的原因之一，因為我覺得，他不僅是我的助手，更是我的朋友。」

「如果是你們兩人聯手呢？」呂雉道。

「依然沒有絕對的把握。」紀空手苦澀地一笑，他認爲自己絲毫沒有誇大項羽武功的意思，平心而論，他認爲項羽的功力之深，已達到了無可揣測的境界，無愧於「天下第一」的稱號。

「那就交給我吧！」呂雉突然說了一句，讓紀空手大吃一驚，他甚至聽出了呂雉話中湧動的沈沈殺意：「兵者，詭道也。既然以武力不足以對付項羽，那就用藥。我聽香榭之所以能夠名列當今五閥之一，就是因爲用藥手段防不勝防，往往可以殺人於無形。」

紀空手淡淡一笑道：「你錯了，以項羽的武功，早已練成了百毒不浸之身，藥物已對他不起任何作用，如果你不相信，大可在我的身上試上一試，看看是否如此？」

呂雉突然想到了什麼，「噗哧」一笑道：「我看不必了，那位俏生生的苗疆女子，似乎就證明了我們的紀大公子並非百毒不侵。」

紀空手聽她提到自己在夜郎的豔遇，臉上一紅道：「此一時，彼一時也，你又何必哪壺不開提哪壺呢？」他似乎陷入一種情思之中，悠然而道：「一晃近三年過去了，當日若非她的出現，只怕就無今日的我了。」

「既然紀大公子如此多情，何不將之一併接來，以了卻你這番相思之苦？」紅顏莞爾一笑，顯得極是大度地道：「反正你喜歡到處留情，我也習慣了。」

紀空手哈哈一笑道：「我怎麼聽起這句話來總覺得有一些酸溜溜的味道？家有賢妻三位，已折騰得我苦不堪言，哪還敢再起色心，招惹是非？我看你們還是饒了我吧！」

兩人相視而笑，呂雉卻沒有笑，只是關切地盯著紀空手道：「你沒事吧？」

紀空手怔了一怔，豁然醒悟道：「你下藥了？」

呂雉點了點頭道：「剛才在你和紅顏姐姐說話的當兒，我一連下了七種藥性不同的秘香，這七種秘香乃是我聽香榭的不傳之秘，無色無味，可以傳及百步之遠，更難得的是它的施藥手段十分隱蔽，只須一彈指即可達到目的，你難道一點都沒有感到不適？」

紀空手的臉色驟變，驀然感到自己腦部一脹，似有昏眩之感。然而，就在他感到這種不適之時，體內那股散沒於四肢百骸的補天石異力頓起反應，迅速地進入血脈穴位之中，對外來異物合而圍之，強行化解，只不過用了一瞬功夫，紀空手便感昏眩全無，靈台空明，就像那種昏眩感從來沒有出現過一般。

補天石異力擁有如此功效，完全超出了紀空手的想像範圍，雖然他從飛瀑潭脫險之後，就已經意識到補天石異力在自己的體內產生了質的變化，但是他絕對沒有想到過當補天石異力發揮出其最大的潛能時，竟然可以在頃刻間化解聽香榭的七種藥物之效。這種無意中的發現，不得不讓紀空手重新審視自己的實力，甚至平添一股自信。

看到紀空手毫無反應的樣子，呂雉花顏失色，驚呼道：「你萬萬不可運氣排毒，待我用解藥化去這秘香之毒。」

她一揚手，便見掌心多出了一枚豆大的藥丸。藥丸在手，她的手指已豎立成棍，正要點擊紀空手嘴上的開口穴，卻見紀空手淡淡一笑道：「我沒事，只是有些奇怪，爲什麼你這秘香對我全無作用？」

呂雉又驚又喜，道：「你真的沒事？」

「我也很想自己有事，這樣一來，至少可以待在你們的身邊，享受一下天倫之樂。」紀空手不禁苦笑一聲道：「但是，對著自己心愛的女人，我還沒有學會說謊。」

呂雉頓時心生一種沮喪之感，終於明白以藥物對付項羽只是自己癡人說夢罷了，紀空手的判斷十分正確，要想對付項羽，只怕還需從長計議才行。

「如果項羽真的如此可怕，那麼豈不是再也無人可以制服於他？」呂雉的臉色一變道。

「至少從目前來看，應該如此。」紀空手沈吟半晌，緩緩道。這一直是存於他心中的一塊心病，之所以沒有提出來，是因爲時日尙早，而到了今天，楚漢爭霸既然開始，他已無法迴避這個最棘手的問題。

這時，門外傳來一個女侍的聲音：「啓稟大王，張先生、陳將軍等人已在荷花池恭候。」

紀空手不禁苦澀地一笑，道：「看來那種閒雲野鶴般的生活對我來說只能是一種追憶了，想和賢妻愛子團聚一刻也不可得，對我來說，這真是一種悲哀。」

他一臉歉然地望望紅顏，望望呂雉，這才輕歎一口氣，向門外走去，背影挺立而顯得飄逸，但紅顏分明看到他的肩上似乎承負了太多的壓力。

◆

荷花池邊荷花亭，這是一個沒有荷花的季節，卻依稀可以感受到那種荷香隨清風而來的感覺，宛若山水畫中的愜意。

秋風肅殺已有了陣陣寒意，但張良、陳平、龍賡、阿方卓四人或坐或立，臉上絲毫不顯議事廳時的那種緊張，而是顯得十分平靜。

他們的確非常鎮定，不僅是在表情上，更是在心理上，當紀空手出現的剎那，他們似乎一下子有了主心骨，大有完全可以面對一切的從容。

「一切都像是在作夢，沒有一點的真實感可言。」張良看著紀空手步入亭中，不禁感慨道：「我突然明白了何以先生要我們全力輔佐於你，想必是他已經堪破了天機，認定了你會在這亂世之中出人頭地，否則，何以我們總是可以在最緊急的關心化險爲夷？」

除了阿方卓之外，無論是龍賡，還是陳平，都與張良抱著相同的想法。他們身爲五音先生的門下弟子，其忠誠自不待言，在這幾年的交往之中，他們更與紀空手結下了兄弟般的情誼，這些人無一不是人傑，在各自所擅長的領域中足以笑傲一切，但他們卻甘居人下，爲紀空手效力，這讓紀空手的確有所感動。

「我不信命，更相信自己和朋友。」紀空手的目光從他們的臉上一一劃過，似乎讀出了他們的內心與思維：「命運這個東西，是一個玄而又玄的東西，當一切事情沒有發生之時，它是未知的，而未知的東西，其本身就帶有一種深不可測的預期。所以，我從不信命，更不會將自己的一切交付給未知，唯有如此，我才能更好地把握自己，讓自己成爲自己的主宰。」

不知爲什麼，當紀空手一見到他們之時，心裡就沒來由地多出一股亢奮與自信，剛才那種對項羽的害怕情緒竟然一掃而空。他相信龍賡的眼力，也相信阿方卓的忠誠，有了這幾位朋友相助，他堅信自己的強大，可以戰勝一切對手！

張良淡淡一笑道：「這也許就是你能成功的原因。平心而論，我這一生中很少有過失算的時候，剛才發生在議事廳中的一切無疑是我最無法把握的，在一剎那間，我甚至感到了絕望。可是，當我一聽到你的聲音時，我就明白，一切又回到了你我的掌握之中。」

「誰說張先生不會拍馬屁？」紀空手大笑起來：「你這一番話不露痕跡，讓我都有些無地自容了，再說下去，我只有為之陶醉，醉死在這馬屁聲中了。」

眾人無不大笑起來，亭中的氣氛一時變得輕鬆而悠然，就像是幾個老朋友相聚一起，趁興聊天，根本不像是在密談軍國大事。

「你為什麼不對他動手？剛才在議事廳中，如果你我前後夾擊，無疑是最好的機會。」龍賡笑過之後，眼中閃出一絲疑惑，望著紀空手道。

紀空手當然知道龍賡口中的「他」所指何人，沈聲答道：「不是不想，而是不能。」

龍賡輕輕地歎息一聲，道：「只怕他此行一去，再要殺他，已是難如登天。」

「你提前離開議事廳，莫非也是為了他？」紀空手似乎有所悟地道。

「是的，事實上我的氣機一直鎖定著他。他甫一動，我便立時察覺，從漢王府到東城門外，我一直距他不過百步之遙，希望能夠找到一個最佳的出手時機。可是，我卻失望了！」龍賡的語氣中不無遺憾地道，他雖然說得輕描淡寫，但紀空手卻知道這一路跟蹤必定兇險無比，以韓信之能，就算龍賡這樣的絕頂高手，也休想逃過他耳目的捕捉。

「你沒有找到這個最佳的出手時機？」紀空手道。

「我根本無從找起。」龍賡的眼中流露出一絲驚懼的神情，沈聲道：「他的氣機若有若無，似重似輕，讓你無法揣測，更可怕的是，他的氣機就像是一個虛無的圓，沒有稜角，沒有方向，既不知他將攻擊的角度，也無法揣摩出他防禦的每一條路線，在攻防上達到了渾然天成的境界。」

「這就是你最終沒有出手的原因？」紀空手皺了皺眉，體會著自己這些日子的心得，突然悟到韓信能夠達到如此境界，必定是因其體內的補天石異力有了突破。

「不！」龍賡搖了搖頭道：「雖然他的氣機十分詭異，但我還是決定出手，可是，當他的人來到東門外的密林之時，我竟然失去了他的蹤影，甚至連他的氣機也消失得乾乾淨淨。」

「哦？」紀空手不禁倒吸了一口冷氣，不得不對韓信的實力再作估計。

「普天之下，能夠在我的眼皮之下平空消失的人，實在不多，他能夠做到這一點，就證明其實力在我之上，由此引發了我的又一個疑問，他的武功既然在我之上，何以又不出手與我一戰？」龍賡似乎有些糊塗了，將目光投射在紀空手身上。

龍賡無疑是當世最優秀的劍客之一，一個能夠稱之爲劍客的人，其最大的特點就是冷靜。唯有如此，他才可以在錯綜複雜的形勢之下以最快的速度作出正確的判斷，像這種迷茫的情況，發生在龍賡的身上極爲罕見。是以，這個疑問對於紀空手來說，也同樣是一個難題。

「從當時的情況來看，你能否確定只有你們兩人？」紀空手也覺得有些納悶，很難從龍賡所說的話中作出判斷。於是，他需要更爲詳細的情況。

「我可以確定，當時在我的百步之內，除他之外，再無第三者出現！」龍賡非常肯定地道，對於這一點，他有絕對的把握。

紀空手不由皺了皺眉，以他對韓信的了解，在這種情況下，面對的又是比其弱的對手，韓信是不會放過這種機會的，大王莊一役無疑就是最好的印證。然而，韓信居然一反常態，放棄了這個出手的機會，這究竟是出於什麼原因？

紀空手苦思冥想，不得其解，卻聽得阿方卓說了一句：「我常年居於雪域高原，對中原武林雖然所知甚少，卻深知如果有人還能在武功上勝過龍兄的，只怕沒有幾個。」

紀空手聞言倏地腦中靈光一現，望向龍賡道：「也許你我都被韓信的假相所迷惑，他之所以沒有出手，或許是因爲他根本就沒有必勝的把握！」

「這怎麼可能？」面對事實，龍賡已經沒有了往日的自信，驚詫地道。

「你我最初之所以判斷韓信的武功在你之上，是因爲他竟然可以在你鎖定他的氣機之時平空消失。按照武學常理，如果不是對方的功力遠勝於你，這種現象絕對不會發生。但是阿兄的一句話提醒了我，讓我想到了一個人，使我最終知道了韓信沒有出手的原因。」紀空手充滿信心地道。

「你想到了誰？」龍賡素知紀空手一向言下無虛，他既然如此說，就必定有他這麼說的道理。

「李秀樹，那位高麗國的親王。」紀空手淡淡一笑，想起自己與李秀樹的幾番交手，不由猶有一絲餘悸。

李秀樹不僅是高麗國親王，而且是北域龜宗的當代掌門，他挾自己親王的身分，還統轄著海域中幾大詭異幫派，其中的「東海忍道」就是其中之一。東海忍道能夠爲李秀樹所看重，並不是因爲它的門下有七百弟子，而是因爲它所擅長的詭變之術，與中原武學有著本質上的差異，偶爾施出，可以收到出其不意、以奇制勝的效果。以紀空手的本事，尙且在這詭變之術上栽了跟斗，也就難怪這詭變之術在他的腦中留下非常深刻的印象。

詭變之術最大的特點，就是不能以常理論之，可以用諸多隱蔽的手法與變化讓一些不可能發生的事情成爲現實。韓信與李秀樹交往甚密，以他的功力與頭腦，要想學會絕非難事。由此推斷，也就不難猜出韓信最終沒有出手的原因了。

紀空手這一番推理說出，頓讓龍賡茅塞大開，連連說道：「怪不得，怪不得……」想到這詭變之術如此詭異，心下不由駭然。

紀空手微微一笑道：「見怪不怪，其怪自敗，這詭變之術看似玄奇，其實只要你能看透其本質，它終究只是一種障眼的把戲，根本登不上大雅之堂。」頓了一頓，望向陳平道：「我更想知道的是另外一種障眼法，如果我所料不差，韓立出現在你面前時，一定是遭到了五花大綁。」

陳平驚奇地看了紀空手一眼，道：「不錯！他與他的隨從一律被人捆綁在暢水園的驛館內，嘴上還被人塞了布條，那驚魂未定的神情裝得真假難辨，若非我知道這是他們演的一齣『苦肉計』，還真會被他騙了也說不定。」

「那實在再好不過了。」紀空手拍掌道：「我們就難得糊塗一回，就把他們所表演的『苦肉計』權當是真，免得讓韓信起了疑心。」

陳平似想到了什麼，不禁笑出聲來道：「這韓立的演技著實不差，我剛剛把布條從他的嘴裡取出，他就破口大罵，還不時向我打聽晉見儀式上所發生的事情，我敷衍了他幾句，正巧蕭相趕來安撫，我便溜了回來。」

張良見紀空手一怔，忙道：「是我讓蕭相趕去暢水園的，一來是爲了安撫四大信使，二來是要請這四大信使移居於蕭相的相國府中，我們就在那裡與他們商談結盟之事。」

紀空手知道他還有下文，只是靜靜地聽著，果然，張良繼續說道：「這樣做的用意，是爲了防止走漏風聲。咸陽城中不乏項羽的暗探奸細，一旦讓他們得到了確切的消息，勢必會對我們的結盟不利，甚至會對四大信使的人身安全構成威脅，而相國府始建不久，裡面的人員配置比較單純，再加上調入陳平的家族高手擔負防衛任務，可保萬無一失。」

紀空手思慮再三，點頭道：「你能想得如此周全，的確替我省心不少，但是我想，項羽此時已經得到了四大信使抵達咸陽的消息，必定會在四大信使的必經之路設下重兵埋伏，如果我們要確保他們的安全，就只有打個時間差，讓他們在今晚離開咸陽。」

「時間如此倉促，只怕難以與四大信使達成協定。」張良驚道。

「我早已想好了，四大信使來到咸陽，只是一個形式，無須與他們多談細節。而我早已派人將結盟的地點、時間、行軍路線、聯絡暗號寫進了一張書函之中，分頭派出心腹高手自另外的路線悄悄傳遞出去。」紀空手胸有成竹地道。

就在這時，一個人匆匆進來，距離荷花亭尚有十足之遙時，便伏地跪稟道：「陳七給漢王與幾位大爺請安！」

第四章　呂氏秘窟

陳平見來者乃是自己家族中的用劍高手陳七，不由眉頭一展，急問道：「那件事情莫非已有了眉目？」

他問得奇怪，紀空手等人亦是如墜雲霧之中，根本理不出一個頭緒。

「回大爺的話，一切如大爺所料，我們以飛索吊入飛瀑潭，果然在西南震位水下三尺處尋找到了一個機關暗口，如果不出意外的話，應該是進入百葉廟下機關的入口。」陳七顯得十分激動地道，他這一番話說出，頓讓紀空手等人喜出望外，無不將目光投向陳平。

陳平微微一笑道：「你們不必以這種眼光看我，事實上在此之前，我的心裡也絲毫沒底，只是誤打誤撞，全憑運氣罷了。」

「也只有你有這樣的運氣，才能誤打誤撞撞個正著，換作我們，就是運氣再好也是枉然。」紀空手笑了起來，他無法不笑，一旦百葉廟遺址之下真的如張良所料，那麼至少在兩年之內，他在軍需糧餉上絕無後顧之憂。

「其實，若非你從飛瀑潭下逃生而出，我也沒有想到會從這深潭之中尋找機關。我原也尋思，以呂不韋當時的身分地位、財力物力，既然在百葉廟下修有暗宮，就絕對不會只留一個出口。人說狡兔三窟，呂不韋一代權相，又豈能比不上一隻狡兔？所以我斷定他除了在百葉廟留有出入口之外，必然還有另外一條出路。」陳平無疑是勘探方面的權威，一開起口來，一股自信便油然而生，侃侃談道：「然而數天過去，我們不僅一無所獲，甚至連遺址下的出入口也找尋不見。我就尋思，這出入口一定是精鐵打鑄，當年的那一把火燒得太烈太猛，以至於精鐵熔化，與土石凝成一體，所以才無處可尋。正當我一籌莫展之時，你突然從潭底而出，讓我重新開拓了思路，從而確定另一條出口必在水下！」

「這麼說來，你可以肯定這發現的洞口就是百葉廟下機關的出口？」張良有些性急地道。

陳平搖了搖頭道：「我不能確定。」

「既然不能確定，我們何不親自走上一遭？」紀空手笑道，他喜歡把一些複雜的事情簡單化，這樣一來，至少不會弄得自己身心疲憊。

當他們一行趕到百葉廟遺址時，已是夜色沈沈，數千枝火把燃起，照得驪山北峰如同白晝一般，上萬名軍士眼見紀空手到來，無不精神一振，高呼「萬歲」，聲震山谷，引起隆隆回音。

等到他們下至飛瀑潭時，第一眼見到的就是那頭半浮於水面的巨蟒，龍賡等人想起紀空手所述的脫險經歷，無不為紀空手捏了一把汗，暗自忖道：「假如換作是我，是否能如他這般幸運，自這地獄般的地方逃出生天？」

陳平在陳七的帶領下，來到了潭南那段懸壁之下，細細觀察了半晌方道：「大王請看，這潭底形狀，如同一個並不規則的八卦圖案，卦相臨水，顯示著震信必有玄虛，這也印證了這水下三尺確有出入口存在。如果要讓這出入口重現天日，就必須堵截上游水道。」

陳七聞言，早已揮動令旗，指揮著峰上的軍士展開行動，只不過一頓飯功夫，潭面的水位明顯下滑，那嵌在懸壁的機關爲之而現，竟然是一扇滿是青苔水銹的大石門。

「水下機關，爲了防範漏水滲水，必然設有多道門戶，而開啓這幾道門戶的機關，當有內外兩套。」陳平於勘探建築一道的確是個行家，很快就確定了在乾位與坤位時查尋機關的開啓點，沒有花費多少功夫，便見大石門「軋……」地一聲，緩緩向兩邊蠕動。

眾人一陣歡呼，誰都翹首以待，希望能從這門裡看到一座金光燦燦的金山，開開眼界。

當三道以鐵、木、石三種不同材料的門戶全然開啓之後，一條深幽的暗通隨之而現，就像是惡獸的大嘴，隱隱然透出一股不可預知的詭異。

「呂不韋修築此宮，所費心思的確不少，用土木行業中的一句行話來講，乃是『巧奪天工』，利用地形地貌，建起了這座『八卦五行宮』，單是這選址一項，已不容易，這就證明這門內的玄虛必定不少。」陳平不敢貿然闖入，只是以徵詢的目光望向紀空手。

「所謂不入虎穴，焉得虎子？本王要想得到這筆巨金，難免得冒冒風險。這樣吧，本王就與陳將軍一同入內，其他人就在這裡靜候佳音吧！」紀空手的好奇心起，早已躍躍欲試，顧不得別人勸阻，接過軍士手中的火把，當先闖入。

他連過三道門戶，便感到一股陰森的濕氣迎面撲來，暗道可容三人並排而過，但高僅七尺，紀空手人在行進之中，必須低頭哈腰才不至於有撞頭之險。火光可照丈餘範圍，餘光盡處，便是無盡的黑暗，伴著落針可聞的靜寂，彷彿踏入了森森地獄一般，讓人心生毛髮悚然之感。紀空手雖然膽大，亦是有一絲驚懼，不知前行的路上會發生一些如何恐怖的事情。

「不好！」他突然低呼一聲，聲音迴盪於這暗道之中，若鬼哭一般驚人。原來他行了百步之後，驀感腳下的泥土愈來愈軟，產生出一股吸力，將自己的雙腳一點一點地往下淪陷……

跟在他身後的陳平心中一動，似乎想到了什麼，驚叫：「大王休慌，深吸氣，緩呼氣，然後看準路徑，以左三右四的步伐向前，當保無事。」

紀空手本想深吸一口氣，以輕功提縱之術來解這燃眉之急，聽到陳平的叫喊，當下靜心，按其所教方式又前行了五十餘步，這才感到自己的腳下踩到了堅石之上。

他幾乎嚇出了一身冷汗，就著火光，這才發覺那所經暗道鋪了一層厚厚的黑土，正按照一種肉眼不易察覺的步率作逆時針方向的流動，正是這種有規則的流動，產生出一股向下的吸力，比及沼澤更爲恐怖。

「這種土是北域黑山特有的土質，帶有極強的黏力。」陳平蹲下身子，察看了一下道：「這暗宮既叫『八卦五行宮』，這裡面就必設五行陣，剛才我們所過的就是土陣。外行人一旦踏入，無論功力有多麼高深，如果不能及時找到破解之法，就唯有下陷沒頂一途。」

紀空手不禁苦笑一聲道：「看來這暗宮之中，荊棘遍佈，不能亂走一步，既然如此，我就只有唯你馬首是瞻了。」

「大王說笑了。」陳平看看前方道：「再往前，依次是木陣、火陣、水陣，到了金陣，想必就是呂不韋的藏金之處了。」

「這土陣已是如此驚人，想必其他四陣也是駭人聽聞。」紀空手似乎心有餘悸地道。

陳平淡淡一笑道：「我自五歲學習土木建築，七歲學勘探技術，對八卦五行瞭若指掌，大王只要亦步亦趨，緊跟著我，保證不會傷到一根毛髮。」

兩人一連闖過木陣、水陣、火陣，算來已走了千步之遙，突然陳平止步不前，奇道：「這裡想必就是暗宮的中心了，何以見不到一兩金子？」

紀空手聽他的聲音嗡嗡直響，知道兩人到了一個空曠高遠的空間，借著火光一看，只見一個占地十數畝的開闊地上，竟然空空如也，根本就沒有張良所說的那四百萬兩黃金。

這種結果顯然出乎了紀空手的意料之外，讓他頓有一種瞠目結舌之感。誰也不會想到，呂不韋花費了如此心思所建成的暗宮，竟然什麼也沒有，這實在讓人有一種哭笑不得的感覺。

紀空手心思一向縝密，與陳平細細搜尋了一遍之後，突然問道：「這裡會不會根本就不是暗宮的中心？」

陳平沈吟半晌，搖了搖頭道：「不會，我所知道的『八卦五行宮』，的確有一些設有真假暗宮的，其意就是爲了迷惑外人，但這座暗宮四壁俱是以堅岩所塑，沒有任何機關暗道，所以我可以肯定，這裡就是暗宮的中心。」

紀空手沒有再對自己的意見堅持下去，他相信陳平，自然也相信陳平的眼力以及他在這方面的權威，當下果斷地道：「你通知張良、龍賡帶十數人進來，備好充足的火炬，我絕不相信呂不韋修築這等規模的一座暗宮，就是爲了戲弄後人，其中定有玄虛。」

陳平領命而去，空蕩蕩的地宮中，只留下紀空手一人。

他所站的位置，可以俯瞰整個地宮。這十數畝的空間，完全是在山體中開鑿而成的一個殿堂，按常理而言，就算這裡不是呂不韋藏寶的地點，也應該是他堆放一些重要對象的地方，絕不會什麼東西都沒有，這不合乎情理，唯一的可能就是自己還沒有找到關鍵所在。

雖然在漢王府的國庫中，除了登龍圖寶藏所餘的一部分，還有後生無自各地經營所得的錢財，但隨著各地戰事頻起，這部分重要的經費來源已有日漸萎縮之勢，否則紀空手也不會對這四百萬兩巨金生出覬覦之心，甘冒奇險就是爲了勢在必得，而一旦這個希望破滅，那種沈沈的失落感實在讓人無法接受。

很快身後傳來一陣急促的腳步聲，也帶來火勢極強的光源，紀空手沒有回頭，已知是張良等人來了。

火光照在張良煞白的臉上，映出的同樣是不可思議的神情。當他仔細地搜索著這暗宮的每一寸地方後，禁不住喃喃而道：「這不可能，這不可能是真的，這不可能，這不可能是真的……」

「其實出現這種情況有三種可能。」紀空手的心已靜了下來，緩緩而道：「第一就是寶藏的確就在這裡，只是我們還沒有發現而已；第二就是寶藏曾經放在這裡，有人捷足先登，先我們一步得到了這批寶藏；還有一種可能，那就是不管什麼原因，寶藏根本就不在這暗宮之中，我們自然也就無法找到了。」

眾人默然無語，顯然贊同紀空手的說法，但他們同時也知道，紀空手所說的第一種可能實在是渺茫得很，不過是自己安慰自己，因爲他們幾乎搜遍了這裡的一切，終究是一無所獲。

紀空手見他們一臉沮喪，淡淡而道：「天意如此，我們也不必傷心，這四百萬兩巨金對我大漢王朝來說固然重要，但它既非屬我之物，失去也殊不可惜。」他望向陳平道：「陳將軍，你帶一幫人再來搜尋一遍，如果還是一無所獲，就封住出入口，權當此事作罷，本王這就趕回咸陽，處理一些軍機要務。」

他拍了拍張良的肩膀，正欲轉身而去，突然有人驚呼道：「看，那是什麼？」

紀空手猛然循聲望去，陡見洞頂之上燃起一縷藍幽幽的火光，如導火索般嗤嗤作響，沿著一定規則的路線迅速蔓延開來。

這縷藍光來得如此突然，又是如此蹊蹺，著實讓在場每個人都嚇了一跳，但紀空手不敢眨眼，他明白，這或許就是天機，不容自己有一點錯失！

「呂……氏……」眾人無不注視著這洞頂奇觀，大聲念道，就連紀空手也跟著火光所綻現的圖案一字一字地念著。

「呂氏生財，在於一統。」藍光竄動得極快，也消失得極快，但每一個人都將這八個大字記在腦海，因爲這正是他們所見到的東西。

呂不韋無疑是自大秦以來最成功的一位商人，他能在七國爭雄的戰亂時期聚斂財富，成爲當世富甲一國的名流，就必然有其獨樹一幟的生財之道。同時更以愛妾爲餌，籠絡大秦王孫，最終依靠這層關係棄商從政，位極人臣，不得不說他這一生中無疑是成功的。自他身故之後，雖然懾於始皇之威，史書上關於他的記載多爲貶義，但有關他的一些故事與傳說，依然是百姓在市井中最津津樂道的話題，他也成了許多商賈小販心中的楷模。

像他這樣的人，花費大量人力財力，修建一座規模如此宏大的暗宮，當然不會是無謂的消耗，以這種隱密的手法將這八個大字留於洞頂，自然有其深刻的用意。

紀空手當然想到了這一點，可是他實在不能領會這八個大字中更深的涵意，就連見多識廣的張良，也是一臉彷徨。

「派人上去，仔細查看，是否還能發現點什麼。」紀空手沒有猶豫，命令那十名軍士搭成人梯，高舉火炬，貼著兩丈高的洞頂一一細察。在他看來，呂不韋如此做的目的，絕非無的放矢，必然有其道理，只是自己不能理解罷了。

「啓稟大王，這財字下面另有一行小字。」那名站在最高處的軍士突然叫了起來，顯得極是興奮。

「念來聽聽！」紀空手大喜之下，命令道。

「一統者，壟斷也，七十二行，無一不能生財，而生財之道，就在於壟斷行業，唯有如此，才能置萬金如取探囊之物也。」那名軍士朗朗而道，聽得每一個人都在靜思，都在追索，企圖破解這句話的涵意。

這無疑是呂不韋對「呂氏生財，在於一統」八字的注解，而不是紀空手期望的對那四百萬兩黃金下落的指點文字。對紀空手來說，經商絕非其強項，所以這些話他來說全無用處。

如果說這些話對紀空手是對牛彈琴的話，有一個人卻是這些文字的知音，那就是以棋道名揚天下的陳平！陳平雖然是五音先生門下的親傳弟子，也同樣是夜郎陳家的族長，而夜郎陳家所擅長的就是經商之道。

他在心裡默誦著這一段話，臉上的肌肉爲之抽搐，眼中漸漸綻放出一種異樣的色彩，突然喃喃而道：「我明白了，我終於明白了……」

所有人都將目光投向陳平，臉上無不露出一股質疑的表情，因爲他們不明白陳平明白了什麼，更無法理解這段文字的真正涵意。

紀空手看著陳平的表情，幾欲開口，卻又把話咽了下去，他不想破壞陳平的大好興致，儘管他也很想知道其中的答案。

「恭喜大王！」陳平好不容易才壓制下心中的喜悅，拱手道：「我已知道寶藏的下落了。」

「此話當真？」紀空手雖然有所覺察，可還是想不到會有這種意外之喜，不由追問了一句。

「千真萬確。」陳平顯得極度自信地道：「我所找到的寶藏，遠不止四百萬兩黃金，它簡直是取之不竭，用之不盡！」

紀空手實在難以置信，但他相信陳平不是一個誇誇其談之人，他既然敢如此說，就必然有其道理。

如果這個寶藏真的如陳平所說的那麼大的話，那麼對已經開始的楚漢之戰來說，大漢軍就有了強有力的保障。然而張良熟諳歷史，深知呂不韋縱是商界奇才，也不可能擁有如此驚人的財富。

面對眾人將信將疑的目光，陳平笑了笑道：「請大王這就回府，容我慢慢道來。」

紀空手怔了一怔道：「難道這筆寶藏不在此地？」

「不錯！」陳平極有把握地道：「天機不可洩露，知道的人多了，這寶藏也許就會平空消失。」

◆

回到漢王府中，已是三更。

無論是紀空手、張良，還是龍賡、阿方卓，誰都沒有半點睡意，他們的心中都知道陳平究竟賣的是什麼關子，是以一回到荷花亭，都催著陳平說出實情。

「我也不知道寶藏的下落。」陳平淡淡而道：「可是，我卻知道找到寶藏的方法。」

紀空手深深地盯了他一眼道：「請說下文。」

「四百萬兩黃金對任何人來說，都是一筆不小的財富，但它既然有數，就終有用盡之日。所以，這黃金得不得到其實無關大局。」陳平輕描淡寫地道：「呂不韋大興土木，暗藏於百葉廟下的不是黃金，這的確讓人失望，可是他卻留下了比黃金更有價值的東西，那就是經商秘訣！只要有了它，我們完全可以在最短的時間內積累到我們所需要的財富，所得到的東西遠遠大於那四百萬兩黃金的價值。」

紀空手這才明白陳平的意思，不由有失望地道：「我雖然知道活水有源的道理，可是遠水解不了近渴，如今戰事爆發，急需銀子，等到你賺到銀子時，只怕已經錯先戰機了。」

「不！從今日起，只要給我一個月的時間，我可以爲你籌集到四百萬兩黃金。」陳平肯定地道。

「軍中可無戲言！」紀空手道。

「我可以立下軍令狀，若是我在一月之內籌集不到這個數目，任由你隨便處置！」陳平顯得信心十足。

紀空手疑惑地望了他一眼，道：「我更想聽聽你的高見。」

陳平笑了一下道：「我只是移花接木罷了，真正點撥我這夢中人的，是呂不韋的那八個大字：呂氏生財，在於一統。雖然這只是八個字，但它無疑是呂不韋一生的心血所得，更是經商中的至理名言。所謂一統，就是行業壟斷，當整個市場都賣的是一家的貨物時，那麼就可以牟取最大的暴利，使得一切競爭都化爲烏有，賺錢變得是極爲容易了。」

紀空手似懂非懂，搖了搖頭道：「我還是不太明白。」

陳平娓娓而道：「打個比方，整個咸陽城中，只有我一家在賣生鹽，進價十兩銀子一擔，卻要賣出百兩銀子一擔，雖然售價奇高，但根本不愁沒人來買。因爲，這是百姓生計所需，又是獨此一家，別無分號，這錢難道還賺不到我的手中嗎？」

張良皺了皺眉道：「這不太現實，一來不易壟斷，二來如果用這等手法賺錢，與我關中免賦三年的新政相違，勢必會激起民變，只怕到頭來反是得不償失。」

陳平笑了，顯得胸有成竹道：「先生所言並非沒有道理，但是仔細推敲，還是有商量餘地的。我剛才所說的只是一個比喻，並不是真的要在鹽、糧、衣、布這些關係到民生民計的行業中實施壟斷。其實真正可以牟取暴利的行業，普天之下，只有兩個，那就是嫖與賭。這兩個行業都是非常古老的行業，可以說自有文字記載以來，它們就一直存在，而且歷朝歷代，屢禁不止，反而有愈演愈烈之勢。我曾做過統計，單是咸陽一地，賭館有四十八家，妓寨有一百零六家之眾，每日進金可在數十萬之眾，大多掌握在一些不法之徒手中，如果我們強行將這些樓館收爲己有，派後生無這樣的經營好手用心管理，那麼在一月之內籌集到四百萬兩黃金絕不是癡人說夢。」

紀空手聽得簡直有些瞠目結舌了，望了望張良道：「每日進金就有數十萬之眾，這也太恐怖了吧？」

張良聽著陳平的計劃，心中已有所動，微微一笑道：「這個數目實際上還保守了一些，自從關中免賦以來，從天下各地遷入關中的富戶就有數萬之多，這些人有錢又閒，每日若不嫖不賭，又怎麼打發日子？」

紀空手眉頭一皺，擔心道：「這些富戶正是關中復興的根本，若是成日這般消耗下去，終有一日會坐吃山空，我們此舉無異是釜底抽薪，殃及自己呀！」

張良道：「這倒不用擔心，錢這個東西，只有愈活愈有，流通得愈快，市面才會更加繁榮。如果我們真的讓後生無出面，壟斷關中、巴、蜀、漢中等地的嫖賭事業，那麼就可以彌補我們免賦的損失，不失爲一個補充軍需糧餉的好辦法。」

紀空手搖了搖頭道：「可是談到壟斷，誰又願意把賺錢的行當拱手讓出？」

張良沈思了片刻道：「其實這也不難，各地因嫖賭引起的糾紛不在少數，有些甚至成爲當地禍害的隱患，只要我們出個政令，再以後生無的名義強行收購，可在一日之內將所有妓寨賭館一併接管。那些人中不乏有江湖背景者，當不會缺乏這點眼力，到時自然會選擇知難而退，這樣一來，不僅可以保證我們的軍需糧餉，同時也可以平息一些糾紛，維持一方治安。」

「若能如此，那就再好不過了。」紀空手興奮起來，拍了拍手道：「事不宜遲，你和陳平就著手辦理此事，至於四大信使今夜出行一事，我看就只有辛苦龍兄與阿兄一趟，安排一些好手秘密護送他們出城。」

◆

寧秦，西楚霸王項羽的行營。

燭火飄搖，映照出一份森然的靜寂，在書案前，只有兩人相對而坐，所有的侍衛都退到了百步之外，這是項羽的命令。

與項羽相對而坐的是一個蒙面人，除了一雙眼睛露在黑布之外，一切都包裹得嚴嚴實實，誰也無法認請他的本來面目。

項羽打量了此人良久，這才淡淡而道：「韓信、彭越、周殷、英布的四大信使的確已到了咸陽，在晉見儀式的朝會上，甚至發生了一起有預謀的刺殺，劉邦以爲是本王所爲，但這一次他卻冤枉了本王。」

那蒙面人顯得非常冷靜，一雙眸子深沈得不露一絲形跡，讓人無法揣測他的內心：「這又能證明什麼呢?這已是三天前的事情了，完全失去了它作爲情報的價值。」

項羽搖了搖頭，淡淡地笑了笑，道：「不，它至少可以證明兩點：第一，你的情報沒有錯；第二，這些情報本王同樣可以通過別的渠道得知它。」

「哦？」那蒙面人似有一分失望，一閃即逝，卻被項羽的目光所捕捉，沈吟半晌之後，那蒙面人才緩緩地站起身來，拱手道：「既然如此，看來我只有告辭了。」

他走出幾步，卻被項羽喝住道：「你以爲本王的行營是你想來就來，想走就走的嗎？」

那蒙面人淡淡而道：「我既然來了，要殺要剮就全憑大王了。」

他顯得如此鎮定，不由讓項羽心中一動，冷然一笑道：「殺一個人對本王來說，只不過就像捏死一隻螞蟻那麼簡單，根本算不了什麼。本王只是覺得，這樣的死法，對你我來說實在沒有太大的意義，你就不想再向本王證明一些什麼嗎？」

「我今日前來，的確是有重要的情報面稟大王。」蒙面人歎了一口氣，道：「但是我無法確定大王是否已經先我一步得知，如果大王已經事先知道了，那麼我所說的一切也就失去了它作爲情報的真正意義。」

「坐，請上坐！」項羽作了一個「請」的手勢，緩緩而道：「本王絕非不信任你，但在戰事爆發之前，身爲一方統帥，是不敢對任何人輕易相信的，這樣做的目的，是害怕被人誤導，作出不利於大軍的決策！」

那蒙面人重新坐下，表示理解道：「我若是身爲大王的角色，同樣不會相信一個敵方的將軍，這很正常！」

「你能這樣想，本王十分高興。」項羽指著桌上的香茗示意他喝上一口，然後才微微一笑道：「把你所知道的情報說出來，它是否有它的意義，本王自會給你一個公斷。」

蒙面人看了項羽一眼，遲疑片刻方道：「我今夜冒險前來，是因爲近日發生在咸陽城中的三件事情十分古怪，想稟明大王，再請大王決斷。」

項羽微微一笑，示意他接著說下去。

「這第一件事情，是爲了咸陽城外新近調集的數十萬大軍，這些軍隊大多是追隨劉邦已久的舊部，作戰經驗十分豐富，有一定的戰力，不到萬不得已，劉邦絕不會輕易動用。」蒙面人似乎十分清楚大漢軍的內情，說起來頭頭是道，分毫不差：「劉邦在這個時候將他們調到咸陽，肯定已有了出兵的意圖，所以我想提醒大王，在近段時間需要密切關注這支大軍的動向。」

項羽不爲所動，似乎對這個消息早有掌握，微笑道：「本王知道了，請繼續！」

「這第二件事情，是關於一個人，不知大王可聽說過一個名叫後生無的人？」蒙面人問道。

其時的後生無無疑是流傳於市井百姓口中的名流之一，他的崛起，本就是一個奇蹟，只不過用了短短數年時間，就在天下各地開設了近百家商號，生意之興隆，使他成爲當今亂世最爲成功的商人之一，甚至與各路諸侯都有戰馬、糧草、生鐵等生意往來，項羽對這個名字當然不會太過陌生。

「此人之名本王早有所聞，只是這兩年忙於軍務，無暇打探其底細，只聽說他原也是一個王室子弟，後來淡泊爭霸天下之心，便將多年積蓄投入商海，希望能在商界稱雄。」項羽一點都不感到驚訝，似乎預見到了蒙面人會提到這個問題，淡淡而道。

「就在兩天前，他卻在一夜之間神不知鬼不覺地將咸陽城中的四十八家賭館、一百零六家妓寨一併收歸名下，行動之快，令人咋舌。與此同時，官府貼出告示，揚言爲了維持一方治安，在原來的基礎之上不再增加賭館妓寨，違令者當處剮刑！」蒙面人不疾不徐地一一道來，說得非常仔細，仿如親見一般：「隨後他又在一日之內，將關中、巴、蜀、漢中等地的妓寨賭館一併收購，事情進展得非常順利，根本沒有引起太大的騷亂，只是在局部地區發生了一些小的磨擦，但也很快就平息下去。像這種大規模的強行收購，既要有強大的資金作後盾，又要有強大的勢力作支撐，以後生無一人之力，顯然不行，所以最有可能的就是官府所爲！」

項羽的臉色變了一變，深吸一口氣道：「按你的意思來看，劉邦此舉會有何意？」

「當然是籌集軍需糧餉，賭館妓寨的收入之豐，就如一股永不乾涸的活水，可以保證大漢軍的數十萬人馬每日開支絕無匱乏之憂，而且劉邦這樣做還有另一個好處，就是不擾地方百姓，贏得了民心。」蒙面人的眼中閃出一絲異樣的色彩，顯然心有所動。

「你所言一點不差，但是你只看到了此舉有利的一面，它同樣也有致命的弊端。」項羽冷笑一聲，突然站了起來道。

「哦？」蒙面人十分驚訝，沒有說話，只是盯著項羽，營帳內一時靜寂無聲。

項羽雙手背負，來回踱了幾步，方一字一句地道：「就算劉邦此舉得以成功，要想籌集到這數萬人的糧草軍需，至少要多長時間？」

蒙面人沈吟半晌，才道：「如果這支大軍前往寧秦作戰，那麼至少需籌集到三百五十萬兩黃金才能保證大軍的行軍所需，而要籌集到如此之大的黃金數量，沒有二十餘天的時間肯定不行。」

「你算得非常準確。」項羽以贊許的目光看了他一眼，道：「也就是說，等到這支大軍開始行動時，最快也要在二十天之後！這對本王來說，在無意中獲取到如此重要的戰爭資訊，豈不正應了一句話——天助我也？」

那蒙面人緩緩點了點頭，道：「大王能夠看到這一點，就足以證明大王不僅武功蓋世，就是在謀略上亦是高人一等，如此文武全才，若是不能一統當今亂世，還有誰可以擔此重任？」

項羽深深地看了他一眼，將那只如闊葉般的大手緩緩地落在了自己腰間的巨劍之上，冷聲道：「你既然明白本王看到了這一點，那麼就只有完全取得本王的信任，本王才會讓你活著走出行營，否則，你死定了！」

他的言下之意，是蒙面人所帶來的兩個消息都已被他掌握，所以，這不足以讓他相信蒙面人投誠的決心。

蒙面人的眉鋒一緊，露在黑布之外的眼皮上已有冷汗滲出，顯然項羽的殺氣太盛，帶出的壓力已讓他感到了一種行將崩潰的緊張。

「我不知道最後一個消息是否能爲我帶來大王的信任，但是，我堅信一句話：精誠所至，金石爲開！」蒙面人調整了一下自己緊張的情緒，然後接道：「這最後一個消息是有關於韓信等人派來的四大信使的消息，請問大王，在您的情報網中，是否知道他們此刻現在何處？」

項羽的眼芒直對著蒙面人的眼睛，一動不動，似乎欲穿透其內心一般，輕哼一聲道：「他們此時正在蕭何的相國府內密議結盟的細節，整整三天過去了，他們未出相國府半步。」

項羽對四大信使抵達咸陽一事十分看重！在他看來，無論大漢軍的實力有多麼雄厚，要想與自己無敵於天下的西楚軍一戰，絕對是凶多吉少。他真正所擔心的，還在於楚漢交戰之際，韓信、周殷、彭越、英布這幾路人馬趁西楚空虛，驅兵直入，使得自己腹背受敵，這就難料勝負了。所以，他絕對不能讓劉邦與四大諸侯結成同盟，在分化他們未果的情況下，他決定對四大諸侯的四大信使實施狙殺，不惜一切代價也要將四大信使命歸途中。

有了這樣的打算，他手下的暗探耳目自然不敢有半點懈怠，雖然他們無法混入森嚴的相國府，卻對相國府中的每一條出入口實施全天候的監控，是以項羽相信自己所得到情報的真實性。

然而，蒙面人接下來說的話卻讓他大吃一驚：「不，那只是三天前，其實，在四大信使晉見劉邦的當天夜裡，他們就已經離開了咸陽！」

「這不可能！」項羽的眼中逼射出一股寒光，冷然道：「爲了監視四大信使的動靜，本王幾乎動用了一半的耳目，如果他們造成如此重大的失誤，那就當真該殺！」

「空口無憑，如果大王不相信我的話，可以在明日清晨的青石嶺設伏，韓信的信使韓立將在那個時候經過那裡，然後轉道向東，回到江淮。」蒙面人顯得極有把握地道。

蒙面人究竟是誰？何以會如此了解大漢朝中的機密？

這是一個謎，一個難以解答的謎，但是有一點卻可以確定，他能知道這麼多常人無法知道的秘密，就足以證明其身分絕對不同尋常。

「本王憑什麼相信你？」項羽似信未信，將疑非疑，以一種疑惑的眼光打量著蒙面人。

「大王可以不相信我，甚至可以殺了我，但是到了明天，大王也許就會後悔，因爲這對大王抑或對我來說，一旦聯手，就是一個千載難逢的機會。」蒙面人直面項羽咄咄逼人的目光，毫無怯意地道。

項羽有些打不定主意了，以往這個時刻，當他對某件事情難下決斷時，可以詢問范增，然而范增被自己逐出軍營之後，竟然被人擊殺於楓葉店，這是項羽始料未及的。

他之所以逐走范增，只是想試探其忠誠。從他的內心來說，能以「亞父」之尊善待范增，就是對范增最大的倚重，然而隨著流言四起，他多疑的性格決定了他要試上一試。所以當卓小圓的那次事件爆發之後，他順水推舟，以放逐來試探范增。

在項羽看來，范增的身邊不乏高手，就連范增本人也是一個深藏不露的內家高手，加上自己所派的幾名高手護駕，可以確保他的安全。但是他絕對沒有想到，自己等來的卻是范增的死訊，這就意味著他從此失去了一個左臂右膀。

想到范增，項羽的心頭不免湧出一絲悔恨之意，想到正是自己的多疑害死了范增，他不由得重新打量起眼前的這個蒙面人，暗自在心裡問著自己：「是呀，如果我現在殺了他，是否就能保證明天不會後悔？何況，如果真的有此人相助，打下關中、剿滅大漢軍根本不是什麼虛妄之談，難道我真的要錯失這種大好良機嗎？」

項羽沈默良久，才緩緩而道：「你可以確定韓信的信使一定會自青石嶺經過？」

蒙面人道：「不錯！」

「本王很想知道，你何以要投靠本王，這樣做對你究竟有什麼好處？」

「我相信自己的直覺，更相信大王的實力，我只有一個要求，那就是滅了大漢之後，請大王封我為關中王，統轄劉邦固有的領地。」

「你背主棄義，難道不怕世人恥笑嗎？」

「大王何不將我的舉動稱作棄暗投明呢？也許在史書上，在後人的眼中，我今日作出的決定就是英明的、正確的、無可厚非的，難道大王不這麼認為嗎？」

「有了你這句話，本王的確應該相信你。」項羽笑了起來，伸出了手掌，而不是那柄巨劍。

◆

霜寒露重，青石嶺的早晨，透著沈沈的寒意，對趕路的行旅來說，實在不是一個好的天氣。

韓立率領數十名隨從，繞過寧秦城外的西楚軍營，翻上連綿的山脈，到了青石嶺，從這裡向東，雖然路途遙遠，山路難行，但可以避開西楚軍，算起來應該是一條比較安全的行軍路線。

冷冷的風襲來，讓韓立禁不住打了個寒噤，想到發生在咸陽城中的一切，他的心裡更添一股冰寒。

雖然他沒有親歷晉見儀式，但鳳陽、鳳棲山、鳳不敗等人的死讓他意識到大漢王朝的真正實力，此行能夠不死，他已覺得這是自己最大的僥倖了。所以當蕭何請他連夜上路時，他沒有一絲的猶豫，當即帶人自相國府的一個秘道潛出，踏上了歸途。

第五章　韓門戰將

一路行來，他始終覺得有人在跟蹤自己，等到他派人往回搜索時，又沒有發現絲毫的動靜，他不由暗自好笑，覺得自己已成驚弓之鳥，大有草木皆兵的味道。

「到了前面的樹林，大夥兒歇息一下，再趕路吧。」韓立望著前方的那片密林，又看看自己隨從一臉的倦意，不由吆喝了一聲。

那數十名隨從聞聲無不歡呼起來，這幾天沒日沒夜的趕路，就是鐵打的人都經受不住，何況他們？是以加快腳步，不一會到了林間，紛紛躺倒一地，根本不想再動。

韓立本想吩咐幾人擔負警戒，看到這種情形，又想到這裡山高林密，人跡罕至，料想不會有什麼意外發生，便也並沒有強求，只是一個人斜靠在一株大樹上，怔怔地想些事情。

他想得很多，最掛念的還是韓信的安危。自韓信受封淮陰侯來到江淮，他就一直追隨著，成為韓信門下十大戰將之一，亦是韓信少有的幾個心腹親信，其劍法曾經得到過韓信的親傳，雖然兩人的年齡相差不大，但在韓立的心中，卻將韓信視為自己的主子與恩師。

他人在江淮之時，一直以為憑著江淮軍現有的實力，縱然不能得到天下，至少也可與西楚、大漢三分天下，可是當他踏入咸陽時，才發覺自己不過是井底之蛙，且不說江淮軍與從來不敗的西楚軍相抗衡，就是與劉邦的大漢軍也足以讓江淮軍難以抵擋，他不得不佩服韓信坐鎮江淮，靜觀其變的策略。

其時的江淮軍共有三十萬人，其中的大多數人都是未經一戰的新兵，雖然韓信在練兵上頗有一套，但臨戰經驗是無法傳授的，只能靠士兵自己去戰場上一刀一槍地積累。韓信當然知道這一點，所以他不敢冒然將自己的兵力投入到戰場上去，即使違背了與劉邦共同出兵的約定也在所不惜。

然而隨著劉邦奪下關中，楚漢相爭正式開始，韓信明白，如果自己再採取靜觀其變的策略，一旦楚漢相爭有了結果，無論勝者是誰，他們都會將矛頭指向自己。於是，當劉邦派人要求結盟時，他迅速作出了決斷，決定回應劉邦的號召，共同對抗項羽。

這絕不是韓信一時衝動所作出的決定，而是在他分析了天下形勢之後才定下的作戰方略，其中也包括了他自己的如意算盤。他認定，楚漢之間一旦開戰，項羽的後方空虛，必然無暇顧及與江淮相鄰的齊趙等地，自己正可趁機攻佔，擴張勢力，同時又與大漢軍形成一東一西相互呼應的態勢。

韓立身爲韓信的心腹，自然了解韓信打的這個算盤。他還深知一點，韓信之所以不敢公然與劉邦作對，很大程度上還是爲了鳳影，否則，韓信也不會孤身犯險，千里迢迢地趕到咸陽來了。

他正一個人怔怔地想著，突然聽到了一種讓人心驚的聲音，他不明白究竟發生了什麼事，完全是出於本能地翻身，拔劍！整個人一下子如蛇般滑向樹後。

「嗖……嗖……」弦響之後，勁箭若蝗般自一片草叢中飛出，帶著風雷之聲，撲向倒臥在地的那些隨從。

事發突然，那些隨從哪裡會想得到在這深山老林中還會遭到敵人的襲擊？等到明白是怎麼回事時，人員已折損大半，剩下的十數人早已拔出兵刃，同時向韓立靠攏。

能夠跟隨韓立前來咸陽的，都是訓練有素的精英，對付突發事件都有一套完整的應對策略。然而，他們顯然遭遇到了更強的對手。

「嘩……」枝椏亂搖，草飛沙走，就在這些隨從向韓立靠攏的同時，從幾棵大樹間突然竄出幾條如風般的身影，數道寒芒構築起一張無形的氣網，向這些隨從席捲而來。

「呀……」慘烈的殺意，帶來的是七八聲悶哼，眼見自己的隨從一個接一個地倒下，韓立出手了。

他不得不出手，已看出對方顯然是要置自己於死地，與其坐以待斃，不如捨命一拚，這樣或許還有一線逃生的機會。

劍如殘虹，劃向虛空，韓立甫一出手，果然與眾不同。

「叮……」一連串的爆響驚起，韓立的劍鋒一連點擊在了五件兵刃上，瞬息間他與這五人都有交手，一試之下，心中已是涼了半截。

對方五人沒有一個弱者，如果是單打獨鬥，韓立自信尚可與之一戰，可惜的是，對方既然偷襲在先，當然就不會講究武道精神，早已擺開架式，準備群起攻之。

「你們是哪一路的人馬？」韓立大聲喝道，他已看出，對方出手如此狠辣，絕對不是那些劫財的盜匪。

「好劍法！」其中一個高瘦老者並沒有回答韓立的話，而是讚了一聲，他手中握了一把鬼頭大刀，竟有數十斤重，可見其天生神力。

「承蒙誇讚。」韓立心存一絲希望道：「還請這位大爺報上名號，免得大水沖了龍王廟，一家人不識一家人。」

那高瘦老者昂起頭來，傲然道：「你說的也有道理，那老子問你，你可是姓韓，從咸陽城而來？」

「不錯！」韓立一口答道。

「那就行了，你可得給老子記住，明年的今天，就是你小子的忌日！——看刀吧！」高瘦老者話音一落，人已縱起，鬼頭大刀揚上半空，猶如一道山嶽橫壓而下。

韓立心中無名火起，卻又強行壓住，他倒不是懼怕眼前的這幾個人，而是在剛才說話的當兒，他察覺到在密林深處還有一股氣機出沒，這股氣機飄忽不定，似有若無，讓人無法捉摸，其主人必定是一個非常可怕的人物。韓立自問自己絕非此人的對手，所以他想到了「留得青山在，不怕沒柴燒」這句老話，隨時準備腳底抹油。

逃是一門藝術，更要看準時機，韓立深諳這一點，所以劍鋒一橫，殺氣如潮湧出，冷然道：「明年的今日，到底是誰的忌日還說不定呢！先吃我一劍再說！」

他出手之快，竟然後發先至，貼著刀背一劃，擦出一溜「嗤嗤……」電火，而火光閃耀處，一道冷芒若電般迫向那高瘦老者的咽喉。

高瘦老者霍然色變，此時變招已是不及，卻聽得「轟……」地一響，從他身後突然鑽出了一把刀，正擋住了韓立這凌厲的一劍。

「霍老三，多謝！」高瘦老者大難不死，不由喜出望外，衝著那位自他身後閃出的矮胖老者叫道。

「自家兄弟不必言謝！」霍老三大大咧咧地道：「張老大，不如你我兄弟聯手，幹掉他！」他嘴上說得輕鬆，其實手臂被韓立的劍氣一震，猶自發麻，生怕張老大一退，把自己一個人丟在這邊，那就慘了。

張老大已然看出韓立不是善類，當下點頭道：「還是我們兄弟並肩齊上，殺了他，就是大功一件！」

當下五人身形一晃，頓時對韓立形成了包夾之勢，動作非常嫺熟，可見這五人已是配合多年，形成了默契。

韓立的臉色一變，驀然想到什麼，叫道：「你們是過街五鼠！」

「嘿嘿，現在才想到，只怕遲了！」張老大一揮手，五人步步緊逼，只距韓立不過數尺距離。

「過街五鼠」原是出沒於江淮一帶的大盜，這五人的武功在江湖上只算得上是二流角色，面對韓立這樣的高手，按理說並無太大的勝算，然而這五人一旦聯手結陣，就如群鼠出動，平空可以增加數倍威力，絕對不是韓立一人可以抵擋得了的。

此時的韓立，的確有幾分後悔，悔不該陷入這個鼠陣之中。他已經感受到來自五鼠逼發過來的壓力，有一種身陷漩渦的感覺，再想逃時，已無機會。

風，是冰寒的，殺氣更顯得陰森，那種沈沈的壓力猶如暴風雨來臨前的沈悶與死寂，讓人幾欲窒息。

然而，就在五鼠即將出手的一刻，在韓立的身後，突然刮起了一道旋風，打著旋兒飄飛空中，以迅雷之勢強行擠入了這段充滿壓力的虛空。

這不是風，而是殺氣！這殺氣來得如此突然，如此迅疾，令五鼠根本沒有一絲防備。

「呀……」慘呼聲起，五鼠紛紛向後跌飛，就像突然撞在了一股氣牆之上，反彈而回。空氣中多出了一股淡淡的血腥味，而韓立的身邊也突然多出了兩道身影，如幽靈般飄忽於五鼠的視線之內。

來者絕對是一流的高手，身法之快，幾如鬼魅，韓立雖然不認識這兩人中的任何一位，懸著的心卻放了下來，因爲他知道強援到了！他們身上所散發出的氣機與他這幾日所察覺到的氣機如同一轍，如果對方是敵人，根本無須等到此刻才對自己下手。

「二位高姓大名？想必是漢王派你們來的吧？」韓立雖然明白危機尚未過去，但強援的到來給了他無比自信。

「我叫莫山！」其中一個一臉胡髯，顯得極是威猛的中年人，拱手道。

「我叫卓方。」還有一個年輕人使的是劍，兩人站在一起，有一種大家風範，彷彿面對千軍萬馬也給從容鎮定。

「我二人奉漢王之命，擔負起信使一路的安全之責。爲了不暴露身分，我們只能暗中跟隨，不敢過於接近，所幸來得及時，未使信使有太大的驚嚇！」莫山一面盯著五鼠的動靜，一面說道。

韓立不由大喜，忙道：「若非有你們，我今日只怕要將命留在這裡了。」

他的話剛一落音，突然從密林深處傳來一個聲音：「就算有了他們，你的命也同樣要留在這裡！」

這聲音之冷，如冰霜一般，隨著冷風飄忽而至，又使得剛剛緩和下來的氣氛緊張起來。

莫山與卓方心頭一緊，同時護住韓立，循聲望去。

只見自一棵大樹之後，走出兩人。

這兩人的步履極緩，卻異常沈穩，每一步踏出，整個大地便爲之顫動。他們所到之處，風止、雲動，突然已然凝固，渾身上下散發出來的殺勢猶如壓在每一個人心頭之上的夢魘，雖然無法看到，卻能感同身受。

他們沒有出手，甚至兵刃也沒有亮出，相距韓立三人至少還有十丈之距，但每個人都感到了這濃烈的殺機，莫名的壓力彌漫了青石嶺上的每一寸空間。

這二人中有一個以黑布蒙面，只露出一雙毫無表情的眼睛，而另一人雙手背負，宛若一棵傲立於山巔的大樹。當他們犀利而森冷的目光橫掃過來時，韓立的心頭一沈，禁不住打了個寒噤。

「項羽……」他的腦海中突然閃出一個名字，一個足可震懾天下的名字。這個名字的主人，不僅他統帥的軍隊從無敗績，而且自他踏入江湖以來，同樣沒有嘗過失敗的滋味。能寫就如此一段神話的人，普天之下，當然唯有西楚霸王項羽！

莫山心中一震的同時，臉色也突變！他是在問天樓衛三公子時代搜羅的那一批奇能異士之一，使一根長約丈餘的蟒皮長鞭，二十年前在天下兵器排行榜上也是有名的人物，曾經與衛三公子有過交手，當時的勝負已無人考證了，只知自那一戰之後，莫山便進入了問天樓的元老堂，潛心修研武學。這二十年來，他自以爲憑著自己對武道的領悟，再出江湖，可以叱吒風雲，可是當他一看到項羽時，才知風雲變了，時代變了，江湖已不再是過去的江湖。

他的臉色十分凝重，耳根在不住地嗡動，傾聽著來自四周的每一絲動靜。他覺得有些奇怪，以項羽身爲王者之威儀，竟然只帶著「過街五鼠」這些不入流的角色與這個蒙面人來到青石嶺，這未免也太不合情理了，但對莫山來說，卻有了一搏的機會。

他當然不會束手待斃，無論對手是誰，都不可能阻止他的出手，他完全有這樣的自信！

自信來自於莫山手中的長鞭，烏黑而帶有異彩光澤的長鞭，即使他看到了從項羽眼中逼射出來的極爲森冷的目光，也毫不畏懼。

「本王很久沒有那種棋逢對手的痛快感了，也許今天，我可以在這青石嶺上找到這種感覺。」項羽輕輕地一句話，頓時打破了死寂與沈悶。他顯得並不如傳言中的可怕，因爲他說這句話時，臉上似乎帶有一股淡淡的笑意。

無論是莫山，還是卓方，心中都吃了一驚，他們喜歡那種沈悶，並不喜歡項羽的笑，那笑中分明挾帶著一種高處不勝寒的味道。

高處不勝寒，是一種意境，是一種高手寂寞的心境，只有當人登上了極巔之時才會產生的無求境界，這是項羽給人的感覺。

空氣彷彿一掃剛才的冷寒，變得有幾分燥熱起來，其實天還是那天，地還是那地，變的只是人心。

「聽了你這句話，我不知自己是應該感到榮幸，還是應感到恐懼，抑或是覺得它有些好笑？」莫山深深地吸了一口氣，將心中的躁動強行壓了下去，這才有些張狂地道。他覺得自己沒有理由去害怕，雖然他與卓方以前從來不識，但憑著直感，卻覺得這個年輕人的武功不在自己之下，若是兩人聯手，應該不懼任何對手。

「這是你自己的感覺，不應問別人。」項羽木無表情，淡然接道：「不過，已經很久沒有人敢以這種口氣與本王說話了，就憑這一點，就值得本王記住你的名字！」

「你真想知道我的名字？」莫山笑了，口氣中多了一股揶揄的味道：「但我卻不想告訴你。」

「你說不說其實都已無關緊要，你叫莫山，本王已經知道了。」項羽平靜地道：「在剛才你念出自己的名字時，雖然本王離你很遠，可還是聽得非常清晰。」

「那又怎樣？就算你記住了，大不了變成鬼後再來找我算賬！」莫山有些嬉皮笑臉地道，看來二十年的苦修並不能改變一個人原有的個性，所謂「江山易改，本性難移」，大概說的就是這個道理。

但這只是莫山的表面，而他的內心卻在變冷，冷得近乎有一點絕望。他一直想激怒項羽，可是項羽的冷靜遠遠超出了他的想像，他就像是面臨著一片汪洋大海，既無法揣測其深度，也無法揣測其廣袤，儘管他已將全身的功力提聚於掌心，卻找不到一個爆發的時機。

「你殺不了我！」項羽冷哼一聲，冷冷地盯了一眼卓方道：「就算是你們兩人聯手，勝負也殊為難料。」

「也就是說，如果我們兩人聯手，至少還有勝機！」莫山嘿嘿冷笑一聲，似乎是在提醒卓方。

「不知道。」項羽眼中閃現出一股異彩，有些亢奮地道：「正因爲無法預料，它才會充滿刺激，令人嚮往，如果未戰已定輸贏，那還有什麼意思呢？」

「那就領教了！」莫山看到了項羽變得有些亢奮的情緒，明白這是自己唯一的機會，是以他沒有猶豫，手臂一振，整個人就像一隻俯衝而下的蒼鷹般飛撲出去。

鞭影重重，就像是千萬道激浪飛湧，霎時漫空而出。

項羽冷然一笑，不退反進，腰間的巨劍未動，他的手從背後一繞，沿著一道詭異的弧跡迎鞭而去。

「你這是找死！」莫山還是第一次遇上有人敢如此輕視自己，就連當年的衛三公子也不敢在他的長鞭面前以空手對之。是以，他這一擊含有悲憤之意，竟在刹那間變成了一頭張狂的魔獸，氣勢之盛，若浪潮飛漲。

項羽的眼中閃過一絲笑意，顯然，他不是一個自大的人，至少在與高手對決中，他從來不敢大意。當莫山尚未出手之前，他就看準了莫山絕對不是一個很沈得住氣的人，儘管對方還在拚命地以言語激將他。

項羽深知，一個真正的高手，他所注重的不僅僅是實戰，還在於對敵人心理的攻擊，要做到這一點，就必須在瞬息之間把握住對方性格上的弱點。是以，他任由莫山以言語攻擊，卻不爲所動，而他只用了一個動作，就達到了激怒對方的目的。

然而，凡事都是有一利必有一弊，盛怒之下的莫山氣勢端的駭人，長鞭如飛龍在天，虛空中疾風驟起，沙石俱走，枝葉狂搖不定。

「好鞭法！」項羽冷然一笑，暴喝一聲道。

「呼……」他的雙手一翻，掌心之下橫生一股強勁的螺旋氣勁，眨眼即成湧動的風雲，迎向那暴竄不定的鞭鋒。

「嘭……」一聲巨響，氣浪迸散，莫山竟被擊得斜退三步。他的長鞭根本還沒有擠到項羽周身三尺處，便感到碰上了一堵堅實嚴密的牆，將自己的勁氣悉數擋回，同時生出一道驚人的反彈之力，生生將他震退。

項羽在沒有使用任何兵器的情況下，竟然僅憑空手就將莫山逼退，如此駭人的功力，的確超出了莫山的想像。

二十年前，莫山在芒山之巔向衛三公子挑戰，衛三公子雖然贏了，但自始至終，他的手中都有劍，而且是在第七十八招上用了「有容乃大」之後才一舉奠定勝局，而正是因爲如此，莫山才根據戰前的約定，投身問天樓，成爲問天樓元老堂的一員。

衛三公子躋身於五閥之列，其功力已是世間罕有，項羽的武功再高也絕不可能超過衛三公子一個層級，然而，二十年前衛三公子不敢做，也做不到的事情，今天的項羽卻做到了，這的確讓莫山感到了一種詫異，驚心的詫異。

「你想不到吧？」項羽冷喝一聲，雙掌再翻！這一次，一道寒芒暴閃而出，誰也不知道他在什麼時候竟然拔出了腰間的巨劍，帶起一地的風雲飛殺而至，速度之快，角度之精，幾乎達到了一種極致。

莫山的確沒有想到，項羽的拔劍速度會有如此之快，當他感受到那凌厲的劍氣時，項羽的劍鋒已經劃入了他視角中的一個盲點，平空消失了。

這不是一個好兆頭，莫山苦修了近二十年，當然知道敵人的劍然消失在自己眼前會有什麼樣的後果，而項羽對盲點的把握顯然到了爐火純青的地步，這樣的一劍，幾成勢不可擋。

莫山沒有擋，既然勢不可擋，他又怎會擋擊？反而迎前，將全身功力在瞬間爆發。

這是一種同歸於盡的打法，對於莫山來說，如果對手不是項羽，他絕對不會作出這樣的抉擇。當對手的實力在自己之上時，莫山決定賭上一把。

項羽當然不會與莫山同歸於盡，儘管莫山的武功並不比他差很多，但他還是覺得太不值得。莫山在他的眼中，只是一個值得一戰的對手，即使鞭法不錯，也不至於搶到上風，他又何必以自己的性命相搏呢？是以，他在莫山選擇同歸於盡之時，變招了！

巨劍揚起，只顫動了一下，便輕飄飄地順著長鞭滑向莫山的小腹，此劍長約五尺有三，厚若面板，重達二十八斤，在劍器之中算得上是巨無霸了，但在項羽的手中使出，卻能舉重若輕，仿如變成了有靈性的生命，可以隨心所欲。

莫山的心頭一驚，長鞭彷彿一下子失去控制一般，似被項羽刀身中產生出來的一股強大吸力所黏，根本無法阻止巨劍運行的軌跡，那流瀉的殺氣充斥了整個虛空。

在這一刻，莫山明白，無論自己選擇棄鞭，還是飛退，最終的結果都不會理想。先機一失，面對的又是項羽這類頂級高手，這樣的選擇無異自殺！所以他既沒有選擇棄鞭，也沒有向後飛退，而是將自己一切的生機寄託在了另一個人的身上。

這個人當然就是卓方！卓方站在一邊遲遲未動，其實一直在等待一個出手的時機，他似乎顯得很有耐心，更被兩大高手的對決所吸引。當莫山作出抉擇之時，他終於沒有讓莫山失望，出手了！

「鏘……」地一聲，如龍吟般躍出虛空，震響了每一個人的耳鼓，劍出虛空，風雷俱動，就連項羽也不能無動於衷。

其實，早在莫山出手的一刹那，項羽就感受到了這位一直站在莫山身邊的卓方並不是一個簡單的人物。他擔心的不是卓方的劍，而是卓方的冷靜，像卓方這種年紀的人，卻擁有這等非常的冷靜，這本身就說明了問題。

當卓方的氣機一動時，項羽已不能全力對付莫山了，他必須分神應對卓方的襲擊，這就給了莫山反擊的機會。

「呀……」莫山近乎歇斯底里地一喊，似乎想宣洩自己心中的壓抑，全身的勁氣暴綻而出，將他手中的長鞭化作了點點繁星，分成一百二十六個角度飛射向項羽。

項羽只能退，不過他這一退不是爲了莫山，而是擔心卓方的劍會在關鍵時刻突破自己的氣機，只聽風聲，他已想像出了卓方襲來的這一劍有多快，又有多麼地堅決，沒有一個人可以將這一劍忽略不計。

而更讓項羽心驚的是，卓方的這一劍中帶著張狂的殺意，非常明顯，竟有一種勢在必得的決心，「難道他已找到了我的破綻？若非如此，他何以竟邊後招也不留，如此地堅決，如此地果敢？」項羽暗自尋思著，同時身形在疑惑中飛退。

他只退了一步，便感臉上一熱，有幾滴水珠般的東西濺射在了他的臉上，甚至有一滴正濺到了他的嘴角。

項羽完全是出於本能地伸出舌頭，舔了一舔，只覺得嘴中鹹鹹的，有點澀，帶有一股鹹澀的腥氣。

血，是血！項羽的心中陡然一驚，他不明白，交手至今，雙方的兵刃都未對敵人形成身體上的攻擊，這血，又從何而來？

有風吹來，風是鹹的，也是腥的，這鹹澀的味道讓人感到了一絲恐怖，但是，剛才還是非常濃烈的殺機，卻隨著這風而去，消散無形。

莫山死了，他怎麼也沒有想到，自己沒有死在項羽的手中，卻死在了卓方的劍下！

沒有人可以在毫無防備的情況下躲得過來自卓方的致命一劍，莫山當然也不例外，他至死都不能瞑目的是，卓方爲什麼要殺他？他不明白！

項羽也不明白，只是冷冷地打量著已經收劍入鞘的卓方，希望能從那木無表情的臉上尋到答案。

「啪……」一陣稀稀落落的掌聲響起，掌聲來自於項羽身後的蒙面人，項羽沒有回頭，卻看到卓方的臉上流露出一絲淡淡的笑意。

「精彩，果然精彩！我已經很久沒有看到今天這樣精彩的殺局了，『一劍歸西』卓方當真是名不虛傳！」蒙面人踏前而行，邊走邊道。

項羽冷然道：「他是你的人？」

「是的！」蒙面人站到項羽的身邊，淡然道：「如果不是這樣，我怎能對他們的行蹤掌握得如此精準？」

「看來，你早有了背叛劉邦之心，處心積慮，就在等待一個時機。否則，像卓兄這樣優秀的劍手，也不至於爲你收買。」項羽盯了卓方一方，眼中似有一股欣賞之意。

「你錯了，大王！」蒙面人一臉肅然道：「像卓兄這樣的人才，絕對不是用錢可以收買得了的，他幫我，只因我是他的朋友，如此而已！」

這種解釋無疑合乎情理，項羽並不想追問下去，只是皺了皺眉道：「『一劍歸西』，這個名號實在陌生得緊，以本王對江湖的了解，像卓兄這樣的高手，本王應該有所耳聞才對，難道卓兄不是來自中原武林？」

卓方上前一步道：「大王果真是好眼力，卓某的確不是來自於中原武林，而是隸屬於天竺劍派在西域的一支分支。十年前進入問天樓的元老堂，不曾踏足江湖半步，是以大王覺得有幾分陌生。」

「元老堂？」項羽念叨了一句。對「元老堂」這三個字，項羽並不陌生，它是問天樓中最核心的一個組織，組織成員俱是問天樓最頂尖的高手，其影響力甚至超過了衛三少爺的影子軍團。但是這「元老堂」設在哪裡，一共有多少成員組成，這在江湖上來說，都是絕對的機密，如果能夠從卓方的口中得到這些機密情報，那麼對項羽來說，不啻於一個大的驚喜！

「在元老堂中，實力與莫山相近的成員共有幾個？」項羽提出了一個極有實質性的問題。在他看來，如果這樣的高手超過十人，那麼，他們所構成的威脅就是巨大的，自己必須要做到先發制人。

「我不清楚。」卓方的回答卻讓項羽困惑不已，他沒有說話，只是靜靜地盯了卓方一眼，等著他的解釋。

「也許我這個回答讓大王感到奇怪，但事實確實如此，我無法回答大王的這個問題。」卓方顯得非常平靜，緩緩接道：「我進入元老堂已經十年了，一直居於塞外的一個小鎮上，做了十年藥店的夥計。這十年當中，有人給我送來了三次功課，都是有關於劍道上的一些疑難問題，當我一一將之解答後，才被人以一種非常特殊的聯絡方式召到了咸陽，過了一月非常悠閒而豐富的日子，直到三天前，有人告訴我，叫我去見一個人，我才在一家酒樓中認識了莫山，並且知道了自己此行所要擔負的職責與任務。」

他說得很平淡，就像是在描述一個有關於別人的故事，但聽在項羽的耳中，不由得爲問天樓元老堂如此隱密的操作方式感到暗暗心驚，如果說連卓方這樣名爲元老堂的成員都無法知曉元老堂的內情，那麼對於別人來說，更是心頭上的一個謎。

項羽倒吸了一口冷氣，這才明白，劉邦與他的大漢朝之所以能夠迅速崛起，並不是因爲運氣，而是靠著許許多多的問天樓高手經過不懈的勢力，不斷打拚，才得到了今天這種大好的局面。如果自己一心認爲僅憑一次戰役，就可以徹底摧毀大漢王朝，那既是一廂情願，更是癡人說夢。

他沈吟片刻，才將目光轉移到了驚魂未定的韓立身上。

韓立的手中依然有劍，但是他的心卻沈到了冰窖之底，冷到了極致，目睹著眼前這一系列的驚變，他彷彿墜入了一團迷霧之中，整個人變得糊裡糊塗，根本不清楚到底發生了什麼事情。如果說他的意識唯一還有點清醒，那就是他已經意識到，自己就像是一頭被人待獵的困獸，生命已不在自己的掌握之中。

無論是項羽，還是卓方，都有在十招之內敗他的能力。韓立自然有這點自知之明，再加上那個一直沒有出手的蒙面人，韓立實在想不出自己憑什麼還能活下去的理由。

「在你的面前，本王還是給你兩條路，是生是死，俱在你的一念之間，你看如何？」項羽冷冷地問道，帶著一種不容置疑的口吻，令韓立忍不住打了個寒噤。

「你不該問我。」韓立苦澀地一笑，似有幾分淒涼地道：「難道我還有別的選擇嗎？」

「你的意思是……？」項羽沒想到韓立會這麼乾脆，乾脆得連他都有點不敢相信自己的耳朵，所以他以徵詢的語氣問了一句。

「當然是生，螻蟻尚且偷生，何況是人？只要有一線生機，沒有人會選擇放棄！」韓立緩緩地道，將目光投向項羽。

「你果然是個聰明人。」項羽的心中突然湧出了一股厭惡感，不知爲什麼，對於出賣自己主子的人，他從無好感，若非如此，他也不會因爲幾句謠言而放逐范增，以至於造成終生大錯。

韓立淡淡地道：「所謂聰明一世，糊塗一時，就算是再聰明的人，難免也有做傻事的時候，所以，雖然我很想活下去，但從來不做對不起淮陰侯的事！」

「其實，本王並非讓你出賣淮陰侯，只是想知道你們此行與漢王商定的結盟細節。」項羽怔了一怔，似乎沒有想到韓立竟然還有這等骨氣，深深地看了他一眼道：「你可以考慮考慮。」

「不必考慮了，你殺了我吧！」韓立沒有一絲猶豫，斷然道。

「你不怕死？」項羽詫異道。

「怕，我怕得要命！」韓立渾身一震，哆嗦了一下道：「但是讓我去做出賣淮陰侯的事，我寧願死！」

項羽默然無語，只是淡淡地笑了，半晌才點了點頭道：「好，本王成全你！」

誰也沒有看到他是如何動作的，只見劍起頭落，當項羽轉過身來的時候，韓立已經倒下。

卓方與蒙面人相視一眼，臉色俱都一變，因爲剛才項羽的那一劍，實在快到了極致，甚至超出了他與莫山交手時的出劍，這就意味著項羽剛才尙有所保留，即使卓方與莫山聯手，只怕也難擋其劍之鋒。

「本王只是不想讓他死得痛苦，所以出手快了一些。」項羽的背後彷彿長了眼睛，淡淡而道：「他的死證明了一件事情，同時也讓本王相信，你的誠意，如此而已。接下來，本王更想知道你的計劃，這才是今天本王來到這青石嶺的主題！」

蒙面人似乎鬆了口氣，擦了擦眼角處的汗水，道：「要得到大王的信任殊不容易，我已嚇出了一身冷汗。」

「此事事關重大，涉及到我西楚數十萬將士的安危，本王焉敢有半點大意？如果本王為此有冒犯之處，還請將軍見諒！」項羽一臉肅然，拱手而道。

蒙面人笑了一笑，緩緩地取下蒙在臉上的黑布，只見一張清瘦有神的臉上顯現出一種剛毅之氣，竟然是大漢軍駐守寧秦的統帥周勃。

周勃竟然出賣了大漢，這實在是一個驚人的消息，也是每一個人都無法想像的。在世人的眼中，周勃是漢王旗下的七大名將之一，深得漢王器重，正是如此，漢王經過深思熟慮之後，才將之派來鎮守寧秦這個關中的門戶。然而，他為了個人的野心，竟然將寧秦準備拱手讓出，這對於大漢王朝來說，簡直就是一場災難！

關中之險，就在於寧秦與武關，項羽之所以棄武關攻寧秦，就是想打一個時間差，攻對手一個措手不及。然而，當他揮師十萬逼至寧秦時，卻發現寧秦城防戒備之嚴，大大超出了他的想像，他唯有屯兵城下，等待時機。

正當項羽處於進退兩難之際，一件他意想不到的事情發生了。在一個月黑風高的夜裡，一個蒙面人潛入了他的行營，提出見面，項羽做夢都沒有想到，這個人就是周勃！

周勃開門見山，說出了自己的來意，就是想倚仗項羽的力量攻破關中，使自己能夠取代漢王，成為關中各郡的主宰，這對項羽來說，當然是一個再好不過的消息。

但項羽生性多疑，絕不會因為一面之詞相信一個敵軍的主將，他需要周勃證明自己，直到誅殺了韓立之後，項羽才終於相信了周勃的誠意。

他始終認爲，人不爲己，天誅地滅，這是人性的本質，並不是因爲其他的東西而改變。正因爲如此，所以他才會覺得，周勃此舉看似驚世駭俗，實則合情合理，換在別人的身上也會發生同樣的事情。

「如果我站在大王的角度考慮問題，只怕也只能如此，又怎會怪責大王無禮呢？」周勃謙恭地道：「誠如大王所言，今日之事只不過是一個小插曲，我們的重點還在於今後的行動。如果大王不嫌我冒昧，我可以將心中的計劃和盤托出，是否妥當，還請大王另行斟酌。」

項羽氣機再現，將方圓數十丈內的地域重新搜索一遍，在確定沒有外人的情況下，這才道：「將軍無須顧忌，儘管直言。」

周勃似乎早已胸有成竹，想了一想，才緩緩道：「關中之險，在於寧秦，寧秦一破，則關中無險可憑。憑大王的威名，可在數日之內將之佔領，這是一個不可否認的事實，所以要想征服關中，必先征服寧秦。所幸的是寧秦又在我的掌握之中，那麼一旦你我聯手，關中則不攻自破！」

他所言非虛，以西楚軍向來不敗的戰力，能夠阻止其前進的不是人力，而是天險。寧秦無疑就是這樣一道天險，當這道天險不成爲天險之時，項羽還真想不到有誰可以與自己的大軍抗衡到底。

「一切真的如你所說的如此簡單嗎？」項羽想了片刻道。

「當然不是！」周勃搖了搖頭道：「縱然天意如此，還須人爲努力。我所統轄的五萬大軍中，並非人人都能聽從我的號令，尤其是在這件事情上，所以我們還要選擇一個時機。」

項羽冷然一笑，道：「所謂殺一儆百，若真有人不聽號令，不妨殺幾個，以震軍威！如果你人手不夠，本王可以給你調配幾個高手，一切聽你指揮！」

「大王所言雖然也有道理，但我擔心一旦動手殺人，容易引起別人的疑心，反而過早暴露了我們的意圖。」周勃忙道：「其實，要放大軍通過寧秦，只需要一夜的時間足矣，只要我們約定好入城的時間及聯絡暗號，到時我在城門口安置幾個心腹，便可馬到功成，真正做到神不知鬼不覺。」

「按你看來，我軍在哪天入城最合適？」項羽似是無心地問了一句，其實，他的心裡一直還有幾分疑惑，正想通過一些話來試探周勃。

周勃顯得十分冷靜，道：「漢軍受軍需糧餉的拖累，至少要在二十天以後才能自咸陽動身，而大王要想在關中速戰速決，恐怕也需要一段時間準備，所以如若動手，當在五天到十天之間。」

「說得不錯！」項羽顯然贊同周勃的分析，卻留了一個心眼：「你這就回去著手準備，具體哪天動手，本王派人另行通知你。」

周勃拱手道：「那麼我這就先行告辭了。」

他與卓方只走了幾步，項羽叫住他道：「如若此事成功，這個關中王非你莫屬！」

「多謝大王成全！」周勃不由大喜道。

第六章　射天之賭

寧秦之險峻，就如一道鐵閘，橫斷於兩山夾峙之中，當項羽的大軍所向披靡來到寧秦時，也不得不停止了前進的步伐，在城下紮下十里營寨，等待時機。

寧秦憑著天險真的能夠擋住項羽這十萬無敵之師嗎？沒有人知道答案，因爲誰都十分清楚，任何天險都是需要人來把守的，沒有人把守的天險也就不稱之爲天險，所以能否擋住項羽這十萬無敵之師，不在於天險，而在於人。

鎮守寧秦的統帥是漢王旗下的七大名將之一，與樊噲齊名的周勃，他所擅長的就是戰略防禦和巷戰，所以紀空手派他鎮守寧秦，不得不說是經過深思熟慮的，可有一點是紀空手萬萬沒有料到的，那就是無論他多麼了解周勃，最難測的還是人心。

縱觀古今天下，因一念之差而釀成的大禍比比皆是，甚至危及到了一個朝代的興衰，難道正在崛起的大漢王朝真的會因爲一個人的一念之差，從而走上覆滅之路嗎？

面對城外的西楚軍，寧秦城中絲毫不亂，並沒有人們想像中的那麼不安定，一隊一隊嚴陣以待的士兵依次換防，駐守在城牆之上，顯得那麼有條不紊，城中店鋪照開，市面照樣顯得熱鬧，根本就沒有大戰將臨的緊張氣氛。

周勃站在城樓之上，俯瞰項羽的十里軍營，心中感觸頗多。他不得不承認，西楚軍之所以連年征戰，未逢敗跡，的確有其獨到之處，單看那連綿十里的旗海，隨風而動，猶如遊龍般飄搖，顯得是那麼整齊劃一，就不是一般的軍隊可以做到的，更難得的是，西楚軍受阻寧秦已有多日，並沒有因此而影響士氣，反而每日三次操練，照常進行，彷彿攻破寧秦只是遲早的問題，大有王者之師應有的風範。

這種寧靜之中所蘊含的張力與戰力，當然是非常驚人的。作為一方統帥的周勃，應該十分清楚，自青石嶺與項羽分手後，轉眼已是七天之久，項羽那邊毫無動靜，這讓周勃心中感到了一股莫名的躁動，彷彿等待遙遙無期。

「自己該做的事情都已經做了，難道項羽還不能相信自己？」周勃這麼想著，他只能聽天由命了，因為這個問題絕不是自己可以左右得了的，決定權掌握在項羽的一念之間。

「將軍，七天過去了，西楚軍營中毫無動靜，我們應該怎麼辦？」卓方站在周勃的身邊，顯然抱著與周勃同樣的心情。

「我們還能怎麼辦？」周勃的臉上露出了一絲苦澀的笑意，道：「只有繼續等待，這是我們唯一能夠選擇的辦法。」

「要不然我今夜潛出城去……」卓方的話尚未說完，就被周勃打斷，搖了搖頭道：「項羽本就多疑，如果我們一味催他出兵，反而會加重他的顧忌。」

兩人相對無語，只是靜靜地坐在城樓之上，看著城牆上一隊一佇列隊而立的士兵，突然城外響起三聲炮響，打破了這一刻的寧靜。

周勃心頭一跳，低呼一聲道：「謝天謝地，總算來了。」

他迅速率領親隨登上城樓，遠眺過去，只見西楚軍營營門大開，一彪人馬飛騎衝出，蹄聲隆隆，塵土飛揚，揚起的沙石遮迷了視線，顯得極有氣勢。

一桿大旗迎風飄搖，一個大大的「項」字在塵土中若隱若現，旗下有一匹良駒駿馬，馬上坐有一人，正是西楚霸王項羽！

他率領數千鐵騎若旋風般直往寧秦而來，從軍營到城下足有十箭之距，他們卻眨眼即至，「希聿聿……」一陣馬嘶長鳴之後，但見數千騎已經整齊劃一地排開，軍威之嚴謹，看得寧秦守軍心驚肉跳，心中無不暗道：「無敵之師果然名不虛傳。」

一陣鼓聲後，自騎兵陣中閃出一員將軍模樣的人物，打馬衝前數十步，來到城下高呼道：「在下乃西楚霸王座下右路先鋒秦正，奉我大王之命，請寧秦城守周勃周將軍登高一步說話！」

城上鴉雀無聲，所有將士都將目光投向周勃身上。

周勃沒有馬上應答，而是猶豫了一下，命令身邊的幾位將軍道：「傳本將軍令，所有將士一律嚴陣以待，箭在弦，滾木圓石準備！」

幾位將軍應聲而去。

周勃這才大步踏上牆頭，戰鼓擂罷，他揚劍一指道：「本將軍在此，有話快說，有屁快放！」

秦正昂起頭來，冷然道：「將軍出言如此粗魯，實令我大失所望。不過，讓我更失望的是，周將軍身為大漢名將，卻膽小若鼠，只會如女人一般叫罵街頭，不敢與我一戰，這豈是大丈夫所為？又哪裡有男子漢的半點血性?」

周勃似乎無動於衷，只是冷冷地看他一眼，一臉不屑地道：「你是西楚霸王座下的一名先鋒官?」

「不錯!」秦正怔了一怔，見周勃對自己的叫罵置之不理，反而問起自己的官職來，心中甚是奇怪。

「怪不得。」周勃淡淡而道：「就憑你剛才的那一番話，就足見不能成爲獨當一面的一方統帥。爲將帥者，統領的是上萬軍馬，講究的是攻防謀略，如果人人都像你這樣逞匹夫之勇，那麼兩軍何必還要擺開陣式，決一雌雄呢?不如你和我打著赤膊，在市井街頭上當個混混算了。」

他的話引起軍士們的一陣大笑，秦正不由心生惱怒道：「你休要得意，但凡城破之日，我一定會讓你爲自己的話感到後悔!」

「我可以向你保證，你等不到那一天了，因爲寧秦之險，可以保證城池百年不破，你能活到百歲嗎?」周勃人在高處，渾似把秦正當作小丑調侃，又引得笑聲疊起。

秦正正欲應答，卻聽得身後響起一個深沈悠揚的聲音：「周將軍的口舌之犀，不是你能抵擋得了的，秦正，你且退下!」

這聲音似乎挾有內力，是以話聲傳出，猶如風雷，無論近處遠處，聽起來都十分清晰，所有人皆心頭一震，知道說話正是項羽。

「大王莫非也想與本將軍較量一下口舌之利嗎?」周勃此時說話，已將音量提高，畢竟他與項羽相距足有百步之遙。

「不敢！」項羽人在馬上，淡淡而道：「本王能夠擁今日的成就，依靠的是手中利劍，而不是嘴舌。本王來到寧秦，屈指算來，也有數十天的光景了，像這種戰又不戰、打又不打的場面，本王還是第一次遇到，甚覺乏味得緊。是以，本王有一個提議，想與將軍賭上一把，不知周將軍是否有此雅興？」

周勃哈哈笑道：「想不到大王與本將軍有此同好，當真難得。這樣吧，你先將這賭約說來聽聽，看本將軍是否有這個興趣！」

項羽微微一笑道：「以寧秦之險，本王要想將它攻破的確極有難度。所以，本王已決定退兵，但是就這樣平白無故地退走，絕不是本王心中所願，於是本王想到了以這個『賭』字來占卜一下自己的運氣，若是本王贏了，那麼本王就絕不退兵；若是本王輸了，那麼在明日天亮過後，寧秦城下又將還復它原有的寧靜。」

這個賭注十分誘人，至少對每一個駐守寧秦的將士來說，能夠讓西楚軍不戰而退，那實在是再好不過的結局。然而，愈是誘人的賭注，這賭就愈是具有風險，項羽究竟想怎麼賭呢？

周勃也很想知道項羽的心裡到底賣的是什麼藥，因爲他也不知道項羽會選擇一個怎樣的賭法。

「這賭其實非常簡單，本王與周將軍既爲同道中人，當然只有在武道上切磋。」項羽此言一出，眾人譁然，誰都知道項羽身爲流雲齋閥主，其武功堪稱天下第一，他要與周勃在武道上一較高低，絕對是一個不公平的賭局。

項羽微微一笑，眼芒劃過空際，道：「本王這個賭局絕對沒有占人便宜的意思，我站在原地，發出三箭，只要周將軍能躲過這三箭，這場賭局就算是本王輸了，不知周將軍意下如何？」

他與周勃相距至少百步，在這麼遠的距離之下，無論他的箭速有多麼迅猛，都必須用上一定的時間通過這段距離，而有了這點時間，對周勃這樣的高手來說，完全可以做出應變的動作。

「你不反悔？」周勃問道，他也很想看看項羽的武功到底有多麼的高深莫測，是以心中一動，有點躍躍欲試了。

「君子一言，尙且駟馬難追，何況本王位居九五之尊，難道還能失信於你？」項羽淡淡一笑，顯得胸有成竹。

「好！那就讓本將軍領教大王的神射功夫！」周勃深深地吸了一口氣，人在城牆之上，已是全神貫注地盯住項羽。

「弓！」項羽的眼睛一緊，一股寒光逼射而出，與周勃的眼芒在虛空中一觸即分，這才大喝一聲道。

當下有四名大漢抬出一張巨弓，竟然比尋常的鐵胎弓大了數倍，呈烏青色，弦澤赤紅，配之金色的羽箭，竟顯得色彩斑斕，蔚爲奇觀。在所有人的注目之下，項羽一手抓過巨弓，然後自屬下手中取過一支羽箭，緩緩而道：「這是本王的愛弓，名曰射天，以南海精石煉鑄，重五十六斤，天下能開此弓者不過百人，而開弓又能有一定準頭的，恐怕不會超過十人，本王得到此弓之後，視若珍寶，平日裡一般不用，今日再試，已是第三次。周將軍，你應該感到榮幸才是。」

周勃的心中一懾，這才知道項羽動用的竟是真傢伙，射天弓之名，周勃曾經聽人提過，知道此弓一現，異常厲害，完全超出了弓箭的範疇，項羽動用此弓，莫非真的是想賭上一把？

周勃的懷疑一點未錯，項羽的確是在賭。自青石嶺一役之後，項羽並沒有因此而相信周勃，但是，他又不願放過這個千載難逢的時機，左右爲難之下，他只有以這個辦法決定自己的選擇，只要周勃不死於射天弓之下，他就相信周勃，否則他唯有退兵一途。

弓微開，箭在弦上，項羽遙看了一下站在城牆之上的周勃，然後他拉弓的手開始發力。

弓弦在一點一點地張開，閃閃的箭頭卻若一點寒星高掛天上，一動不動，也不知在什麼時候，當弓弦構成半月形狀時，自弓弦間的虛空中平生一股旋風，此風生得如此詭異，令所有人都感到不可思議。

殺氣在漫湧，飄飛在這百步的虛空。周勃的手緊握，手心已有冷汗滲出，當那射天弓一點一點張開之時，周勃所看到的不是弓，也不是箭，而是一個湧動著氣旋的黑洞，深不可測，讓人根本琢磨不透。

「鏘……」他的手臂一振，薄薄的劍身發出一種如蟬翼振動的輕顫，遙指向那寒芒閃閃的箭頭。

他無法在這種巨大的壓力之下保持心態的寧靜，在這一刻，他害怕寧靜，希望有一點動靜打破這沈沈的死寂。然而，那遙傳過來的殺氣就像是陰魂不散的幽靈，在他的心中抹上了一層淡淡的陰影，讓他產生出莫名的驚懼。

「嗖……」當射天弓成滿月之時，所有人都聽到了一聲弦響，彷佛它進入的不是人的耳鼓，而是人的心中。

快，就只有一個快字，已無法以任何言語形容，箭出的剎那，就像是從空中劃過的流星，更像是一把鋒利的剪刀，竟然將這虛空一分爲二，從中劃破。

沒有風，也沒有氣旋，因爲這一箭的速度，快得連風和空氣都追趕不止，明明還有百步的距離，當這一箭暴出時，距離已不再是距離，甚至只是存留在眾人意識中的一個概念。

周勃動了，身形提前起動，在窄長的城牆上一連變換了十七種角度，然後將全身勁力在陡然之間爆發，劍鋒一轉，輕輕地點擊在這一箭的箭桿之上。

「嗤……」一溜燦爛的火花揚起，長箭微微一晃，直插入周勃腳下的牆石中，連根沒入。

「裂……」牆石中發出了一股奇怪的聲響，緊接著那堅硬厚實的牆石裂出千百道龜紋般的圖案，突然向空中迸散。

周勃長劍飛舞，擋下這股沙塵的襲擊，身形剛剛站穩，臉上已有三分失色。

一陣歡呼聲起，來自項羽所率的數千鐵騎，而寧秦城上，卻是一片死寂，這一動一靜，顯示出了雙方將士目睹了這一箭時所擁有的心態。

「這是第一箭！」項羽的臉上沒有任何表情，只是再一次拉弓上弦，弦上已多了兩枝長箭。

「剛才是試探性的一箭，它的用意不在攻擊，而是試探，它可以讓本王知道你的身法、劍法以及心理，然後採取有針對性的改變，從而達到制敵的目的。」項羽扣住雙箭，緩緩而道：「接下來本王所用的就是雙箭齊發，是輸是贏，就看這一回了。」

「呼……」他話音一落，沒有任何的猶豫，一聲暴喝之下，雙箭破空而出。

天，陡然一變，漫湧起一陣風雲，箭過處，風雷隱隱，電芒忽閃，蓋出片片烏雲，誰也沒有看到箭，誰也沒有看到箭影，但長箭所帶出的壓力，緊緊地鎖住了每一個人的心靈。

周勃也不例外，他的劍在手，卻沒有任何的反應，他找不到攻擊的方向，也找不到攻擊的對象。他的心中，只有一片茫然。

但他畢竟是一個高手，縱然心中茫然，渾身上下散發出來的氣機已在周遭五丈範圍內布下了道道氣牆，甚至在項羽發箭之時閉上了自己的雙眼。

此時此刻，眼睛已是多餘，更是一種累贅，所聞所見的東西並非是真實的，往往會影響到自己的判斷。周勃明白這個道理，所以他閉上了眼睛，只是用自己的氣機去感受周邊的異動，從而在最短的時間內作出最正確的應變手段。

周勃成功了——在雙箭逼近他五丈之距時感到了空氣中的變化，當他以手中的劍撥開前箭時，後箭已經直奔他的咽喉而來。

幸好他還有一隻手，尚可抓住這一箭，等到他抓住這一箭時，突然感覺到了一種異樣。

事實上就算他沒有抓住，這一箭也不會刺入他的咽喉，因為他感覺到箭身上有一股強勁的下墜之力，正好能在抵達他的咽喉之前改變方向。

同時，他的手中多了一件東西，在剎那之間，他已明白了一切。

他總算得到了項羽的信任，否則，這雙箭足以讓他致命！

寧秦城內外已是一片寂靜，沒有歡呼，也沒有驚歎，彷彿誰也沒有想到周勃竟然躲過了項羽這神鬼莫測的三箭。

「你贏了。」良久過後，項羽才輕歎一聲，拍馬而退，數千鐵騎緊緊跟隨。

周勃依然站在城牆之上，一動未動，直到項羽退回營寨，他才偷偷地打開了手中的布條，上面寫道：「今夜三更，馬到功成！」

周勃笑了，眼見大功就要告成，他沒有理由不笑。

◆

三更的寧秦，一切都顯得那麼寧靜，除了遠處傳來的幾聲更鼓，再也沒有什麼動靜。這「靜」靜得過於反常，反而預示著要發生一些什麼。

至少對項羽來說，他已經知道會有什麼事情即將發生。

此時的項羽，就在寧秦城那座形如鐵閘般的城門不遠處，在他的身後，蹲伏著三萬精銳之師，人人一身黑衣裝束，屏氣呼吸，沒有任何聲響發出。

要打造出一支無敵於天下的精銳之師，關鍵在於治要嚴格，項羽無疑是一個傑出的統帥，在他的眼中，從來沒有把士兵當作是人，而是將他們看作是沒有思想的暴力動物，只能是唯他馬首是瞻，做到絕對地服從命令。

同時，他也深知領兵之道，一張一弛的道理，所以，每當他率部攻掠一地，就放縱自己手下的將士燒殺搶掠，讓他們在感受了血與火的洗禮之後，進入到自由的天地，隨心所欲地展示人性中最醜惡的一面。

這無疑會成爲一種動力，使得這些士兵充滿著對下一戰的渴望，當他們將戰爭當作是一種樂趣時，這樣的人所組成的軍隊，將是一支不可戰勝的隊伍。

因爲，只有把戰爭當作樂趣的人，他們才會全身心地投入進去，而一旦全力以赴，才可以激發出他們體內最大的潛能。

「噹噹噹……」更鼓響起，如急雨連響三聲，項羽的心中陡然一緊，三更到了！

這是他與周勃約定的開啓城門的時間，他無法做到沒有一絲的緊張，畢竟，寧秦作爲關中的門戶，一旦被他攻破，關中就盡在他的掌握之中。

他一直將劉邦視作自己最大的勁敵，只有將這根眼中釘連根拔去，他才可以安安心心地做他的西楚霸王，進而一統天下。

所以，更鼓一響，他的目光就盯在了那扇黑漆漆的城門上，夜色包圍中的城門，就像一頭臥伏於荒原上的惡獸，有幾分神秘，有幾分猙獰，更透著一股玄之又玄的未知，讓人無法預料到那城門的背後究竟隱藏著一些什麼。

然而，最先出現動靜的不是城門，而是在城牆上。那黑漆漆的城牆上突然亮出了一個光點，連閃三下，在這夜空中，宛若一點寒星。

項羽一怔，不明白這是什麼意思，在他與周勃商定的聯絡暗號中，並沒有這麼一條：「難道這是周勃給守將的一個暗號？」心生狐疑，正欲細思下去，卻聽得「吱呀……」一聲沈重而嘶啞的悶響，自前方傳出。

城門終於一點一點地開了，從中而分，緩緩開啓，這雖然只是寧秦的一道城門，但在項羽的眼中，彷彿已看到了整個關中。

他心在跳，血在湧，一股莫名的亢奮似乎流遍了整個全身，他在想像著當自己的大軍越過寧秦，突然出現在咸陽城下時，劉邦會是一種怎樣的表情。

一陣冷風襲來，讓他不自禁地打了一個寒噤，頭腦變得清醒過來。當那道城門完全開啓之後，項羽回首望了望自己身後的所有將士，斷然下令：「開始行動！」

命令完全是在頃刻間以隱密的方式傳遞給每個人，數萬人同時站了起來，然後按著縱列的小方陣，悄無聲息地向城門移去，速度之快，令人咋舌。

項羽卻站在原地一動未動，一顆心始終提在嗓子眼上，警戒著前方是否有異變發生。當有五千人組成的先頭部隊完全進入寧秦後，他這才略略放下了心，一揮手道：「中軍跟上！」

他決定入城了，沒有馬匹，他只能靠著自己的腳前行。爲了使這次行動更加隱蔽，他與周勃商定，不使用一匹戰馬，直接自寧秦穿過之後，迅即向咸陽推進。

當他穿過城門，踏上寧秦以青石鋪就的冷冷大街時，幾乎不敢相信自己竟然是以這種方式再次踏入關中的土地，不費一刀一槍，甚至沒有聞到一點血腥，西楚大軍就突破了有「天險」之稱的寧秦門戶，這豈非就是一種天意？

十步、二十步、三十步……隨著大軍步步深入，項羽的心中已沒有了先前的狐疑與緊張，當他正要率領自己的中軍轉過一條十字路口時，突然一道火光燃起在前方的一座高樓上，在這沈沈的夜色中，顯得十分耀眼。

所有人都在這一瞬間停止了腳步，所有的目光都聚焦在這一團耀眼奪目的火光中。火光來自於一個人的手中，經過了白天的那場賭博，誰都認出了這手執火把的人乃是寧秦主將周勃，正是因爲有了他，才使得這看似不可能的行動成爲了現實。

「是大王嗎？」周勃的聲音低沈而有力，響起在這靜寂的長街上，顯得幽遠而神秘。

「不錯！」項羽笑了起來：「看來，本王賭贏了這一把！」

「此時論輸贏，豈不早了一點嗎？」周勃抱以同樣的微笑。

「當本王踏上寧秦的街頭時，這賭局就有了定論！你只需要再給我兩個更次的時間，這十萬大軍就可完全通過寧秦。」項羽顯得十分自信地道。

「按大王估算，此刻進入寧秦的大軍已有多少？」周勃問道。

項羽略一遲疑道：「應該在一萬左右。」

周勃聞言淡淡一笑道：「夠了。」聲音很輕，讓項羽不由自主地問了一句：「你說什麼？」

「我說夠了。」周勃的話非常突兀，冷然一笑道：「有一萬人就足夠我大開殺戒了！」

項羽的臉色一變，尚未弄清是怎麼回事時，突感眼前一黑，周勃竟熄滅了手中的火把。

這是一個信號，一個動手的信號！火苗一熄，隨之而來的是三通戰鼓，如平空炸起的驚雷，震醒了這昏睡的古城。

「軋……」一聲巨響，從項羽的身後傳來，他驀地回頭，只見自城門上突然滑下一道萬斤鐵閘，勢不可擋地將西楚軍攔腰截斷，數十名躲閃不及的士兵，頃刻間便被這若山鐵閘壓成肉醬。

同一時間，城頭之上響起滾木圓石下砸的聲音，千萬道弦響在瞬間動作，同時攻向了城裡城外的西楚軍。

驚變這樣發生了，在沒有任何心理準備的情況下發生了，無論是誰，當他置身於黑暗之中遭到襲擊時，第一反應必是恐懼！

「殺呀……」萬千人同時發出一聲吶喊，進入城中的西楚將士無不發現，自己置身的並不是以一敵五的包圍，而是以一敵十，甚至更多！他們在倉促應戰的同時，忍不住都會在心裡問著自己：「寧秦城防哪來的這麼多兵力？」

這是誰都可以想到的問題，項羽戰前所得到的情報是，周勃統率的軍隊只有五萬，如果自己進入城中的將士已有一萬之數，他們又何以會受到以一敵十的包圍？

這只有一個原因，那就是此時的寧秦城中漢軍遠不止五萬之數，這讓所有的西楚士兵都失去了信心。

西楚士兵失去信心的原因還在於，他們不擅於在黑夜中的巷戰。當一隊一隊的士兵被強有力的敵人從中切割，繼而圍殲之後，幾乎有半數以上的將士都感到了一種絕望，在有人高呼「降者免死」之後，這些將士甚至放棄了任何抵抗。

唯一不亂的是項羽的中軍，這是由三千精銳組成的一支軍隊。在這支隊伍中，不乏有一些武功超卓的好手，他們無疑是項羽最忠心的一批死士，在沒有得到項羽的命令之前，他們並沒有加入戰團，只是護著項羽圍在了長街的中心。

屠殺在黑暗中進行，戰事之慘烈，使得寧秦城彷彿置身於一片血腥的海洋。當這一切就要接近尾聲時，突然間萬千火把同時點燃，使得寧秦城變得一片通明。

只有在這個時候，那些驚魂未定的西楚將士才發現，包圍自己的敵人何止五萬？再多五倍也不止！飄揚在街頭巷尾的旗幟上寫的已不是周，而是劉，漢王劉邦竟然親臨寧秦，這是他們絕對想不到的一個結果。

周勃依然站在他剛才出現的那座高樓，在他的身邊，還有兩人正負手而立，衣袂飄飄，神情中似有一股神仙般的飄逸。

他們不是別人，正是紀空手與張良，兩人的目光緊盯著街心的項羽及其中軍精銳，神情雖然輕鬆，心中卻顯得十分凝重。

他們的心理無法不凝重，因爲他們所面對的是西楚霸王項羽！一個可以寫就武道神話的人物，即使此刻的項羽正置身於數十萬大軍的重圍之中，只要稍有大意，也有可能讓他抓住戰機，全身而退。

「大王，實在不好意思，我從來沒有想到過橫行天下的大王竟然會如此幼稚，對於送上門來的肉，我向來都是端起就吃，所以就算不好意思，我也只好來者不拒，來個一鍋端了。」周勃的眼中流露出發自內心的欣悅，如果此次項羽被誅，毫無疑問，他當立首功。

在火光的照映下，項羽的臉色已是一片鐵青，眉鋒一寒，盯著周勃道：「你果然是一個奸細，竟然敢出賣本王！」

周勃淡淡一笑道：「沒有人出賣你，只不過是你自己犯下了一個常識性的錯誤，誤信敵人，這就怨不得誰了，只能怨你太蠢了！」

「你想激怒我？」項羽沒有動氣，彷彿看穿了周勃的心思，冷然道。

「其實事已至此，激不激怒你已經無關大局。」周勃斷然答道：「我可以保證，就算借你一雙翅膀，也休想活著離開寧秦！」

「本王相信你所言非虛。」項羽冷哼一聲道：「不過，你可以估算一下，要達到這個目的，你們將要付出多大的代價。」

「我們所付出的代價並不大，至少到目前爲止是如此。」紀空手終於開口說話了，他一說話，周勃便退了一步，站到了紀空手的身後。

項羽冷冷地仰視著高樓之上的紀空手，任由裹挾著血腥與鹹澀的寒風吹過臉頰，沒有言語，殺機在無聲與沈默中醞釀，他似乎從來沒有這麼強烈地想殺一個人。

「本王曾經在你的手下爲將，按理說，應該向你行跪拜之禮才對，但今日你我既然爲敵，以前的情誼自然也該一筆勾銷了。所以，本王向你作一個揖，以盡待客之道。」紀空手對項羽的眼神渾似未見，只是自顧自地盡興著自己的表演。他並不是一個有著強烈表演欲的人，之所以如此做，只是想向項羽最後的這三千精銳傳達一個資訊，那就是勝負已成定局，負隅頑抗下去只會是徒勞，他完全擁有這種強大的自信。

紀空手站在高樓之上，深深地向項羽作了一個揖，當他抬起頭時，已是一臉冷峻，緩緩而道：

「這一切都是我們精心策劃的一個佈局，你不應該怪周勃，他只是這個佈局中一個重要的棋子，但並不是唯一的。爲了這個局，我們所花費的精力與心血遠不是你所能想像的，當你了解了我們爲此所做的努力之後，相信你一定會覺得你自己死得物有所值。」

項羽冷然道：「這我倒要洗耳恭聽。」

「本王知道你一定有這樣的興趣。」紀空手頓了一頓道：「你偷襲武關不成，轉道寧秦，屯十萬重兵於城下，對我大漢的確是一個不小的威脅。俗話說得好，臥榻之側，豈容他人酣睡？從那一刻起，本王就已決心要對付你，所以先調集了數十萬人馬集結咸陽城下，隨後又將後生無併購賭館妓寨的消息傳漏出去，讓你以爲，我軍就算出兵，至少也要在二十天之後，這就可以利用假相製造出一個時間差，讓你絕對想不到我軍會提前來到寧秦。」

項羽微微一怔，搖了搖頭道：「這不太可能。」

「對你來說，看上去這的確不太可能，因爲在關中各地，都有你的耳目探報，只要我軍一有行動，必然逃不過你的耳目。」紀空手微微一笑道。

「不錯，就在昨日，本王還接到密報，說咸陽城外的軍營一切如常，沒有任何開撥寧秦的跡象。」項羽遲疑了一下，說道。

「這不過是迷惑你的一個小伎倆，事實上，早在三天前，咸陽大營已是一座空營，裡面所剩的數萬人只是用於疑兵，若非如此，又怎會讓你落入這個圈套？」紀空手笑了笑道：「你之所以敢夜入寧秦，並不是因爲周勃完全取信於你，其實在你的內心，依然還有一些狐疑。但你最終還是來了，這是因為你太自信，認為縱然有詐，憑你的無敵之師，當可抵擋寧秦這五萬兵力的襲擊！」

項羽一時無語，眼中閃出一種難以置信的神情。他不得不承認，紀空手的分析與他心中所想並無太大的差距，一個可以洞察到別人心理活動的人，未免也太可怕了。

紀空手的眼芒緩緩地劃過虛空，審視著腳下那三千西楚將士，突然搖了搖頭，輕歎一聲道：「我還是太高估你了，更高估了你手中這從來不敗的軍隊。我本可以將你佈置在城下的三萬人馬統統放進，然後一網打盡，但是，為了保險起見，我還是放棄了這種想法，現在看來，這不可謂不是我們這次行動的最大遺憾。」

項羽不由冷哼一聲道：「你現在就下定論，只怕還早了點吧！本王與這三千將士不是依然好好地站在這裡嗎？你真想一網打盡，那就放馬過來吧！」

他的話音一落，那三千將士同時發出一聲吶喊，刀戟並舉，寒光閃閃，身處絕境之中，依然不失那種強大的戰力。

他們能夠如此，只因為他們相信項羽，相信項羽是不敗的戰神，更是這個亂世中戰無不勝的神話！

夜風很冷，冷得彷佛欲將這空氣凝固，但空氣中湧動的血腥和殺氣，正在這冰寒的冷風中醞釀成形，每個人的胸中都湧動出一種瘋狂的殺意，似乎在等待一個契機，讓他們最終爆發的氣機，虛空之中已經彌漫著太沈太重的壓力。

紀空手只是靜靜地看著腳下的一切，沒有說話，等待了足足有一刻鐘的時間，這才緩緩地將目光移向了周勃。

「可惜，真是可惜。」紀空手的話中不無遺憾，令所有的人都吃了一驚，顯然無法理解他話中的玄機。

「大王莫非是爲這三千將士的性命而可惜？」周勃也是不明所以，胡亂猜測道。

「本王縱是一個菩薩心腸，也不會爲了敵人的性命而顯示出仁慈。」紀空手冷哼一聲，斷然否認了周勃的猜測。

「大王莫非是因爲今夜的行動給寧秦百姓帶來了一定的禍害而自責？」張良素知紀空手以天下百姓能夠安居樂業爲己任，戰爭一旦爆發，擾民是不可避免的。

「打仗難免有死有傷，難免會危及百姓，忍一時之痛，成就千秋功業，天下百姓未必就不能理解。」紀空手緩緩而道，顯然否認了張良的猜測。

「那麼大王又因何而感到可惜呢？」張良有些不解。

紀空手冷冷地盯著百步之遙的項羽，良久過後，才一字一句地道：「我之所以感到可惜，是因爲我們精心策劃的一個殺局，等來的人竟然不是真正的主角！」

全場一片譁然，對所有人來說，紀空手的話就像是一場地震，震得每個人都呆住了，同時將目光投向了項羽。

項羽依然顯得十分鎭定，但眼中卻閃出一絲詫異的神情，被紀空手銳利的目光所捕捉，這也更堅定了他對自己看法的判斷。

紀空手之所以敢於如此斷定，是因爲在與項羽對峙的時候，他幾次運用自己的氣機去觸及對方，卻沒有感應到項羽獨有的流雲道真氣。最初他也認爲是項羽的功力太深，已達到了收放自如的境界，可以將流雲道真氣內斂而不露一絲痕跡，但奇怪的是，在這個項羽的身上，卻湧動著一道氣機，雖然也同樣霸烈，但紀空手卻斷定絕不是流雲道真氣。

出現這樣的現象，只有有一種解釋，那就是這個項羽是假的，唯有如此，才是最爲合理的結論。

「你能看出這一點，的確很了不起！」項羽終於開口說話了，他這麼一說，無異於承認紀空手的說法無誤。

「那麼你又是誰？」紀空手緊逼地問了一句。

「我叫項聲，是項羽的堂兄弟，很多人都說我和他長得很像，只要稍微化一點妝，就可以達到以假亂真的地步。」項聲顯得非常平靜地道，並沒有因爲自己身處絕境而出現一絲慌亂。

但那三千將士中有人開始慌亂起來，畢竟對他們來說，他們所依憑的人是項羽，失去了這個精神支柱，也就失去了支撐他們的動力，儘管項聲也是一個高手。

項聲當然是一個高手，而且是流雲齋中僅次於項羽的第二號人物，乃項梁之子，是以在項羽的眼中，有著非同尋常的分量。據說項聲對劍道的領悟，已達到了一種非常高深的境界，然而真正領教過他劍法的人，當世之中不會超過五個，其他的人都死在了他的劍下。

像這樣一個高手，當然會有他的自信，所以在千軍萬馬包圍之下，依然顯得鎮定從容。

「你的確長得很像項羽，在黑夜之中，更無人能夠辨得清楚。」紀空手淡淡而道：「但是一個人的氣機是無法瞞騙的，何況項羽的流雲道真氣又是那麼地特別。」

「不錯！我不能修練流雲道真氣，引爲今生憾事！」項聲點了點頭，突然想到什麼，臉上露出驚訝之色道：「難道你領教過流雲道真氣？如果是，你怎能身中流雲道真氣而不死？如果不是，你又怎能對流雲道真氣熟悉？」

紀空手不由得心頭一震，在無意之中，差點露出破綻——誰都知道，能夠身中流雲道真氣而不死的人只有自己，項聲的這一問，的確犀利無比。

「世間的事，永遠沒有絕對二字！」紀空手深深地吸了一口氣，緩緩而道：「就像今天所發生的事情一樣，從來不敗的西楚軍，終有一敗，你不能不承認我說的是一個事實！」

他迅速轉移了話題，同時也轉移了項聲的注意力。項聲沈默半晌，點了點頭道：「是的，這世上原本就沒有絕對的事，但是，西楚軍敗了，不等於我也敗了，我需要證明！」

紀空手正欲開口說話，卻聽得長街盡頭有人冷冷地道：「我可以證明給你看！」

周勃循聲望去，說話者竟然是卓方！但紀空手和張良卻知道他不是卓方，而是以「大雪崩定式」聞名天下的阿方卓！

阿方卓站在街頭，橫劍而立，就像是一棵挺立於極巔之蒼松，目光極冷，猶如冰刃般直射在項聲臉上，顯得那麼森寒而鋒利。

紀空手一眼就已看出，此時的阿方卓，較之登高廳上與扶滄海一戰的阿方卓，功力上完全跨上了一個新的台階，尤其是在氣度上，已有了全新的變化。

想起扶滄海，紀空手不由黯然傷神。

項聲的目光同樣盯在阿方卓的身上，當他看到阿方卓腰間的劍時，笑了，笑得有幾分陰森，更有幾分自信，猶如一頭存在於地獄烈焰中的魔獸，渾身散發出一股猙獰而張狂的氣勢。

這種感覺十分可怕，給每一個人的心裡都帶來了沈重的壓力。

空氣彷彿變得狂躁不安起來，湧動的氣旋挾著這冷冷的風，變成了這段虛空中唯一的基調。

「你用劍？」項聲笑了笑，臉上似有幾分不屑之意。

「你也用劍？」阿方卓也笑了笑，臉上同樣顯出不屑。

項聲怔了一下，淡淡而道：「敢用這種口吻和我說話的人，幾乎無一例外地都死在了我的劍下，希望你是一個例外。」

阿方卓搖了搖頭，卻沒有說話。

「你害怕了！」項聲哈哈大笑起來，顯得有幾分得意。

「不！」阿方卓冷然道：「我喜歡用劍說話，而不是嘴！」

第七章　劍藏殺機

項聲的眉間頓時湧動出一股殺機，看來，他已準備出手了。

他的劍在腰間，但不知在什麼時候，就到了手中，拔劍的速度之快，猶如電光石火一般，但這還不是最可怕的，最可怕的是他的劍尚未出手，氣勢已經若火焰般瘋漲，無數個氣旋湧動虛空，開始沿著一種不規則的軌跡向阿方卓的立身之處緩緩推移過去。

兩人相距至少十丈，但阿方卓的衣袂已然向後飄飛，似乎有一股勁風襲至，呼呼作響。

夜空顯得極爲死寂，沒有一點生動的跡象，透過這暗黑的夜幕，可以看到蒼穹極處那湧動的風雲。

「呀……」終於，一聲暴喝，從項聲的口中響起，他的整個人就像是一隻盤旋半空之中的蒼鷹，以迅雷之勢直撲，快速地衝向阿方卓。

身形之快，似乎超過了速度的範疇，人與劍在這種極速之中合爲一體，構築起一道流動的風。風在飛速中旋動，眼看逼近阿方卓的五尺之內，那風的極處突然裂開，一道閃電般的寒芒自裂縫中標射而出。

阿方卓一動不動，如大山臥伏般鎮定，只有看到這道寒芒之時，他的眉鋒才微微地跳動了一下。

眉鋒一動，劍動！他的劍出手，就像是橫亙於虛空中的一堵牆，封鎖住了項聲進攻的每一個角度。

「叮……」在避無可避的情況下，雙劍交擊一點，迸散出萬千道氣流，沖激得長街上的塵土飛揚疾旋。

兩人的身形都微微一晃，乍一交手，旗鼓相當，頓時相互間盡去小視之心。

項聲出手在先，在氣勢上已有先聲奪人之利，想不到還是不能占到半點便宜，心中不免有些慌神。但是他知道，今日一戰，自己終究難免一死，更多的是爲榮譽而戰，只要自己能夠重創對手，或許可以鼓舞起這三千將士的士氣，形成混戰的格局。到那時，自己肯定還有一線生機，所以他不想放過這個機會，身形一晃之下，劍鋒再起。

劍在虛空，化作道道流雲，悠然間暗藏殺機，而他的人已如一縷清風，隨雲而動，飛撞阿方卓而去。

阿方卓似乎沒有想到項聲的來勢如此之強，等到他感應到這股殺氣時，那凜凜的劍鋒已逼至眼前，不過，他的心中並沒有因此而亂，只是一個退步之後，長劍輕飄飄地橫斜空中。

那如流動般的劍影似乎遇到了一股龍捲風，一撞之下，頓化無形。雙劍輕輕一觸，磨擦出一道如禮花般絢爛的異彩，遮迷了所有人的眼睛。

當眾人再度可以視物時，卻驚奇地發現，項聲不見了，阿方卓也不見了，長街上只多出了兩股暗黑疾走的狂風，飛竄於虛空中，猶如相互撕咬的魔獸，在有限的空間裡最大限度地表現出張狂的魔意。

天、地、人、劍，彷彿在這一剎那間構成一個整體，不分彼此，渾然無間，達到了極致的完美。

「去死吧！」突然間，傳出項聲的一聲暴喝，他的武功似乎在剎那間暴漲了數倍，寒芒從風頭最勁處標出，速度之快，角度之刁鑽，讓在場所有的武者都歎爲觀止。

當阿方卓感到這一劍所帶來的銳鋒之時，項聲的劍已經突破了他緊密的氣機，進入了一個他難以兼顧的死角空間。

阿方卓一驚之下，陡然想到了龍賡對劍道的領悟，龍賡曾言：劍道到了一定的境界，其實是一種對攻防死角的理解，而攻防死角就是人的一個盲點，具有不可視性，不可預判性，唯有如此，才能在高速運行之下置敵於死地。

而項聲顯然深諳此道，他的劍速其實並不是很快，卻能在角度上多變，讓人無法揣摩出他最終攻擊的方向，面對這樣的一劍，幾乎擋無可擋。

不過阿方卓並沒有格擋，他選擇了攻，因爲他明白，最好的防守就是進攻，只有攻敵之必救，才可以化解對方給自己身上帶來的危機。也就是說，阿方卓在瞬息之間選擇了一個同歸於盡的打法，假如項聲置之不理的話。

但項聲又怎會置之不理？他也不會與阿方卓同歸於盡，儘管他代替項羽進入寧秦，就已經抱定了必死的決心，但死要死得有意義、有價值，以他的身分，當然不願意和阿方卓這樣的人同歸於盡。所以，他一見阿方卓的劍招，迅速改變了角度，劍自死角而出，貼上了阿方卓的劍背。

「嘶……」一種刺耳的金屬磨擦聲響徹於虛空，帶出一道絢爛的火花，斜劃的劍就像是一塊剛剛燒紅的鐵石入水，水霧騰然之間，順著阿方卓的劍背而下，劃向他握劍的大手。

阿方卓目睹這一劍的到來，心中微驚，按照常理，他可以有兩種選擇，一是運力劍上，蕩開來劍；二是抽身而退，拉開距離。這兩種選擇都有寓守於攻的韻味，可以在瞬息間把握戰機。但是，當他正要作出選擇之時，心中不由大駭！

他的劍竟似被項聲的長劍吸住了一般，產生出一股巨大的黏力，他根本無法改變自己出劍的軌跡。

項聲的功力如此之深，這是阿方卓沒有想到的，此刻他唯一要做的就是棄劍，這是沒有辦法的辦法。

他沒有猶豫，手臂一振之下，大手已脫離劍柄，同時變手爲掌，在空中連拍數下，布下了幾重氣牆防禦。

他當然不認爲自己只憑空手就能與項聲抗衡，所以他大掌拍出之時，身形向後飛退，就在他退的同時，項聲的腳踢出一個非常怪異的弧度，以完全超越人想像空間之外的速度與角度，直奔向阿方卓的胸腹。

這一腳如此怪異，怪異得不合情理，讓人幾乎無法理解，因爲只要是人，就無法踢出這樣的一腳，它完全超出了人類潛能可以達到的範疇，在飛行的途中變幻出三百六十度的疾旋。

只有項聲身邊的幾個心腹親信才知道，這是項聲真正的殺招！項聲作爲上一代流雲齋閥主項梁的兒子，卻不能子承父業，繼承大統，並非是因爲項梁對項羽的賞識遠勝於自己的兒子，儘管項羽的確擁有讓人不可想像的練武天賦。他之所以這樣做，是因爲項聲年幼時生過一場重病，救治不及，以至於落下了一個病根，根本就不可能修練流雲真氣。

可以想像，讓一個不會流雲道真氣的人坐擁流雲齋的閥主，在這個五閥並爭的江湖，在這個諸侯紛戰的亂世，絕對是一件要冒極大風險的事情，項梁還不想成爲列祖列宗的罪人，更不想看著如日中天的流雲齋就此毀在自己的手中，於是，他唯有忍痛割愛。

但是作爲一個父親，項梁不能不對自己的兒子有所交待，所以在私底下，他將流雲齋中只能供閥主修練的另一大絕藝傳授給了項聲，那就是無理腿！之所以會取這樣一個古怪的名字，就是因爲這種腿法與人類思維有著根本性的衝突，完全可以超越人體極限而任意發揮，一招一式，不合情理，是謂無理腿。

阿方卓根本就不知道世上還有這麼一門奇門，就算他事先知道，也無法躲過項聲這驚天無理的一腿！毫無疑問，項聲比他想像中的更爲可怕，其武功之高，應不在龍賡之下。他這一次應戰項聲，絕對是一個錯誤，一個不可饒恕的錯誤。

「轟……」一聲驚人的悶響，如驚雷般炸響長街之上，將這虛空攪得四分五裂，迸射出萬千道狂亂的氣旋。

項聲的身形陡然拔高，如一根扭曲的麵條倒射而回，臉上閃現出一絲不可名狀的訝異。

阿方卓卻依然站在原地，他沒有死，也沒有退，這一幕讓人看上去大覺不可思議。

唯有項聲與阿方卓明白，這一切不可思議的事情源自於一隻手，一隻非常穩定的大手，那手上，緊緊握著一截紅木欄桿。

項聲心中一震，彷彿沒有想到來人僅憑一根隨手拈來的木棍，居然可以擋下自己石破天驚的一腿，而這種紅木所制的欄桿，他似曾相識，正是紀空手登高憑欄時所把的欄桿。

那隻大手顯得極爲凝重，就像是一道橫亙於虛空的山梁，那截紅木握在他的手中，彷如一曲富有生命激性的樂章，輕鬆自在，更有一種說不出來的優雅。

「好劍法！好腿法！可是，它們終究改變不了你必死的命運！」在阿方卓退下之後，紀空手這才淡淡而道，誰都可以聽出他話中的那股令人心寒的殺意。

「能與問天樓主交手，雖死無憾！」項聲的臉色一變，不是驚奇，而是有一絲欣慰，似乎覺得與紀空手的這一戰一旦進行，是他個人的一種榮幸。

「你真的這麼認爲嗎？」紀空手冷冷地盯了他一眼道。

「無論誰走到了我現在這一步，都很難再有一線生機。是以明知是死，我當然不甘心死在無名小卒的手裡，如果真的能夠與你一戰，能夠死得轟轟烈烈，我身爲武者，還能有什麼遺憾呢？」項聲的態度十分誠懇，似乎正應了一句「人之將死，其言也善」的老話。

紀空手卻淡淡地笑了笑道：「你真虛僞，真狡猾。」

項聲渾身一震，將目光投向紀空手。

「其實你的內心一直以爲，只要能與本王一戰，你的機會就來了，挾天子以令諸侯，這是奸雄權相慣用的伎倆，你將之用在今天這種場合，也未嘗不可。你說本王所言對不對？」紀空手一眼就看穿了項聲的心思，冷笑一聲道。

項聲簡直產生出一種遇見鬼的感覺，似乎自己所想的一切都被「劉邦」摸得一清二楚，心裡頓有一股駭然。他一直認爲，只有誘得「劉邦」出手，然後趁機將之制服，自己今天才有活命的機會，他也相信自己有這個能力，也一直有這樣的自信。可是，「劉邦」明知山有虎，偏向虎山行，竟然應戰而出，項聲的心裡反而不踏實起來，爲「劉邦」這種無畏的氣勢所壓服。

但不管怎樣，項聲都不能不戰，畢竟這是他唯一的機會。望著大街兩邊黑壓壓的人群，再看看自己身邊的三千將士，隨著時間一點一點地流逝，鬥志也隨之消逝，他已無法猶豫，是以——他出手了！

他幾乎是在沒有醞釀氣勢的情況下出手，這無疑犯了高手對決的大忌，但是他別無選擇，他並不是不知道這個最簡單的道理，但他同時也十分清楚：自己醞釀氣勢時，對方相應也在醞釀氣勢，水漲船高，如此而已，還不如在先機上下手，或許尚可占得一點便宜。

劍在虛空中穿越，一振之下，化作點點繁星，之所以給人有這樣的感覺，是因爲劍鋒的鋒芒比及寒星更冷、更虛，有一種莫測的變化。在同是夜空的背景之下，此劍更如流星滑過，以讓人難以想像的快速擊向了紀空手手中的那截紅木。

項聲不愧爲流雲齋的第二號人物，出手就是對方必救處，所謂「工欲善其事，必先利其器」，對於一個武者來說，最重要的就是他手中的武器，名劍何以要配英雄？這只因爲，名劍對於任何一個英雄來說，其實是一支筆，唯有它才可以在青史之上爲自己留下不朽的英名，而名劍也因英雄而變得更有名氣。

紀空手的手中無劍，只有一截紅木，靜靜地斜向虛空，可是當它驟然一動時，彷彿被紀空手注入了生命，注入了靈性，竟然在片刻之間若遊龍般竄出，異常精準地點擊在了項聲的劍尖之上。

沒有聲音，沒有氣旋，根本就沒有人想像中的那種激撞，項聲只感到從紅木上傳來一股強大的吸力，竟似要將他爆發出來的劍氣包容吸納，不由大駭，整個人仿如螺旋氣柱般向空中竄去，至三丈處迅即下墜，拖起一陣驚人的銳嘯，以勢不可擋之勢撲向紀空手。

紀空手冷笑一聲，紅木一振，在自己的頭頂上幻化成一團紅雲，護住項聲意欲攻擊的線路，同時腳下微移，向後退了一步。

他這一退，讓項聲臉色大變，因為就只有一步的距離，紀空手竟然平空消失了！

這幾乎是不可能的事情，沒有人可以做到真正的平空消失，之所以出現這種現場，唯有一種解釋：紀空手在瞬息之間移形換位到了項聲視線中的一個盲點。唯有如此，項聲才會突然失去了紀空手的影像。

項聲的反應快到了極點，迅即閉上眼睛，僅憑自己的氣機感受紀空手的存在。然後，他的劍與腳向左邊的一段虛空同時殺出，互為九十度的夾角，形成了一個近乎完美的攻擊。

他的判斷不錯，紀空手的確在他左邊的空間。面對項聲這種詭異的劍中腿，紀空手沒有再作任何閃避，而是單手斜立，輕飄飄地劈了過去。

項聲的臉上閃出一絲驚喜，似乎沒想到紀空手竟會如此托大，這劍中腿一向是他最為得意的一門絕技，閒暇時與項羽切磋，就連項羽也驚歎其構思之巧，富有寓守於攻的靈性，而紀空手竟想用一隻單手對之，這難道不是天賜良機嗎？

這種機會，對有些人來說，一生中有很多很多，而對於有些人來說，一生中也難得遇上一次。項聲無疑就屬於這後一種人，所以，他絕不想錯過，更想將它牢牢地把握！

然而，就在他將全身功力盡數提聚於手腳上時，紀空手的掌已出現在了他的眼前。

這個動作實在是太快了，如果用四個字來形容它，就叫「鬼斧神工」。

但讓項聲心驚的不是這種速度，而是這種速度下帶來的一種感覺，他明明看見的是掌，卻真實地感受到了刀氣的存在。

掌中刀？項聲心中幾乎驚叫起來！然而，他很快否認了這種想法，因爲他發現紀空手的這一掌遠比掌中刀還要可怕。

是的，這不是掌中刀，只是一隻肉掌。當紀空手心中無刀時，他還有什麼東西不可以用來當作刀？所以，他這一掌即是刀，刀也是掌，已經沒有任何定義上的區分了。

也許，他這一掌比刀更厲害，即使是人刀合一，刀也未必能完全融入到人的身體、意識、思維之中，而手掌則不同，它本就是人身體中的一部分，當它作爲一種兵器出現時，試問天下還有什麼名器比它更具生命？更具靈性？更有活力？

項聲唯有暴退，紀空手的可怕已經超過了他的估計，雖然他無法測算出紀空手的真正功力，但他有一種奇怪的感覺，就是眼前的「劉邦」與項羽有一個共同處——那是一種直沖雲霄的霸氣！

「呼……」手刀劈出，將虛空撕裂開一個口子，裂口擴張開來，猶如巨獸的大嘴，竟欲吞噬掉項聲的整個身軀。

項聲只能一退再退，可惜的是，無論他退得有多快，角度有多詭異，都無法躲避手刀對他構成的威脅。因爲，就在一剎那間，紀空手的大手一振，手刀由一變二，二生四，四幻八……在這虛空之中布下了萬千道刀影，就像是天羅地網，欲將虛空中的一切盡數毀滅。

「呀……」一聲慘呼，發自於項聲的口中，他的身上已中了一刀，但尚未等他來得及作出任何反應，自創口處已突然響起一連串的暴響，血肉橫飛間，他的身體竟然爆出一個個的血洞，瞬息間變成了一個可怕的血人。

如此駭人的一幕突然乍現在眾人的眼前，引起陣陣驚呼，誰也不明白究竟發生了什麼事，但所有人都明白，這一戰勝負已分！

紀空手飄飛向後，穩穩地站在十步開外，眼睛緊緊地盯住項聲。剛才他的手刀插入項聲的身體，隨之而湧出的，是如洪流般飛瀉的勁氣，這些勁氣迅速沖入了項聲的經脈血管中，不堪重負之下，形成了爆裂。當一個人的經脈血管爆裂之後，他唯一應該面對的就是——死亡！

「砰……」項聲也不例外，所以，他倒下了！

全場頓時一片寂然。

「降者不殺！」紀空手的眼芒綻射出一種別樣的異彩，冷冷地從那三千將士的臉上緩緩劃過，然後大聲喝道。

「降者不殺！降者不殺！」長街兩邊的大漢將士同時高呼道。

一場夜戰就這樣結束了。

大漢軍大獲全勝，雖然殲敵不過一萬餘人，但他們結束了一個歷史——西楚軍從來不敗的歷史，打破了項羽戰無不勝的神話。

這個消息傳到關中，傳到西楚，傳到整個天下，幾乎沒有人敢相信這是一個事實，但隨後發生的一系列事件，似乎印證了這種說法。

大漢三年深冬初春之際，漢王親率三十萬大軍，避開寧秦城外的項羽，從武關出兵，開始了東進伐楚的戰略，一路上攻城掠地，所到之處，並不擾民，受到百姓的擁戴歡迎。四月，到達彭城，聞聽項羽率部尾隨而來，紀空手當機立斷，率領主力作戰略性的撤退，並不與西楚軍主力正面交鋒，只是派出一小部人馬，由樊噲率領，一路敗走睢水。等到項羽領兵追擊千里之後，此時，周殷、彭越、英布三路諸侯同時發兵，分三個方向攻打西楚軍，而韓信領兵三十萬，從江淮北上，攻打齊趙，威脅西楚屬地，迫使項羽放棄追擊。回師西楚。

五月，待項羽領兵回到西楚時，周殷、彭越、英布各部已經不知去向，而紀空手率漢軍主力已攻下了西楚周邊重鎮滎陽，項羽只好再次整軍出發，向滎陽進發。

六月，當項羽的西楚軍趕到滎陽時，這一次，紀空手沒有再作迴避，而是以逸待勞，在滎陽之南的京邑、索邑之間的山地與西楚軍展開了空前激烈的交戰，並且取得了勝利。西楚軍整兵之後，屯兵滎陽城下，與大漢軍開始了長達數月的對峙。

但是，這一次無論是紀空手，還是張良都失算了一點，他們根本就沒有想到會在滎陽與西楚軍作長時間的對峙。這樣一來，數十萬大軍的軍需糧草的供應便成了大問題，迫於無奈，紀空手修築了連接到黃河岸邊的甬道，用以獲取來自敖倉的糧草。

項羽當然知道糧草對一個軍隊的重要性，獲知這個消息後，他沒有絲毫的猶豫，立刻派遣手下大將龍且，多次率兵入侵甬道奪糧，成功地阻截了滎陽與敖倉之間的聯繫，使得大漢軍軍糧困乏，有困死滎陽之險。

而此時，與大漢軍結盟的四路諸侯中，除了彭越一部在梁地多次反擊西楚軍，企圖斷絕其糧草之外，其餘三部眼見形勢不對，均採取觀望的態勢，使得大漢軍的形勢日趨嚴峻。

在這種情況下，對峙下去已沒有任何意義，爲了保證自己的主力能夠成功脫險，紀空手制定了一個分兵之策，由他親率兩萬人馬南出滎陽城，向宛縣、葉縣等地撤退，引開項羽的注意力，然後由張良等人率領大漢軍主力悄悄到達廣武、成皐，休整軍隊，廣積糧草，以期反攻之機。

這個計謀非常成功，項羽果然中計，率數十萬大軍緊緊追隨紀空手的兩萬軍隊，過了七郡十九縣，最終在葉縣大敗漢軍，紀空手、龍賡與阿方卓只帶領十八鐵騎衝出重圍。

而此時，張良率大漢軍主力已經進入廣武、成皐，並且成功地將敖倉所有的軍需糧草運到了廣武，作好了在這裡與西楚軍相持據守的準備。當紀空手他們回到廣武時，項羽的大軍也兵臨城下，雙方再一次進入了相持不下的境況。

九月十五，楚漢相持的第二十一天，在廣武的漢王府邸中，紀空手召開了一個秘密的軍事會議。

參加會議的除了張良、陳平之外，還有龍賡、阿方卓，曹參、樊噲等一干將領卻無緣參與這個會議。因爲，這次會議的主題不能有半點洩露，目標就是韓信！

在紀空手與張良商定的這個東進伐楚的戰略大計中，韓信等四路諸侯的協同作戰，相互配合將是非常重要的一環。雖然項羽在寧秦折損了部分人馬，但紀空手明白，在項羽目前的戰鬥力，西楚軍仍然是無敵之師，是一支不可戰勝的隊伍。大漢軍唯一可以戰勝它的機會，就是將之拖累，在運動戰中一點一點地消耗它的實力，然後再找準時機，與之決一勝負！

這個戰略無疑是正確的，在最初大漢軍東進之初，也確實收到了奇效。但滎陽一戰，當大漢軍與西楚軍相持不下時，韓信竟然再一次違背盟約，自齊趙撤軍，回到江淮觀望形勢，周殷、英布見狀，自然紛紛效仿，致使大漢軍險遭全軍覆滅之虞。

這樣一來，無疑打亂了紀空手與張良的戰略布署，使他們意識到，韓信已經成了楚漢爭霸中一顆最重要的棋子，只有讓他活起來，則滿盤皆活；反之，則滿盤皆死。

那麼，要怎樣才能讓韓信與他的江淮軍活起來呢？這顯然是他們今天要議的話題。

「我們手中真正可以制約韓信的東西並不多，唯有一個鳳影。」紀空手緩緩而道：「不過，韓信非常的狡猾，他的心裡十分清楚，雖然我們手中有鳳影，但只要項羽一日不死，他手中的大權沒有旁落，就根本不必擔心鳳影。因爲他知道，人質是活的才有用，死了則一錢不值，他相信鳳影不會有事，所以才敢一而再、再而三地違背盟約，置大局於不顧。」

「難道他就不怕我們真的殺了鳳影？」阿方卓顯得憤憤不平地道，他自幼生長於雪山草原之上，生性豁達，嫉惡如仇，自然看不慣韓信這種出爾反爾的小人行徑。

「他怕，所以他不公然反抗我們，如果不是爲了鳳影，他根本不會與我們玩這些把戲。」紀空手道。

「這麼說來，我們豈不是拿他毫無辦法？」龍賡不由皺了皺眉。

張良與紀空手相視一眼，不由笑了起來：「俗話說，魔高一尺，道高一丈，如果我們真的拿他毫無辦法，又何必叫二位來呢？」

龍賡的精神爲之一振，道：「莫非是要我去殺了韓信？」

他是一個劍客，名聞韓信的劍術高明，早已有心去試上一試，是以一聽張良說起，整個人頓時顯得亢奮起來。

所謂棋逢對手，將遇良才，愈是真正的高手，就愈是喜歡尋找一個對手較量一番，對於武者來說更是如此。龍賡對劍道的領悟已達到了一種非常高深的境界，在咸陽城時，他與韓信又有過氣機上的接觸，是以在內心深處，他一直期望著能與韓信一戰。

然而張良卻搖了搖頭，微微一笑道：「不是殺韓信，而是想請二位去殺韓信身邊的一個人。」

龍賡與阿方卓同時一怔，都將目光盯在了張良的身上。

「你們可以想一想，韓信深謀遠慮，應該知道楚漢既然開戰，無論誰打勝了這一戰，都會將下一個目標對準他，他憑什麼還敢按兵不動？」張良提出了一個問題，見龍賡與阿方卓都在搖頭，便自問自答道：「這是因爲，第一，他想保存實力，坐山觀虎鬥，無論誰最終打勝了這一戰，都必將是元氣大傷，到時他自然可以揀個現成的便宜；第二，則是他有高麗王國作爲靠山，即使到時他揀不了便宜，也可與高麗王國聯手一統天下。」

龍賡眼睛一亮道：「你要我們去殺的人就是李秀樹？」

張良道：「不錯，李秀樹以高麗王國特使的身分，又以王爺之尊，現在正在淮陰坐鎮，負責協調兩方的軍政事宜。只要我們能殺了李秀樹，韓信失去了高麗王國這座靠山，就必然會重新投效我們，進兵齊趙。」

龍賡以疑惑的目光看了他一眼，道：「你何以敢確定韓信會因此出兵齊趙？」

「一旦李秀樹死了，高麗王國自然會遷怒於韓信，以齊趙的地理位置，正與高麗毗鄰，韓信當然不想放棄這個戰略要地。與此同時，他出兵齊趙，又可向我們示好，像這樣一舉兩得的好事，韓信應當不會錯過。」張良顯得胸有成竹地道。

「那我們何時動身？」龍賡迫不及待地問道。

紀空手笑了：「我和你們一道，今晚啓程。」

龍賡臉色一變道：「公子怎可犯險？淮陰乃韓信的根本之地，異常險惡，若是一旦出事，豈不是有負先生重托？」

紀空手知他關心自己，微笑道：「正因爲險惡異常，我才不想讓你們二人去犯險，你們應該知道，我以前可是淮陰城中的小混混，人熟地熟的，比起你們來可是輕車熟路，而且李秀樹此人武功精深，性情狡詐，和我有過幾番交手，有我同去，必定可以馬到成功。」

◆

淮陰，偏安一地，是當今天下少有幾個不受戰事影響的地方。當楚漢兩軍正在廣武一帶相持不下時，淮陰城依然是一派歌舞升平的太平景象。

但是誰都清楚，這只是一時的假相，繁華的背後，誰都可以聞出一種兵戈氣息，只是人們嘴上不說罷了。「拋卻塵俗一切事，但求今朝醉一回」，亂世之中，有誰不想及時行樂呢？是以醉生夢死者大有人在。

不過，儘管淮陰城內一片熱鬧，但城外的警戒卻不斷地加強，當紀空手三人進入江淮地界時，到處都是戒備森嚴，他們只能選擇偏僻的小路而行，躲過江淮軍的盤查，終於在九月十九趕到了淮陰。

紀空手之所以要趕在這一天進入淮陰城，是因爲他敢確定在這兩三天內韓信的人並不在淮陰，而是去了距淮陰八百里之遙的河北，那裡有問天樓的刑獄，也就是鳳舞山莊的所在地。

龍賡聽紀空手說得如此肯定，不由多看了他幾眼，半真半假地道：「我不敢把你當作是我的朋友了，因爲我和你待的時間多了，愈來愈覺得你像神仙，如果不是，又怎能事事都料算得這麼清楚？」

紀空手並沒有笑，只是拍了拍龍賡的肩膀，道：「我不是神仙，如果說我能比別人知道的事情多一點的話，那是因爲我所付出的努力也比別人多，只是你不知道罷了。」

「哦？」龍賡的臉上閃過一絲驚訝。

「我之所以敢確定韓信此時不在淮陰，是因爲三天前，我派人帶了一封書函和鳳影的一束頭髮，遞交到了韓信的手中，以韓信對鳳影的癡情，當然不會放過這條線索，所以他肯定會離開淮陰，去尋找鳳影。」紀空手淡淡而道。

「他真的會相信嗎？」龍賡覺得韓信未必會這麼輕易上當，畢竟，一個能夠成爲三十萬江淮軍統帥者，絕不會如紀空手想像般那麼簡單。

「他一定會相信，因爲我了解他。當他要得到一件東西時，總喜歡不擇手段，不惜一切代價。而且，當他在巴、蜀等地找尋鳳影無果時，就已猜到鳳影根本不在南鄭，也不會在咸陽，我給他一個鳳舞山莊的地址，那裡是他與鳳影初識的地方，因此無論如何他都會過去看看。」紀空手的分析合情合理，由不得龍賡不信。

「那我們現在應該怎麼辦？」龍賡聽著紀空手的話音，似乎對此行已是胸有成竹。

「當然是找一個地方睡覺，睡飽喝足了，再動手殺人也不遲。」紀空手笑了，他的確是胸有成竹。

◆

梵唱小築，是淮陰城專門給高麗親王李秀樹下榻時準備的花園，亭台樓榭，假山水池，花鳥蟲魚……樣樣俱全，的確是一個怡養性情的好去處。

但在這風景的背後，是非常森嚴的戒備，踏入花園，雖然看不到一個人影，卻可以感覺到有無數雙眼睛躲在暗處注意著你的一舉一動，無形的殺機隨時都在虛空中醞釀，隨時都有爆發的可能。

儘管李秀樹的北域龜宗在南鄭時遭到前所未有的重創，但經過這段時間的調整，依然擁有非常強大的實力，單是在這個花園中，李秀樹就布下了十三道防線，佈置了一百七十二名門下高手，日夜守候，戒備之嚴，可以說是飛鳥難渡。

此時的李秀樹，就坐在花園的中心——天上閣，靜靜地聆聽著身邊一個穿著高麗服飾的中年男子的說話。

「王爺，你看了我們大王給高麗國國王的信函，可有什麼感想？」那中年漢子顯得不卑不亢，微笑而道。

他雖然身著高麗服飾，但說出的卻是一口流利的漢語，聽其語氣，顯然並非高麗人。

李秀樹只是冷冷地看了他一眼，並沒有馬上說話，而是站起身來，在窗前踱了幾步，淡淡而道：「本王沒有什麼感想，對你的大王在信函上所說的東西也著實不感興趣，如果使臣大人沒有別的話可說，本王這就派人送你出城。」

中年漢子臉色一變，眼珠轉了一下，突然笑了起來。

李秀樹怔了一怔，將目光射在他的臉上，冷然道：「你笑什麼？」

「我在笑我們的大王太不懂王爺的心思了，雖然在那封信函上，他說明了很多利害關係，也談到了你我聯手將會對當今天下的格局有大的改變，但是他忘記了最重要的一點，那就是誠意，沒有足夠的誠意又怎能打動王爺的心呢？」中年漢子顯得十分鎮定，微笑而道。

「不錯！本王的確需要你們大王拿出足夠的誠意！」李秀樹心中暗驚，似乎感受到了對方的精明與敏銳：「當年他失信於劉邦，已成了眾所周知的事情，本王不得不對他的誠信感到懷疑。」

原來此人竟然是項羽派來的使臣！

「可是這一次，我的確帶來了我們大王的誠意。」中年漢子微微一笑道。

「哦？」李秀樹的眼中閃動出一絲驚奇，望向那中年漢子，只見他不慌不忙地從懷中取出一小冊已發黃的絹書，雙手將之遞出。

「這是什麼？」李秀樹奇道。

「王爺只要打開就自然會有分曉。」中年漢子道。

李秀樹心生狐疑地看了中年漢子一眼，這才緩緩將絹書打開，一翻之下，不由渾身一震，整個人頓時變得亢奮起來。

「這是從何得來？」李秀樹深深地吸了一口氣，刻意將心中的狂喜壓抑下去，然後問道。

「這個王爺可以暫且不管，我只想問問王爺，這是不是《龜伏圖》的真本？」中年漢子得意地一笑，顯然將李秀樹的反應盡數收在眼底。

李秀樹仔細地審視著絹書的紙質，又翻看了其中的一頁，這才戀戀不捨地將絹書合上道：「不錯，這的確是《龜伏圖》的真本，當年就是爲了它，本王與西域龜宗不知打了多少場血戰，最終還是沒有找到它的下落，想不到它竟然落到了你們大王的手裡。」

「這就叫機緣巧合，也是王爺命中應該得到這件寶物。」中年漢子微笑而道。

他當然知道這《龜伏圖》對李秀樹的重要性——數百年前，龜宗一門得以稱霸江湖，在很大程度上應該歸功於《龜伏圖》，這《龜伏圖》共有上下兩冊，裡面所記載的是龜宗一門六大絕技，既有練氣法門，亦有招式圖解。曾有人言：「誰能得到《龜伏圖》中的六大絕技，雖不敢說無敵於天下，但江湖之上，未必有幾人可以與之爭鋒。」

百年前，龜宗出了兩個絕世武者，由於他們的心境不同，生存環境也不同，致使他們在對《龜伏圖》的理解上出現了極大的分歧，一怒之下，兩人各持一冊《龜伏圖》，創立了西域、北域兩大龜宗。自此之後，龜宗分裂，各成一派，漸漸沒落於江湖。

當李秀樹執掌北域龜宗之後，一直野心勃勃，希望能在自己的手中重現當年龜宗叱吒天下的盛景。所以，他絞盡心計，就是想得到西域龜宗持有的那冊《龜伏圖》。這數十年來，他曾經明搶暗偷，甚至不惜與西域龜宗血戰，但最終卻只落個兩手空空。原以爲自己今生再也無緣西域龜宗所持的那冊《龜伏圖》了，誰曾想到踏破鐵鞋無覓處，得來全不費功夫，就在他已經死心的情況下，有人竟把它送上門來，這實在讓李秀樹有一種「天上掉下餡餅來」的驚喜。

驚喜之餘，李秀樹不由問道：「這《龜伏圖》一直爲西域龜宗所有，你們大王又怎會得到它呢？」

中年漢子道：「王爺應該聽說過城陽一役吧，就在那一役中，西域龜宗的掌門爲我大王所殺，此物便是來自於他的身上。」

李秀樹不由奇道：「西域龜宗一向不涉及世事，只是偏居一方，他又怎會到了軍中效力？」

中年漢子道：「他若不在田橫軍中，此物又怎會最終落到王爺手中？看來一切都由天定，王爺還是笑納吧！」

李秀樹將《龜伏圖》小心翼翼地收入懷中，臉上漸漸露出了一絲笑容，客氣地道：「使臣大人，請喝茶！」

中年漢子矜持地道：「有了這《龜伏圖》，王爺應該相信我們大王的誠意了吧？」

「你說什麼？」李秀樹笑了起來道：「什麼《龜伏圖》，本王可不知你到底想說什麼。」

此言一出，那中年漢子的臉色驟變，驚道：「王爺，你這是什麼意思？」

「沒什麼意思。」李秀樹淡淡而道：「你錯了！你們的大王也錯了！《龜伏圖》對我是很重要，但我不能因此出賣我的國家與民族的利益，我首先是高麗國親王李秀樹，然後才是北域龜宗的宗主，我一向將自己的這兩重身分分得很清楚。」

這樣的結果顯然讓中年漢子瞠目結舌，悶了好半晌，這才似乎理到了一個頭緒，道：「如果王爺真的是爲了高麗國的利益，就應該與我們大王合作，而不是與韓信聯手！」

李秀樹冷然道：「你說得很對，如果我們高麗國與你們大王聯手，的確有不小的成功機率。但是，當你了解了我們高麗國真正的戰略意圖時，就會發現，項羽絕不是我們要選擇的最佳人選了！」

中年漢子感到萬分不解，道：「倒要請教！」

李秀樹的眼中閃出一絲異彩，精神爲之一振道：「高麗是一個偏安一隅的小國，土地不廣，人口不多，是以它從來就沒有想過要兼併它國，成爲一個大一統的國家，即使面臨大秦滅亡、諸侯並起的亂世，它也沒有這個野心，只想自保而已。這看上去有些怯懦，也有些保守，卻是真正的小國立國之道。」

李秀樹的言論顯然是中年漢子第一次聽說，不僅新奇，而且令人難以理解。其實，這並不是中年漢子太過無知，而是兩人所處的國度不同，文化背景也不同，是以他對李秀樹的思想難以理解。

古往今來，大國的立國之道，是有侵略性的擴張；而小國的立國之道，是抱著中庸思想的守本固元。高麗國這一代的國王無疑是一個擁有大智慧的君主，也就是說，當大秦滅亡之後，高麗國的安危就繫在了項羽、劉邦、韓信三人的身上，這三人中的任何一個奪得天下之後，都將決定高麗最終的命運。

高麗國王當然不甘心聽天由命，更不想讓自己國家的命運掌握在別人的手中。所以，他決定主動出擊，襄助這三人之一爭奪天下。事成之後，就算這個人不能成為自己的傀儡，他也不至於忘恩負義，轉過頭來吞併高麗。

當然，這個計劃完全是在絕密之中進行的，即使事情不成，也不至於連累高麗，至於為什麼高麗國王最終選擇了韓信，這是因為，在項羽、劉邦、韓信三人之間，韓信的實力最弱。

中年漢子感到十分奇怪，不禁問道：「你能給我一個理由嗎？」

「其實這是一個很簡單的道理，就像一個大人和一個小孩打架，你若幫這個大人去打小孩，最終即使贏了他也不會領你的情，因為這叫做錦上添花；如果你去幫這個小孩打大人，那麼一旦贏了，這個小孩必然會感激不盡，因為這叫雪中送炭。所以，我們高麗國根本不可能與你們大王聯手，你送來的《龜伏圖》，我也只能笑納了。」李秀樹哈哈大笑起來，笑聲中已顯露出一股似有若無的殺機，頓讓中年漢子感到不寒而慄。

「你想殺我?!」中年漢子厲聲喝道，伸手便欲拔劍，卻感到頭上一暈，身子軟癱在地，竟然當場立斃。

「我這叫滅口！」李秀樹冷然一笑道，正要吩咐屬下將屍體拖去處理，卻聽得窗外有人鼓掌道：

「本侯今日前來，真是不虛此行，從今日起，本侯可以放心地與王爺聯手，爭奪天下了！」

李秀樹心生凜然，回頭看時，卻見韓信孤身一人正立於窗前，如幽靈般顯得幾分神秘。

李秀樹不由駭然，直到這時，他才發現韓信的武功之高，遠遠超出了自己的想像，且不說他逼近數丈之內自己竟全然不覺，而能在光天化日之下闖過花園，就證明了其非凡的實力，這不得不讓李秀樹的心裡生出一絲驚懼。

「原來是侯爺來了，也不讓人通報一聲，老夫也好出門相迎。」李秀樹哈哈一笑，掩飾住自己心中的不安，將之迎到座前坐下。

「若真是這樣，本侯就看不到這場好戲了，那豈不遺憾？」韓信淡淡一笑，伸手去端桌上的茶杯。

李秀樹一手攔下，道：「這茶喝不得。」

「他莫非就是死在這杯茶上？」韓信看了一眼中年漢子的屍體，絲毫不顯半點驚訝。

「這不過是雕蟲小技罷了，對付這種人，老夫從不用劍，免得污了我的利器！」李秀樹笑了笑道。

「王爺的劍術高明，當然不願與這種無名小卒纏鬥。」韓信微微一笑道：「其實，本侯很佩服他，雖然他的武功不行，膽量卻不錯，敢於孤身犯險，像這樣的人，這個年頭已不多見。」

第八章　必殺之心

李秀樹是一個聰明人，當然不會認爲韓信的出現是一個巧合，當下寒暄幾句之後，突然問道：「侯爺今日登門，絕不會是毫無理由吧？」

「難道非要有事，本侯才能來見王爺嗎？」韓信淡淡一笑，神情閒適道。

李秀樹看了韓信一眼，尷尬一笑道：「當然不是，若真是那樣的話，你我之間就太生分了。」

韓信緩緩地站了起來，雙手背負，彷彿在觀望著窗外的風景，淡淡而道：「如果你我之間真的要想不生分，王爺就應該將項羽派來使臣一事告知於我，而不是擅作主張，將之處死。」

李秀樹心中一驚，道：「侯爺誤會了，老夫之所以要如此做，無非是不想節外生枝，如今天下形勢混亂，外面流言紛紛，老夫不想因爲這件事而影響到我們之間最終的合作。」

韓信似笑非笑道：「如此說來，倒是本侯曲解了王爺的良苦用心了。」

李秀樹一臉肅然道：「不管侯爺持什麼態度，老夫與高麗國支持侯爺的決心不變，可供大軍半月之需的糧草兵器正從海上運來，估計就在三日之內運抵淮陰。」

「這麼說來，本侯還應該多謝王爺才對。」韓信的臉上露出一絲驚喜，雙手一拱，便要作個長揖。

李秀樹趕忙趨前一步，伸手來攔。

就在這時，韓信的雙手陡然一翻，一把搭住李秀樹手腕上的氣脈，其力道之大，令李秀樹的雙臂一振之下，有發麻之感。

如此迅疾的速度，再加上精確無比的手法，讓李秀樹臉色驟變，驚道：「你，你……」

「我什麼？本侯只不過是想和你比試一下。」韓信微微一笑道：「久仰王爺是北域第一高手，本侯早有心領教領教，今日適逢其會，何不成全了本侯這個心願？」

他的臉上殊無惡意，更無殺機，李秀樹只當是韓信年輕氣盛的衝動之舉，頓時鬆了一口氣，道：「侯爺有此雅興，老夫自當奉陪。」

他的話音未落，整個手腕突然一軟，如無骨的泥鰍脫出韓信的手掌，似乎可以任意改變形體般滑溜。

韓信吃了一驚，叫聲：「好手段！」步履隨著手形跟進，重新套在了李秀樹的手腕上。

如果對方不是韓信，如果這不是僅限於切磋武功的較量，李秀樹至少有三種手法可以脫出韓信手掌的控制，不過這三種手法太過陰辣，只能用於實戰，而不適宜用在這種場合下，是以李秀樹只是微微笑了一下道：「侯爺贏了！」

「不錯，我贏了！」韓信也抱以同樣的微笑，但這笑意中，分明暗藏了凌厲的殺機。

李秀樹只感到從韓信的手中傳過來一股瘋狂的勁氣，若一團熊熊燃燒的火焰，順著自己手上的經脈而上，竟令自己在剎那之間沒有一絲抗拒之力。韓信的兩隻肉掌，渾如精鋼所鑄，若鐐銬般死死地鎖在自己的手腕之上，再也無法掙脫。

李秀樹的第一反應就是驚懼，那種如洪流而至的驚懼迅即吞沒了他的整個思維。但對他來說，這還不是最可怕的，真正可怕的是在他的背後，突然多出了一道殺氣。

直到這時，他才明白過來，這是一個殺局，一個韓信早已安排好的殺局。韓信對他已是存有必殺之心，雖然他不明白韓信為什麼要這樣做，但是他卻明白，自己已經沒有任何機會。

驚人的殺氣，幾乎是從一個不可思議的角度竄出，以最迅猛的方式，直接插入了李秀樹的背心，李秀樹不覺得痛，只感到有些冷，那利刃的冷硬讓他感覺到如嚴冬般的寒意……

「我不明白，你為什麼要這樣做？」李秀樹只感到自己身上的血正一點一點地凝固，望著韓信那幾乎近在咫尺的臉，他的眼中全是疑惑。

「如果我是韓信，我也想不出有什麼理由要這麼做。」韓信說了一句非常奇怪的話，讓李秀樹不由自主地瞪大了眼睛。

「難道你不是？」

「當然不是。」韓信的手輕輕地往臉上一抹，出現在李秀樹眼前的，已是另外一張臉。

「你，你，你是……」李秀樹沒有說完這最後一句話，不是不想，而是不能！當他終於想到了眼前的人是誰時，那鋒銳的刃鋒已經無情地刺入了他的心臟。

「不錯，我就是紀空手！」紀空手望著猶未瞑目的李秀樹，輕輕地替他說完了他要說的話。

誰也不會想到，堂堂的高麗國親王、北域龜宗的一代宗主竟然就這樣死了，死時居然沒有一點還手之力。

這看上去的確不可思議，即使是龍賡、阿方卓，要不是他們親眼目睹，也絕不會相信這是一個事實。

但對紀空手來說，沒有什麼事情是不可能發生的，關鍵在於要有這個自信，再加上智慧與努力。紀空手之所以敢以策劃這樣一個殺局，是因爲他明白，韓信有一個替身，當韓信不在淮陰時，這個替身就會代替韓信出現在淮陰城中。

同時他也清楚，既然作爲替身，這個人通常都會減少自己在人前暴露，即使自己易容成韓信，也不會輕易穿綁。

如此一來，當自己以韓信的面目出現在李秀樹面前時，紀空手相信李秀樹一時之間絕對難辨真假。

只要李秀樹把自己當作韓信，那麼，這個殺局就至少成功了一半，而另外的一半，則是如何才能順利地通過花園，進入天上閣找到李秀樹。

花園中的戒備非常森嚴，既然是飛鳥難渡，那麼無論紀空手他們使用怎樣的手段，都不可能逃過那一百七十二名高手的耳目捕捉。在這種情況下，紀空手選擇了一個最簡單的方式，就是大搖大擺地在眾目睽睽這下通過花園，直入天上閣。

這樣的方式無疑十分有效，雖然簡單，卻是想別人所未想，更是那一百七十二名高手作夢都沒有想到的事情，所以，紀空手成功了。

但是，紀空手要想從這花園之中全身而退，依然是一個難題，至少在這個時候是如此。

龍賡與阿方卓一左一右，護住紀空手從容向前，他們穿行於花樹池水之間，看似悠然閒適，其實已將全身功力提聚，全神貫注著周邊數丈範圍內的一切動靜。

一切看上去都是那麼地順利，絲毫不見任何殺機，眼看紀空手三人即將穿過最後一道長廊時，突然，一聲尖銳的哨響自天上閣方向傳來，兩長一短，顯得十分急促有力。

紀空手的眉鋒一緊，臉色陡然變得異常冷峻。同時，他的眼中閃現出一絲異彩，猶如荒原中的野狼遇上危機時所表現出的那種特有的敏銳與機警。

哨聲不足以讓他的臉失色而驚，他之所以變得如此冷峻，是看到了一把刀，一把綻現於花樹之間的快刀！

刀，極為普通，屬於那種在大街上的兵器鋪裡隨時可拾的刀，但刀的主人卻絕不平凡！刀從花樹中綻現，那凌厲的刀氣已將花樹的枝葉割裂成粉，隨風而落，盡現肅殺。

隨著這把刀而來的，還有一柄劍、兩桿鈎鐮槍、三桿長矛，它們錯落有致，以一種極有規律的變向構築起一個絕不尋常的殺陣。

紀空手沒有猶豫，以最快的速度擠入了這殺陣的中心，而龍賡與阿方卓人劍合一，若兩道凜冽的秋風旋動，緊跟其後。

紀空手心裡清楚，在這種情況下，最重要的就是贏得時間，在敵人尚沒有完成合圍之前先發制人，所謂狹路相逢勇者勝，唯有憑著這一股氣勢，才是他們得以全身而退的保證。

他的手中用的是劍，而不是刀，因爲韓信用的是劍，紀空手並不想因此而露了馬腳，既然他設下的是「借刀殺人」之計，那麼這刺殺李秀樹的罪名他是一定要栽贓到韓信身上的，否則他所做的這一切也就失去了應有的意義。

在紀空手的眼中，其實無論是用劍，還是用刀，區別並不是太大，他心中既然無刀，那麼任何兵刃到了他的手中，可以是刀，也可以什麼都不是。

但在敵人的眼中，他們看到了刀，更感受到了那無可匹禦的強大刀氣。當紀空手揮手斜劈的剎那，他們分明看到了一束強光，挾帶一股非常強烈的毀滅氣息，飛洩而至。

刀斷，劍碎，槍矛俱裂，虛空中爆出陣陣金屬脆響，讓每一個人不由自主地發出陣陣心悸之音，就彷彿他們手中拿的不是刀，亦不是劍，只是一段段不堪一擊的朽木，根本擋不住紀空手橫掃過來的那如刃鋒般的殺氣。

「轟……」勁氣橫流，竟然衝垮了長廊上的一段磚牆，空氣雖充斥著亂的喧囂，更夾雜著幾條飛跌而出的身影。

紀空手的劍依然直進，整個人更如遊龍般快速向前移動，所過之處，不時竄出幾縷暗伏的殺氣，卻絲毫不能阻擋他前進的腳步。

他出手絕不留情，因爲，這一百七十二名高手的存在是一個威脅，將會對韓信的生死造成一定的威脅。這些人無疑都是忠於李秀樹的死士，李秀樹的死必將會引起他們對韓信瘋狂的報復，而這不是紀空手此次淮陰之行的真正目的，他當然不想看到這樣的結果。

擊殺李秀樹，是爲了逼韓信就範，從而讓他死心塌地爲大漢朝效命。沒有了高麗國的支持，韓信出兵就將是勢在必行，同時帶動起周殷、英布兩路人馬，對西楚軍的後方形成一定的威脅。這樣一來，不僅形勢對大漢有利，也達到了紀空手與張良戰前制訂的戰略目的。

所以，紀空手的出手帶著一種瘋狂的毀滅，一招一式都有必殺之勢，遇者立斃。當他們穿過長廊之時，身後竟留下數十具屍體，血肉模糊，猶如肉醬一般，這美麗的花園變得渾似屠宰場，讓人觸目驚心。

如此殘酷的殺戮，已足以摧毀很多人必戰的信心。這些人中也有人曾經歷過不少的惡戰與血戰，但是，面對紀空手三人出手之快，下手之準，而且那種視殺人如草芥的無情，他們的心裡還是出現了膽怯與驚心。

這也正是紀空手心中所希望的，當他們衝到花園最後一道高牆下時，十丈範圍之內，已不聞任何殺機。

紀空手並不是一個嗜殺之人，在沒有理由的情況下，他更想成爲一個向佛者，所以，他沒有回頭，更沒有留戀，而是騰身而起，向高牆掠去。

「嗖……」就在這時，勁箭卻破空而出，若飛蝗般撲至，彷彿從四面八方突然下起了一陣箭雨。勁箭之多，極爲駭人，挾帶漫天的風雲，籠罩於高牆上的整個虛空。

目標，就只有一個，那就是紀空手！

因爲並不是所有的人都可以在空中借力，更何況此時的紀空手沒有任何的防備，單從這一點看，這些弓箭手就不同凡響，深諳殺人之道，懂得在什麼情況下發出致命一擊。

紀空手的身形依然優雅，彷如在虛空中漫步，顯得鎮定而從容。當弦響時，他只笑了一笑，然後雙手在胸前劃出了一個圓弧。

經過了蛻變重生的補天石異力已經成為了紀空手身體的一份子，甚至融入了他的意念之中。是以，當他的意念一動時，雙手驀生勁風，構成一個充滿著巨大吸力的涵洞，頓時將自己所置身的虛空中的氣流吸納抽乾，包括那飛蝗般的勁箭與漫天的塵土。

所有的人都吃了一驚，幾乎不敢相信自己的眼睛，他們所看到的紀空手，彷彿已不是人，而是禦空乘風的神仙，逍遙而飄逸，在悠然中演繹出一種力量的美感。勁箭所向，不是射向紀空手，而是如一堆鐵屑般黏在磁鐵上，環繞於那道圓弧的四周，乍眼看去，就像是一朵平空綻放的鮮花。

不過，這種美麗的圖案存留在人們視線範圍只是一剎那的時間，隨著一聲爆響，勁箭以更有力的勢頭向四方激射而回。

「呀……」驚呼聲、慘叫聲以及空氣被割裂的聲響充斥了整個虛空，濃濃的血腥隨風飄散，窒息的壓力彷彿成了花園中最基本的一個基調。

紀空手緩緩地飄落在高牆之上，回首看了一眼，臉上流露出一絲淡淡的笑意，一縷陽光照在他的身上，在一剎那間，龍賡與阿方卓驚奇地發現，紀空手的身上似乎多出了一道淡淡的光芒，若隱若現，猶如佛光。

◆

紀空手趕赴淮陰的同時，楚漢相持的局面還在繼續。大漢軍在張良的親自主持下，將廣武、成皋一線的防禦進行了針對性的加強，使之更加堅固，仿似固若金湯一般。

在張良這種軍事大家的面前，一向戰無不勝的項羽也感到了一種無奈。他不得不承認，大漢軍並非如他想像中的不堪一擊，無論是軍隊的士氣，還是指揮調度，都超出了他的想像，較之以往那些被自己所征服的軍隊，大漢軍明顯要強大得多，完全可以稱得上是一支勁旅。

雖然在滎陽一役中西楚軍獲得了勝利，並且盡殲漢軍兩萬餘人，但是從戰略大局上看，由於大漢軍主力成功突圍，而且獲得了充足的休整時間，是以那一役究竟對誰的未來走勢更為有利，其實難有定論。項羽的心裡非常清楚，像廣武這種相持不下的戰局，並不是西楚軍所擅長的，一旦這種局面不能打破，對自己手下將士的信心是一個不小的打擊。

無奈之下，項羽選擇了一種激將法，就是派人到漢軍陣前傳話：「大秦滅亡之後，天下本應太平，可是因為我們兩人的緣故，使得戰火不斷，擾攘不安，本王心有不忍，願意單槍匹馬與你一決雌雄，以定奪天下！」

此時紀空手人在淮陰未歸，張良是何等聰明之人，一眼就識破了項羽此舉的用意，笑著拒絕道：「我家大王寧願鬥智，不願鬥力，在他看來，那不過是逞一時之氣，玩匹夫之勇，乃市井小人的行徑。我家大王既然志在天下，自然不屑為之，所以這單挑之約，恕難從命！」

項羽聞言大怒，率領大軍數度攻城，可惜都是無功而返，只得派出上百名能言善辯的士兵站到漢軍陣前罵陣。這種挑戰的方式雖然老土而愚笨，但在歷朝歷代不乏有成功的範例，項羽在苦於無計之下，也只能事急從權了。

一連罵陣了三天，大漢軍的陣營沒有一點反應，就在項羽感到彷徨之時，一名小校來報：「啓稟大王，漢軍中有人突施冷箭，致使罵陣的將士折損了大半，若非項莊將軍見機得快，率一隊人馬衝殺過去，只怕沒有人能夠得以生還。」

項羽心中一動道：「項莊何在？」

「正在營門恭候！」小校答道。

「速速召來！」項羽似乎有了主意，大聲道。

小校退出不久，一名年青將領進入營帳，長得極是剽悍有型，眉宇間寒光閃爍，顯得十分精明幹練。此人正是項府十三家將之一的項莊，作戰驍勇，又善謀略，極受項羽器重。

「末將參見大王！」項莊一臉肅然，拱手見禮道。

項羽「唔」了一聲，算是還禮，然後示意項莊坐下，詢問了幾句軍情之後，突然話鋒一轉道：「本王好像記得你進入項府之前，曾跟睢陽的土木大師公輸先生學藝七年，不知是否確有此事？」

「大王記性真好。」項莊怔了一怔，不明白項羽爲何想到這件事，恭身答道：「末將的確跟著公輸先生學藝七年，然後才進入項府學習帶兵之道，現在想來，那七年光陰竟然是白白荒廢了，所學的東西與行軍打仗全然無關。」

項羽卻搖了搖頭道：「只怕未必，說不定今日廣武一戰，就是你大顯身手的時候了！」

項莊道：「末將雖然不明白大王的深意，但只要是大王差遣，末將必盡全力，以報效當年項家對末將的知遇之恩！」
項羽深深地看了他一眼，沈吟半晌，這才緩緩而道：「你能這麼想，也不枉了我項家這十年來對你的栽培之功。今日廣武一戰，相持不下，進退兩難，倘若繼續下去，不僅大軍的軍需糧草消耗極巨，而且對大軍的士氣也有所損傷。是以，我們必須另闢蹊徑，以求速戰速決，於是本王就想到了你。」
項莊聽得一頭霧水，奇道：「不知末將有何能耐能爲大王分憂？」
「你休要看輕了自己。」項羽微微一笑道：「昔日孟嘗君門下的雞鳴狗盜之徒尚且立下奇功，你身爲公輸先生的親傳弟子，豈能被雞鳴狗盜之徒比下去？」
項莊的眼中頓時閃出一道異彩，似有所悟道：「大王莫非是想從地底下進兵攻漢？」
「聰明！」項羽笑了起來：「你難道不認爲本王這個計劃可以出奇制勝嗎？」
項莊顯得並沒有那麼興奮，尋思片刻方道：「這些日子來，末將也曾想過以挖掘地道的方式靠近漢營，所以對廣武一帶的地勢地形作過比較詳細的勘探，只是得出的結論並不樂觀，才沒有向大王提出這樣的計劃。」
「哦？」項羽的眉頭緊緊皺在了一起，以一種疑惑的目光望向項莊道：「接著說！」
項莊正色道：「從廣武的土質來看，非常適宜挖掘地道，但是，由於漢軍中有高人精於此道，事先在地下做了手腳，我們再想從地底下打主意，就顯得十分困難了。」
「高人？你說的是？」項羽道。
「不錯！」項莊一臉肅然道：「從我軍大營到廣武城中，不過只有五里之距，如果末將手中有一萬人可供差遣，那麼只需半月時間，就可以開通這條地道。然而，陳平顯然意識到了我們會以這樣的手段進攻廣武，所以在這五里長的地下，人爲設置了三處防範的地段，一旦我們挖掘地道，就很容易被他們察覺到真正意圖，非但不能收到出其不意的效果，反而容易爲敵所乘。」

項羽奇道：「你說陳平設置了三道防線，何以本王卻沒有發覺呢？」

項莊道：「大王請隨末將前往陣前，末將當爲大王解此疑惑。」

當下兩人在一隊護衛的簇擁下，來到兩軍之間的一座高地。從這裡向漢軍所駐的廣武城望去，但見旌旗飄揚，陣營嚴實，一隊一隊如蟻蟲大小的軍士縱橫於軍營之中，顯得井井有條，十分嚴謹。

「當今天下，敢於和西楚軍一較高下的也唯有這支軍隊了！」項羽眺望良久，輕歎一聲道：「當年鴻門之時，本王因爲一念之差而放走劉邦，現在想來，實在是縱虎歸山，可惜的是世上沒有後悔藥可買，否則本王還真想買上一些，唉……」

這是項莊第一次看到項羽後悔的樣子，在他的記憶中，項羽是強大的，也是自信的，所作出的每一個決斷都非常正確，這一點可以從項羽多年不敗的戰績中得到印證，儘管漢軍在寧秦終結了項羽不敗的神話，但在項莊的心中，項羽依然是他最恭敬的一個人物，甚至是一代不朽的戰神。

能夠得到項羽如此評價，那麼至少證明了大漢軍在其心中已經佔據了一席之地。在項羽多年的征戰生涯中，幾乎沒有他不能突破的防線，沒有他不能攻下的城池，但在廣武，他創下了自己生平的許多第一次記錄。

只是這些絕不是光彩的記錄，讓項羽難以啓齒，同時也讓他意識到，自己終於遇上了真正的勁敵。

◆

韓信趕回淮陰時，心裡之沮喪幾乎達到了極點。

他原以爲此次鳳舞山莊之行應該有一定的把握，所以，他不顧軍情緊急，依然率領一眾高手火速趕往鳳舞山莊，其行動非常隱密，而且迅速，但當他再一次來到鳳舞山莊時，卻失望了。

爲了將鳳影解救出來，韓信不惜任何代價，幾次孤擲一注，最終卻都無功而返，這讓他感到自己身心疲累，精神上幾乎達到了崩潰的邊緣。他也曾想到過放棄，放棄鳳影這個女人，放棄自己的這段感情，可是他只要一閉上眼睛，鳳影的笑靨就會出現在他的腦海中，揮之不去。

「這莫非是一段情孽？否則自己怎會身陷其中，不能自拔？」韓信在心中問著自己，似乎也無法明白自己何以如此看重這段感情。他只是感到只有在思念鳳影的時候，心裡才不會空虛，更不會寂寞，有一種非常充實的感覺流淌心頭。

當他回到淮陰侯府時，一個更壞的消息正等著他，李秀樹死了！身爲高麗親王的李秀樹竟然死在了戒備森嚴的花園之中！這對希望仰仗高麗王國的人力物力以爭霸天下的韓信來說，無異是一個晴天霹靂！

而更讓韓信感到震驚的是，此時市井中正流傳著一種謠言，說擊殺李秀樹的兇手正是自己！而且許多人親眼目睹自己殺人之後從容離開了花園，其中包括李秀樹所屬的一些高手。

韓信很快就意識到自己已陷入敵人精心策劃的一個陰謀之中，敵人顯然清楚自己心理上的弱點，利用鳳影將自己調離淮陰，然後再裝扮成自己擊殺李秀樹。這樣做的目的就只有一個，那便是徹底將自己與高麗王國的聯繫割斷，使得淮陰軍成為一支名符其實的孤軍。

不管敵人是誰，不管誰會從中受益，韓信心裡都十分清楚，李秀樹一死，自己已經沒有任何退路，唯有將寶押在劉邦的身上，然後按照約定，揮師北上。

這個決定對韓信來說，未必就是一個太壞的選擇，其實早在一年前漢軍從武關出兵，開始東征之時，韓信就敏銳地感到這是自己擴張勢力的機會。當劉邦與項羽在中原一帶展開血戰的同時，自己正可趁虛而入，將齊趙兩國的大片土地占為己有，從而為鼎立天下建立起良好的基礎。

然而當時的齊王田廣與高麗王國一向交好，在李秀樹看來，淮陰軍北上不僅是自相殘殺，更是有百弊而無一利，是以在他的勸阻之下，韓信只是率部在齊趙邊境上遊蕩了一下，然後回師淮陰，按兵不動。此時李秀樹一死，韓信再無顧忌，於是決定立即出兵，攻打齊趙。

其時淮陰軍擁有四十萬兵力，是僅次於西楚軍、大漢軍之後的又一股力量。在韓信的指揮下，淮陰軍一路疾行，長途奔涉，只用了半月時間便攻佔了齊趙兩國的大片土地，當真是勢如破竹。與此同時，周殷、英布兩路人馬見韓信已經出兵，自然也不甘人後，紛紛按著會盟時約定的路線向西楚直進。

◆

「大王看見那幾座高台了嗎？」項莊指著廣武城牆上以巨木搭就的高台，問道。

項羽點了點頭，道：「這莫非就是陳平布下的防範手段中的一種？」

項莊道：「這種高台叫做瞭望台，設專人二十四個時辰在上面觀望，一是為了觀察我軍動向，二是觀察我軍大營是否有新土堆集。挖掘地道最關鍵的一點，就是要將地道中新掘出的廢土及時運送到地面，這些廢土數量極大，不易隱蔽，敵人往往可以通過瞭望的方式了解到我軍挖掘地道的進度。」

項羽沈思半晌道：「要破解這種手段並不難，既然是瞭望台，就必須得視野開闊，而我們完全可以通過黑夜的這個時間將廢土運送到敵人瞭望不到的地方，甚至還可以故事迷惑敵人。」

項莊以一種佩服的目光望向項羽，拍掌道：「大王所想，的確是上佳的破解之道，末將甚是佩服。只是除了瞭望台之外，陳平在廣武一線尚開挖了深渠，然後引入活水，這同樣可以讓我們無功而返！」

項羽雖然沒有學過土木，卻懂得挖掘地道最怕的就是遇上水源。一旦引起活水倒灌，不僅地道難保，就連地道中的人亦是死路一條。思及此處，他不由得眉頭緊皺。

「不過，這看上去雖然是個難題，但在末將看來，卻依然還有化解的辦法。」項莊似乎顯得胸有成竹，指著廣武城下的一片新土道：「那些新土顯然是爲了加深溝渠才挖掘出來的泥土，從數量上估算，溝渠至少加深了兩丈有餘，但我們的地道挖到此處時，可以深至四丈以下，避過溝渠，從水下過去，自然就可以化解這道難題了。」

「不錯！」項羽的臉上顯得有幾分興奮，眼中卻又閃出幾分疑惑，他弄不明白既然破解對方的手段已經有了，何以項莊還是認爲挖掘地道行不通呢？

項莊的臉上不喜反憂，神情顯得更加凝重道：「但末將所擔心的，是無法破解陳平所用的第三種手段，那就是埋甕聽音！」

「埋甕聽音？」項羽吃了一驚，似乎還是頭一遭聽說這樣的名詞。

「『埋甕聽音』是防範對方挖掘地道的一種非常有效的辦法，首先確定對方有可能挖掘地道的線路，然後在沿途深挖數丈左右的涵洞，埋下瓦甕，派人在裡面傾聽動靜，這樣一來，一旦地底下有什麼動靜，在十丈之內便可以聽得一清二楚。末將之所以不贊同挖掘地道，就是因爲無法破解對方的這招埋甕聽音。」項莊的臉上流露出一絲苦澀的笑，緩緩而道。

項羽沒有說話，只是冷冷地望向前方。聽完了項莊的分析，心中不由有些失望，他一直寄希望於從地下給廣武的漢軍攻個措手不及，但項莊的話無疑讓他這個希望落空了。

看來，兩軍相持不下的局面還將繼續下去，而這種局面又正是項羽所不願意看到的。雖然這幾個月來，他率領數十萬西楚軍在廣武前線，但他最擔心的還是在自己西楚的後方兵力空虛，一旦韓信等各路諸侯趁機發難，那麼形勢就將變得岌岌可危了。

這種擔心並非多餘，事實讓劉邦與韓信、彭越、周殷、英布等各路諸侯結盟的消息，早在寧秦時就被項羽獲悉了，最初之時，項羽並沒有將之太放在心上，而是認爲以大漢軍的戰力根本擋不住自己的雷霆一擊，只要滅了劉邦之後，餘者自然不足爲懼。可是隨著戰事的深入，項羽這才發現，自己在戰略上還是犯了一個錯誤，根本就不應該與劉邦在廣武相持，而是應該先破其他弱小的諸侯，再與劉邦進行決戰，這才合乎戰爭應有的規則。

擔心固然擔心，但讓項羽感到奇怪的是，自楚漢戰爭爆發以來，除了彭越一部在自己的後方進行不間斷的騷擾之外，其他幾路與漢軍結盟的諸侯居然毫無動作，雖然項羽不明白這是怎麼回事，但對他來說，這算是一個利好的消息。

「咚……咚……」一陣戰鼓響起，將項羽從沈思中驚醒。

「怎麼回事？」項羽吃了一驚。

「到了罵陣的時辰了。」項莊答道，他似乎對罵陣這種老土的形式不以爲然，認爲這種形式應該出現在市井中，而不應該發生在戰場上，畢竟這是戰爭，不是兒戲。

「有了！」項羽的眼睛陡然一亮，叫了起來。

項莊嚇了一跳，抬頭望向項羽。

「本王有了破解這埋甕聽音的辦法了！」

◆

紀空手一行回到廣武，就感覺到陣前異常的熱鬧，不僅有嘈雜的人聲，還有震天連響的戰鼓聲，他不由心中猛吃一驚：「我臨行前再三叮囑，不準任何人出城迎戰，究竟是誰敢如此膽大包天，不遵號令?!」

他匆匆上了城樓，看清動靜之後，這才放下心來。原來這不是兩軍交鋒的戰鼓，而只是敵人爲了給罵陣且長聲威而擊打的響鼓罷了。紀空手自長這麼大以來，還是頭一遭見到這種情形，不由饒有興趣地看著，直到張良帶著一班將領來到身後，這才回過頭來。

「看來，項羽的忍耐已經到了極限，只要我軍再堅持十天半月，就可以等到項羽退兵之時了。」

紀空手雖然覺得項羽使出這罵陣的形式非常幼稚可笑，但他同時也從這件事情上看到了項羽此刻的心態。

「是的，這種持久戰本來就不是項羽所擅長的，他能堅持這麼久，已經大大超出了我的預料，我們現在要考慮的，應該是在項羽退兵時將採取什麼樣的策略。」張良笑了笑，對這種即將到手的勝利充滿了信心。

「先生看上去似乎對前景十分樂觀？」紀空手卻沒有笑，只是深深地看了張良一眼道。在外人的面前，他總是對張良以「先生」相稱。

「我持這種樂觀，並不盲目，如果我所料不差，大王回到廣武之時，也正是韓信北上出兵之日。項羽面臨兩線作戰的境況，就不可能再按兵不動，必須要在進退之間作出一個決斷，而他一旦選擇退兵，對我軍來說，無疑是一個最佳的攻擊時機。」張良十分自信地道。

紀空手雖然在軍事上遠不如張良精通，但他對人性深刻的理解又遠非張良能比。從目前的形勢來看，的確對漢軍有利，但漢軍面對的敵人是項羽，此人作戰經驗非常豐富，用兵如神，完全不能以常理揣度，如果己方稍有輕敵的思想，就有可能被他逆轉形勢。所以，紀空手的臉色並不輕鬆，只是搖了搖頭道：「滎陽一戰，我軍折損了兩萬人馬，付出如此巨大的代價，讓本王懂得了西楚軍的強大與項羽的狡猾。所以，即使項羽選擇了退兵，我們也不宜貿然進攻，而是應該堅定不移地執行我們既定的戰略，拖垮項羽，再與之決一死戰！」

張良不置可否，這也是他第一次在軍事上與紀空手出現分岐。在他看來，戰爭的勝負往往取決於雙方對戰機的把握，水無常勢，用兵亦是如此，只有根據戰場形勢的變化不斷調整戰略戰術，才能最終將優雅轉為勝勢。如果只是墨守成規，一成不變，戰機稍縱即逝，就有可能將到手的優勢轉為劣勢，甚至將勝利拱手讓人，這當然不是他所想到的結果。

但是，以他對紀空手的了解，紀空手並不是一個固執己見的人，他既然堅持這種看法，必定有其道理，張良很想知道紀空手堅持的理由。

「這不需要理由。」紀空手的臉色顯得十分冷峻，眼神中閃出一道異彩，緩緩接道：「這是我的直覺，對危機將臨時出現的一種感應。雖然聽上去很玄，但我依靠這種直覺改變了自己不知多少次的命運。」

張良以愕然的目光望向紀空手，感到有些不可思議，這樣的理由實在是過於荒誕，如果是從別人的嘴中說出，張良一定會認為說這種話的人肯定腦子有問題，但是此話自紀空手口中說出，就讓張良感到了這話中的分量。

紀空手就是紀空手，他能迅速崛起於江湖，繼而爭霸天下，這是因為他具有一個優秀獵手所應該具備的所有素質。他比猛虎兇悍，比野狼冷酷，比山豹敏銳，比狐狸狡猾，他具有所有動物猛獸都不具備的思想，還有那種可以預判危機的直覺，像這樣的一個人，張良沒有理由去懷疑他的能力，更沒有理由不尊重他的直覺。所以，張良選擇了沈默。

紀空手冷冷地望著前方數十丈外所站的那一排罵陣的西楚軍士，聽著那夾雜在罵聲中的隆隆鼓響，眉頭皺了一皺道：「奇怪，真是奇怪。」

張良怔了一怔，道：「大王莫非看出了什麼異樣？」

紀空手道：「不是看到，而是聽到，先生不妨閉上眼睛傾聽一下，就自然會發現其中端倪。」

張良等人聞言無不閉目傾聽，可是耳中除了喧鬧鼓聲，以及此起彼伏的叫罵聲外，根本就沒有其他的動靜。

「你們聽到了什麼？」紀空手問道。

「鼓聲。」張良等人答道。

「你們能否聽得清楚這些人叫罵了一些什麼？」紀空手接著問道。

眾人俱都搖頭。

「這就是讓本王感到奇怪的地方。」紀空手緩緩而道：「既然是罵陣，那麼就應該以人聲為主，鼓聲為輔，鼓助人威才對，可是我們聽到的卻是鼓聲壓過人聲，根本聽不到對方罵了些什麼，這也太過反常了。」

「大王的意思是說，這鼓聲其實壓根兒不是為了助威，而是意欲掩蓋一些動靜？」張良驀然醒悟道。

陳平聞言，不由「哎喲……」一聲驚叫道：「難道西楚軍在挖掘地道？」

他的話音剛落，猛聽身後一聲巨響，震得城樓兀自搖晃，紀空手回頭一看，只見距城門不遠的一條大街上，煙塵彌漫，伴著陣陣吶喊聲，顯得異常喧囂。

紀空手臉色一變，明白敵人正源源不斷地自地道中竄出，展開了奪城之戰。在這種緊要關頭，容不得他有半點猶豫，必須在最短的時間內將地面上的敵人全殲，同時要遏制對方從地道中發動的攻勢，一旦有半點遲疑，讓敵軍站穩腳跟，那廣武失守就是遲早的事情。

「樊將軍，本王命你在三炷香的時間內全殲敵軍，否則提頭來見！」紀空手大喝一聲，如在城樓上炸響一道驚雷，樊噲渾身一震，飛身躍向城樓，率領一隊人馬飛撲過去。

「咚咚咚……」便在這時，城下忽傳三聲炮響，蹄聲正疾，吶喊聲起，數十萬西楚軍如洪流掩至，在若蝗雨般的勁箭掩護下，開始了攻城之舉。

敵人來勢如此洶洶，速度若驚雷一般，顯見是有備而來，數十萬人馬如同一人行動，更顯得訓練有素。

他們以勁箭封鎖城樓，遏制漢軍火力，同時使用了過山梯、翻石車、撞牆木、火霹靂等有效的攻城工具，在瞬息之間攻至城下。

整個行動完全可以用一個「快」字涵括，箭快、人快、馬快，一切都在快中進行，大多數漢軍將士尚未反應過來，西楚大軍已經兵臨城下。

無敵之師的風範，在這一刻表現無遺，就連紀空手身後的那一班久經沙場的將領，見之也霍然色變。

面對敵軍如此迅猛的氣勢猶能從容鎮定的，是紀空手與張良，當他命令樊噲率部圍殺入城之敵時，就時刻關注著城外敵軍的動向，神情顯得嚴肅而冷峻。在紀空手的身後，站立著一排號角手，正等待著他發出的指令。

「項羽能夠成名，絕非僥倖，單是這用兵之道，世上就少有人及。」紀空手望著張良，一字一句地道。

「大王說得極是！」張良不明白紀空手何以能在大敵當前還聊起這樣的話題，怔了一怔道。

「可惜的是，他遇上了先生，這就是他的不幸！」紀空手悠然一笑，突然大手一揮，身後的號角聲頓時響起。

號角聲就是命令，是反擊的命令，當號角聲尚在空中迴盪之時，城樓上喊殺聲起，大漢軍以更快的速度展開了有效的反擊。

大漢軍的反擊從容而有序，一看就知道是演練了多次之後的結果，用之於實戰，顯得輕車駕熟。張良當然明白紀空手話中的意思，同時也聽出了紀空手話中的感謝之意，因爲，他爲今天敵人的攻城戰作了精心的準備，無論西楚軍的攻勢有多麼的兇猛，都休想在他的手中占得便宜。

大漢軍反擊的工具既不是刀槍，也不是刀箭，而是城頭上支起的上千口大鐵鍋，裡面裝滿了滾燙的沸水，當號角聲響起時，滾燙的沸水自城頭上飛淌而下，如傾盆大雨，嘩啦啦地澆在正在攻城的西楚將士身上。

「呀……」慘呼聲起，哀號連連，城下頓時亂成一團，誰也沒有想到，水在這個時候竟然成了最厲害的武器。

與此同時，城頭上滾下無數巨石圓木，勢頭之猛，不可阻擋，許多西楚將士避之不及，要不是被砸成肉醬，就是被壓成面餅，只恨爹娘少給他生了兩條腿，紛紛逃命。

但大漢軍的反擊並沒有因爲西楚軍的退卻而終結，空中驀響「嗖嗖……」之聲，無數弩箭穿越虛空，直撲西楚將士的後背，一批又一批的將士爲之倒下，一時間慘叫聲、哀號聲、嚎罵聲……不絕於耳，鬧得廣武城下亂到了極點。

當西楚軍退到百步之時，竟然停止了退卻，一排旗幟迎前而來，向兩邊疾分，當中一騎若疾電般衝至前方，馬是烏騅寶馬，劍是開天巨闕，弓是射天弓，來者正是西楚霸王項羽！

項羽的出現，不僅止住了西楚軍如潮水般的敗退，同時也鼓舞了將士們幾乎消亡殆盡的士氣，大軍重新整隊而立，只不過用了一炷香的時間，又恢復了先前的有序。

當項羽森冷的寒芒緩緩劃向城頭時，數萬大漢軍將士竟然無人再敢作聲，只是靜靜地觀望著這位亂世的王者，彷彿都在同一時間爲項羽霸烈的氣勢所震懾。在他們的心中，項羽不僅是一個高高在上的王者，更是戰爭的一代神話。

這一鬧一靜，使得廣武城上靜得可怕，就好像是大戰還未開始一般，那沈沈的壓力存留在每一個人的心中，有一種山雨欲來風滿樓的緊張。

風，很輕，如情人的小手，拂過項羽剛毅而冷峻的臉龐，他沒有感覺到溫情，只感到心中一點點地發寒，眼前的一切都只說明了一個事實：曾經不敗的西楚大軍，又一次栽在了大漢軍的面前。

他覺得不可思議，似乎無法接受這麼一個失敗的事實，此次行動按照用兵常理，奇、快結合，完全具備了大勝的條件，應該稱得上是一個完美的戰爭範例，可是卻在不到一個時辰的時間內，就被敵人打得以完敗告終，這對項羽來說，無疑是一個可悲的結果。

第九章　王者之敗

項羽無法找到失敗的癥結所在，是以心裡一片迷茫，甚至在心中不停地問著自己：「難道這是天意？」

他不敢深思下去，只是當他的目光移到城下的那一汪猶在冒氣的沸水時，這才霍然明白：自己失算了一件事情，而這件事情讓自己敗得簡直無話可說。

以沸水攻敵，這無疑是亙古未有的一個創舉。古往今來，以水制敵的範例不勝枚舉，但以沸水作爲武器，這是第一次。

項羽不得不佩服對手，同時也爲自己的失算而懊悔。當他找到了自己失敗的原因時，又爲如此簡單的原因感到不甘心。

就在這時，城頭上突然響起一陣若海潮般的歡呼，項羽聞聲而望，只見城頭上揚起一桿大旗，大旗之下，一個飄逸的身影出現在百萬人前，其舉止是那般的從容，其神情是那般的鎮定，揮手之間，真有一股君臨天下的王者風範。

「劉邦！」項羽的眼睛幾乎瞇成了一條細縫，從縫中逼射出來的寒芒猶如利刃一般穿越虛空，直射向那人的臉上。

那人的臉上沒有殺機，有的只是一種勝利者的微笑，這種微笑讓項羽有一種似曾相識的感覺，卻又想不起來究竟在哪裡見過，因爲無論項羽的想像力有多麼豐富，都想不到眼前的劉邦竟是紀空手所扮。

「好久不見了！故人重逢，卻沒有故人生逢時的喜悅，實是遺憾。」紀空手淡淡而道，兩人雖然相隔百步，但聲音中挾帶內力，聽起來就像近在咫尺。

「這只因爲我們是仇敵，天生就注定的仇敵！」項羽深深地吸了一口氣，讓自己冷靜下來。

「到了現在，你一定很後悔，因爲你曾經有不少機會可以將我這個天生的仇敵擊殺，卻最終放棄了。」紀空手明白，此時此刻，雖然兩軍的戰鬥已經結束，卻是兩個王者比拚的開始，這是一場沒有硝煙的戰爭，卻遠比硝煙彌漫的戰爭更加殘酷。因爲，這是一場氣勢的比拚，它的勝負甚至可以影響到天下未來的走勢。

「你的確善解人意。」項羽冷冷一笑道：「你更應該明白，我既然有過很多次機會，就一定還會有最後一次機會！到那時，我想我不會放棄！」

「你錯了！」紀空手非常自信地道：「你讓我想起了一個故事，說有一個佛教徒，總是祈求佛祖保佑他，有一次遇上了水災之年，他爬上了一棵樹，當洪水淹到他的腰間時，從上游漂來一截木頭，但他放棄了，因爲他堅信佛祖一定會來救他。當洪水淹至他的胸口時，從上游又漂來一個木盆，因爲同樣的理由他又選擇了放棄。當洪水淹至他的頸項時，來了一艘小船，船上的人拉他上去，他不肯，依然堅信佛祖會來救他。就這樣，他死了，死後見到佛祖，他很生氣，質問佛祖爲什麼不來救他，佛祖說：

『我給你送來一截木頭、一個木盆、一艘小船，你都不要，我又有什麼辦法呢？』這個故事聽起來好笑，但同時也說明了一個道理，那就是機會一失，永不再來！」

「我一定會記住你這個故事的。」項羽的目光如炬，冷冷地盯在了紀空手的臉上。

自鴻門一別之後，項羽與紀空手在南鄭還有一次照面，在那次刺殺中，項羽只是象徵性地出了一下手，其意就在於迷惑對手，讓紀空手以爲自己精心策劃的刺殺已經結束了，卻讓真正的拳聖、棍聖、腿聖藏於暗處，伺機而動。

這個計劃扣中有扣，結構嚴謹，同時也透出了項羽的遠見卓識。他當然不認爲僅憑自己與三聖的力量就可以在眾目睽睽之下將劉邦擊殺，所以，他一逃離南鄭，就在等待三聖的消息。

只是他最終都沒有等到三聖得手的消息，也從此不知三聖的下落，雖然他弄不清楚三聖是否等到了機會，但劉邦一直好好地活著，這是一個不爭的事實。

他的確很後悔，後悔自己沒有在鴻門時一劍擊殺劉邦。此時眼前的這個劉邦，不再對自己有任何謙恭之相，臉上帶著一絲淡淡的微笑，彷彿有一種觀花賞月般的從容，他的身上沒有透發出一絲殺意，但項羽卻感到了那種無處不在的壓力。

能讓項羽感到壓迫感的人，在這個世絕不會超過七個，紀空手當然名列其中。其實，當紀空手站到項羽面前時，他的確有過與之一戰的衝動，畢竟在號稱「天下第一高手」的項羽面前，任何武者都會生出一較高下的想法。

◆

齊趙兩國作為西楚的屬國，擁有自己的軍隊，總兵力達二十萬之眾，齊王田廣是項羽打敗田横之後另立的新君，按理說他對項羽應該是忠心耿耿，然而，今日他突然接到了一封信函，讓他的心裡頓時產生出另外的想法。

信函來自於韓信，而今天正是韓信北上的第十天，齊國的大片土地已經被江淮軍佔領，田廣率領二十萬大軍龜縮於黃河以北的一段狹窄的空間，正憑藉著地勢之利企圖負隅頑抗到底。

在這種形勢之下，韓信在信函之中分析了天下大勢，陳說利害關係，遊說田廣反叛楚國，與之訂立和約，以期共同攻打項羽。田廣讀完信函後，心裡著實矛盾，彷徨無計之下，召集手下的群臣商議。

但這種朝會並沒有收到很好的效果，反而讓田廣更加拿不定主意。群臣之中分成兩大流派，一派支持田廣忠於楚國，不要貿然行事；另一派則支持田廣反叛楚國，與韓信聯手伐楚。這兩派各有各的理由，說起來都是振振有辭，這讓田廣一時之間難下決斷。

就在這時，周殷、英布率部攻楚的消息傳來，終於讓田廣心生反叛之意，他決心率領二十萬大軍出城相迎韓信。

這個決心未免有些唐突，但田廣認為，唯有如此，才能顯示自己的誠意，所以他不顧一干臣子的反對，出城十里，靜候韓信大軍的來臨。

他沒有空等，等到的是韓信無情的殺戮！韓信所率的江淮軍首先截斷了田廣入城的路線，然後以迅雷不及掩耳之勢，將田廣的二十萬大軍圍而殲之。

這是一場沒有懸念的戰爭，不僅實力懸殊，在士氣上也有天壤之別，加上田廣事先沒有任何的準備，使得齊國軍隊根本無法與江淮軍抗衡，最終田廣只帶出了萬餘人敗走高麗，韓信由此征占了齊國全境，勢頭一時無兩。

◆

靜，靜至落針可聞！楚漢兩軍上百萬人的目光幾乎聚焦一點，而焦點就是遙遙相對的項羽與紀空手。

這是兩個今生注定會成爲宿命之敵的人物，就像兩顆運行於蒼穹極處的星辰，絢爛而美麗，而他們所擁有的運行軌跡也注定了他們會碰撞到一起，磨擦出激情四射的火花。兩人手中掌握的權力，讓他們代表了各自一方的極巔，爲了爭取更大的權力，他們注定會在今生成爲宿命之敵。

兩道森冷的目光，無聲地穿梭於虛空中，在碰撞又擦出道道有形的電火，殺氣在虛空中彌漫，殺機在無聲中醞釀，兩者之間，雖然相隔百步之遙，但他們似乎可以相互聽到對方的呼吸與心跳。

壓力若山嶽推移，給這段空間注滿了窒息的殺意。

「我不僅會記住你的這個故事，更記得你曾經說過的話。」項羽面對這種強力的氣勢，並不感到緊張，而是淡淡地笑了起來。

「我說過什麼話，竟然會讓你如此刻骨銘心？」紀空手也笑了，他已看出項羽不甘心今天的失敗。

「當年你我遵懷王之命，各領一支軍隊攻打關中，你曾言：你之所以揭竿起義，是爲了天下百姓。」項羽冷然一笑道。

「不錯！我的確是說過這樣的話，也正是這樣去做的。今日我以扶持正義的軍隊聯合諸侯討伐於你，正是為了天下百姓。」紀空手凜然而道，他並不知道當年劉邦是否說過這樣的話，也不知道劉邦說這句話時心裡是怎麼想的，他只知道自己爭霸天下是為了完成五音先生未遂的夙願，更是為了天下受苦的百姓，是以他問心無愧。

項羽「嘿嘿」一笑，臉上露出一絲不屑之意，道：「虛偽，實在虛偽，你讓我也想起了一個故事，說是有一個信佛的屠夫，口口聲聲說自己信佛，甚至常年吃齋，可是他每天都宰殺一頭豬到集市上去賣。有人問他：『你既然信佛，又何必殺生呢？』他振振有詞道：『我殺生其實是為了救生，若不殺豬，我豈不唯有餓死？』」

他的話音一落，引起了眾人一陣笑聲。

紀空手的眼芒一橫，全場頓時一片肅靜。

他深深地吸了一口氣道：「你們認為這個屠夫說的話好笑？其實不然，在這個屠夫的眼中，人的生命遠比畜牲的命更重要，殺掉畜牲就能拯救一個人的生命，這樣的善舉又何樂而不為呢？善惡之間，緣於人的一念之間，同樣是殺人，只要你殺的是壞人，縱算殺他千個萬個，你也是善；如果你殺的是好人，那麼就算你只殺了一個，也是為惡。今天，我率部討伐於你，正是替天行道，除暴安良。」

項羽冷然一笑道：「什麼是善？什麼是惡？什麼是好？什麼是壞？這似乎並不是你說了就能算的，你說你是替天行道，這豈非是一個天大的笑話！你能走到今天的這一步，難道殺的人還少嗎？」

這是一個非常深刻的問題，至少對紀空手來說，是一個不易回答的問題。他不得不承認，自從踏足江湖以來，自己所殺的人不計其數，在這些人中，並不能保證就沒有一個好人，善惡與好壞其實是很難鑒定的，當一個人真正步入江湖之後，就很難做到問心無愧。

紀空手沒有說話，只是緊緊地盯著項羽冷峻的臉龐，良久之後，才運氣發音，緩緩而道：「我殺的人的確不少，也難保其中就沒有錯殺，但與你相比，我覺得我應該是一個好人，而你——卻有十條罪狀可以證明你是一個殘暴的賊子！是一個冷酷的屠夫！」

「哦？」項羽一怔之下，哈哈笑了起來道：「我倒要洗耳恭聽！」

紀空手的聲音不大，卻迴盪在整個戰場之上，使得每一個人都聽得清清楚楚：「當初你和我一同接受懷王的命令，約定誰先進入關中，誰就在關中稱王。到了關中之後，你背棄約定，不僅沒有讓我在關中稱王，反而將巴、蜀、漢中三郡貧瘠的土地封我，這是你的第一條罪狀！」

這是一個眾所周知的事實，項羽只是冷笑一聲，並未反駁。

「項梁死亡，懷王封宋義為上將軍，你不僅不聽命於宋義，反而假傳詔令，將之殺害，篡奪上將軍之位，這是你的第二條罪狀；進攻關中之前，你奉懷王之命為趙國解圍，大勝之後，本應回師述職，可是你卻擅自強迫諸侯隨你入關，目無君主，這是你的第三條罪狀；懷王在大軍未入關中之前，約定進入秦境之後不許施暴擄掠，你卻燒毀秦宮，挖掘始皇墳陵，將秦國的財富據為己有，這是你的第四條罪狀；而你的第五條罪狀，是殺了秦國投降的子嬰；又用欺詐的手段坑殺了秦國降卒達二十萬之眾，致使新安三年猶聞血腥之氣，這是第六條罪狀；你的第七條罪狀是，分封諸侯不公，使之成為禍亂天下的根源；更把懷王逼出彭城；為自己多占土地，甚至派人暗殺懷王，擔負弒主之罪。這九條罪狀天下共知，相信你也無話可說。」紀空手一口氣列出了項羽的九條罪狀，顯得激情高昂，甚爲悲憤，大有替天問罪的氣概。

項羽的確是無話可說，因爲紀空手所說的都是不爭的事實，他並不覺得自己做錯了什麼，也並不因此而後悔。在他看來，亂世之中，在非常時期採取非常的手段，這根本算不了什麼，要成爲一個真正的王者，就必須做到兩字——無情！

無情二字，說來簡單，做來卻不易，因爲真正的無情不僅是針對別人，有時候也必須針對自己。

「你既然給我安下了九條罪狀，那麼，還有一條呢？」項羽顯得很平靜，就彷彿這九條罪狀只是他記憶中漸漸淡去的片斷，偶然被人重新翻出來一般。

「總之你身爲人臣卻弒殺君主，誅殺降卒，處理政務不公，主持盟約又不守信用，這些都是天下人所不能容忍的，更是大逆不道，就憑這些罪狀，已足以讓天下人共誅之！」紀空手大義凜然道。

「啪……啪……」項羽沒有惱羞成怒，反而拍起掌來，道：「精彩，著實精彩，你這麼一說，倒讓我記起了我所做過的一切事情。可是，這又有什麼用呢？你敢站出來與我單挑嗎？」

他的臉上帶著一種不屑之色，更有幾分輕鬆，以挑釁的目光盯著紀空手，加重語氣道：「你既然要替天行道，那就來吧，我等著你！」

紀空手只感到自己的熱血彷彿在剎那間沸騰起來，有一種不顧一切的衝動。身爲武者，而且是像紀空手這種一流高手，當然無法容忍別人對自己的這種挑釁，然而理智告訴他，對付項羽這樣的對手，關鍵不在於武力，而在於智計，畢竟項羽身爲流雲齋閥主，「天下第一」的名頭絕非吹噓，完全是憑實力掙來的。

紀空手唯有忍，也只能忍，他絕不會逞匹夫之勇，如果是那樣的話，他就不是紀空手。所以，他淡淡地笑了，道：「你可以等，但我卻不會來，因爲我曾告訴過你，機會一失，永不再來！」

「只怕未必！」項羽的臉上突然閃現出一絲莫名的笑意。

「轟……轟……」就在這時，紀空手所站的城牆之下傳出兩聲巨響，爆炸過後，沙石橫飛，煙塵彌漫。

「快救大王！」城頭上傳來一陣驚呼，情形一時大亂。

「嘩……」就在距城牆不遠的地面上，泥土翻起，一排勢大力沈的弩箭呼嘯著向煙塵最密處飛射過去。

「殺呀……」數十條人影同時破土而出，如無數靈活的地鼠般飛快地向城頭逼近，動作之俐落，無一不是高手。

這些人能夠躋身於項羽的流雲齋衛隊，當然都是一等一的高手，再加上有項莊這種土木高手，使得這次偷襲從目前來看，顯得格外成功，但是，項羽目睹著這一切，臉上並沒有任何驚喜，反而眉頭皺了一皺。

他的眉頭之所以一皺，是因爲他看到了一個人，煙塵尚未散去，這個人也不在煙塵之中，而是靜立於一桿大旗下，神態依然顯得從容鎮定。

這個人竟然是紀空手，這讓項羽感到有些不可思議，甚至不得不重新估量其實力，畢竟這次偷襲十分地突然，要想化險爲夷，就必須擁有超越人體極限的反應，當紀空手毫髮無損地出現在自己的面前時，項羽的心中難免一驚。

不過，只過了瞬息時間，項羽的眸子裡重新閃動出一絲異彩。紀空手還是受了傷，雖然神態如常，但項羽還是從紀空手微微顫動的身形中感覺到了這一點。至於傷勢如何，誰也不清楚，但只要紀空手受了傷，對項羽來說，已經夠了。

所以，項羽沒有猶豫，大手一揮，身後的數千名神射手在最短的時間內發出了精準快速的勁箭，目標只有一個——擠入紀空手周邊的十丈範圍！

虛空中驀生呼嘯，空氣彷彿被無數利刃分割撕裂一般，顯得極爲恐怖，每一個觀者的心中都有一種緊縮不定的悸動。

「嗚……」一聲怪異的銳嘯突然響起，其聲之烈，甚至壓倒全場，就在這時，項羽出手了！

他必須出手，因爲他心裡十分清楚，單憑這些神射手的勁箭，是不可能對紀空手構成任何威脅的，他們的作用只能是限制紀空手躲閃的空間，要想置其於死地，還得要自己出手。

雲湧，風起，一陣風雷驀生，虛空之中多出了一道耀眼奪目的強光，使得這天地爲之一暗。

是箭，是射天弓發出的驚人一箭，這箭以極速穿越虛空，與空氣磨擦出如銀蛇狂舞般的電火，帶出了無盡的殺氣，就彷如一隻欲吞噬一切的魔獸。

箭過處，捲起一道狂野而霸烈的風暴，氣旋飛轉，勢不可擋。

紀空手的眼睛不由跳了一跳，雙手迅速在胸前畫出一道弧，其速之快，極爲驚人，旋繞出一個由氣流構成的黑洞，突然隱入其中。

天地變得暗淡，剎那間變得靜寂無邊，雲湧、風起、電閃、雷鳴，這些異象無一不在，卻成了一種無聲的畫面，給人以最不真實的感覺，猶如夢幻。

「轟……」一聲驚天動地的暴響，彷彿來自虛空，又似來自於蒼穹極處，遠比山崩地裂更讓人驚心動魄，隨即一道電光擦過虛空，耀眼奪目的光芒閃躍在暗黑中的每一個角落。

那無邊的黑洞驀然裂開，吸納著那一道飛瀉而來狂野的風暴，光芒亮至極處，發出嗤嗤的異響，一柄無形的刀自黑洞的中心而生，電光石火般出沒於虛空之中。

雲動，風動，風雲俱動，烏雲密布，以壓城之勢傾向廣武戰場的上空，空氣中的密度愈來愈大，壓力也急劇增升，那種動態的壯美，緊張的氛圍，幾乎讓所有人都呼吸急促，忘記了這是一場人類之間最殘酷的搏殺。

「砰……」無形的刀突然碎了，就在風暴進入黑洞的剎那，那無形的刀片片碎裂，刀氣在虛空中飄散，就像是漫天的雪。

那白白的雪中，抹出一道殘霞，殘霞若血，那血紅的殘霞映著滿天的白雪，顯得那麼森然，又是那麼的不和諧。

項羽的眼睛一亮，殘霞如血，其實不是像血，而根本是血，是紀空手身上的熱血。在項羽的射天弓下，尚沒有人可以躲過一箭，紀空手也不例外！

城頭上頓時響起一片驚呼，人影竄動，刀戟亂晃，已是一片混亂。

「劉邦已死！凡我西楚將士，馬上攻城！」項羽大手一揮，高聲叫道。

他相信在自己的射天弓下，「劉邦」縱然不死，也要落得重傷下場。然而，他在未知紀空手死活的情況下，搶先散播出「劉邦已死」的死訊，是想使眼前的形勢更加混亂，並起到瓦解敵人軍心的作用，所謂「兵不厭詐」，項羽當然不會輕易放過這種稍縱即逝的戰機。

數十萬西楚將士同時發一聲喊，如潮水般向城下湧去！在項羽親自督陣的情況下，所有西楚將士無不士氣高昂，爭先恐後，所過之處，湧動出無盡的殺氣，以勢不可擋之勢再一次展開了攻城之戰。

那數十名流雲齋衛隊的高手更是一馬當先，冒著槍林箭雨，迅速搶上了城頭，與城頭上的大漢將士展開了近距離的搏殺。

「呀……呀……」一聲聲慘呼此起彼伏，響徹於城頭上空，一具具屍體從城頭上拋將下來，更引得西楚將士陣陣歡呼。但是，就在他們感到振奮之時，心中卻隱隱感到有些不對勁，仔細一看，這才發現那些從城頭上拋下來的屍體竟然是流雲齋衛隊的高手。

項羽心中一驚，他非常清楚自己流雲齋衛隊高手的實力，所以才會讓他們擔負這次突擊的任務。攻城之戰，其實就是攻堅，只要能突破一點，敵人的防線就會在頃刻間崩潰，項羽正是深諳此道，才在這廣武之戰中動用了西楚軍最精銳的部隊——流雲齋衛隊！

事實證明，項羽的決策沒有錯，這數十名高手就像是一把鋒利無比的尖刀，面對又寬又深的防護河，面對三四丈高的城牆，總是一縱而過；面對敵人的飛箭流石，亦是閃避自如。在項羽的計算中，只要他們登上城頭堅持半炷香的時間，自己的大軍就可以源源不斷地接濟而上，從而大破廣武，大敗漢軍，結束這長達數月的相持局面。

但是，這數十名高手登上城頭之後，並非如項羽想像中的那麼順利，等待他們的，是龍賡、阿方卓等一大批江湖精英！龍賡諸人完全佔據了人數上的優勢，在實力上也根本不弱於這些流雲齋的高手，所以這場發生在城頭上的近距離肉搏並沒有堅持多久，在尚未開始之時就已結束。

項羽目睹著這一切，已知道攻克廣武是一個不可能完成的任務，大漢軍並不因爲它的主帥受到傷亡而亂了陣腳，這一點出乎項羽的意料之外。在他看來，今日一戰最好的結局就是鳴金收兵，倘若一味強攻，不僅徒勞，而且代價不菲。

◆

廣武未被攻克，項羽心中著實不暢，坐在大營之中聽著卓小圓彈琴唱曲，可他的思緒早已被寨上成堆的軍情急報所牽，根本沒有了那份雅興。

廣武一戰，對於項羽來說最好的消息就是漢王身負重傷，臥於病床，除此之外一無所取，即使漢王負傷，也是項羽以一萬三千餘名將士的生命所換取的，暗地裡盤算下來，項羽不得不承認這是一筆虧本的買賣。

但這還不是最壞的消息，最壞的消息是韓信的大軍已經北上，並且攻克了齊國，項羽所封的齊王田廣居然逃到了高麗。與此同時，彭越、周殷、英布也一齊進兵，屯兵西楚邊境，直接威脅到西楚後方的安全。在這種形勢下，項羽不得不派出大將龍且，分兵十萬，讓其進入齊國迎擊韓信。

龍且身爲西楚名將，用兵如神，一向爲項羽所器重。按理說，項羽應該可以放心了，但是不過半月時間，龍且竟然不敵韓信，在韓信門下的騎兵將領灌嬰的有力衝擊下，十萬西楚軍幾乎沒有還手之力，就遭到了西楚史上最大的一次慘敗。

這讓項羽感到了從未有過的震驚，更覺得有些不可思議。當他聽完了龍且的整個用兵方略後，並不覺得其中有什麼不妥之處，但用之實戰，卻處處受制，連項羽也無法找出原因。

他當然找不到原因，因爲韓信用兵，更多的是依賴他在問天樓刑獄地牢中所見到的那場蟻戰，無意之中洞察到先機，自然可以在用兵上做到事事領先，料敵如神，龍且之敗，也就成了一種必然。

而更讓項羽感到憤怒的是，韓信攻佔齊國之後，自立爲齊王，顯然不把項羽放在眼中。項羽權衡再三，派出使者武涉前往遊說韓信，卻被韓信派人在半路上截殺！是可忍，孰不可忍？項羽一怒之下，決定率軍親征。

他之所以敢作出這樣的決定，是基於兩個原因，一是西楚軍在廣武的防線十分嚴密，深溝堅壘，地勢險峻，只要不貿然出兵交戰，堅守一個月的時間並非難事，而到時項羽相信自己一定可以平亂而歸；二是漢王的傷情十分嚴重，據項羽安插在漢軍中的耳目密報，自廣武一役之後，漢王有半月的時間沒有出來巡視軍隊，這在平日，是絕對不可能的事實。

項羽做事一向雷厲風行，一旦拿定主意，立刻召來了大司馬曹咎，分兵十萬，並再三叮囑道：

「本王此次平亂，先攻彭越，再戰韓信，用時在十五天之內，一來一回，需要一個月的時間。本王將廣武大營交付於你，只許堅守，不許迎戰，只要不讓漢軍東進，就是大功一件，否則的話，你就唯有提頭來見！」

他將事情交待清楚之後，當夜便率領三十萬大軍東去，以迅雷不及掩耳之勢，一路攻佔了陳留、外黃，打得韓信、彭越兩支軍隊節節敗退，眼看勝利在望，一個驚人的消息傳來，頓時讓項羽大驚失色，幾乎氣暈過去。

廣武大營竟然被大漢軍所破，這是項羽做夢也沒有料到的結果，不僅曹咎與十萬人馬覆滅，就連廣武大營中儲備的軍需糧草也悉數被大漢軍繳獲。

這樣的結果的確出乎項羽的預料之外，他之所以會把留守廣武大營的重任交給曹咎，是因爲曹咎的穩重與精明，並且對自己的命令向來都是不折不扣地執行，只要曹咎不主動出擊，廣武大營根本就不可能爲漢軍所破。

項羽卻沒有想到，他千算萬算，還是算漏了一招，那就是紀空手在他的射天弓下不僅未死，且連一點輕傷也未負，毫髮無損，看來他大大低估了紀空手。

其實，西楚軍的動向一直爲紀空手所掌握，就在項羽東去的第三天，無論是漢軍還是楚軍的軍營裡，開始流傳著漢王已死的謠言。緊接著，有關漢軍準備退兵的消息也傳到了曹咎的耳中，曹咎認爲，如果這兩種情況屬實的話，無疑將是一個千載難逢的機會，雖然項羽的叮囑猶在耳邊，但他覺得，但凡一代名將，就要懂得審時度勢，見機行事，而不是一成不變，墨守成規——如果自己錯失了這個機會，只怕今生都難以原諒自己。

所以，當他探明廣武已成空城之後，沒有猶豫，當即率部追擊，一日之內連趕三百里，終於在汜水河邊追上了陣容不整的漢軍。當他下令大軍渡河未久，就在這時，漢軍突然掉頭反擊，與早已潛伏在汜水兩岸的伏兵前後呼應，對西楚軍形成包夾之勢，大敗楚軍。

此時項羽人在睢陽，聞聽廣武大營失守，不敢有半點耽擱，當即率軍返回，等到他趕到廣武時，漢軍把持著險阻地帶，又與西楚軍形成了對峙的格局。

但這一次對峙，比之先前，形勢對漢軍大大有利。漢軍的兵力經過幾次大戰之後，幾乎沒有什麼折損，軍需糧草也顯得十分充足，而西楚軍來回奔波不下千里，不僅將士疲憊，糧草軍需也極度匱乏，在這種情況下，漢王提出，以鴻溝爲界，中分天下，割讓鴻溝以西的土地劃歸漢室，鴻溝以東的地區劃歸楚國。項羽最初不肯，直到彭越率部斷絕了西楚軍的糧道之後，無奈之下，他才接受了這個約定，迅即領兵東撤。

但是，項羽萬萬沒有想到，這只是紀空手的一個謀略而已。當他的軍隊東撤之時，遭到了漢軍的窮追猛打，兩軍交戰十餘次，互有勝負，雖然一時難分高下，但西楚軍的實力正一點一點地削弱，不到半年時間，項羽手中的兵力銳減到十萬。

而此時，紀空手在城父發出了會盟令，韓信、周殷、英布、彭越四路人馬集結於城父。幾經惡戰之後，終於將項羽的西楚軍主力圍在了一個名爲垓下的小城中。

◆

西元前二〇四年，也就是大漢立國的第五年，經過了城父會盟之後，紀空手親率韓信、彭越、周殷、英布等諸侯的軍隊與自己的漢軍一道，會師於垓下，與項羽的十數萬西楚精銳展開了決定天下命運的一場大戰。

這是一場實力懸殊的決戰，面對項羽十數萬西楚精銳的，是一支總兵力達到了八十萬之眾的軍隊。雖然漢軍一方在人數上佔有絕對的優勢，但項羽所率的是一支從來未敗的鐵軍，無論是紀空手與各路諸侯，還是他們手下的將士，沒有人會認爲自己就已經勝券在握，反而每個人的心裡，都感受到了大戰將臨的那種非常緊張的氣息。

山雨欲來風滿樓，也許這正是此時垓下最生動的一個寫照。

站在垓下城前的一座高高的山巔之上，紀空手的臉上一片肅然。經過了長達數年之久的東征之後，雖然他沒有在與項羽的交鋒中占到上風，然而隨著戰事的發展，他的實力不僅未損分毫，反而有日趨壯大之勢，而縱觀項羽的西楚軍，卻在連年征戰中兵力銳減，從原來幾達百萬的軍隊，直到此時只剩下十數萬人，如此此消彼長，使得戰爭的主動權已然易主。

直到此時，紀空手才由衷地感到張良的戰略思想是多麼地正確與英明，如果在東征之初，不是張良力排眾議，堅持楚漢之爭是一場持久之戰，紀空手也不會將這場真正的決戰拖到今日才進行。

他的目光瞟向張良，微微一笑道：「兩年多的時間裡，我們經歷了大小戰役上百起，從低谷到波峰，又從波峰到低谷，幾經波折與磨難，總算有了今日大好的局面，若是先生泉下有知，也足可告慰了。」

在紀空手的身後，除了張良之外，陳平、龍賡也肅然而立，聞言無不心中一凜，想到即將完成五音先生一生追求的未遂事業，頓有恍如一夢之感。

張良踏前一步，緩緩而道：「若是公子真想告慰先生的在天之靈，此時依然還不是下定論的時候，今日垓下之戰，我們雖有八十萬大軍，但真正隸屬於我大漢的軍隊，兵力不過四十萬，而韓信的江淮軍亦有三十萬，加上其他諸侯的十數萬人馬，看似人眾，卻形同散沙，難以形成一股強大的合力，若想藉此戰勝龜縮於一城之中的這十數萬無敵之師，似乎是一種妄想。」

紀空手怔了一怔道：「子房何以要長別人的志氣，滅自己威風呢？不管怎麼說，今日垓下之戰我以八倍於敵的兵力對壘項羽，就算他真是一個從來不敗的戰神，其記錄也會因垓下之戰而改寫！」

他顯得非常自信，這種自信是建立在他此刻所擁有的實力之上。此刻的垓下，不僅雲集了天下最精銳的各路軍隊，而且，還會集了一股隱形於各軍之中的力量，而這，就是當今江湖上最活躍的一股精英。

在他們之中，既有隱身於韓信軍中的問天樓人，亦有以漢王后身分來到軍前的呂雉以及她的聽香榭精英。除此之外，還有幾支神秘的力量已經藏身於垓下的山水之間，他們的目的就只有一個，那便是全殲項羽的西楚鐵軍，更要讓垓下成為霸王項羽的葬身之地！

經過了這數年的軍旅奔波，紀空手目睹了天下百姓飽受戰爭帶給他們的疾苦，心裡已然有著一種深深的負罪感。他爭霸天下的初衷就是為了建立起一個太平盛世，讓百姓安居樂業，與世無爭地生存下去。若是因為自己的所作所為而讓天下百姓陷入一個更深痛的困境之中，這當然不是紀空手所願意看到的結果，也違背了當日五音先生鼓動紀空手爭霸天下的初衷。

所以，當他面對垓下之戰時，就意識到自己的機會來了。無論如何，他都必將畢其功於一役，讓這垓下之戰成為楚漢相爭的最後一戰。或者，也是這亂世中的最後一戰。

這是他心中的一個美好願望，能否付諸實現，他無法測算，但是他堅信一句老話，那就是「謀事在人，成事在天」，只要自己努力了，此生也就無憾。

他的自信感染了他身邊的每一個人，其中也包括了張良。但是，對張良來說，他需要以冷靜的心態與非常理智的思維作出正確的判斷，而絕不能憑著一時的意氣用事影響到整個戰略大計的完成。所以，他不得不在紀空手興致最高的時候替其潑上一點涼水，讓紀空手的頭腦得以儘快地清醒過來。

「我這不是長他人志氣，滅自己威風，對於將士來說，士氣可以鼓舞，這樣可以平添不少戰力，但對於一方統帥來說，就必須要保持清醒的頭腦作出他的每一個決斷。須知，他的每一句話，不僅可以影響到戰局的最終走向，更關係到成千上萬的將士生死之大計，事關重大，豈能視作兒戲？我身為公子身邊的謀臣，必須時時刻刻提醒公子，否則，這就是我張良的最大失職。」張良的神情十分凝重，態度也異乎尋常的堅決，因為他深知，垓下一役似乎已是楚漢之爭的最後一戰，但風雲變幻無定，在勝負未決的時刻沒有到來之前，誰也無法預料這一戰誰會成王，誰會成寇，王寇之間，其實都尚是未知之數。

面對張良如此嚴肅的表情，紀空手的心中不由一凜，忙道：「子房所言極是，若是照你來看，我們還應該在大戰之前做些什麼準備？」

張良見紀空手發問，顯得胸有成竹道：「自古用兵的法則，講究的是有十倍於敵人的兵力就包圍敵人；有五倍於敵人的兵力就進攻敵人；有一倍於敵人的兵力就設法分散敵人；有同敵人相等的兵力就要設法分隔敵人；而兵力不如敵人就要善於擺脫敵人。這是兵家所崇尚的用兵之道，經受了上千戰役的考驗，已成經典，但具體的戰例依然要具體的分析，將經典活學活用，才是真正的制敵之道。」

頓了一頓，他抬頭望向紀空手道：「以公子所見，今日這垓下一戰，我軍的兵力將是敵人的數倍，又將適合哪種法則方能達到制敵的目的？」

紀空手想了一想方道：「從表面上來看，我們此刻的兵力八倍於敵，本可採取圍殲的方式，但若是如此，子房也不會向我提出這樣的問題。」

他見張良微一點頭，不由笑道：「誠如子房所分析的那樣，我們真正的可用之兵其實只有大漢軍隊的四十萬人馬，就算加上彭越、周殷、英布等人的軍隊，滿打滿算，也不足六十萬人，而與此同時，我們還要在利用韓信這三十萬江淮軍之際，提防他在關鍵時刻按兵不動，坐收漁翁之利。如此算來，形勢對我們來說的確是不容樂觀，至少，並非勝券在握。」

「公子能夠想到這一層，可見這幾年來的軍旅生涯已將你從一個江湖豪客磨練成了一軍統帥，真是可喜可賀。然而，我們此次垓下之戰，不僅要提防到韓信按兵不動，更要提防到他在關鍵時刻反噬一口，唯有如此，方能掌握整個戰局的主動。」張良深邃的眼眸中閃出一道智者的光芒，冷峻的臉上不著聲色，緩緩而道。

「你真的認爲韓信能夠做到捨棄鳳影？」紀空手的眼中流露出一絲疑惑。

「韓信是一個聰明人，他已經意識到了自己此時的處境，若要他全力效忠於大漢王朝，那麼他這數年來的努力無疑是爲了他人而打拚，這樣的結果當然不是他願意接受的。而一旦他心生反心，就應該十分清楚，當項羽滅亡之後，我們的矛頭最終必會指向他，所以他必然會爲自己設想到一條退路。」張良似乎對這個問題考慮了良久，早已做到心中有數。

紀空手相信以韓信的爲人與性格，縱然他對鳳影的感情的確是出於一片至誠，但當他個人的感情與他一生所追求的名利發生衝突之時，韓信很有可能會選擇後者。所以紀空手並不認爲張良的話是危言聳聽，而是點了點頭，陷入沈思之中。

「或許，韓信一直隱忍不發，其實也是在等待著一個機會。也許，他也認定這垓下一戰是他決定命運的最後一戰！」紀空手緩緩地抬起頭來，望向山下連綿不絕的軍營。在垓下城正面的軍隊，正是韓信所統率的三十萬江淮軍。

張良心中不由一震，顯然被紀空手的假設有所觸動。韓信必反，這已是他和紀空手都有的共識，但城府極深的韓信會在什麼時候反？又會在什麼地點反？這卻是他一直無法揣度的，倒是紀空手這看似無心的一句話，使他在陡然之間找到了答案。

他沈吟了足足有一炷香的功夫，這才與紀空手眼芒相對，沈聲道：「如果我所料未差，當楚漢之爭進入尾聲之時，也是韓信起兵反叛之際！正如公子所言，這垓下一戰對於每一個有志於一統天下的人來說，都是一個絕佳的機會，誰也無法抗拒這良機來臨的誘惑！」

陳平聽得心驚，神色凝重道：「這麼說來，這垓下之戰豈非成了一個亂局，而我們隨時都有可能身陷兩線作戰的困境？」

「這種可能性並非沒有，所以我們才要防患於未然，在攻擊項羽的同時，必須分兵制約韓信的江淮軍的行動。」張良提出了自己的建議。

紀空手淡淡一笑道：「如此一來，我們就無法對項羽形成必勝之勢。」

他的眼芒陡然一寒，冷笑道：「韓信既然打好了坐山觀虎鬥的算盤，我就偏偏不讓他如意！到時將正面攻打垓下的重任交到他的身上，他縱想置身事外，只怕也不可能！」

「這不失爲一個辦法，只要將韓信拖入水中，他再想上岸也就難了。」張良微一沈吟，點點頭道。以韓信的聰明，他當然不會在大戰將即之時違抗軍令，授人以柄，而一旦戰事爆發，他再想到抽身而退，就已由不得他了，畢竟戰爭是一場互動的遊戲，絕不會以人的意志而轉移。

「如今大軍已成圍城之勢，照子房來看，選擇在哪一天攻城最爲有利？」紀空手俯瞰大地，心中已燃起一股熊熊的戰意。

「圍城攻堅，其實打的就是一場消耗戰，既要比雙方的實力，又要比雙方的軍需糧草。我已經得到確切的消息，垓下城中的糧草，可以供十萬大軍半年之需，這麼長的時日，顯然不是我們能夠等得了的，唯一的辦法，就是派人潛入城中，燒掉敵人的糧草，逼得項羽早日與我軍作戰。」張良緩緩而道，似乎一切俱在他的算計之中。

第十章　親征天下

紀空手的眼睛陡然一亮：「此計甚妙，若能燒掉敵人的糧草，對其士氣也是一個極大的打擊，而我們趁機進攻，必可收到事半功倍的奇效。」

「但問題在於，垓下城中戒備森嚴，要想潛入進去，必然會冒極大的風險。而且，既然我們能夠想到這一點，想必項羽也能想到，在他的身邊還有忠於他的流雲齋衛隊，勢必會增加我們放火的難度。」張良眉頭皺了一皺，話語中似有一股隱憂。

他的擔憂不無道理。

他之所以提出這個問題，是因爲他實在想不出一個絕佳的辦法潛入城中，燒毀敵人的糧草，唯有寄希望於紀空手。

說到用兵之道，也許無賴出身的紀空手並不內行，他能走到今天的這一步，第一是仰仗張良爲他運籌帷幄，決勝於千里之外；第二則是他知人善任，身邊有著一大批人才，有了這些人的襄助，紀空手才能在楚漢之爭中最終掌握主動。

但是若論智計，放眼天下，敢與紀空手一較高低者實在不多，就連張良也不得不甘拜下風，自歎不如。正是藉於這一長處，使紀空手踏足江湖以來，僅憑一個無權無勢的無賴之身，竟然成爲了叱吒風雲的人物，這不得不說是一個亙古未有的奇蹟。

然而當張良的目光望向紀空手時，此時的紀空手臉色沈凝，一時之間也難以想到更好的辦法。

「此事還須從長計議，容我細細琢磨才行。」紀空手臉上露出一絲苦笑道。

而與此同時，在垓下的城樓之上，項羽正帶領著他身邊的一干將領，在流雲齋衛隊的簇擁下，登高俯瞰著眼前這八十萬大軍。

連綿百里的營寨，如一道山樑橫亙於垓下城前，一望無邊的旗海，在勁風中呼呼而動，猶如無數條各色不一的蒼龍，顯得極爲壯觀。

一隊一隊的大漢軍隊，扼守著每一條通道，將整個垓下圍在其中，形成了有若鐵桶般牢固的陣線，就連許多身經百戰的西楚將領見到這種驚天動地的架式，也不由得霍然色變，無不將目光盯注在項羽的身上。

項羽冷峻的臉上不動絲毫聲色，極目四顧，眼芒穿越虛空，一點一點地望將過去，似乎不敢對敵情有半點的遺漏。

他與劉邦的大漢軍隊已經不是第一次交手了，而且以往也有過以少勝多的經典戰例。可是這一次，他卻發現戰情並非如他想像中的那麼簡單，他所面對的大漢軍隊遠比以往所見的更有士氣，更有活力，雖然相距尚有數里之距，但他已經聞到了那種劍拔弩張的氣息，更看到了那湧動於軍營之上那如雲團般的殺氣。

他不由得暗自心驚。

如果他知道統領這八十萬大軍的統帥不是劉邦，而是紀空手的話，他也許就不會有這種驚詫之感了。因爲自楚漢交戰以來，經歷了大小數十戰役，漢軍居然無一勝績，這本身就是一件不可思議的事情，而在這不可思議的背後，其實只是紀空手所用的捨棄之道。

這捨棄之道的目的，就是犧牲局部的戰役換取整個戰爭的勝利。面對強大的西楚軍，假如紀空手一開始就採取與之硬抗的策略，絕非明智之舉，所以他用一敗再敗的戰術，先讓西楚軍對漢軍心生小視之心，使之成爲驕兵，再以敲打戰術，一點一點地消耗掉西楚軍的元氣，最終逼得項羽在垓下與之決戰。

項羽臉上的肌肉抽動不已，在驀然之間，似乎明白了對方的用心。然而，他卻凜然不懼，因爲，他堅信自己的實力，既然自己帶兵以來從未敗過，相信這一次也不會例外。

他轉過頭來，森冷的寒芒緩緩地向身後的每一個人望去，這一干將領謀臣大多是追隨了他多年的屬下，其忠心是勿庸置疑的，這足以令項羽感到欣慰，正是有了他們的存在，所以項羽才能夠保證自己的戰意始終不滅。

龍且、項莊、臧荼、尹縱、蕭公角……這一個個響噹噹的名字，都代表著一個個輝煌的過去，正是由於有了他們的驍勇善戰，才最終譜寫了項羽從來不敗的神話，然而當項羽的目光從他們的臉上一一劃過之時，他的神情依然有幾分失落。

因爲在他們之間，已經沒有了亞父范增，這是項羽心中最大的痛，當日由於紀空手與張良用計離間，使得項羽開始懷疑范增與漢王有著私下的聯繫，一怒之下，將之驅出軍營，等到項羽心生後悔之時，范增卻被人擊殺於楓葉店中。

若非如此，項羽也不會落到今日垓下被圍之局。隨著范增的死去，西楚軍雖然在連年征戰中連連告捷，攻城掠地，戰功彪炳，但在每一場勝利的背後，都見證著大批將士的死亡，以至於項羽當初伐齊所帶來的六十萬大軍，到了今日的垓下，唯有十萬而已。

倒是大漢軍屢敗屢戰，卻未傷根本，未動元氣，反而日趨壯大，這令項羽大感不解，隱隱覺得自己彷彿正一步步地步入對方爲自己設下的一個陷阱之中，沈淪而難以自拔。

但是項羽畢竟是項羽，縱然是面對這場實力懸殊的戰局，也依然不失王者之霸氣。

當他的眼芒再一次望向敵營之時，緊皺的眉頭爲之一鬆，冷峻的臉上不自禁地流露出一絲淡淡的笑意。

「大王莫非看到了漢軍的軟肋，有了克敵的必勝之道？」蕭公角是西楚軍中最善於謀略的將領，心思轉動極快。他捕捉到項羽臉上那種如釋重負的表情，趕忙趨前一步問道。

項羽的視線依然停留在正前方那片廣闊的空間，並未因爲蕭公角的詢問而轉過頭，沈聲道：「的確如此，難道你們都沒有看到？」

蕭公角等人無不一怔，道：「屬下愚昧，還請大王示下！」

項羽的臉上微有得色，道：「從表面上看，今日我軍以十萬之數遭受劉邦八十萬大軍圍困於垓下一城之地，無論從哪個角度來看，似乎都處在絕對的下風，但是爲將之道，在於冷靜，愈是置身逆境之中，就愈要冷靜分析敵情。唯有如此，我們才可以在複雜的、看似毫無勝機的情況下找到一線生機。」

項莊皺了皺眉道：「但今日之垓下，敵我實力懸殊，只怕難有勝機可言，不如屬下等人拚著一死，保護大王突圍而去，回師西楚，等到日後再報這垓下被圍之辱！」

項羽搖了搖頭道：「如果真是這樣的話，那麼本王就真的死定了。此時漢軍士氣正旺，又佔據著人數上的絕對優勢，倘若我欲與之交戰，豈不正中劉邦下懷？」

項莊聞言臉色一變，想來項羽所言也有道理，若是真的照自己的意思而行，不過是逞一時之勇罷了，不僅未必能突圍而去，若是一旦被人截住後路，反而會失垓下這塊立足之地。

項莊喏喏連聲，退後一步。

項羽的眼芒緩緩地從他們的臉上一一劃過，然後輕歎一聲道：「平心而論，你們幾位都是真正的大將之才，不僅有膽有識，而且天生神勇，能被本王收歸己有，實乃我西楚之大幸。可惜的是，這數年來你們一直追隨於我，難有獨當一面的機會，是以在戰略目光上沒有卓越的成就，就拿今日這垓下之戰來說，雖然我們在人數上處於劣勢，但你們卻都沒有看到我們的優勢所在，這的確是一件讓人感到遺憾的事情。」

他身後的一干將領無不噤若寒蟬，無人敢於辯駁，反而臉上盡現羞愧之色。

「兵不在多，而在於精。從表面上看，劉邦擁八十萬大軍與我決戰，看上去的確是聲勢浩大，然而從他們的旗幟番號來看，這八十萬大軍卻是由劉邦的大漢軍、韓信的江淮軍爲主，輔之於各路諸侯的軍隊，人數雖然眾多，但未必就能齊心協力。而我軍雖然兵力僅有十萬，卻是久經沙場的精銳之師，其忠心更不待言，只要我們堅守垓下半年時間，這勝機就自然會出現在我們這一邊。」項羽的整個人顯得精神了許多，很是自信，彷彿在他的眼中，已然看到了勝利的結局。

這絕非是項羽的狂妄之言，也並非是他安撫軍心的一種方式，而是他的確把握了可能出現的勝機！之所以能夠如此自信，在於他對韓信此人的了解。

當年鴻門之時，劉邦舉薦韓信，項羽其實已然洞察了其用心。然而迫於當時的形勢，在劉邦沒有公然造反的情況下，項羽爲了取信於諸侯，只能放劉邦一馬。

項羽明知此舉乃是縱虎歸山，卻不得已而爲之，實屬無奈之舉。但是他在聽取了范增的建議之後，還是積極地採取了一些彌補措施，首先就是將劉邦從關中調往巴、蜀、漢中三郡，企圖借險要的地勢阻止劉邦稱霸天下的決心。而另一個措施，就是扶植韓信。

這的確是一個十分冒險的舉動，在明知韓信是劉邦心腹的情況下，項羽敢如此爲之，顯示出他身爲霸王的魄力。

表面上看，扶植韓信的勢力，無異是壯大了劉邦的聲勢，但項羽卻明白，韓信並不是一個甘居於人下的忠義之人，而是一個極富野心的能人。當此人的勢力發展到一定規模之時，沒有人可以對他形成遏制，造反只是遲早的事情。到了那時，他無疑便成了自己手中一顆牽制劉邦的棋子。

這是項羽當年在鴻門之時埋下的一個伏筆，極富遠見，到了今日，他不得不有點佩服起自己的膽識來，因爲他已算定，當韓信眼見西楚軍面臨絕境之時，必然會有所動作，而這就是他項羽希望看到的一種局勢。

蕭公角聽完項羽對大勢的分析之後，信心十足道：「固守垓下並非難事，一來垓下地勢險峻，城牆堅固，只要精心佈置，即成易守難攻的城池；二來垓下一向是我西楚的糧倉，城中糧草足以維持我十萬大軍半年時間。守城成敗看糧草，只要糧草有了保證，要堅守半年並非是不可能完成的任務。」

項羽點了點頭道：「本王之所以定下半年之期，預見敵軍不戰而亂，也正是從糧草的角度審視全局。兵多有兵多的好處，能夠以泰山壓頂之勢，追求速戰速決，然而當戰局處於僵持狀態時，兵多的一方未必就能占到便宜。別的不說，單是這八十萬大軍每天所需的糧草，就足以讓劉邦頭痛了，更何況以劉邦之聰明，不可能沒有洞察到韓信的野心，必然會爲韓信而分心。」

蕭公角由衷贊道：「大王的目光的確不是末將等人可比，所看到的盡是劉邦之要害，我們只要對症下藥，這垓下之圍必將不戰而解。」

項羽的臉上流露出一絲得意，然而，他的頭腦並不因此而發熱，失去清醒，反而更加冷靜起來。

「本王此刻所想的問題是，既然我們能夠看到糧草乃決定垓下一戰的關鍵，以劉邦之見識，他難道沒有看到這一點嗎？」項羽此言一出，眾將無不心驚，因爲他們十分清楚地知道，一旦城中的糧草遭人破壞，必將影響到守城將士的軍心，軍心一亂，這垓下便難以堅守下去，勢必逼得西楚軍選擇突圍一途。

「屬下這就加派人手，加強戒備。」龍且正是守護糧草的將軍，當下上前一步道。

項羽深深地看了他一眼，道：「你的部隊一共有多少人馬？」

龍且稟道：「屬下所轄共有一萬一千五百人，每一個士兵都有數十場大戰的經驗！」

「本王知道你所轄軍隊乃是我西楚軍的精銳之師，所以才會將守護糧草的重任交付到你的手中。」項羽很滿意龍且的回答，然而他問話的用意並不在此，是以話鋒一轉，繼續問道：「可是你是否想過，一旦劉邦針對我軍糧草而動，你將面臨的對手會是一些什麼人？」

龍且沒有絲毫的猶豫，傲然道：「不管對手是誰，不管有多少人馬，屬下都有自信讓他們有來無回！」

項羽皺了皺眉道：「要毀我糧草，無須人多，只要有一把火就足夠了。正因爲如此，所以才會讓人防不勝防，你且說說看，你有什麼辦法可以防範敵人的火攻之計？」

龍且顯得胸有成竹道：「屬下自從接管這看護糧草之職以來，就已預見到了敵人會以火攻之計，所以在糧倉附近的地域盡伐其木，數百步之內，不存一草，同時派人掘池修渠，在糧倉四周各築水池，引城中活水流入，並在每座池邊置放五百桿水槍，一旦糧草失火，可在最短的時間內將之撲滅。」

項羽聞言，臉上頓時顯露出一股滿意之色，即使以挑剔的目光去審視龍且的準備計劃，也難尋其破綻。

然而項羽想了一想道：「你手下這一萬餘人馬，對付一般軍士綽綽有餘，但要想應付一些江湖高手，卻似有不足，爲了保險起見，本王從流雲齋衛隊中調撥一批精英，供你差遣，你看如何？」

龍且大喜道：「若能如此，那是再好不過了。屬下也曾想過，敵軍若用火攻之計，所派之人絕非尋常之輩，如果能得流雲齋高手襄助，那麼這糧草便可確保萬無一失。」

項羽的臉色陡然一沈道：「這糧草之事關係重大，不容有失，若是出現半點差池，本王有言在先，必將拿你的人頭是問！」

龍且心中一凜道：「是！」

他相信項羽能夠做到，所以心頭一沈，整個人的神經也爲之繃緊，意識到自己接手的是一件並不輕鬆的差事，直接關係到自己的生死。

不過，他還是有自己應有的自信，因爲他所採取的防範措施不可謂不嚴密，實在想不出敵人會用什麼手段放火燒糧。

◆

垓下之圍的第十天，戰事沒有任何的進展，雖然在楚漢之間發生了一些零星戰鬥，卻始終沒有形成大規模的戰役。

主帳之中，紀空手正獨自一人坐在書案前，在他的眼下，擺放著整個垓下城防的地圖，上面以紅筆勾勒的地方，便是西楚軍的糧倉。

隨著戰事一天一天的過去，紀空手所派遣的縱火隊在這十天之中接連潛入垓下達三次之多，但最終都以失敗告終。

讓紀空手感到棘手的是，這三次行動，己方的人都是在還沒有靠近糧倉之前就遭到了西楚軍強有力的狙擊，幾乎全軍覆滅。

這似乎表明，項羽對糧草的問題也有所察覺，加強了戒備，增大了漢軍放火計劃的難度。

能讓紀空手感到束手無策的事情，在他這一生中並不多見，無論是在當初逃亡之際，獨對流雲齋眾多高手，還是當日在登高廳中，面臨那麼複雜的局勢，他都從來沒有像今天這般無助。

在地圖的旁邊，還有一疊厚厚的各地戰報，以及幾封密函。隨著漢軍向東不斷擴張，整個天下除了西楚之外，基本上已經安定，完全控制在大漢王朝的統治之下，從種種跡象表明，這垓下之戰已然決定了整個天下未來的走勢。

然而自陳勝、吳廣起義始，天下便戰火連連，未曾斷過，百姓飽受戰爭的折磨，致使民間資本空前匱乏，官庫空虛，就連未被戰火殃及的巴、蜀、漢中三郡，也因大漢數十萬軍隊的這數年來所費的軍需用度感到吃緊，漸有難以維持之感。

其中的一封密函正是來自蕭何親筆。

他在信中言道：「臣思量再三，爲了大王一統天下的大計不因臣的過失而有絲毫影響，還是決定不計個人之得失，直言上書。這數年來，由於連年征戰，百姓已難以承受賦稅之重，倘若爲戰事而搜刮民間，恐怕會激起百姓驚變，使我大漢立國之初便有重蹈大秦亡國之虞。雖然大王想前人所未想，一統關中嫖賭業，從中牟取大量軍需用度，但是隨著戰事的深入，兵員也劇增數倍，一增一減之下，使得國庫已然空虛，再難支撐多久，所以微臣斗膽直言，倘若垓下一役不能在一月內結束，則能和便和，否則因軍需糧草接濟不上而引起兵中驚變，非臣之罪也。」

以蕭何如此穩重的性格，寫出一篇措詞這般激烈的文章，這完全出乎紀空手的預料之外，這只能說明，軍需糧草的供應的確成了大漢軍目前最棘手的問題。

紀空手皺了皺眉，急召張良問計。軍政事務並非他所擅長，每每當他要作出決斷之時，總是感到頭大如斗，厭煩至極。

張良細細地觀閱了蕭何的信函，一臉冷峻，顯然，他也意識到了問題的嚴重性，搖了搖頭道：「我軍幾乎是費盡九牛二虎之力，才將項羽圍困於這垓下的一城之地，如果這一次不能將之全殲，無異是養虎爲患，所以這『能和便和』四字，斷不可取！」

「我知道，所以才召先生前來商議。蕭何信中所言，也屬實情，以他、陳平、後生無這三大理財能手尚且難以維繫我軍的每日軍需，可見我軍的軍需之大的確驚人，除非另闢蹊徑，否則難以解決問題。」紀空手點了點頭道。

「照大王來看，在一個月之內真的難以攻破垓下？」張良望向紀空手道。

紀空手自然知曉張良的話意，垓下能否攻克，關鍵在於糧草，可是項羽對糧草防範極嚴，讓人根本沒有下手放火的機會，縱然紀空手智計過人，也唯有徒呼奈何。

「如果在一月內不能攻克垓下，那麼，我們恐怕只有向關中百姓借糧，開始徵收關中賦稅了。」張良眼見紀空手沒有作答，終於提出了自己的意見。

這是無奈之舉，其時距關中免稅三年之期只有半年時間了，一旦徵收賦稅，就難免失信於民，這對大漢王朝的未來殊無好處。張良深知其中利弊，繼續說道：「當然，這只是無奈下的權宜之計，我們著重於『借糧』二字，公示天下，一旦渡過難關，由官府出面償還，這樣一來，也算不失信於民。」

紀空手沈吟半晌，一臉肅然道：「如果我們真的這樣做了，不僅失信於民，也會失信於天下。此時韓信、周殷、彭越、英布四路人馬能與我們並肩作戰，靠的是什麼？還不是一紙盟約！而盟約講究的是信義，如果我們失去了它，只怕未到垓下城破時，我們自己反成了一盤散沙，這豈非得不償失？因此，我們必須在一月之內攻下垓下！」

「可是我們又有什麼辦法可以做到這一點呢？」張良惑然。

「我們應該感謝英布。」紀空手吸了口氣，淡淡一笑。

張良更惑，不明紀空手是何意思，但見紀空手笑容，顯然已是成竹在胸。

「英布爲本王請來了二十萬匈奴的客人，現正趕往垓下，我們的老朋友蒙赤親王也來了！」紀空手悠然道。

張良先是一驚，徒地又明白了什麼，失聲道：「大王是說英布秘密請來了匈奴軍？」

「不錯，這英布真該死，幸好是蒙赤親王領軍，我們或可借機扭轉戰局，若是運用得當，或可在一月之中攻下垓下！」紀空手道。

張良微沈吟了一下，道：「以師尊與蒙赤親王的關係，大王應該親自去見蒙赤。」

「不錯，所以，我要離開軍中兩日，待我回來之時，便是攻打垓下之日！」紀空手滿懷信心地道。

◆

這一系列的懸疑，讓紀空手難以放心的，還有韓信及其三十萬江淮軍。韓信多變的性格總是讓人無法琢磨，作爲與西楚軍正面作戰的主力部隊，江淮軍的營寨僅距垓下不過一里之遙，一旦生變，完全可以在瞬息之間改變整個戰局。

所以，爲了穩住英布，紀空手故意秘密召見了彭越和英布。這兩人所統人馬正好在江淮軍的一左一右，擔負著與江淮軍一起協同作戰的任務，一旦江淮軍軍情有變，紀空手要求這兩路人馬立即在最短的時間內作出反應，起到制約江淮軍行動的作用。

一切安排妥當之後，又有張良主持大局，紀空手這才略略放心了一些，領著陳平等人悄然離開了大營。

◆

英布的話讓韓信大吃了一驚，因爲向匈奴借兵，此舉不啻於引狼入室。匈奴大軍的野蠻與殘暴天下皆聞，其吞併中原的野心人皆盡知，如果英布的話屬實，無異玩火自焚。

「這……」韓信沈吟而道，似乎正在權衡此舉的利弊。

英布的目光如利刃般直射韓信的臉上，意欲看透對方的心思，顯得極是咄咄逼人。

其時匈奴屯兵塞外，早對中原虎視眈眈，大秦始皇甚爲苦惱，徵兵百萬，修築長城以拒匈奴軍士的騷擾，可見當時匈奴的氣焰已是十分囂張，而且匈奴鐵騎一向赫赫有名，數十年橫行塞外，所向披靡，戰力之驚人，比之項羽的西楚軍有過之而無不及，如果英布真的能夠借得這二十萬鐵騎，對垓下戰局將有著決定性的作用。

但韓信卻在猶豫，對他來說，這是一個兩難的抉擇——他有太多的理由讓自己冷靜地思考，權衡其中的利弊。

在中土百姓的眼中，匈奴是一個蠻夷民族，它的軍隊曾經給中土百姓帶來了太多的災難。韓信尚在很小的時候，就體會到百姓對匈奴那種刻骨銘心的仇視心理。所以，如果他與匈奴合作，不論最終是否能得天下，他都將成爲民族的罪人，爲天下百姓所唾棄。

這是韓信之所以猶豫的一個最大的理由。平心而論，韓信的智慧與遠見並不在他人之下，尤其是在這種大是大非的問題面前，他不得不爲自己將來的聲名多加考慮。

「如果我換作是侯爺，就絕不會猶豫，因爲，這是你我唯一可以奪得天下的機會。」英布看到韓信眼中遊移不定的目光，不由爲他打氣道：「我可以爲侯爺算算這筆賬，漢軍在垓下的兵馬共有五六十萬之眾，一旦攻破垓下，殲除西楚軍這十萬人馬，所損兵力最少也在十萬到二十萬之間，而此時，侯爺與我的兵力共有四十萬人，加上匈奴二十萬鐵騎，無論在人數上，還是在戰力上，我們都佔據了絕對的優勢。既然如此，我們若不動手，更待何時？」

「幸好你不是我！」韓信似乎拿定了主意，冷然一笑道：「你只看到了事情的一面，卻沒有看到更深層次的東西。在我們家鄉有一句老話，叫做『請神容易送神難』，匈奴鐵騎從苦寒的荒漠之地來到土地肥沃的中原，你想他會輕易地離開嗎？也許我們忙活了一陣，最終只是爲他人作嫁衣。」

「這不可能！」英布猶豫了一下道：「我與冒頓單於有言在先，他不可能失信於我。當然，他也絕不會毫無好處就答應出兵，我已承諾，一旦事成之後，割燕趙五郡之地作爲他出兵的酬勞。」

「五郡之地，實在不多，比之整個天下，五郡又算得了什麼？」韓信冷冷而道：「但問題在於，匈奴人未必守信，得寸進尺的事例也多得不勝枚舉，如果他們出爾反爾，請問大王將如何應付？」

英布頓時啞口，他的確沒有考慮匈奴人一旦得勝，會不會撤出中原的問題。在這個關鍵時刻，能夠從冒頓單於手中借得二十萬鐵騎，他認爲這已經是一個不小的成就，又哪裡去想過更深層次的東西？

這倒不是英布缺乏見識，生性愚笨，實在是急功近利的思想讓他一時迷了心竅。此時冷靜下來，他覺得韓信的推斷出現的可能性不僅存在，而且很大，的確是值得自己深思的問題。

「不過，現在說什麼都已經遲了，他們正在趕往垓下的路上，最多不過七日，他們就會出現在垓下附近待命。」英布的眉頭緊皺，憂心忡忡地道。

「塞翁失馬，焉知非福？」韓信顯得十分深沈地狠聲道：「其實禍兮福所依，福兮禍所伏，有的事情看上去是大禍臨頭，只要你操縱得當，未必就不能將它轉化成爲一件好事。」

英布被韓信的話嚇得一驚一乍，漸漸地已沒有了自己的主張，目光緊盯在韓信臉上，問道：「依侯爺高見，我們究竟該怎麼做？」

「一句話，寧可我負天下人，也不能讓天下人負我！」韓信的臉上似乎多出了一股猙獰，在燭光飄搖下顯出幾分鬼魅之氣，令英布冷不防打了一個寒噤。

「侯爺的意思是……」

「只要我們把握時機，充分利用戰場的縱深，就能夠讓這二十萬匈奴鐵騎爲我所用，先行與大漢軍死拚，然後，我們在適時加入戰團，就可一舉坐收漁翁之利！」韓信冷然道。

◆

「你確定英布進了韓信的大營？」張良驚問道，在他的面前，正是樊噲。

「不錯，昨夜三更時分，我的手下親眼看到英布帶著幾名親信進了韓信的大營，整整密談了一夜。」樊噲的臉上顯得十分冷峻。

「這可真是山雨欲來風滿樓啊！」張良不由感歎道，他最擔心的就是韓信與各諸侯聯手起事，想不到竟是既成事實。

「不過，這還不是最讓人擔心的，我已接到密報，在距垓下五百里的北方郡縣出現了大批匈奴鐵騎，有化整爲零的跡象，這似乎不合匈奴騎兵行動的常規，我們看來應該早作提防。」樊噲緩緩而道。

張良心中一喜，暗忖：「看來大王的消息確實準確。」但卻不想讓太多的人知道紀空手和蒙赤的秘密，故意道：「這的確是一個值得注意的動向，一旦垓下戰局有匈奴人的介入，形勢對我們就不容樂觀了。」

樊噲沈吟半晌，請戰道：「要不我率部北移，建立防線，以拒匈奴鐵騎的介入？」

張良搖了搖頭道：「現在行動爲時已晚，而且此時調兵，容易影響軍心，是以並不可取。我所擔心的是，匈奴鐵騎真正的來意，究竟是來相助項羽，還是前來助韓信一臂之力？只有弄清了這個問題，我們才好對症下藥。」

樊噲怔了一怔道：「他們和誰是一丘之貉，這似乎並不重要，因爲都是我們的敵人，就應該對他們防患於未然。」

張良微微一笑道：「雖然都是我們的敵人，但在項羽與韓信之間，卻存在著太大的差別，其他的暫且不談，單是他們加入戰團的時間，就有著一定的差異。」

樊噲身爲大漢少有的名將，深諳戰爭的取勝之道在於對戰機的把握。戰場形勢千變萬化，勝負轉換之快，也許只在眨眼之間，是以他對張良的話十分贊同。

「既然如此，還是我親自走上一遭，摸清敵情，再下決斷。」樊噲意識到問題的嚴重性，當下請纓。

「你能親自走一趟，那是再好不過了，只是一路上要多加小心。」張良再三叮囑道。

◆

當紀空手趕回垓下之時，樊噲也帶回了確切的消息，一切都寓示著，大漢軍在垓下所面臨的敵人不僅僅只有項羽，還有韓信、英布以及匈奴那二十萬鐵騎。

形勢變得如此複雜，垓下的氣氛也變得空前緊張，但紀空手似乎並沒有感受到太大的壓力，反而一臉輕鬆，從路途帶回了一個來自楚地的戲班，在自己的中軍帳中擺下了一道酒宴，宴請各路諸侯。

韓信與英布雖然心懷鬼胎，但經過合計之後，認爲漢王在酒宴上動手的機率不大，便各帶一隊親信趕來。讓他們感到疑惑的是，時下大戰在即，正是鼓舞鬥志的時候，漢王何以一反常態，卻以歌舞娛樂諸侯？

經過這數年來的明爭暗鬥，韓信似乎明白了一個道理，那就是漢王看似信手拈來的每一個舉動，其實都暗藏玄機。這一次，韓信倒想看看漢王究竟在玩什麼樣的把戲。

其實除了韓信、英布之外，就連紀空手身邊最親近的幾個人也看不懂他的葫蘆裡究竟賣的是什麼藥。眾人坐到中軍帳裡，面對桌上的美酒佳肴視若無睹，倒是將目光聚到了紀空手的臉上。

這是紀空手與韓信難得的一次近距離接觸。自紀空手替代劉邦成爲大漢之主爭霸天下以來，一直避免與韓信面對面的機會，他心裡十分清楚，以韓信的精明能幹，以及對自己的了解，自己在他的面前很難不露出一絲破綻，而這絲破綻一旦被韓信抓住，就將使自己前功盡棄，命運頃刻翻轉。

紀空手是一個自信的人，但他從不自負，尊敬自己的每一個朋友，同時也尊敬自己的每一個對手，也許這就是他能得以成功的秘訣。

酒已斟滿，菜香撲鼻而來。眾人到齊之後，紀空手緩緩地掃視全場，開口說話道：「垓下被圍已是半月有餘，軍旅生涯難免枯躁，今日請各路諸侯前來，是想讓各位輕鬆一下，欣賞一番妙絕天下的楚戲，是以大家不必拘謹，一定要盡興。」

韓信瞟了英布一眼，沒有說話。

英布明白韓信是要自己打頭陣，當下站起身來道：「漢王的好意我們心領了，只是大戰在即，誰也放心不下，特別是在下最近聽到了一些傳聞，對我們聯盟攻楚甚爲不利，正好今日當著眾人的面，向漢王求證一下。」

「什麼傳聞本王倒想聽聽？」紀空手佯裝驚奇，卻一眼看出這是韓信與英布在試探虛空。

英布爲自己留了一手，沈聲道：「我聽說漢王這幾日並不在軍中，在此非常時期漢王獨去，實讓我等納悶！」

「你所聽的並非謠傳，而是確有其事，我也正要向大家解釋。」紀空手淡淡而道，答應得非常乾脆。

「本王此去是因爲得到了消息說，有一支匈奴鐵騎正在南下，距垓下不過數百里。匈奴人一向生活在北域，過著遊牧生活，在這個時候進兵中原，必有深意，所以我親自去查談清楚。此刻證明確有其事，我們垓下之戰恐得重新安排了。」紀空手不緊不慢地道。

韓信的額頭上頓時滲出絲絲冷汗，有一種被人窺探的感覺，顫聲道：「匈奴鐵騎一向剽悍勇猛，戰力驚人，項羽得到這樣的強援，對我們來說實在不是一個好消息。」

「如果匈奴鐵騎真是應項羽之約而來，本王還不甚擔心，本王所擔心的是請來這支匈奴鐵騎的不是項羽，而是別有其人，那就讓人防不勝防了。」紀空手的臉上極爲嚴峻地道。

韓信的臉不由一紅，道：「另有其人？那會是誰呢？」

「不知道！」紀空手淡淡地道：「本王今日召各位諸侯前來，聽戲是假，求計是真。面對匈奴鐵騎，我們不能沒有一點防範，當務之急是要派一支精兵調往北面，隨時注意匈奴鐵騎的動向。」

「不錯，正該如此。」韓信點頭道。

「既然淮陰侯贊同本王的意見，那麼照淮陰侯的意思，本王當派何人前往最爲合適？」紀空手望著韓信道。

韓信心中一動，瞟了一眼英布道：「漢王既然問起，本侯也就冒昧地說上幾句。匈奴鐵騎之厲害想必是眾人皆知，如果隨便指派一人是很難對其起到震懾作用的，所以在人選問題上必須慎重。本侯認爲，九江王英布倒是一個不錯的人選，不知漢王意下如何？」

英布心中禁不住跳了一下，驟然明白了韓信的用意所在：如果漢王真的能夠採納韓信的建議，那麼匈奴鐵騎就可以在自己的配合下，神不知鬼不覺地出現於垓下的戰場上，作爲一支奇兵給大漢軍造成極爲致命的威脅。

「九江王英勇善戰，又精通謀略，當然是個不錯的人選。」紀空手沈吟片刻，卻又搖搖頭道：「然而匈奴鐵騎善打惡仗，如果兵力太少恐怕難以對它構成威脅。」

英布忙道：「兵在精而不在多，如果漢王沒有意見的話，本王願意率本部人馬前往！」

紀空手道：「扼制匈奴鐵騎南下，是關係到垓下戰局能否最終取得勝利的大事，爲了保險起見，本王還是想讓淮陰侯辛苦一趟，即刻回營調兵前往。」

韓信沒想到紀空手竟會如此安排，不由喜出望外，與英布相視一眼之後，應道：「本侯這就回營，此行定當不辱使命！」

張良心中一動，似乎也明白紀空手如此安排的用意。

紀空手微微一笑道：「淮陰侯親自出馬，本王最是放心不過，只是你們的行動要快，佈防之後，儘量避免與匈奴鐵騎交手，只要將他們拖在原地不動，本王就爲你記上首功！」

「遵命！」韓信點頭道，便欲領命而去。

英布忙道：「本王起事之前，曾在匈奴的聚居地生活過幾年，對匈奴的風土人情、稟性風俗都有所了解，趁著送行之便，本王可以爲淮陰侯出些主意，不知漢王意下如何？」

紀空手哈哈一笑道：「如此甚好！就請九江王辛苦一下，代替本王爲淮陰侯送行吧。」

◆

出了漢王的中軍帳，韓信與英布一路同騎，半晌無語，都覺事情進展的十分順利，順利得讓他們有點不敢相信。

進了江淮軍大營，韓信下達了部隊開撥的命令之後，兩人這才湊到一起，嘀咕起來。

「這是否是漢王對我們起了疑心，採用的『欲擒故縱』之術？我始終覺得今日的事情進行得太過順利，一切都按著我們所希望的進行著。」英布的眉間顯出一絲憂慮道。

「我也有這樣的感覺。」韓信冷靜地思考著問題，眼中閃過一道懾人的異彩，緩緩接道：「出現這種現象，只有兩個原因，一是正如你所擔心的，這是漢王設下的一個圈套；還有一個原因，就是天意如此，上天終於將它的厚愛眷顧到了你我身上。」

「照你來看，哪一種可能性會更大一些？」英布問道。

「我看不出來。」韓信道：「我只知道，假如我是漢王，又對你我起了疑心，是絕對不會派你我兩人中的任何一人去對付匈奴鐵騎的，因爲誰都清楚，這是引狼入室！」

他指著桌上的那張地圖，點在了距垓下不遠的鴻溝道：「此處之所以取名爲鴻溝，是因爲它長約百里，寬約五里，深陷於兩大平原之間，如同一條巨大的溝渠，每到戰爭之時，便成易守難攻的戰略要地。如果本侯率部在此設立防線，進可攻，退可守，如魚得水，而它更像是垓下的一道門戶，一旦打開，匈奴鐵騎便可長驅直入，所向披靡。」

頓了一頓，目光變得深沈起來：「漢王目光敏銳，善打大戰惡仗，當然不會看不到這一點，必然會派最信得過的人擔負這項防禦任務。而我雖然不是他最信得過的人，但我的實力擺在這裡，他不可能視而不見。只要他對我不起疑心，我無疑就是最佳的人選。」

「你認爲漢王迄今爲止還沒有懷疑到你我的頭上？」英布心中仍然覺得不太踏實。

「是的，這是唯一的理由，也是天意。」韓信的表情變得複雜起來，沈聲道：「當上天都要幫助你的時候，你沒有任何理由拒絕它的好意。所以，本侯已然決定調兵鴻溝，與匈奴鐵騎一起靜觀事態的發展，一旦時機成熟，你我裡應外合，必會成功！」

「據你估算，漢王會在何時開始對垓下的攻擊？」英布問道，他的臉上泛起一絲興奮的油光，面對眼前的大好形勢，他顯得是那麼迫不及待。

韓信掐指算道：「漢王這個人行事一向是神龍見首不見尾，看他剛才那副成竹在胸的樣子，攻垓下應在近日，否則糧草也會成問題。不過，你既然留在這裡，一切都不是問題，畢竟攻打垓下不是小事，一旦行動，必然會留下蛛絲馬跡，完全有足夠的時間讓你把消息傳遞出去，到那個時候，我們就可以悄然完成戰略的轉移，然後出其不意地進入到大漢軍的陣營之中。」

他的算計的確縝密，就連老謀深算的英布也佩服得五體投地。不過，英布此時的心裡還有另外一個疑惑：「事成之後，我會不會忙活半天，卻爲他人做了嫁妝衣裳？」

帶著這個疑問，英布離開了江淮軍的軍營，重新回到了漢王的中軍帳。此時帳內已是歌舞升平，長袖飄香，一曲帶著楚國民風的俚曲正繞樑而去，換來的是眾人的一片歡呼稱讚聲。

當英布緩緩落座之後，從後帳又舞出一隊婀娜多姿的少女，踏著輕盈的舞姿，隨著極富韻律的節拍，唱起了一首思鄉的小曲，讓人在不知不覺中多出了幾分惆悵與傷感。

英布並沒有沈湎於這種歌舞中，而是一門心思都放在了紀空手的身上，而紀空手似乎陶醉於鶯歌燕舞之中，竟然沒有發現英布的回來。

「難道這真是天意？」英布開始相信韓信的說法了，因爲他從來沒有看到過精明的漢王也有糊塗的時候。當一個人對酒色感興趣的時候，他的反應自然也不會靈敏。

他兀自胡思亂想，卻沒有意識到一種潛在的危險正悄悄地向他逼近，俚曲一首緊接著一首在唱，烈酒一杯緊接著一杯在喝，英布卻發現自己的背上一點一點地發寒，這種寒意不是冰雪般的寒冷，而更像是站在了地獄的刀口處，感受著陰風的幽寒。

他的心神冷不防地顫動了一下，猛然回頭間，卻看到了一雙眼睛，一雙森冷得可以刺骨的眼睛，那眼睛深處閃動的異彩，就像是一個老獵手面對獵物時所表現出來的冷靜。

紀空手！紀空手竟然在他毫無察覺的情況下來到了身後，而此時的紀空手，居然與剛才判若兩人。

英布的心陡然往下一沈，冷汗倏地自額上冒出，直到這時，他才意識到情況不妙，以最快的速度拔腰間的佩劍！

英布絕對是一個用劍高手，所以他拔劍的速度絕對不慢，然而，當他的手伸向腰間時，卻發現另一隻手已經搶在他之前握住了劍柄。

這隻手當然屬於紀空手，同時他冷漠的聲音也適時響起：「九江王一向是個聰明的人，相信不會做出傻事來。你應該知道，到了這種地步，無謂的反抗只會讓你的生命消失得更快！」

英布深吸了一口氣，道：「我有何罪？你居然要對付我！」

所有人都爲紀空手的舉動感到不解，就連那些歌女也被這突來的驚變嚇得止住了笙歌曼舞。

紀空手的目光緩緩掃視全場，微笑道：「本王一向不做沒有把握的事情，既然動手，就有確切的證據證明本王有動手的理由。」

「哦，那我倒想聽聽，如果你拿不出證據，必會讓天下人寒心！」英布冷然一笑，顯得鎮定了一些。他自問行事機密，除了韓信之外，絕無第三者知道自己企圖逆反之事。

他之所以鎮定，還有一個更大的原因，就是漢王竟然當著彭越與周殷的面拿自己開刀，這顯然犯了各路諸侯的大忌。誰都明白，這些諸侯依附漢王，最擔心的一件事就是害怕漢王兼併自己的軍隊，以至於大權旁落，被人吞併。

但彭越與周殷並沒有因爲這次驚變而感到情緒失控，而是顯得非常平靜，似乎早就知道了會有這樣的結果。

「本王當然有讓你信服的證據。」紀空手目光咄咄緊逼在英布的臉上，道：「你身爲一路諸侯，意欲爭霸天下，成爲亂世共主，這原本無可厚非，正如當年陳勝王所說：將相王侯，甯有種乎！每一個人都可以有自己畢生的追求，每一個人都有機會得到他所想得到的一切。但是你既然加入了我們這個滅楚同盟的行列，就必須遵守同盟的規矩，在不影響同盟利益的前題下才能做你想做的事情。」

英佈道：「我並沒有影響同盟的利益，也沒有做任何不該做的事，我和我的軍隊完全是按照事先的約定佈防，如果你非要強加罪名於我，那也由得你了。」

紀空手冷冷一笑道：「難道還是本王冤枉了你不成？看來你是不見棺材不掉淚，好！既然如此，本王就問你幾個問題，你只要能給本王與在座的各位諸侯一個滿意的答案，本王就爲現在所作的一切向你致歉。」

英布呆了一呆，望著紀空手非常堅決的臉，心中拿不準對方是否抓住了自己的把柄，冷哼一聲道：「你如此侮辱於我，只怕不是道歉可以解決得了的吧？」

「只要事實證明本王錯了，要剎要剮，悉聽尊便！」紀空手斷然答道。

英布望了一眼坐在自己身邊的周殷與彭越，又看了看自己那幾名已被龍賡等人制住的親信，硬著頭皮道：「這可是你說的，在座的諸位都見證了，希望你不要出爾反爾！」

紀空手淡淡一笑，眸子裡閃出一道深邃的精光，悠然而道：「本王是那樣的人嗎？你未免太小瞧了我，本王如果沒有十足的把握，又焉能誇下如此海口？」頓了一頓，沈聲問道：「本王很想知道，就在三天前，你潛入江淮軍大營，與淮陰侯密謀了一些什麼事情？」

英布頓時鬆了口氣，淡淡而道：「我與淮陰侯一向交好，閒著無事探訪一下，這難道也是罪過嗎？這可奇了，我們兩人談談風月，喝點閒酒，竟成了密謀，漢王未免也太多心了吧？」

「諸侯之間的正常交往，是理所當然的事，本王自然不會多心，但今日淮陰侯力薦你去狙擊匈奴鐵騎，只怕是事出有因吧？」紀空手話鋒一轉，顯得咄咄逼人。

英布忍不住輕笑一聲道：「如果漢王認爲淮陰侯此舉乃是事出有因，又何必讓淮陰侯擔負狙擊重任？既然你認定淮陰侯與我同屬一路，這豈不自相矛盾嗎？」

他所言的確很有道理，這也是他有恃無恐的原因，但紀空手似乎並不以爲然，只是淡淡笑道：「本王之所以要調韓信前往，當然有本王的良苦用心。其實，你難道不覺得奇怪嗎？本王既然已經懷疑你與淮陰侯有逆反之心，何以剛才還要派你前去送行？」

這的確是讓很多人都感到不解的問題，面對英布滿懷疑慮的目光，紀空手冷然道：「這只因爲本王不想打草驚蛇，我一定要讓淮陰侯確信，我還不知道你們與匈奴鐵騎勾結串通的陰謀！」

英布渾身一震，禁不住打了個寒噤，剛剛放下的心倏地一下又懸了起來，驚道：「你胡說！」

「我沒有胡說！」紀空手凜然而道：「你們要奪取天下，我並不認爲這是一種過失，但你們爲了奪取天下而出賣民族，引狼入室，那就是不可饒恕的大罪，更是歷史的罪人！」

英布近乎瘋狂地吼道：「你在血口噴人！」

紀空手緩緩地自懷中掏出一項物件，「刷」地一聲攤在英布的面前，淡然笑道：「這就是證據！」

所有的人都看到了，紀空手手中拿的是一封信，只是一封普通布帛寫下的書信，沒有人知道它的內容，但是英布看到它時，整個人彷彿癱了一般，一屁股坐在了地上。

「它……它……它怎會落到了你的手中?!」英布的聲音極小，卻帶著一種不可抑制的驚懼。

「這才是天意！」紀空手一字一句地道。

英布的整顆心彷彿陷入到了一個無底的沼澤中，直到這時，他才似乎有些明白，自己與韓信的一切所爲，根本就在紀空手能夠控制的範圍之內。

他不得不承認，這場豪賭，是以自己的失敗而告終了。

◆

中軍帳內，已是一片靜寂，所有人的目光都聚於紀空手一人身上。

除了紀空手之外，再沒有人知道那封書信的來歷與內容，而紀空手顯然沒有要讓眾人知道的打算，重新將它置入了自己的懷中。

「韓信走了，英布也已爲我控制，接下來，我們應該做些什麼呢？」紀空手的目光從每一個人的臉上緩緩劃過，不怒而威，使得每一個人都已經意識到紀空手將要有重大的決定宣佈。

「有的人會說，接下來我們當然是飲酒看戲。」紀空手自問自答，顯得很是從容地道：「如果你們真的這麼認爲，那就錯了！本王請來這個戲班，並不是讓你們縱情酒色的，只是因爲它來自於楚地，它裡面的每一個人都熟諳楚國的鄉音與俚曲。」

所有人都爲之一怔，似乎都無法理解紀空手此舉的用意，卻聽得紀空手自顧接道：「作爲對手，作爲敵人，本王這些年來一直在研究項羽，始終無法洞察當年項羽作出的一項決策，那就是他打入關中之後，明明可以定都關中，卻最終選擇了彭城，這項決策無疑是一個致命的失誤，以項羽之精明，他不會不清楚這一點，然而是什麼原因讓他不可爲而爲之呢？」

張良直到這時才微微一笑，似乎已明白了紀空手的用意。

誠如紀空手所分析的，當年定都彭城，而不是山川險峻、富甲天下的關中，是項羽這一生中最大的失誤。關中位居天下的中心，進可攻，退可守，乃軍事要地，向東可俯瞰齊楚大地；向西可制約巴蜀諸郡，一旦重兵佈防，將可震懾各路諸侯，爲天下局勢的穩定起到不可估量的作用，然而，項羽卻無視於關中的戰略位置，最終將西楚的國都定在了彭城，這其中當然有其苦衷。

項羽的西楚軍戰力驚人，所向披靡，這很大程度上在於它的將士全部來自於楚國的子弟，講究協同作戰，精密配合，士兵之間緊密團結。當他們進入關中，剿滅大秦之後，在軍營之中流傳著一種情緒，就是不想長時間地待在異鄉！因此而生出濃濃的思鄉情緒。爲了不影響大軍將士的士氣，無奈之下，項羽才作出了定都彭城的決定。

這種決定在當時來說，也不能說是一個錯誤的決定，畢竟當時各路諸侯都對天下虎視眈眈，項羽必須仰仗自己這數十萬兵馬。然而時至今日，這個決定的弊端就完全顯露出來，而大漢軍正是攻佔關中之後，才有了與西楚一決高下的資本。

張良身爲謀臣，自然對項羽當年的這個決定有所權衡，也明白這之間的原因。他心中一動：「紀公子突然提到當年的這段歷史，絕非事出無因，可是一個小小的戲班和這些往事又怎會有必然的聯繫？」

紀空手緩緩而道：「一支軍隊，靠的是將士，決定戰爭勝負的，是將士的士氣。只要打擊了敵人的士氣，那麼未戰已占三分先機。當年項羽之所以選擇定都彭城，是因爲他不想讓自己的士兵因爲思鄉情緒而造成士氣低落，同樣的道理，只要我們能讓這些遠離家鄉的士兵重新勾起思鄉情緒，那麼垓下一役我們就有了三分把握。」

張良突然拍起掌來，笑道：「我明白了，我一直奇怪大王何以帶回一個戲班，想不到裡面暗藏如此玄機！」

兩人這麼一唱一合，倒讓眾人更糊塗了，彭越一向耿直豪爽，笑咧咧地叫了起來：「張先生既然知道了漢王的用心，就別賣關子了，老子可是憋得極爲難受！」

第十一章　姬別霸王

張良微微一笑道：「有一句俗話，叫做老鄉見老鄉，兩眼淚汪汪。一個人離開家鄉久了，自然而然會生出思鄉之情，這是人之常情。當一個人來到異鄉，吃上一盤家鄉菜，聽到一句鄉音，往往都會激動不已，半天都不能平靜，那麼各位可以想一想，當這個人突然在夜深人靜時聽到一曲來自家鄉的俚曲，他又會生出怎樣的反應？」

眾人這才知道，紀空手帶回的這個戲班，竟然能夠起到這麼重要的作用，無不佩服紀空手的心機之深，著實是世間罕有。

誰都可以想像，當數萬名軍士身陷重圍，在淒涼的夜色下突然聽到一段來自家鄉的俚曲，這不僅可以勾起他們對家人的思念，更會勾起他們對家人的擔心，因為每一個人遇到這種事情，第一個問題就是在敵軍中怎麼會傳來原汁原味的鄉曲？

是人，就會有思想，一經聯想，就難免方寸大亂，而一支方寸大亂的軍隊，當然就不會有高漲的士氣，所以紀空手這看似毫不起眼的靈感，其實蘊含了他對人性極為深刻的認識。

「本王說了這麼多，絕不是一些廢話。」紀空手的目光顯得異常冷靜，一字一句地道：「這只因為我已決定，就在今夜，進攻垓下！」

所有的人都渾身一震，顯然紀空手的決定大大出乎了他們的意料之外。

張良更是感到驚詫，道：「就算我們能夠打擊敵人的士氣，這個決定依然顯得太冒失了，畢竟，要想真正摧毀敵人的信心與鬥志，還在於糧草！」

「如果我真的以爲憑一個戲班便可打敗曾經無敵於天下的西楚軍的話，就不僅僅是冒失，更是一種幼稚了！」紀空手的語氣平靜得就像是不波的古井，讓人感覺到極有自信：「其實，我已有了放火燒糧之計，就在今夜，垓下的糧草將盡數化爲灰燼！」

此話一出，雖然每個人都覺得有些離奇，但是沒有人懷疑它的真實性。在他們看來，紀空手的眼中根本就沒有辦不到的事情。

然而張良還是皺了皺眉頭道：「既然如此，你就更不該讓韓信狙擊匈奴鐵騎，這無異於放虎歸山，假如我們攻克垓下，得到便宜的就是韓信！」

「你真的以爲韓信能揀到便宜嗎？」紀空手笑了，但一笑即過，臉上更多的是一股冷峻：「眾將聽令──」

◆

夜，已深，這是一個月黑風高之夜。

暗黑的夜猶如一頭蟄伏的魔獸，森冷得讓人不寒而慄。垓下城中的一座高樓之上，雖然燃起了一串燈火，卻襯得這夜色更加暗黑，更加無邊無際。

一條如鐵塔般的身影被燈火拉得很長，隨風而動的燈影給了這條身影一絲動感。但事實上，這條身影一動未動，佇立於窗前已有很長時間了，就像是一尊石刻的雕塑。

他，就是項羽，曾經縱橫天下、叱吒風雲的西楚霸王！

他的臉上，流露出一絲從未有過的落寞，還有一種無奈的表情。他實在弄不明白，自己這支曾經無敵於天下的西楚軍，竟然會落到今日被人圍困於彈丸小城的這步田地。

「這真是虎落平陽遭犬欺呀！」他的心裡好生感慨，卻又不得不接受這個事實。

不過，他並不認爲這就是自己的絕境。相反，他對自己最終的突圍充滿了信心，一連數天，他都對龍且森嚴的佈防進行了試探與考驗，最終的結論是糧草的安全的確可以做到萬無一失。

所以，他相信，堅持就是勝利！

可是，今夜的他，總是心神不定，心中生起一種煩躁不安的感覺，這讓他有所擔心。

經過了這兩年的交鋒，他對自己的敵人似乎多出了一種難以琢磨的陌生感。他一直以爲，劉邦雖然是一個不錯的人才，但無論從智計上還是謀略上，未必就能夠與自己抗衡，可是這兩年的事實告訴他，自己還是看走眼了，像劉邦這樣的梟雄，根本不能以常理衡量，他往往可以在最平靜的時刻攻出致命的一擊。

一陣輕盈的腳步聲自身後響起，項羽沒有回頭，已然聽出了來者是誰，心中那份煩躁不安的感覺頓時被一股柔情所沖淡。

「夜深了，大王還不休息嗎？」卓小圓雙手環住項羽的腰身，貼伏在他的背上，柔聲道。

「我睡不著。」項羽輕輕地歎息了一聲，道：「還是請愛妃爲我彈奏一曲吧。」

卓小圓坐到一台古琴旁，調試數聲之後道：「聽曲還須靜心，心不靜，大王如何能成爲琴的知音？既無知音，這曲子不彈也罷！」

項羽默然無語，卓小圓說對了，他此刻哪有心情聽琴？

「大王此刻也許最需要的不是琴，而是另外一種東西。」卓小圓的聲音如水，顯得極是柔媚。

「哦？」項羽不由一怔道：「什麼東西？」

「大王回過頭來就能看到它了，又何必問呢？」卓小圓淡淡一笑道。

項羽緩緩回過頭來，便見燈影之下，一條明晃晃的胴體在琴台上橫陳，琴台下是一堆零亂的羅裳，勾勒出一幅湧動激情與亢奮的畫面。

這是一幅極富動感的畫面，讓項羽感到亢奮的，不僅是因爲畫面給他帶來的強烈視覺刺激，還在於在畫面之外，有一種讓人心動的聲音，仿似無病呻吟，又如懷春少女的夢囈。

在這樣的一個暗黑之夜，在如此的一座高樓之上，柔美的燈影，誘人的胴體……這一切都讓項羽感到了亢奮，不管是生理上，還是心理上。如果他不認識這胴體的主人，也許會以爲自己遇上了狐仙。

而此時的卓小圓，比狐仙更誘人。她能一直受寵於項羽，很大程度上是因爲她懂得項羽的心理，所以她明白要讓一個男人變成一隻沒有理性的野獸，自己究竟應該怎麼做。

在卓小圓攝人魂魄的叫春聲中，項羽已經感覺到自己的鼻息一點一點變得粗濁起來，似乎難以抗拒這種來自視覺與聽覺上的雙重衝擊。在這一刻，項羽也曾有過瞬間的清醒，那就是他突然意識到，自己已經有很長時間沒有與女人有過肌膚之親了。

做這種事情是要講究心情的，心情的好壞決定著做這種事情時的質量。對於每一個男人來說，這不僅僅是一個滿足的問題，更是一個面子的問題，特別是面對自己心愛的女人，男人通常都不願意在這一方面示弱。

項羽一向以強者自居，但這段時間的戰局急劇惡化，讓他已經無心對這類事情再感興趣。然而，當這刺激而驚豔的畫面突然展現在自己的面前時，他意識到卓小圓的話並非沒有道理，也許此時此刻他最需要的正是一場毫無保留的發洩。

他不再猶豫，大踏步向前而行，眸子深處閃爍著一種獸性的異彩，毫無忌憚地分解著眼前這豔情的畫面：迷離的眼眸，微張的紅唇，白裡透紅的臉蛋，挺立豐滿的乳峰，如蛇般扭動的腰肢……這一切就像是一浪緊接一浪的潮水，彷彿欲淹沒項羽頭腦中的最後一點理智。

「你不是人，是人就絕不可能這麼迷人，這麼勾魂。」項羽終於來到了玉體前，如醉了一般，喃喃而道。

「來吧，這既是你想要的，就全部拿去。」卓小圓一改往日的羞澀，雙手環住項羽的頸項，眼眸半閉，湊上鮮紅的嘴唇。

項羽怔了一怔，似乎感到有些不對勁，但那一團明晃晃的肉體散發出來的鮮活氣息，讓他頭腦發暈，輕哼一聲，以最快的速度解衣露體，直撲而上……

縱情之後，項羽除了一絲應有的倦意之外，渾身上下卻感到了一種說不出的舒坦。他閉著眼睛，鼻間似乎還留有女人特有的餘香，正當他沈湎於剛才的歡娛之時，忽然聞到了一絲淡淡的酒氣。

他睜開眼來，便見卓小圓已經穿上了衣裙，雙手托住一個托盤，端上兩杯美酒，嫵媚一笑道：「大王何不喝上一杯？」

「美酒佳人，正該如此。」項羽翻身坐起，微笑而道：「虞妃，你我喝杯『交杯酒』吧。」

兩人將杯中的美酒一飲而盡。

卓小圓突然幽然一歎，道：「我不是你的虞妃，從來都不是，其實從一開始，我就是虞姬的一個替身。」

項羽渾身一震，卻沒有太大的吃驚，只是凝視著卓小圓毫無表情的俏臉，良久才緩緩而道：「那又怎樣？」

「難道你一點都不感到吃驚嗎？」卓小圓不由愕然道。

「本王所奇怪的是，你爲什麼要把真相說出來？」項羽的眼中閃過一絲痛苦之色道。

卓小圓的嬌軀一顫，道：「莫非你早已知道了真相？」

「我的身分和地位決定了我必須對身邊的人完全信任，所以在很早以前，我就派人去調查了你的底細。你應該明白，這種小事對我來說並不難辦到。」項羽冷然道。

卓小圓驚詫道：「你既然知道我不是虞姬，何以還要留下我？」

「你真的不明白我的用心嗎？」項羽的目光逼視過去。

卓小圓的神情黯然，道：「其實對我來說，明不明白已經沒有多大意義了，一切都已經晚了！」

項羽怔了一怔，深情地道：「我所愛的，是你這個人，而不是『虞姬』這個名字。當我意識到你也許並不是真的虞姬時，就中斷了對你的調查，因爲從那時起，我就發現喜歡上你了，根本就不可能再離開你，你難道一點都沒有感覺到我對你的這份感情嗎？」

卓小圓緩緩地將目光投向項羽，淒然一笑道：「你能這麼說，我很感激，這至少證明我沒有做錯。能爲自己所愛的人去死，我這一生也算無憾了。」

「你胡說些什麼？」項羽大驚道，一把將卓小圓攬入懷中，卻見她那粉嫩的眉間泛起一層淡淡的青綠，正是中毒的徵兆。

「這是怎麼回事?!」項羽一時慌了神，高聲叫道：「來人，快來人！」

卓小圓淡淡地笑了：「晚了，已經晚了，這是漢王特意送來的毒藥，融入酒中，可以無色無味，最多一炷香的功夫，就能置人於死地！」

項羽頓時明白了一切，心中感動之餘，眼中泛起血絲道：「你縱然不想害我，也不必自己服毒，難道堂堂一個西楚霸王，還不能保護好自己的女人？」

「我別無選擇，因爲我曾經是漢王的女人。」卓小圓的呼吸開始變得有些急促起來：「就在剛才，我還起過害你的念頭，然而回想起你這幾年來對我的恩寵，我突然發現，自己所深愛的人竟然是你，而不是漢王，這叫我怎麼忍心去害自己所深愛的人呢？」

「不！你不是劉邦的女人！你是我的！是我項羽的女人！」項羽近乎歇斯底里地吼道，將卓小圓緊緊地摟在懷中，搖著頭道：「你不會死的，不會的！我項羽能夠縱橫天下，就一定可以將你從死神的手中搶回！」

一行淚水從卓小圓的眼眶中滑出，緩緩地從她的面頰流過：「有些事情是老天早就安排好的，它注定要我悲慘結局，人力是不可改變的，如果你真的對我好，就爲我舞劍一曲。」

項羽強忍住淚水，點了點頭，將卓小圓緩緩地放到地上，然後站起身來。

他此刻不著一縷，胡銅色的肌膚在燈光映射下顯得錚錚發亮，整個人融入夜色中，仿如一座大山挺拔。當取劍在手時，他看上去是多麼的強大，正與卓小圓將死的淒涼構成了一個鮮明的反差。

正是這種反差，才讓這一切顯得悲壯。

「力拔山兮氣蓋世，時不利兮騅不逝，騅不逝兮可奈何，虞兮虞兮奈若何？」項羽劍舞半空，高聲而唱，顯得慷慨悲昂，一連唱了數遍，這才停下。

「我不姓虞，我姓卓。」卓小圓近乎掙扎地說出這一句話之後，緩緩閉上了眼睛。

眼看著心愛的女人死於自己的面前，卻無計可施，這讓項羽在心痛之餘，同時感到了內心的軟弱與無助。

他一直以爲自己是一個堅強的人，更是當今世界的強者，但卓小圓的死讓他認識到自己性格上的弱點，並且認識到了劉邦的可怕。一個連自己的女人都可以利用的人，不得不讓項羽打心眼裡感到一股寒意，更有一種說不出來的恐懼。

這種感覺對他來說，從未有過。當他有了這種感覺的時候，禁不住在心裡問著自己：「難道我老了嗎？如果不老，何以會變得這麼多情？又何以會變得如此膽小？從來只有別人怕我，可到了今天，我怎麼怕起劉邦來了？」

即使屢戰屢敗，直到垓下被困，他也從來沒有把劉邦放在眼裡，面對這位曾經是他的部下的這個對手，更願意將自己的失敗歸結於時運不濟，但卓小圓的死讓他意識到，也許自己的敗因，與運氣無關，關鍵還在於自己過於輕敵。

一陣嘈雜的腳步聲傳來，尹縱、蕭公角帶著一批流雲齋衛隊的高手聞聲而來，看到樓上這副場景，無不駭然。

「大王，發生了什麼事？」尹縱驚問道。

項羽沒有說話，只是緩緩地穿上衣服，走到卓小圓的屍身前，凝視良久，才一擺手道：「替我厚葬了她。」

說完這句話，他的臉色一暗，彷彿蒼老了許多。

夜風吹過，他冷不防地打了個寒噤，突然怔了一怔，側耳傾聽。

他似乎聽到了什麼，卻又不能確定，傾聽了一會，抬起頭道：「你們聽到了嗎？」

「聽到什麼了？」蕭公角不禁驚詫地道，他什麼也沒有聽到，只是覺得項羽今夜的舉止十分古怪，彷彿撞上了夢魘一般。

「簫聲！」項羽沈聲道：「一段非常哀婉幽咽的簫聲。」

蕭公角一怔之下，凝神屏氣，果然聽到城外傳來一段時斷時續的簫聲，隨著夜風而來，聲音細微，如果不是刻意傾聽，根本辨不出來。

「你不覺得奇怪嗎？這麼晚了，尚有人吹簫，而且吹的是我們楚國的俚曲。」項羽的頭腦似乎清醒了一些，覺察到了事情的不妙。

他的話音剛落，突然簫聲一沈，從四面八方傳來瞭亮的歌聲，層層疊疊，足有千人之眾，唱的竟然全是楚國民歌。

所有的人都為之一震，項羽更是霍然變色！

「這歌聲明明來自城外，怎麼會有這麼多的楚國人出現在大漢軍的軍營之中，難道……？」項羽簡直不敢再想下去，大手一揮，率領屬下向城頭而去。

項羽現在最需要的就是穩定軍心，是以他必須及時地出現在自己將士的視線範圍內，因為垓下被圍已有一些時日，與外界消息完全隔絕，此時四面楚歌響起，誰都會以為一定是大漢軍攻佔了楚國，擄掠楚人前來瓦解西楚軍的軍心。

登上城樓，歌聲愈發顯得清晰，這些此起彼伏的民歌既有男歡女愛的情歌，也有楚國各地的山歌小調，無一不是西楚將士耳熟能詳的曲調。

項羽沿途所見，心中驚駭不已，他分明從每一個戰士的臉上讀出了思鄉與懷舊的感情，如果任由這種情緒蔓延開來，後果實在不堪設想。

「傳令下去，所有將士一律不準……」他當機立斷，正欲採取強有力的措施以杜絕這些民歌所帶來的危害時，一聲猛烈的巨響突然自城中傳來。

這巨響來得如此突然，讓項羽的心一下子揪得緊緊的，有一種喘不過氣來的感覺。隨著這聲巨響過後，項羽聽到了城中傳來的驚叫聲與鑼鼓聲，暗黑的夜空就像是撕開了一道口子，變得一片血紅。

「起火了，起火了！」一陣陣帶著驚慌的呼叫聲傳入了項羽的耳朵，他的心陡然一沈。他最擔心的事情終於發生了，發生得如此突然，又是如此地不可思議，讓他沒有任何的心理準備，因爲這失火的地點，正是龍且所把守的糧倉。

糧倉乃是項羽可以抗衡大漢軍的根本，更是西楚將士的心理底線，如果糧草失火，毀之一旦，那麼項羽之敗就是無法避免的定局。

「隨我來！」項羽臉色顯得異常冷峻，大喝一聲，如風般向糧倉方向衝去。

◆

張良人在城外的一處高地，透過暗黑的夜空，密切關注著垓下城中的一切動靜。

在他的身後，是一排剽悍的鼓手，每一個人都顯得那麼孔武有力，他們所擔負的任務就是按照張良的吩咐擊打響鼓，不能出現半點誤差，以鼓語傳達張良攻城的命令。

雖然夜色深濃，但張良彷佛看到了數十萬大漢軍蓄勢待發的場面，心中有一種說不出的激動。眼看著數年的努力馬上就要出現結果，他的確感到自己肩上責任的重大。

今夜，就在今夜，一場決定命運的大戰即將打響，而他卻成了這場大戰的主角，這的確讓張良有些始料不及。

這場大戰的主角本來應該是紀空手的，作爲軍師，張良從來都是幕後策劃。然而，紀空手這一次卻將張良推到了前台，而他自己卻躲到了背後，這只因爲，他還有更重要的事情要做，那就是進入垓下，燒毀西楚軍的糧草。

從某種意義上說，能否燒毀敵人的糧草，已經關係到這場決戰的成敗。

張良從來都非常相信紀空手的能力，但在這件事情上，他對能否成功產生了極大的懷疑。因爲在此之前，大漢軍的許多高手都曾經作過嘗試，最終不是無功而返，就是命喪黃泉，由此可以想像西楚軍對糧草的把持是何等重視，其戒備又是何等的森嚴。

但紀空手將全軍的指揮權交到張良的手中，卻顯得相當自信，只說了一句：「城中火起之時，就是攻城的開始，切記莫誤！」

張良雖然對能否燒毀敵軍糧草抱有懷疑，但他卻不折不扣地對兵力作了有效的布署。此時此刻，萬事俱備，只待火起——他所要做的，就是耐心地等待下去。

決戰垓下，張良幾乎絞盡了自己所有的智慧，制定了一個近乎完美的決戰計劃。在他看來，只要紀空手真的能夠破敵糧草，那麼勝利就是指日可待。

在他的這個計劃中，彭越、周殷各領本部人馬，封鎖住垓下的東西兩線，而大漢軍作爲攻城的主力，自南北兩線夾擊，對西楚軍形成甕中捉鼈之勢。這樣的計劃，不僅權衡了各部的實力，同時也估算到了敵人背水一戰時有可能爆發的戰力。以攻守互補、強弱結合使整個戰局變得緊驟、有序，是非常符合兵家之道的，爲此，張良爲這次行動計劃取名爲「四面埋伏」。

紀空手卻認爲，「四面埋伏」雖然天衣無縫，可以置敵於死地，但這種大勝的背後，所付出的代價將是無比慘重的。考慮到攻城之戰只是整個垓下戰局的一個前奏，而韓信的江淮軍與匈奴鐵騎尙在鴻溝一線虎視眈眈，就必須要對「四面埋伏」作出有效的改動，否則也許就真的會讓韓信揀到一個大便宜。

至於這個改動到底是什麼內容，張良心裡也沒有數，他只知道，紀空手將這個改動後的計劃稱之爲「十面埋伏」。

◆

救火刻不容緩。

從城頭趕到糧倉，需要一炷香的時間，但項羽十分清楚，如果自己在這段時間內才趕到糧倉，火勢必然無法控制。

所以，他沒有再顧忌自己的身分，輕嘯一聲，施出輕功提縱術，帶著一幫高手如風般撲向糧倉。一路望去，火勢愈發猛烈，數尺長的火苗猶如魔獸般張牙舞爪地吞撲著糧草，嗆人的濃煙中，不時爆發一串一串的火星，和著劈哩叭啦的爆炸聲，形勢極是危急。

龍且率領數千人拿著沙土袋、水槍、桶盆，正以最快的速度撲擊火勢，每個人的臉上在驚慌中都帶著一絲睡意，顯然被這突發的事件弄得有些不知所措了。

一切顯得非常有序，這說明龍且對突發事件的應變能力的確無可挑剔，但火勢之大，使得這有序的撲救顯得徒勞。當項羽趕到現場時，大火已無法控制。

項羽的臉色一片鐵青，望著一臉塵埃的龍且，冷然道：「你誤了我的大事，可知罪？」

「末將自問戒備極爲森嚴，連一隻蒼蠅也休想蒙混過關，可是……」龍且的聲音很是惶恐，似乎感到了自己將要面對的結局。

「如果連蒼蠅都飛不進來，這火又是自何而來？難道是天火不成？」項羽的手已握住了劍柄。

龍且硬著頭皮道：「這火的確來得非常古怪，末將以為，只有兩個原因。一個是不排除我的隊伍中出現了內奸，趁夜深之際，縱火燒糧。但是這個原因的可能性實在不大，末將早就下令，凡是負責防衛糧倉的將士一律不準攜火種進場，一日三餐，只能吃冷食充饑，違令者斬，所以末將傾向於這第二個原因。」

「哦？」項羽冷哼一聲，覺得龍且的話不無道理。能夠被選中派來護守糧倉的將士，無一不是他信得過的心腹親信，無端懷疑他們，實在說不過去，所以他望向龍且，冷笑道：「本王倒想聽聽你的第二個原因。」

「這第二個原因，就不能排除一些人力不可抗拒的可能。譬如說雷擊、閃電、地火、自燃……」

龍且的話尚未說完，便聽到大火之中傳出幾聲慘叫，和著幾聲清脆的劍擊之音。

項羽的目光若利刃般掃在龍且的臉上，淡淡而道：「看來，你這兩個原因都可以排除了，雖然本王對起火的真相不甚明瞭，但有一點可以肯定，確實有敵人闖過了你認為連一隻蒼蠅都飛不進的防線，放火燒糧！」

龍且的臉色「刷」地一下變得慘白，他已從飄忽的火影中看到了兩道身影，而這兩人，無疑就是縱火者。

項羽冷冷地盯視著竄跳於火影之中的兩道身影，突然心神一震，因為就在這時，他認出了這二人的身分。

「你帶人迅速救火，以期將功贖罪！」項羽深深地吸了一口氣，讓自己保持鎮定。然後，他近乎是咬牙切齒地一字一句道：「這兩人，就交由本王親自處置！」

他的確有些激動，更感到一股殺機由心而生，自然而然便有噴薄之勢。他怎麼也沒有料到，這放火之人竟然是漢王劉邦！於公於私，他都沒有理由再放過這個敵人。

鴻門之時，項羽沒有聽從范增之計，擊殺劉邦，這在他以後的日子裡，一直爲此事耿耿於懷。當機會再一次來到項羽身邊時，他當然不會任由這個機會又一次從自己的手中溜走。

爲了自己，爲了自己的西楚軍，更爲了死去的「虞姬」，項羽決定出手了！當他的大手緩緩地握在劍柄上時，除了滿腔殺機之外，他的心中還有一個懸疑：「他是如何出現在這裡的？」

這的確是一個令人不可思議的問題，至少對項羽來說，確實如此。他並不覺得龍且的話誇大其辭，在眾多精銳高手的防範之下，就算是一個會飛的蒼蠅也休想逃過這些人的耳目。那麼，漢王劉邦又是怎麼接近糧倉，繼而從容縱火的？

項羽想不通，想不通漢王劉邦爲什麼能出現在這裡，正因爲他無法找到一個合理的解釋，心裡突然生出了一絲不祥之兆。

事實上，紀空手能夠出現在西楚軍的糧倉中，這看上去確實像是一個奇蹟。

毫無疑問，西楚軍對糧倉的佈防滴水不漏，就算是一隻會飛的蒼蠅也逃不過眾多高手的耳目，但是，如果是一個會飛的人呢？

這個世上當然沒有會飛的人，在人們的記憶中，只有傳說中的神仙魔怪才會飛。所以，不論是項羽，還是龍且，他們都沒有想到進入糧倉還有一個重要的途徑，那就是自天而降！

紀空手最初也沒有想到這一點，雖然小的時候，他在夢中給自己安上了一雙翅膀，若鳥兒一般自由地遨翔天空，可是一到夢醒，他才明白一個道理：人是不可能有翅膀的，所以人絕對不會飛！

正因為如此，所以紀空手一開始也是束手無策。面對西楚軍如此嚴密的防範，他甚至放棄了燒糧的計劃，而將重心放在了籌集糧草之上，準備與項羽打一場曠日持久的消耗戰。

但此次去見蒙赤前他突然想到了五音先生，想到當日那讓他逃出霸上的氣球，使他從中悟到了進入垓下、放火燒糧的唯一途徑——從天而降！

所以，他離開軍中前的第一件事就是找到紅顏，讓她製作出一個可以載人的皮球。與此同時，他為最後的攻城戰作好一系列的準備：一回來便調離韓信，軟禁英布，兵力重新佈置分配……當這一切完成之後，他將大權悉數交到張良手中，卻與龍賡一起登上了垓下周圍最高的一座山峰。

充氣的皮球鼓得盈滿，懸浮於離地數尺的空中，當風向轉往垓下時，紀空手與龍賡登上了竹籃，然後熄火而行。

一切似乎都經過了精確計算一般，皮球在紀空手的駕馭下向垓下滑行過去。在這暗黑的夜空中，他們就像是浮游中的幽靈，正一點一點地向自己的目標接近。

此刻的紀空手，心中的緊張就如一張緊繃的弓弦，密切地注視著風向與腳下的動靜。他已經注意到了城中一處全無燈火的地方，經過目測之後，他確定那裡正是自己要降落的目標——西楚軍的糧倉。

確定自己要降落的目標，這只是紀空手行動的第一步，而要做到非常精準地降落，卻有些麻煩。

他心裡清楚，充氣的皮球熄火之後，完全是靠著自高峰下滑的慣性支撐，所以留給他的時間並不多，他只能充分利用這點時間駕馭皮球的降落，不能出半點差池，否則一切都會前功盡棄。

所以，他竭力讓自己保持冷靜，在注意風向的同時，讓龍賡密切觀測風速。當皮球下滑了足有百丈之後，地面上的建築在幾點依稀的燈火下，隱見輪廓。

紀空手探出頭來，仔細辨認之後，不由吃了一驚：「不好！如果按此刻的風速，以我們現在所處的高度，只怕到了糧倉上空時，距離至少有三四十丈，我們根本無法降落！」

「從三四十丈的高空往下跳，不死即傷。」龍賡同意紀空手的判斷，雖然他與紀空手絕對是天下一流的高手，但他們終究是人，並非不死的神仙。此時人在半空，又無借力之處，如果貿然往下一跳，那麼結果可想而知。

紀空手意識到了問題的嚴重性，不由爲自己一時的疏忽感到懊惱。他沒有想到自己千算萬算，最後竟然栽在這麼一個小細節上。

「這難道是天意？」紀空手禁不住歎息一聲，如果錯失了今夜這個機會，那麼垓下的形勢必將變得複雜起來，因爲大漢軍的敵人不僅僅只是項羽，還有韓信。

若是韓信得到了英布軟禁的消息，他將會有怎樣的動作？這像是一個謎，充滿了無窮變數，但卻不是紀空手此刻考慮的範圍。

「但就算是天意，我也絕不甘心！」紀空手的臉色變得異常冷峻道：「再過一會，我就從這裡跳下去，下面既然是糧倉，就必然有不少的糧草，只要我摔在糧草上，應該不會有太大的問題。」

「可萬一你沒有摔在糧草上呢？」龍賡的目光緊盯在紀空手的臉上道。

「那就是天要絕我了！」紀空手知道時間非常緊迫，自己必須作出決斷，否則皮球飄過降落的範圍，一切將無從談起。

龍賡突然笑了，從籃筐外抓起一件東西，在紀空手的眼前晃了一晃，道：「天若要絕你，那就是老天瞎了眼了，因爲你不孤獨，在你的身邊，還有紅顏，還有無數朋友！」

紀空手這才看清，龍賡手中所拿的竟是一根如兒臂粗的繩頭，麻繩密密匝匝地纏在籃筐之外，足有數十丈長，只要將長繩的一端牢牢固定在皮球上，他們就可以攀著長繩滑行而下。

「想不到你還有未卜先知的本事，竟然早有準備。」紀空手一顆懸著的心放了下來，臉上露出了非常燦爛的笑容。

「你不應謝我，要謝，你應該多謝紅顏。」龍賡微笑道：「她知道這些日子來你爲攻城大計煞費苦心，忙得暈頭轉向，難免會對一些小事疏忽，所以她充分考慮到了你此行將要遇到的風險，特意爲你準備了一些應急的東西。」

紀空手的心裡頓時湧動出一股熱流與暖意，爲紅顏表現出來的體貼關心而感動，喃喃道：「她難道沒有說點什麼嗎？」

龍賡微微一笑道：「她說了，她這麼做，只希望你能爲了她們幾個姐妹和無施全身而退，保重自己。」

紀空手非常堅決地道：「我一定能夠做到！」

他不再猶豫，將長繩迅速放下，摸了摸懷中的火石道：「我先下去，你帶上那兩個竹筒跟著下。」

第十二章　天弓空射

龍賡這才注意到自己的身邊還立著兩個尺長的竹筒，以蠟所封，極爲嚴實，不由怔了一怔道：「這裡面裝的是什麼東西？」

「黑油。」紀空手抓住繩索道：「有了它，縱火就變得容易多了。」

當兩人順繩而下，終於跳到一堆草垛上時，四周一片暗黑，除了遠處幾點燈火之外，整個糧倉顯得非常靜寂，根本不見半個人影。

但紀空手心裡明白，平靜的背後，往往蘊藏著更大的兇險，說不定此刻正有數千雙眼睛在密切關注著糧倉周圍的一切動靜。

所以，留給紀空手放火的時間並不多，也許，就只有一剎！

直到這時，龍賡才明白黑油的好處了，一旦將糧草上灑上黑油，則油助火勢，可以迅速蔓延開來，就算敵人發現得早，也將撲救不及。

事實也正是如此，紀空手點燃火石之後，「蓬……」地一聲，頓時竄出數尺火苗，席捲向如山堆集的糧草，其勢之烈，若火魔肆虐，不過片刻功夫，已映紅了半邊天空。

靜寂暗黑的夜爲之打破了它原有的平靜，數千條人影彷彿自地底下冒出一般，敲鑼報警的，手持水槍的，肩扛沙袋的……所有人都慌作一團，撲打著這突來的火焰。

但火勢既起，不可抑制，紀空手與龍賡眼見大功告成，相視一笑，正欲趁亂而退時，突然一陣刀風響起，竟然襲到他們的身後。

刀，絕對是一把普通的刀，完全可以在兵器鋪裡隨處可見，但用刀的人卻並不普通，單聽這凜厲的刀風，紀空手可以斷定對方是個高手。

不過，無論是誰，在紀空手與龍賡的眼中，已沒有太大的區別。當世之中，還沒有人可以擋得住他們兩人的聯手一擊。

所以，刀還沒有擠入他們三尺範圍時，其主人便如斷線風箏般跌入火窟，隨即慘叫一聲，一命嗚呼。

也正是這一聲慘叫，暴露了紀空手與龍賡的行蹤，很快，又有三把刀、四柄劍圍住了他們。

「噹……」刀斷、劍碎，人影翻飛，紀空手與龍賡同時出手了！在這個時候，他們出手已不容情，勁氣縱橫，遇者立斃。

但還沒等紀空手殺得性起，陡然間，他忽然感到自己的眼一跳，心中爲之一驚。

他不得不感到驚駭，因爲，每當他眉鋒跳動之時，就意味著有真正的勁敵出現。

他沒有猜錯，這一次的勁敵，居然是有「天下第一高手」之稱的西楚霸王項羽！

烈火熊熊，橫於紀空手與項羽之間，兩人的眼芒在虛空中悍然交錯，隨著騰升的火焰而起的，是兩道驚人的殺氣。

慄。

殺氣濃如烈酒，更似寒冰，雖然人在火場，但寒意從所有人的心中滲透而生，依然讓人不寒而慄。

西楚軍的將士全部退到了十丈之外，就連龍賡也不得不退了幾步，似乎無法抵禦來自紀空手與項羽身上散發出來的濃烈殺機。

不可否認，這將是亙古未有的一戰，其霸烈、殘酷，都將超出人們的想像，更脫離了生死的範疇。

所以，無論是紀空手，還是項羽，都沒有急著出手，而是在對峙中等待，等待一個可以置敵於死地的時機。

高手對決，只爭一線。

更何況這是當世兩大絕頂高手的對決！

熊熊烈焰如魔獸般張牙舞爪，吞噬著如山的糧草，顯示出瘋狂的動感。而對峙中的紀空手、項羽兩人，卻挺拔若山，靜默如山，任由瘋狂的火苗從身邊竄過，依然巍然不動。

靜動之間，顯示出兩人超凡的定力，這種靜默的背後孕育著風暴的來臨。

「殺啊……」「衝啊……」就在最靜的一刻，突然自四面八方爆發出驚天動地的吶喊聲，如海嘯般席捲過垓下的上空。

正在撲火的西楚將士無不一怔，項羽的眼中更是閃過一道異樣的色彩，他們很快就意識到，大漢軍開始攻城了！

雖然距城牆還有一段距離，但慘叫聲、爆炸聲、廝殺聲、號角聲……接二連三地傳來，讓每一個人都聽得清清楚楚。儘管他們沒有看到廝殺的場面，但他們都是久經沙場的戰士，單聽這些聲音已可推斷出戰事之慘烈。

就在這時，紀空手的身形突然動了。

就如同閒庭信步一般，他的步伐顯得輕緩從容，每一步邁出，間距與頻率都驚人的相似，幾乎沒有一點誤差。然而，虛空中存在的壓力卻隨著他步伐的前進一點一點地加強，猶如山嶽般向項羽緩緩推移而去。

他選擇這個時候動，恰到好處，因爲他相信項羽聽到攻城的號角聲時，會多多少少地分一點心，而這無疑是他的機會。

項羽不僅分心，同時也大吃了一驚。他已從遠處傳來的聲音中聽出自己的將士竟然抵擋不住大漢軍瘋狂的攻勢，大有節節敗退之勢，這讓他有點不敢相信。

畢竟那是一支無敵之師，身經百戰創下了從來不敗的紀錄。隨著這兩年的事態變化，雖然西楚軍最終被困垓下，但項羽始終堅信，這只是一時的困境，要不了多久，它又將縱橫天下。

這支被項羽寄予厚望的部隊，竟然不堪一擊，這多少出乎項羽的意料。其實，如果不是紀空手以「四面楚歌」瓦解了西楚將士的軍心，又縱火毀糧衝破了西楚將士心裡的最後一道底線，否則西楚軍縱然不敵，也不至於兵敗如山倒。

項羽深深地吸了一口氣，知道今夜敗局已定。然而，他不甘心，目光最終落在了紀空手的身上。

「唯有殺了此人，或許才能改變戰局！」他心中一動，彷彿看到了一線生機，就像是一個溺水者抓住了一根稻草般，他沒有理由再放棄。

項羽沒有拔劍，而是取射天弓在手——他對射天弓就像是對自己的劍一樣，充滿自信。箭在弦上，弓如滿月，弓弦構築出一個渾滿的圓，就像是充滿無盡引力的黑洞，彷彿欲吞噬虛空中的一切。

紀空手的眼中寒芒乍現，就像是劃過天邊的一道閃電，緊緊地鎖住那森寒的箭鏃之上。當項羽取弓在手時，紀空手不得不再次停下腳步，因爲他發現，此時他與項羽相隔的距離，還有十丈，而十丈的距離，是弓箭出擊的最佳距離。

對紀空手來說，他用的是劍，而十丈距離對一個劍手來說，還是遠了一點。

這說明項羽絕非浪得虛名，也無愧於天下第一高手的稱號。在不知不覺中，他已將這一戰的先機把握在手中。

弓、弦、箭三者合一，在虛空中形成一個完美的整體，靜懸不動，但在這三者之間的空間裡，萬千氣流繞行竄動，一動一靜，噴射著無窮殺氣。

這箭尙未出手，似乎已達到了武道至高的境界。但對項羽來說，自己的出手是否合乎武道的精髓並不重要，重要的是他要擊殺對方，擊殺眼前這個他今生最大的宿敵。

卓小圓的死勾起了項羽心中的仇恨，局勢的失利更讓他心生殺機，雖然他從來沒有與劉邦交過手，更明白劉邦真正的身分是問天樓閥主，但鐵弓在手，已沒有任何理由可以阻住他出手。

不!也許還有一個理由可以阻止他的出手，那就是當他知道眼前的劉邦不再是劉邦，而是另有其人時，相信他不僅不會出手，更會大吃一驚。然而，這只是一個假設，此刻的項羽注定無法破譯這個秘密，所以的確沒有任何理由可以阻住他的出手。

「嗤……」弦響如跳動的音律，驟然而生。

弦雖然響了，卻不見箭影，難道這一箭的速度之快，已到了可以隱形的地步?

讓所有人震驚的是紀空手，他居然敢在面對項羽的神箭之時，沒有作出任何反應，莫非項羽的射天弓真的快到了連紀空手都無法閃避的地步?

就在眾人驚呼之時，項羽開口說話了，眸子之中閃過一絲異彩，似乎感覺到有些不可思議。

「你怎麼知道本王射的是空箭?」項羽的聲音很冷，讓人無法聽出他的心緒，但那種仇恨的情緒蔓延到空氣之中，誰都可以感覺到那種刻骨的滋味。

「憑直覺，我相信自己的直覺，也了解一個絕頂高手面對挑戰時應有的心理。」紀空手淡淡一笑，其實正是因爲他剛才的冷靜，才化去了必殺一劫。

「連本王都有點認不出你了。」項羽冷哼一聲道:「當年你在本王的手下爲將，也看不出你有多麼地聰明能幹，想不到風水輪流轉，今天你竟然敢與本王唱起對台戲了。」

紀空手微笑道:「這或許就是你失敗的原因!你太驕傲了，所以你總是輕視你的每一個對手。其實，人與人之間並沒有太大的差距，也並非注定了你就要高人一等，當你非要站到高處仰視他人之時，已經爲自己的失敗埋下了伏筆。」

「你在教訓我？」項羽冷然道。

「不敢！我只是就事論事罷了。」紀空手不卑不亢地道：「就拿你剛才所放的空箭來說，高手相爭，氣勢爲先，弦響而箭不出，是因爲你也有所忌憚，是以想先打擾我的視聽，然後在我作出反應的一刹那，施出必殺絕技，所幸的是我了解你，因此沒有作出任何的表示，這倒讓你反而不能出手了。」

項羽的臉上依然陰沈，心中卻吃了一驚。紀空手分析得絲毫不差，自己的確是過於考慮殺人的技巧了，反而失去了殺人的氣勢，而一旦紀空手識破了自己的用心，那麼自己的出手便要弱了三分，根本不能構成致命的威脅。

「衝啊……」一聲如驚雷般的巨響之後，遠處的喊殺聲如潮水般湧來，項羽陡聞一陣「得得……」馬蹄聲，抬頭一看，只見蕭公角和十餘名戰將猶如一陣狂風般飛奔而至，每一個人的臉上都明顯帶著一絲慌亂。

「城破了！城破了！」其中一員戰將來得最快，騎上一匹快馬，一路狂呼而來。

「嗤……」項羽的眉頭一皺，大驚之下，眉間閃出一股怒意，一箭竄出，竟然直撲那員戰將的面門。

「啊……」慘呼聲中，那員戰將翻身墜馬，等到蕭公角等人擦身而過時，驚見那員戰將頭盔上插了一枝羽箭，自頭顱上對穿而過。

蕭公角趕到項羽身邊，剛欲開口說話，卻聽項羽沈聲道：「關鍵時刻大呼小叫，簡直是蠱惑軍心，當真該死！」

眾人聞聲無不心中生寒，這才知曉竟是項羽親手殺了那名戰將。

其實項羽心裡明白，這員戰將所說的是既成事實，他所惱怒的是這員戰將不該大呼小叫，瓦解軍心。愈是到這種緊要關頭，就愈需要冷靜，一個人的表現往往會影響到整個戰局，此時此刻，項羽必須鎮定，同時他也要求自己的將士保持鎮定。

在項羽的身後，數千將士都將目光聚集在項羽身上，沒有人說話，也沒有人再顯示出慌亂的神情。每一個人都散發出一股不倔的戰意，更懾於項羽那種咄咄逼人的殺人之威。

紀空手的心中一寒，不禁在心中問著自己：「此時此刻，如果換成我是項羽，該怎麼做？事實證明，在這種情況下，殺一儆百是最有效的方法，可以在最快的時間內穩住陣腳，震懾軍心。然而，當該殺之人是追隨自己多年的愛將時，我是否能做到像項羽這般無情？」

他不知道答案，心頭突然湧起了一絲倦意，彷彿在剎那之間對這種打打殺殺、鬥智鬥勇的遊戲充滿了厭倦，而對自己曾經度過的市井生活平生幾分嚮往。

項羽的目光依然盯視著紀空手，他在權衡，在計算。他已從紀空手剛才的表現中意識到一個問題，那就是這是一個不容易對付的敵人，就算自己能夠戰勝，也必然要耗費太多的時間。

而時間對於此刻的項羽來說，彌足珍貴，點滴之間就可以改變生死，改變命運。他權衡之後，終於明白，現在自己最該做的事情不是殺人，而是逃命。

留得青山在，不怕沒柴燒，項羽有這個自信，只要讓他逃出垓下，必然會東山再起，捲土重來。所以，他的注意力開始從紀空手的身上轉到了蕭公角，希望能從蕭公角的嘴中得到目前垓下的局勢。

蕭公角既是西楚名將，也是項羽極爲器重的流雲齋高手，能在項羽帳下擁有這樣的身分與地位，說明他不但有實力，而且是一位極具智慧之人。所以當項羽的眼睛盯住他時，他只說了一句話：「從南門走。」

項羽心中一驚，從南門而去，正是西楚！大漢軍既然要置自己於死地，就應該斷掉自己的歸路，派重兵設防才對，何以卻反其道而行呢？

「也許這是敵人的疑兵之計，但事已至此，別無選擇，就算這一路兇險頗多，我們也唯有硬闖一途！」蕭公角雖是建議，但臉上表情卻十分堅決，因爲他心裡明白，項羽再不作出決斷，他們將連這最後一搏的機會也會失去。

項羽點了點頭，將射天弓抄於手中，指向紀空手道：「本王真想殺了你，可惜的是時不我待，且將你的人頭寄下，日後再取也不遲！」

紀空手的臉色始終不變，就連眼神也是依然如故，淡淡笑道：「殺不殺我是一回事，殺不殺得了我又是另外一回事。其實你我心裡都十分清楚，你若真想要我的人頭，那我就得奉勸一句，千萬不要保不住你自己的人頭！」

項羽心中的怒火「騰」地急升而起，但理智告訴他，現在不是逞口舌之利的時候，當下冷哼一聲，高呼道：「隨我來！」

他一馬當先，率領領蕭公角、龍且等數千人馬迅速向南門方向奔去。雖然身處劣勢，但這支人馬依然行動如風，有條不紊地急奔而行，只刹那間便自紀空手的眼中消失。

「虎死不倒架，無敵之師終究是無敵之師啊！」紀空手忍不住輕歎一聲，不得不佩服項羽的確是帶兵有方，不過眼見自己的大敵從眼前消失，他並沒有追擊，甚至連追擊的意思也沒有。

從四面八方傳來的喊殺聲響徹整個垓下，很快，龍賡便看到大漢軍的將士們進入了自己的視線範圍。

「如果你選擇出手，也許項羽根本就沒有逃走的機會了！」龍賡似乎有些惋惜地道。

紀空手盯著項羽退走的方向，目光顯得非常深邃，緩緩而道：「如果我選擇動手，或許，我們才真的沒有機會了。」

龍賡不解地問道：「項羽真的這麼厲害嗎？」

「你聽說過卓小圓這個名字嗎？」紀空手不答反問道。

龍賡一怔道：「我聽張良提過這個名字，據說她是作爲虞姬的替身而成爲項羽的寵妃的，其實她的真正身分是劉邦安插在項羽身邊的一個臥底。」

「不錯！她做得非常成功，成了項羽最寵愛的一個女人。當項羽出現在我的眼前時，我才知道，她的臥底做得其實並不成功，而這種失敗往往意味著死亡。」紀空手歎息了一聲，心中生出一份內疚，因爲他知道，卓小圓的死與他有著莫大的關係。

「你是說她已經死了？」龍賡看著紀空手道。

「在此之前，我以劉邦的名義要她對項羽下毒，並給她送去了聽香榭的奇毒之藥，這種毒不僅沒有解藥，而且無色無味，即使是行家高手也根本無法識破，只要卓小圓將它下入酒中，遞給項羽，那麼項羽縱有九條命也唯有死路一條。然而，項羽並沒有死，這只能說明卓小圓失敗了。」紀空手的神情顯得十分冷峻，深深地吸了一口氣道：「雖然我不明白失敗的原因，但其中必定有什麼變故，只是我們再也無法得知。而以項羽對卓小圓的寵愛，在這種緊要關頭卻不把她帶在身邊，這只有一個理由，那就是她已經死了。」

他說完這些話時，整個人似蒼老了許多，回過頭來直視龍賡道：「你是不是覺得我很卑鄙，居然利用一個女人達到自己的目的？」

「這種手段的確有些卑鄙，但我相信你一定有這樣做的理由。」龍賡微微一笑，他似乎感到了紀空手有些傷感的情緒。

紀空手輕輕地歎息一聲道：「我其實反覆想過，這種手段雖然卑鄙，但若能成功，今日的垓下就不會有太大的傷亡。儘管這場大戰不可避免，但我想的是如何將將士的傷亡降到最低限度，一看到這種血流成河、屍積成山的場面，我總是覺得自己有不可推卸的責任。」

「你的做法是對的！」龍賡道：「爲大計著想，有時候用些卑鄙的手段也無可厚非，可我還是不明白，卓小圓的死似乎與你是否出手並沒有直接關係，你爲什麼要提起這樣的話題？」

紀空手若有所思地道：「這兩者之間其實大有關係，你我都是男人，應該明白失去自己最心愛女人時的那種痛苦，而這種痛苦必將讓一個人的心境生亂，無法做到心若止水。可是，當我面對項羽時，卻發現他出奇的冷靜，幾乎沒有給我任何出手的機會，這只說明，他對流雲道真氣的領悟已達到了出神入化的境界，再也沒有任何東西可以讓他的心亂神分。」

龍賡禁不住倒吸了一口氣，道：「這麼說來，普天之下還有誰可以置他於死地？」

紀空手望向項羽南逃的方向，堅定地道：「能夠置他於死地的人，普天之下，唯有一個，那就是他自己！」頓了一頓，隨即又意味深長地說了一句：「這也是我為什麼要他從南門逃亡的原因。」

當項羽自南門殺出時，身後只有八百鐵騎追隨，雖然付出了沈重的代價，但對他來說，已經達到了突圍的目的。

此刻已是四更，夜色之濃，幾乎不能視物，項羽等人憑著記憶，拍馬揚鞭，向南飛馳而去。

項羽始終覺得，大漢軍的兵力之所以在南門一線比較空虛，絕不是一時疏忽，而是一個圈套。所以，一路上他吩咐屬下小心提防，隨時準備應對突發事件，而他的大手始終不離自己的劍柄。

然而，一直到了天亮時分，一路上並未出現項羽所擔心的埋伏，甚至連一個漢軍將士也沒有，這讓項羽心生詫異，似乎有些不明白對方的動機了。

坐在馬上，看著自己身邊僅存的這八百鐵騎，項羽有恍如一夢的感覺。就在一夜之間，他那支曾經威震天下的無敵之師就此消亡，七萬將士的生命也就此打上了一個句號，這對他來說，是極為殘酷的！

這是他與大漢軍爭霸天下唯一的本錢，想不到會輸得如此徹底，想起昨夜所發生的一切，他真不敢相信那是事實。

他不敢相信，是因為他沒有料到敵人會以「四面楚歌」瓦解自己將士的軍心，連他也認為，西楚已在大漢軍的掌握之中；他同樣也沒有想到敵人竟然會突然出現在戒備森嚴的糧倉之中，縱火燒糧，從而徹底攻破了自己將士的心理底線，無心應戰，以至於敗勢早定。而最讓他感到痛心的是，自己最心愛的女人居然就死在自己的眼前，他卻無能爲力。而這個女人，竟然是自己宿敵的女人，這讓項羽的自尊幾乎蕩然無存。

項羽並不是一個多情之人，在他的一生中，從來不缺女人，可真正讓他可以投入感情的，恐怕就唯有卓小圓一個了。他也曾追求過紅顏，但他對紅顏的追求，更帶著一種功利的目的，所以，即使他曾爲紅顏列兵十萬相迎，也不能說明他對紅顏有太多的癡迷。

然而，他對卓小圓的感情確已到了「癡」的地步，爲了能夠見到她，他甚至不惜打破常規，將卓小圓攜入大營之中，以便可以朝夕相處。當卓小圓爲他飲毒自盡的刹那，項羽傷心之餘，才發現卓小圓對自己的愛竟然遠勝於自己對她的付出。

翻過一道山口，隊伍明顯地放慢了速度。此時他們從垓下逃出已有數個時辰，至少趕了百里夜路，人疲馬乏，加上人人都如驚弓之鳥，在身體和心理上都負荷了難以承受的極限。所以，項羽沒有催促，信馬由轠，慢慢調整。

迎面吹來的清風，十分涼爽，但項羽顯然無心領略，眼見拐過一道密林，前方突然出現了一個三岔路口，所有的人無不一怔，停住了前進的腳步。

這條路的確可以通往西楚，但卻不是垓下通往西楚唯一的路徑。所以，在場的每一個人對這條路的路況都陌生得緊，根本辨不出這岔出的兩條路到底哪一條可以通往西楚。

項羽沒有猶豫，當即吩咐屬下四處搜索，就近尋找當地的土著村落，以求問路。

就在這時，一道高亢的歌聲自對面的山林響起，伴著歌聲出來的是一個二十來歲的樵夫，他肩挑一擔濕柴，正要往另一個方向走去。

「那位老哥，請留步！」項羽高聲叫道，聲音裡隱挾內力，迴盪於山林之間。

那位樵夫回頭望了一眼，扔下柴禾，拔腿向林中跑去。

「截住他！」項羽揚鞭一揮，四五名屬從立即拍馬追去。

龍且深知自己的失糧之罪是最終導致敗局不可收拾的主要原因，以項羽的行事作風，未必能放過自己，但他還是硬著頭皮上前道：「大王，你不覺得這位樵夫的出現太奇怪了嗎？」

項羽的目光盯著前方，冷然道：「這不過是一個巧合，有什麼奇怪可言？」

「也許是末將多慮了！」龍且小心翼翼地道：「末將只是覺得，敵人的追兵來得不緊不慢，似乎算到了我們會有此劫一般，而這位樵夫在我們最需要他的時候出現了，難道其中沒有蹊蹺嗎？」

項羽冷哼一聲，沒有理會龍且，其實他並不認爲龍且的話沒有道理。但此時此刻，他更願意將這位樵夫的出現看作是一種天意，取「天不絕我」之意，以鼓舞自己與將士的士氣。

但他並非一味強調這樣的心理，這樣做也有他自己的理由。

其一，就算敵人知道這裡有一個三岔路口，也不一定會料到自己所有人都不識路途；

其二，雖然兩者相距不遠，但項羽看出這位樵夫絲毫不會武功，如果硬把這樣的人當作是敵人布下的一個陷阱，那麼自己就實在有些草木皆兵了。

當幾名屬下連拉帶拽地將那名樵夫帶到項羽的身邊時，項羽寬慰了他幾句，然後從蕭公角的手中接過百兩黃金，在樵夫的面前晃了一晃道：「你只要回答我的一個問題，這錢就是你的了。」

樵夫的眼睛陡然亮了起來：「真的？」顯然，他覺得有些難以置信。

「不過，你一定要想好了再回答我。」項羽冷冷地盯著他，眼神中帶出一道咄咄逼人的寒光。

「一定！一定！」樵夫連連點頭答道，生怕這是一個夢，回答遲了黃金就會不翼而飛一般。

項羽伸手指向那三岔路口，道：「如果我要到西楚，是向左還是向右？」

樵夫笑了起來，一把接過項羽手中的金子道：「當然是向左。看來，算命先生說得沒錯，活該這幾天我要發筆大財。」

他的話音未落，從遠處隱約傳來馬蹄聲與喊殺聲，令項羽的臉色變了一變。

「敵人來勢之猛，只怕有上萬騎兵，我們迅速啓程！」項羽扔下那名樵夫，長鞭一揚，座下的烏騅馬驚嘯一聲，當先奮蹄而去。

這一路緊趕慢趕，又走了數十里地，山路開始變得崎嶇起來，翻山越嶺，穿溝越溪，到了一片灌木叢林前，前方突然無路了。

「他媽的，那小子果然不是一隻好鳥！大王，你看我們現在應該怎麼辦？」面對絕境，龍且幾乎破口大罵起來，只是礙著項羽就在身邊，才有所收斂。

項羽冷然盯了他一眼，沒有說話，只是環視了一下四周的環境。這是一片一眼望不到邊的沼澤地，長滿了矮小的灌木和茅草，不時還飛出幾群鳥禽，甚至竄跑著幾隻狐狸。這種原始的寧靜，不僅沒有讓項羽的心情放飛，反而沈了下去，因爲他突然發覺，這種寧靜仿如地獄般的死寂，寓示著某種不祥的徵兆。

這還不是最主要的，讓項羽擔心的是，自己身邊將士臉上的表情，那每一張又疲又倦的臉上，分明流露出一種絕望的情緒。

「這條路是否通往西楚，還是到此爲止，我們現在都不清楚，此時後有追兵，退是無法退了，那麼我們就唯有前進一途，也許穿過這片沼澤，前面就是一馬平川的大路也未可知。所以，只要我們振作起來，就未必不能回到西楚。」項羽的目光緩緩從每一個人的臉上掃過，一字一句地道。

「大王說得極是，只要我們回到西楚，再樹大旗，不出三五個月，必將捲土重來，報今日垓下之仇！」蕭公角高聲道。他無疑是項羽最忠實的擁護者，在他的眼中，項羽總是無所不能，所以他認爲今天的敗逃對項羽來說只是一個小小的挫折，他堅信項羽必將東山再起。

兩人一唱一和，並沒有鼓舞起將士們多大的士氣，項羽狠了狠心，率先拍馬入了沼澤。

沼澤的淤泥非常鬆軟，馬蹄落於上面，頓時深陷進下去。項羽加揮數鞭，烏騅馬「希聿聿……」地嘶叫幾聲，不僅沒有拔出蹄來，反而陷得更深。

「棄馬！」項羽下令道。他此言一出，所有的人都爲之一驚，因爲他們誰都明白，這烏騅馬乃是項羽心愛之物，視若生命，如果不是情非昨已，項羽絕對不會作出這樣的決定。

蕭公角道：「我們可以棄馬不騎，但大王不能沒有自己的座騎，末將這就派人將牠抬出來。」

「你敢！」項羽怒吼一聲，情緒似有幾分激動地道：「這種非常時候，本王怎能爲了一匹畜牲消耗戰士們本就不多的體力？」

就在烏騅馬長嘶哀鳴又起之時，項羽大手一揮，只見一道白光劃過，劍鋒舞起，馬頭跌落。所有的將士心中一凜，無不棄馬前行，向沼澤深處一步一步地挺近。

沼澤的盡頭，是方圓幾達數十里的一片密林。當項羽與他的八百將士看到這片密林時，大多數人幾乎耗費了所有的體力。

這些人中，不乏有武道的高手，按理說有超乎常人數倍的精力，走完這十多里長的沼澤，不至於累到如此地步。但正是這僅有十幾里長的沼澤，讓他們走了足足五個時辰之多，每一步所付出的體力與艱辛，足以讓他們透支體內的所有精力。

一陣歡呼之後，這些人幾乎是爬出了沼澤，橫七豎八地倒在地上休息。項羽眉頭皺了一下，卻沒有說話，他覺得在這個時候下令隊伍繼續前行，對自己來，或是對這八百將士來說，都是一種殘酷。

他也有了一絲倦意，斜在一棵大樹上，想趁著這點閒暇休息一下。可當他剛欲閉上眼睛時，心中倏地一沈，似乎感到了這密林之中潛藏著一股殺機，正一點一點地向自己逼近。

這是一種直覺，一種高手的直覺，其實此時的項羽既沒有看到什麼，也沒有聽到什麼，卻非常真切地感應到了這種氣息。他一個翻身，握劍在手，正欲提醒將士多加提防時，只聽一聲巨響，千百弦響同時驟起，驚變在突然間發生了！

「啊……啊……嗖……嗖……」慘呼聲與羽箭破空聲幾乎在同一時間響起，千百支勢猛力沈的勁箭猶如出筒的炮彈般直插向八百將士的胸膛！有的反應快的，僥倖躲過這必殺的一劫；有的身手敏捷，一擋一撥，落個輕傷；而大多數將士則在頃刻間命歸黃泉。

「隨我來！」項羽暴喝一聲，向所剩的人馬命令道。他不退反進，搶入林中，迅速向林中埋伏的敵人反擊而去。

他這一手無疑是明智之舉，在這個時候，任何退守都是徒勞無益，唯有進攻，置之死地才能後生。不過，即使如此，他也並非一味莽撞，就在他撲向敵人之時，心中猶自在想：「這些人是誰？」

他的想法絕非多餘，如果這些人是大漢軍的伏兵，他們的箭頭絕對不會這麼精準，力道也絕沒有這麼雄渾。這八百將士已是西楚軍中精銳中的精銳，絕大多數都是他流雲齋的子弟，就算他們毫無戒備，也不至於被一些普通士兵所乘。所以，項羽基本上可以斷定，這些伏兵必是武道中的高手，容不得自己有半點大意！

◆

垓下在一夜之間就被攻克，西楚軍幾乎全軍覆滅，這樣的結果，似乎與楚漢決戰不太相符，卻是一個不爭的事實。

在所有人的記憶中，西楚軍是何等地顯赫一時，以十萬雄師鎮守垓下，完全可以做到固若金湯，加上從來不敗、位高權重的項羽，大漢軍要想攻破垓下，只能是一個不可能完成的神話。

但，垓下畢竟已經易手，而且是在一夜之間，不僅城破，十萬大軍也全軍覆滅，消息傳開，讓所有的人都感到這是一件不可思議的事情。

而製造這個神話的人，就是紀空手，一個總是可以不斷創造奇蹟的人，儘管他還沒有得到項羽生死的消息，但他的目光已經開始轉向鴻溝。

在那裡，有三十萬江淮軍，還有二十萬匈奴鐵騎，當項羽敗逃之後，韓信已成了大漢軍的頭號大敵。

◆

項羽的身形之快，就像是一頭俯衝的雄鷹，向一段看似無人的密林處掠去。

他的劍已在手，劍鋒如白光閃現，湧動出最霸烈的殺氣。

「呼……」狂風驟起於虛空，枝葉亂搖，層層疊疊，一股狂猛的勁浪飛撲而來，竟似要將項羽淹沒其中。

對方的出手又準又狠，似乎計算到了項羽這一撲的路線與空間，根本不容項羽從容避讓。

項羽吃了一驚，從對方的出手來看，已經印證了他的猜測：對方果然是武道高手。對於這一點，他早有心理準備，只是沒有想到對方的出手氣勢之烈，功力之深，超出了他原來的想像。

「砰……」兩道如洪流般強大的勁氣悍然相接，虛空中頓時顯得喧囂不堪，帶著爆炸性的氣旋仿如猛獸，所到之處，將枝葉沙石旋飛空中，沖天而起。

黃葉飛旋，地上的沙石彙成一條蒼龍，在林中蜿蜒竄行，森然高大的樹木向後傾斜，就像是遇上了風暴。

項羽的身形隨著倒捲而回的氣流飄然而行，一個翻身，整個人落在了一截樹枝上，翩然而動。

在他腳下的地面上，「嘩……」爆裂出一個巨大的黑洞，項羽心中駭然之下，不由得爲對方顯示出如斯霸烈的功力感到咋舌不已。

第十三章　十面埋伏

爆響過後，林中竄出了九人，每一個人的臉色都略顯蒼白，氣息急促，其中三人鼻息間滲出血絲，看來受了不輕的內傷。

項羽傲立於枝頭，冷哼一聲，這才知道剛才擋擊自己流雲道真氣的，並非一人，而是來自多人之手。

「流雲道真氣」乃流雲齋之絕學，它的重要性等同於「百無一忌神功」對入世閣的重要，「有容乃大」對問天樓的重要。而它的霸烈，它的雄渾，以及它出手時如行雲流水的連貫性，似乎還在「百無一忌」、「有容乃大」之上，堪稱是武道中的一朵奇葩。換在往日，項羽相信當世之中無人能擋，但自從經歷了昨夜與今天太多的變故後，使他不禁有些懷疑起自己的實力來。

事實證明，雙方的第一次交鋒項羽不落絲毫下風，甚至這九人還吃了一個不大不小的啞巴虧，但項羽尚不滿意自己的表現。在他看來，不能重創對手，或者置敵於死地，就是失敗，因爲他是項羽——天下第一高手！

不過這九人的實力也讓項羽不敢小覷，特別是這九人聯手一擊時所表現出來的默契配合，以及那種橫壓一切的氣勢，讓他感到了壓力。

項羽沒有猶豫，就在這九人現身的刹那，他的腳尖一點，整個人就像是從天而降的神龍，劍化漫天星斗，如網般直罩過去。

天地爲之一暗，只有一道亮芒在虛空中幻滅無常。

那九大高手只是怔了怔，隨即迅速聯合結陣，布下了一道密不透風的防線。

他們反應的速度不謂不快，但問題在於，他們所面對的敵人是項羽，所以這一怔的時間已足以讓項羽做出十七個動作，變易三次方向，從對方強大的氣陣中穿隙而過，擠入了九人中心的盲點。

九人心驚之下，腳下的頻率由急轉緩，迅速變化出另一種節奏，企圖化解項羽這一劍的攻勢。

項羽心中禁不住叫了聲好，劍鋒一顫間，振出九道異彩，分襲九個方向。

直到這時，他才意識到這九大高手不僅本身功力不差，而且臨場經驗豐富，以改變節奏的方式打亂對方進攻的步驟，是超一流高手慣用的伎倆。這九人配合之默契，渾如一人，其威脅已在超一流高手之上。

「嗖……嗖……」數聲弦響伴著破空之聲驀起，虛空中閃出數點幽寒的烏光，向項羽的身後飛襲而至。

「呼……」面對九大高手，又陡遇偷襲，換在別人眼中，幾成死局，但項羽猶能應變，整個人突然如一道光柱繞飛起來，閃過九大高手的圍擊，反手將襲來的冷箭急彈而回。

「呀……」幾聲慘呼驟起，偷襲的箭手顯然沒有料到項羽在這種情況下猶能反擊，毫無徵兆地倒地立斃。

項羽這幾個動作連在一起，正是經典的脫困反擊，既沒有一絲徵兆，而且一招一式緊緊相扣，如流雲飛瀑般瀟灑明暢，大家風範顯露無遺。

他的一招一式非常清晰，速度也不是非常的快，但那幾大高手卻有應接不暇之感，感到項羽的招式極爲突然，根本無法揣度。

項羽一招得手，迅即飛退，身影猶如翩躍之魔女旋動飛舞，更像太虛夢境中虛幻的故事，讓人永遠難以捉摸到它的真實，它的存在。

九大高手同時跟進，可是出手卻再一次落空。項羽的腳尖相互一點，從他們氣浪的中心噴射而出，一時間，劍氣充斥了整個虛空，不留任何縫隙。

只有劍氣，沒有人，在這一剎那間，項羽如花蝶般突然消失於眾人的眼前。

他的消失是一種視覺的盲點，但他能進入到九大高手的盲點，而變得無形無影，這猶如神仙手筆，讓人不可思議。

風乍起，樹影如魔怪狂舞，枝葉橫飛，勁流飛瀉，使得這段空間壓力重重，幾欲讓人窒息。

山雨欲來風滿樓，這是暴風雨來臨的前兆，沈悶之後，孕育著的是爆發，誰都意識到了這一點。

九大高手一字排開，每一個人的臉上都顯得非常冷峻，同時還有一種自信。

這種自信，來自於他們這兩年來非人的訓練與刻苦的磨礪。他們都是問天樓與聽香榭的精英，經過紀空手欽點之後，集中在一個非常隱密的地點，全身心地演練著一套陣法，而這套陣法，紀空手將它取名爲「十面埋伏」！

爲什麼要取這樣一個古怪的名字，這是九大高手都在心中有過的懸疑，曾向紀空手詢問過，但紀空手只是笑了一笑，並沒有回答這個問題。

明明只有九個人，何來的十面？就算每個人能夠獨當一面，這第十面埋伏又從何而來？看來，這的確是一個古怪的名字，也許，除了紀空手之外，誰也無法理解其中的深意。

當項羽的身影再次出現在虛空中時，他感覺到了一種變化，感覺到自己就像置身於一個完全封閉的空間，有強烈的束縛感。當這種變化出現的同時，他驚駭地發現，自己的腳下平空多出了一個運動中的黑洞，深邃而悠遠，透著無數未知的定數。

暗黑無邊的黑洞，在高速中變化運行，看不到黑洞中的任何物體，卻能感覺到那肅殺的氣旋在虛空中飛湧、竄動。

虛空彷彿在一刹那裂變，黑洞也就衍生而出，在旋動中內陷，急劇地破裂分解，擴張至無限。

項羽的心中一驚，陡感體內運行流暢的流雲道真氣出現了明顯的呆滯現象，這才發覺，敵人的這套陣法竟然是專門爲自己而設下的。當這套陣法一經運動時，就會克制流雲道真氣有效的發揮。

「轟……」項羽的身體猶如火箭般沖天而起，企圖擺脫陣法中衍生的強大吸力，但他的身形只竄升了數尺，一道閃電突然自他頭頂劈落。

「電——」閃電過後，項羽聽到了有人輕吟一聲，顯然這閃電不是自然現象，而是人爲。

緊隨電光之後，是一串驚雷，等到項羽躲閃過九大高手連番攻擊之後，終於明白這九大高手所代表的，竟是「金、木、水、火、土、風、雲、雷、電」。

九個名稱，代表了九種攻勢，這巨大的黑洞，只不過是九大高手所布下的殺氣密不透風，使得這段空間完全封閉，不容任何光芒透入而形成。

殺氣森森，逼得大樹頓失生機，枝葉枯萎，地面裂出無數道龜紋般的裂痕，如此強大的壓力，別說是人，就是銅牆鐵壁，也會被擠壓變形。

項羽沒有選擇硬扛，他知道，這九人的聯手一擊，其能量已勝過自己。他此刻所要做的，就是排除一切思想雜念，讓自己如流雲般自由，如流雲般飄逸，如流雲般輕柔，抑或乾脆讓自己化作一片流雲。

千萬寒芒在黑洞中織成了一張密不透風的網，而項羽的身形卻在網外自由放飛。這是一種意境，一種讓人無法了解和深入的意境，只有當一道亮光劃過黑洞時，才將所有的人又拉回了現實。

光是劍光，是一把巨闕透發出來的紫光，或者，它不是光，而是一種有色彩的紫氣，當它握在項羽的手中時，已是一件擋者披靡的銳器。

流雲過處，是炸響的風雷，或是來自九天之外，或是來自九幽地獄，抑或是來自每一個人的心中。

紫氣自雲端而生，噴裂成萬千煙花，照亮了這天邊的暗黑，猶如曇花之絢爛。

好美的一幅畫面，美得讓人炫目，讓人失魂，在絕美的意境中，卻透出要命的殺機。

劍如畫，劍意仿如畫境，當這一劍裂破虛空時，九大高手的自信也在這一剎那間裂成粉碎。

紫氣縱橫，殺機無限，眼見項羽這一劍便要盡毀虛空中的一切時，他的心中突然閃過一絲驚懼，意想不到的驚懼！

這種驚懼在他這一生中都極爲罕見，對於項羽這等級數的高手來說，除非是遇上了可以對自己生命構成威脅的危機，心裡才會產生出這種驚懼，否則他絕對不會有這種感應。

但這種驚懼的源頭在哪裡？項羽無法知道，他唯一可以確定的就是，這種驚懼的製造者絕對是一個絕頂高手，唯有如此，才能讓他握劍的大手不可思議地出現了一絲震顫。

這不應有的震顫讓九大高手死裡逃生，雖然非常狼狽，但他們都已覺得萬幸，因爲在他們剛才所站的位置上，已被項羽凌厲的劍氣轟出了一個數丈大小的深坑。

他們退得很快，但項羽的注意力已不在他們身上，而是微一轉頭，望向自己的左前方。

在他的左前方，一條人影立於一根拇指大小的樹枝上，彩衣飄飛，仿如蝴蝶，丰姿綽約，更添風情，如果不是她手上倒懸了一支玉笛，倒是一道難得的風景。

這一定是一個美麗的女子，如果不是，她絕不會舉止之間盡顯風情，可當項羽望向她的臉時，他所看到的，只是一張毫無表情的面具。

那九大高手顯然也爲這個女子的出現感到心驚，同時又爲這個女子的及時出現心生感激。當他們的目光盯視這名女子所站的方位時，突然明白了他們的那套陣法爲什麼要叫「十面埋伏」！

這女子就是第十面埋伏，她所代表的是「人」。所謂「金、木、水、火、土、風、雲、雷、電、人」，只有如此，十面埋伏才名符其實。

項羽的目光最終落在了這名女子手中所握的玉笛上，眼神陡然一亮，情不自禁地叫了起來：「怎麼是你？」

這女子沒有直接回答項羽的話，而是面向九大高手，淡淡地笑道：「我既然來了，就該是你們走的時候了，你們已經完成了你們該做的事情，剩下的就交給我吧！」

九大高手同時驚道：「姑娘可要小心了！」

「我沒事，你們放心去吧。」這女子揮揮手，目送九大高手消失於林間，這才轉過頭來對著項羽道：「爲什麼就不該是我？」

項羽的臉上露出極爲複雜的表情，搖了搖頭道：「我真沒想到是你，因爲我從來都沒有把你當成是我的敵人！」

「是嗎？」這女子冷然笑道：「其實，就在你對紀公子下手的那一刻起，你我就注定了今生互爲對方的敵人！」

「你喜歡他，發自內心地喜歡那個無賴？」項羽感到有些不可思議，其實他已從那支玉笛上認出了這名女子的身分——就是他曾經列兵十萬相迎的紅顏！

「不，不是喜歡，而是愛！」紅顏深情地道。在她說出這個「愛」字之時，腦海裡又浮現出紀空手那滿不在乎的樣子。

「我一直不明白，我有哪一點比不上那個無賴，你當初竟然選擇了他！否則，大秦江山早已屬於我們的了！」項羽的語氣中不無遺憾，雖然他最終擁有了卓小圓，可是他依然爲得不到知音亭的相助而耿耿於懷。

「你真的想知道原因嗎？」紅顏道。

「當然！」項羽眼中有一種渴望。

「好吧，我就告訴你！」紅顏緩緩而道：「他雖然是一個無賴，那只是他的出身而已。當他把自己的能量爆發出來時，他就會成爲這個世界上最優秀的男子，不過我選擇他，這不是主要的原因，而是因爲他的真誠，愛是相互的，愛需要真誠，唯沒有私心雜念的愛，才是我所追求的。」

項羽默然無語，他不得不承認，自己雖然非常喜歡紅顏，但其中還有一個更大的目的，就是想讓流雲齋與知音亭通過聯姻的方式，加強合作，繼而爭霸天下。

「我很感動，可是，我又不無遺憾，你那位世界上最優秀的男人，想必已經不在人世了吧？」項羽有些得意地道，他一直堅信，在自己的流雲道真氣攻襲之下，沒有人可以倖免。

「你爲什麼會這樣認爲呢？」紅顏的眉間閃出一絲怒意道。

「因爲，我已經很久沒有聽到有關他的消息了！」項羽幸災樂禍地道。他這樣做，並非是性格上有什麼問題，而是因爲男人都有這樣的通病，那就是希望自己的情敵永遠不如自己。

紅顏人在高處，環視四周之後，淡淡地笑了：「如果他真的死了，那麼，你這幾年又是和誰爲敵呢？」

項羽渾身不自禁地震動了一下，幾乎不敢相信自己的耳朵。因爲，這簡直讓人不可思議，更超出了人類可以想像的範圍。如果紅顏所說的一切都是真的話，那麼，這無疑是亙古未有的一個傳奇。

回想起來，項羽的確發現這幾年來的劉邦與自己記憶中的劉邦有種種不同之處，這些不同之處雖然非常細微，但一旦留意，未必就不能從中發現一些蛛絲馬跡。然而，項羽將這些差別歸之於劉邦地位的改變，從來就沒有把它當一回事。

「你，你，你是說，現……現在的漢，漢王劉，劉邦就是……」項羽瞠目結舌道。

「不錯！」紅顏點了點頭道：「你只要想想，如果不是這樣，我又怎麼會在這個時候出現於這裡呢？」

項羽聞言終於明白紅顏所言非虛，他早已看出，剛才那九名高手之中至少有六名來自於問天樓，而另外三名則來自聽香榭，如果當今的漢王不是紀空手，那紅顏根本就不可能和他們成爲一路人。

這對項羽是一個沈重的打擊，特別是當著紅顏的面，他感到自己作爲男人的尊嚴正一點一點地消逝殆盡。惱怒之下，他已握住劍柄，冷然道：「這麼說來，你是來殺我的？」

「我不殺你，也不想殺你。」紅顏看了他一眼道：「你已經夠可憐了。」

項羽忍不住一陣狂笑，半晌方止道：「笑話，我堂堂一代霸王，何須要人可憐我？只要我願意，今日在場的每一個人都將成爲我劍下之亡魂，其中也包括你！」

紅顏緩緩地取下臉上的面具，露出那張清秀可人的小臉，淡然道：「你可以殺了我，卻依然改變不了你可憐的命運，只要你還有思想，就應該可以預見到你自己的結局！」

她跳下樹枝，落到地上，悠然接道：「你好好地想一想吧，如果你不殺我，我想我該走了。」說完如一陣柔和的清風自項羽的身邊擦肩而過，輕盈地消失在密林中，留下的，是一縷幽香，還有讓項羽沈思的話語。

◆

在垓下的行營中，紀空手穩坐中軍帳，在他兩邊列隊而立的正是各路諸侯和麾下大將，所有人的臉上都顯得亢奮異常，其中不乏有幾分冷峻。

這次攻克垓下，大破楚軍，雖然在氣勢上完全壓過了對方，但面對勇悍的西楚軍，大漢軍的傷亡亦不小，幾乎付出了與西楚軍同等的代價。然而，從將帥到戰士，沒有一個人會覺得這樣的代價非常慘重，畢竟，他們取得了決定性的勝利。

經過了短暫的休整之後，各路諸侯和大將們便接到了漢王召集的命令，他們雖然不太清楚漢王為什麼要急著召見自己，但知道漢王已將下一個目標對準了韓信的江淮軍和匈奴鐵騎。

畢其功於一役！誰都明白，只要再打贏江淮軍的這一戰，那整個天下就是大漢的，而他們都將作為功臣得到應得的賞賜。所以，在場諸將的心情都非常不錯，未等三通鼓停，所有人都到齊了。

「大勝之後，無論是一方統帥，還是一名戰士，都難免會有懈怠之心。」紀空手眼芒掃向全場，緩緩而道：「但項羽當年進入關中，正因有了懈怠之心，才導致了今日之敗。所以，既有前車之鑒，就需要我們打起精神，面對與江淮軍的這場大戰，本王希望這一戰是我們的最後一戰，從此之後，天下太平！」

眾人精神為之一振，紛紛附和。

紀空手大手一擺道：「我們雖然有這個決心，但韓信未必就肯成全我們，所以明日一戰，我們還須努力。」

樊噲站起道：「末將有一言，不知當講不當講？」

「但說無妨。」紀空手知道最先突破垓下城防的正是樊噲，他能立下如此首功，自然受到紀空手的偏愛。

「以末將的愚見，我們應該乘勝攻擊，此刻我軍將士士氣正旺，對江淮軍實施攻擊，必事半功倍。如果將戰事拖到明天，萬一走漏消息，讓江淮軍有了準備，或是不戰而逃，我們只怕要後悔莫及了。」樊噲清了清嗓音道。

「你說得並非沒有道理。」紀空手點頭道：「但發動夜戰，需要充足的準備，一旦出現旗號不明之狀況，就容易引起大的混亂，反而爲敵所乘，這當然不是你我所希望看到的結果。所以，本王認爲，只要不走漏消息，天明時分大軍向鴻溝推進，才是最佳時機！」

「可是，誰也不能保證消息不會走漏出去，萬一有人通風報信，讓韓信得到消息，只怕他不戰而逃，據守齊趙，到時又要打一場相持久遠的消耗戰了。」樊噲有些擔心地道。

紀空手以嘉許的眼光看了他一眼，道：「你能這麼想，說明軍事才能非凡，頗有大將風範。不過本王已考慮到了這一點，所以早有防範，你大可不必擔心消息會走漏出去。」

他轉頭望向彭越道：「英布的人馬有什麼動靜？」

彭越道：「他們都在原地待命，沒有異常的反應，而我的大軍全部布署在他們營地的週邊，一有異變，可以在最短時間內作出最快的反應，控制局勢。」

紀空手非常滿意彭越的回答，點了點頭道：「有罪的是九江王，而不是他的人馬，對其麾下的將士，我們必須要以安撫爲主，使其爲我所用，而不是一味地強壓。倒是九江王的一些死黨賊心不死，可以採取強硬手段，或殺或囚，以免他們跳出來趁機作亂！」

彭越不是漢王嫡系，卻肩負著監視九江王軍隊的重任，心下十分感激漢王的信任，當即稟道：「我的手上正有一份九江王死黨的名單，共計一千七百二十三名，已經都在我的控制範圍之內，大王不必擔心。」

「這樣最好！」紀空手拍掌笑道，目光隨即又轉向周殷。

周殷站起道：「我奉漢王之命，就在大軍攻城之前，率部向鴻溝挺進，密切監視江淮軍的一舉一動。我可以保證，只要江淮軍一有風吹草動，我可以在第一時間得到消息，作出反應！」

「如果有人想向韓信通風報信呢？」紀空手所擔心的就是這一點。

「除非他有翅膀，從天上飛過，否則要想通過我們的防禦線，只怕比登天還難。」周殷非常自信地笑了起來。

樊噲聽了這一問一答，才明白漢王早對自己有所擔心的問題作了周密的布署，提前作好了應有的防範，當下有些不好意思地道：「原來大王早就有所準備，看來末將多慮了。」

「不！」紀空手一臉肅然道：「身爲一方統帥，事務繁忙，日理萬機，憑一個人的精力，是很難做到面面俱到、不出現一絲紕漏的，要想做到滴水不漏，他的身邊就需要一批敢於上書直諫的謀臣將軍，隨時提醒他的錯誤所在。唯有如此，才可以最大限度地減少錯誤，以最小的代價換取最大的勝利。所以，本王身邊像樊將軍這樣人不是多了，而是少了，如果人人都能做到知無不言、言無不盡，那麼，這個天下早晚都是我們的！」

張良點頭道：「這也許就是大王之所以勝、項羽之所以敗的主因吧！項羽只有一個范增，尚且不能容人，將之放逐，可見注定了他最終不能成事。」

眾人無不笑了起來，笑過之後，大多數人心裡冒出一個這樣的問題：「項羽之所以能夠無敵於天下，范增功不可沒，假如范增不死，依然被項羽奉爲亞父，這楚漢之爭又會是怎樣一個結局呢？」

紀空手此時在大漢軍中的威望，已經高到了無以復加的地步，特別是攻克垓下一役，在所有將士的眼中，這本是一項不可完成的任務，但紀空手卻在一夜之間大敗西楚軍，這不能不被人視爲奇蹟。

紀空手最大的好處，在於放權，他相信張良的軍事才能、戰略眼光，所以總是將排兵布陣、指揮作戰的權力交到張良手中，而他自己卻躲於幕後，審視戰爭的每一個進程，每一項步聚。他從來不打無準備之仗，在大戰之前，首先做到知己知彼，其實就是通過考慮敵我勢力的對比，從中找到突破口，最後果敢地發出致命一擊。他堅信，以自己最強勢的兵力攻擊敵人最弱的地方，往往可以做到無往而不利。

當所有人領命而去之後，大帳內只剩下紀空手、張良、龍賡三人，紀空手的臉色再一次顯得冷峻起來。

「是誰擔負著追擊項羽的任務？」紀空手的目光投向張良，一切行動計劃雖然出自紀空手之手，但真正實施者卻是張良，是以紀空手才有此問。

「陳平，他率領一萬精銳騎兵自南門追擊，按照大王的吩咐，我已嚴令他們不得過於靠近，只要隨時讓項羽感到壓力即可，如有冒進貪功者，殺無赦！」張良談吐清晰地道。

「呂雉、紅顏她們是否已經到了預伏位置？」紀空手道。

「應該到了。」張良的眉頭皺了一下道：「我現在擔心的是項羽會不會如我們所願選擇那條路？如果他自另外一條路上逃走，那我們此舉無異於縱虎歸山！」

「這就只有聽天由命了。」紀空手淡淡而道：「如果項羽這一行人中真的有人識路，就是天不該絕項羽，我們也無法可想，但假如他們之中無人識路，那麼這一次，項羽必死無疑！」

張良的臉上露出狐疑之色，道：「既然如此，我們何不主動一點，就在南門外設伏，也不至於有這份擔心。」

紀空手的臉上露出一絲苦澀之笑，緩緩而道：「項羽若是真的這麼容易被人擊殺，我又何必要如此用盡心機？他能夠無敵於天下，就必然有無敵於天下的實力，儘管此刻他正拚命逃亡，但就算陳平與紅顏她們前後夾擊，也不可能將項羽置於死地！」

張良吃了一驚道：「難道你與龍賡聯手也不敵一個項羽？」

紀空手與龍賡相視一眼，道：「以我二人之力，只怕要想殺他猶難。所以，早在兩年之前，我就精選了九名高手研究一套陣法，專門用來對付項羽，這套陣法的名字就叫『十面埋伏』！」

「十面埋伏？」張良怔了一怔，念道。

「不錯，這套陣法就叫十面埋伏，而我們此次的行動也叫十面埋伏！所謂埋伏，就是採用隱蔽的方式攻擊敵人，而我們這次行動，所用的乃是攻心戰，針對項羽的性格心理對症下藥，從而讓他不戰而亡。」紀空手顯然對自己的計劃充滿信心，精神一振道。

張良聽得一頭霧水，道：「你與九大高手研創的這套陣法難道還不能擊殺項羽嗎？若事實如此，這項羽豈不成了不死的妖怪？」

「項羽號稱天下第一，其武功的確到了登峰造極的地步，我曾經與他有過交手，所以深知其厲害。」紀空手回想起來，猶覺心有餘悸，緩緩接道：「其實，在很早以前，我就認識到憑武功是不可能征服項羽的，之所以要研創十面埋伏這套陣法，是因爲它只是我所用的攻心戰中的一種。而真正的十面埋伏，是我針對項羽的心理設下的十個障礙，他只要繞不過去，就唯有自殺一途！」

張良和龍賡面面相覷，似乎誰也沒有參透紀空手話中的玄機，唯有將目光緊盯在紀空手臉上，想從他的表情上讀出一些東西。

「你們爲什麼不問問我爲何要給這次行動取名爲『十面埋伏』呢？」紀空手悠然問道。

「書中有云：四合八荒，意指天下。八方是指東、東南、南、西南、西、西北、北、東北，以八方替代八面，再加上天、地，合稱十面，一旦人入其中，自然無處可逃。」張良似有所悟道。

「不錯，我當初將這套陣法取名爲十面埋伏，就是要讓項羽無處可逃，受困於此。然而我很快就發現，當世之中，無論是武功，還是陣法，沒有一種是真正可以制服項羽的，以這套陣法來對付項羽，只怕也是徒勞。」紀空手微微一笑道：「不過，有所失必有所得，當我在研究項羽這個對手時，卻有一個非常重要的發現，那就是項羽的行事作風與性格上存在弱點，只要加以利用，未必就不能收到奇效。」

「在世人眼中，項羽是一個強者，他不僅是流雲齋當代閥主，也是縱橫天下的西楚霸王。按理說，他的心理素質應該遠勝常人才對。」紀空手繼續道：「可是，我卻想起了小時候聽過的一個故事，故事就發生在淮陰。有兩個大戶人家，在江淮城裡都小有名氣，他們之間唯一的不同就是各自的出身：一家是子承父業，依靠祖宗財產過活；另一家則是從小窮苦，依靠自己的雙手打拚才掙下了一份家業。他們毗鄰而居，兩家相處得也不錯，然而不幸的是，有一天他們所住的那條街遭遇了一場大火，竟然將這兩家的財產燒得一乾二淨。」

張良和龍賡心中生奇，不明白這個故事與項羽的心理有何關係。紀空手的眼神卻變得深邃起來，緩緩接道：「這兩家遭受了同一劫難，按理說他們今後的命運應該相差無幾，可是十年過後，這兩家的命運卻各不相同，甚至有著天壤之別，其中的一家淪爲乞丐，而另一家則重新成了江淮城中小有名氣的富戶。你們知道這是爲什麼嗎？」

直到這時，張良似乎才悟出了什麼，眼睛一亮道：「我想，這位重新富了起來的人，一定是那位從小窮苦、依靠自己雙手打拚掙下家業的人。」

「不錯！」紀空手微笑道：「正因爲他是白手起家，所以在遭到劫難之後，可以調整心態，重新來過。而那位世家子弟顯然不能承受這種劫難帶給自己的刺激，心態失衡，最終只能淪爲乞丐。」

龍賡拍起手來，笑道：「你所說的這位世家子弟我聽起來怎麼這樣熟悉？細想一下，此時的項羽不正是落魄的世家子弟嗎？」

「其實，這就是項羽心理上的最大弱點，一旦外部環境發生急劇的變化，他沒有迅速適應這種變化的承受能力。」紀空手似是有感而發道：「由『窮』入『奢』易，而由『奢』適應『窮』則難，這最能說明人性的弱點。當一個縱橫天下、傲視群雄的西楚霸王突然在一夜之間淪爲喪家之犬，誰都難以接受這樣的現實。」

「你說的固然不錯，可是，就算項羽不擅於調整自己的心理，但他對武道的領悟已到了登峰造極的地步，意志堅韌，只怕不會如我們所願絕望至自殺吧？」龍賡的眉頭一皺，似想到了什麼道。

「所以，我才布下這十面埋伏，看他能不能突圍而去！」紀空手淡淡地道：「這十面埋伏，其實是箍在項羽心裡的十個心結，將他的心一點一點地纏緊，無法突破，最終感到一種絕望，一種對生的絕望！唯有如此，他才會親手殺了自己。」

「何爲心結？」張良與龍賡近乎是異口同聲地道。

紀空手深深地看了兩人一眼，仿如佛唱般沈聲道：「心結是一張網，一付枷鎖，抑或是無數看不見的塵埃，當你無法突破它的時候，它就是一條要命的繩索。」

◆

項羽喃喃而道：「我可憐嗎？我真的很可憐嗎？」

他無法在心裡回答自己，因爲他始終找不到這個問題的答案，他只是覺得，這一切的發生就像是一場夢，讓人無法相信它的真實。

昨夜所發生的一切來得是那麼突然，那麼緊湊，那麼連貫，根本沒有時間讓他靜心地想上一想。

也許，他壓根兒就在迴避現實，即使有這個時間他也不會認真地深思下去。

讓一個失敗者面對現實，總是一件非常殘酷的事情，尤其是這個人曾經從未敗過！

但讓項羽最不能接受的是，一直被他視作大敵的劉邦，竟然是紀空手所扮！這實在是太出乎他意料之外，讓他有一種被人玩弄於股掌間的感覺。

項羽討厭紀空手，更討厭紀空手的出身，如果紀空手不是一個無賴，說不定他的這種厭惡感會減輕不少，這只因爲，當年的紅顏竟然選擇了紀空手而並非他，他絕不能容忍自己輸給一個無賴，不管是在哪一方面！

對於項羽來說，他出身於名將之後，又是流雲齋的閥主，如此的出身養就了他天生的優越感。所以，在他的眼中，無賴只是一個遙遠的名詞，可以將之視爲糞土，然而就在今天，紅顏的出現告訴了他，他不僅在情感方面輸給了這個無賴，就是在戰場上，他也不是這個無賴的對手。

這簡直就是一種恥辱！他已不敢再想下去。

一陣寒風吹過，項羽緩緩地回過頭來，卻見蕭公角、龍且等二十八人正默默地站在自己身後，敵人早已退卻，沼澤密林之中橫躺著數百名屍體，乍一看，猶如地獄。

敵人來得突然，去得也快，就像一陣狂風吹過，大地顯得極爲零亂。若不是鼻間還依稀留著紅顏身上的那絲絲幽香，項羽幾疑這只是一場惡夢。

他的心中禁不住狂躁起來，臉上的青筋突起，倍顯猙獰。此時的項羽，就像是一頭曾經肆虐橫行、爲所欲爲的魔獸，突然陷入到牢籠之中所出現的反應，根本無法控制住自己的情緒一般，讓蕭公角等人看得無不心中生驚。

在蕭公角的記憶中，項羽永遠是鎮定、冷靜、無所畏懼的強者，即使在他十餘歲的時候，給人的印象也是少年老成。當年新安一戰，最初的形勢並非對西楚軍有利，甚至還有腹背受敵之虞，但項羽卻臨危不懼，只率領數百騎連夜闖入大秦主帥章邯的營帳，說服了章邯率部投降。此舉一出，天下譁然，無人不贊項羽文武雙全，膽量更可包天。

「這兩個項羽是同一人嗎？」目睹著項羽如此巨大的反差，蕭公角簡直不敢相信自己的眼睛，他甚至從項羽狂亂的眼神中看到了一絲驚懼，這讓他在心裡情不自禁地問著自己。

「大王，我們此刻是退……是進？」龍且面對項羽有些失常的表情，忐忑不安地問道。

風吹過，讓項羽的頭腦頓時清醒了一些，寒光掃出，從身後二十八人的臉上一一掃過之後，這才冷然望向龍且道：「按你的意思，我們是該進呢？還是該退？」

龍且似乎沒有料到項羽會有此問，呆了一呆道：「如今大家非常疲累，再過沼澤，只怕體力難支，所以後退顯然不成；但是若要向前，誰也預料不到敵人還有多少埋伏正在等著我們，看來這進也絕非良策。」

項羽的表情緩和了一些，輕歎一聲道：「你說得對，我們現在的確是有些進退兩難了。」

他的情緒顯得消沈，從一字排開的二十八人身前緩緩走過，步伐很慢，慢得近乎有些沈重，就好像他的身上背負了一個重重的殼，讓他幾乎難以承受其重。

當他艱難地從最後一個人的面前走過時，霍然轉身，整個人如山嶽般挺立，一字一句道：「既然進退都難，我們就原地等待，不是等死，而是等待戰鬥！」

蕭公角等人無不精神一振，高呼道：「戰鬥！戰鬥！」

第十四章　浴血戰神

項羽大手一揮，緩緩而道：「自起事到現在，屈指算來，已有八年了，我親身經歷大小戰役上百，各位都是這一記錄的見證。這八年來，誰阻擋我，我就打垮誰；我攻擊誰，誰就降服我！可以說從未打過敗仗，也因此才得以雄霸天下。然而，世事變化殊難預料，我擁數十萬大軍離開江東，直到今日，卻只剩下你們二十八人侍候左右，並且陷入進退兩難的困境。」

頓了一頓，他長歎一聲道：「哎，這是上天要滅我項羽呀！而不是我項羽不會打仗的過錯，爲了證明這一點，今天，我決定與各位在這裡痛痛快快地打上一仗，不僅要砍殺敵將，毀敵軍旗，更要衝出重圍，全身而退！讓天下人都知道，我項羽之所以敗，並非是我的過錯，而是天意如此呀！」

眾人聞聽，渾身頓覺熱血沸騰，每一個人都高舉手中兵器，遲遲不肯落下。

蒼茫大地上，彷彿多了一股悲壯的氛圍，殘陽如血，映紅了半邊天。

決戰鴻溝，兵分三路。

紀空手親率數十萬大漢軍坐鎮中路，有條不紊地向鴻溝開進；周殷、彭越各率本部協防左右，浩浩蕩蕩地如洪流般直奔鴻溝的兩肋，構築起三面夾擊之勢。

這三路兵力，已經是當世之中最強大的勢力，兵多將廣，士氣高漲，挾大破西楚軍的餘威，直面韓信三十萬江淮軍。

待韓信得到大漢軍向鴻溝推進的消息時，已爲時晚矣，漫山遍野的大漢軍在號角連連、旌旗獵獵之下，正源源不斷地向鴻溝開來，車、騎、步各兵種相互協調，以整齊統一的步伐一步步地向前推進。

如果江淮軍在這時撤退，無疑是極爲不妥的，此時兩軍相距的距離只有二十里，根本不是撤退的最佳距離。

對於身經百戰的將帥來說，撤退並無不可，有的時候，撤退也是一種謀略，一種藝術，關鍵就在於把握撤退的時機和距離。當兩軍相距的距離只有二十里時，沒有哪位將帥會下達撤退的命令，這只因爲這個距離太短，一旦大軍撤退，敵軍追擊，不容易拉開距離，反而容易讓敵軍形成高山滾石之勢，銳不可擋。如此一來，撤退便不是一種謀略，一種藝術，而是招致敗局的愚人之舉。

韓信不是愚人，而是一個非常聰明的主帥，所以他沒有撤退，而是集結大軍，企圖與大漢軍在鴻溝決戰。

這看上去是一場實力懸殊的決戰，但韓信卻不這麼認爲，在他看來，這一戰勝負難料，猶有變數——

變數之一，鴻溝乃天塹之地，易守難攻，大漢軍要想跨越鴻溝殊屬不易；

變數之二，在自己身後不過十里處，二十萬匈奴鐵騎已經結陣待命，就算大漢軍費盡九牛二虎之力跨越鴻溝天塹，也必將遭到江淮軍與匈奴鐵騎的致命反擊。

讓韓信感到自信的，不僅僅是因爲這兩大變數，還在於他對自己江淮軍的戰力相當滿意。經過了北上征伐齊趙的一系列戰事之後，當初那支只在訓練場上操練的江淮軍，已被鮮血洗滌爲一支紀律嚴明、作戰勇猛的鐵軍。

雙方軍隊各以自己的節奏向鴻溝挺進，戰鼓驚天，黃沙漫捲，整齊劃一的腳步聲震得地面咚咚直響。從高處往下俯瞰，就彷彿看見兩道巨大的洪流自兩端飛瀉直下，欲以最猛烈的氣勢吞沒對方一般。

天空也爲之一暗，厚重的雲層正一點一點地暗黑起來，團聚於鴻溝上空，風靜、雲止，氣氛顯得愈發凝重起來。

茫茫原野之上，突然斷開了一道裂縫，長數里，寬數里，深近百尺，岩石懸空，犬牙交錯，極度猙獰，就像是盤古開天時的一個失手，讓巨斧在大地上劃出一道輕痕，這就是鴻溝！

鴻溝無水，只有亂石、黃沙，狂風穿溝而過，如一隻巨大的野獸發出的哀怨之聲，讓人不寒而慄。誰又能斷定，這一戰之後，鴻溝中流滿的不是血，填滿的不是屍體呢？

沒有人敢斷定！這只因爲誰看到了這種陣勢，誰的眼前就會晃過血流成河、屍積如山的畫面，誰都堅信，這一戰必定慘烈。

「嗚……」一聲淒厲的狼嗥，自遠山遙傳而至，那狼嗥聲中的孤獨、寂寞，讓人心變得酸楚起來。

獨狼立於高處，牠在淒嗥什麼呢？

◆

項羽終於等到了，等到了這一場以二十九人對決萬人的血戰！

這絕對是當世之中實力最爲懸殊的決戰，對項羽來說，這不重要，當一個人將生死置之度外的時候，還有什麼時候可以讓他珍視的呢？也許，只有一樣東西，那就是榮譽！

這的確是爲榮譽而戰，至少，項羽想在這一戰中證明點什麼，所以，當陳平率領萬人鐵騎向項羽等人包圍過來之時，項羽的臉上沒有任何驚懼，有的只是一種淡淡的蔑視！

在項羽的身後，二十八名將士已經蓄勢待發——他們能夠活到現在，這本身就證明了他們是西楚軍中精英的精英，每一個人的臉上，同樣看不到半點驚懼，有的只是激昂跳躍的戰意！

當陳平看到這種場景之時，他禁不住怔了一怔，似乎沒有料到項羽不僅沒有逃亡，反而在這裡等著自己，所以就在大軍逼近項羽百步之時，他當機立斷，下令所有的將士停止了前進。同時，他要求所有的弓箭手張弓待發，目標只有一個，那就是項羽！

這種靜默的對峙沒有延續多久，靜態的平衡被項羽打破，他的目光冷冷地掃視著在場的所有敵人，那隻如蒲扇般大小的手掌緩緩地、充滿力度地伸向了自己的腰間。

「嗆……」一個近乎龍吟之音久久在密林上空迴盪，陳平只覺眼睛一花，再看時，便見項羽的手中已多了一把巨闕之劍。

此劍之長，世間罕見，劍背之厚重，猶如一道山樑。劍身上泛出一股淡淡的異彩，透發出一道驚人的殺機，當它跳入虛空時，誰都知道這絕非兵中凡品，乃神兵利器。

劍一出鞘，項羽的臉上露出一絲猙獰之笑，就像是來自阿鼻地獄的惡魔，渾身上下標出一股非常張狂的魔意。

「你們終於來了。」項羽完全是以嘶喊的音調在高聲叫著：「好！很好！」

他的聲音就像是平地裡炸起的一道驚雷，令所有人都情不自禁地後退了一步。當項羽跟進一步時，濃如烈酒的殺氣迅即充斥了整個虛空，壓力之大，讓人幾欲窒息。

「你別過來，就站在原地不動，否則的話，可別怪我不客氣了！」陳平顯然感受到了這種壓力，立刻厲聲喝道。

「憑你也敢命令我嗎？真是笑話！」項羽冷然一笑，根本不理會陳平的警告，依然按著自己的節奏踏步而前。

陳平沒有任何的猶豫，沈聲對身邊的弓箭營將軍呂馬童道：「只要他敢踏入五十步之內，立馬放箭！」

呂馬童應聲領命，手執一面令旗拍馬而出，冷冷地盯著正向自己走來的項羽。

三千支快箭已在弦上，目標只有一個！箭鏃上反射出來的寒芒，顯得異常耀眼。

而項羽卻仿如不見，倒似在花叢之中漫步一般，神態顯得從容而悠然，每踏出一步，都震得地面顫動幾下，如戰鼓般張狂出無窮戰意。

陳平的眸子裡不禁閃出一道異彩，眼神中充滿著難以置信的表情。他實在不敢相信，身處絕境的項羽竟然還能有這樣的自信，這樣的戰意！在他的想像中，連遭劫難的項羽就算沒有淪落到如喪家之犬般張惶，也應該是意志消沈，慌不擇路地逃命而去，可是他卻只帶了區區二十八人，竟敢與自己上萬鐵騎抗衡對立。

這實在是一件不可思議的事情，也出乎陳平的意料之外。驚奇之間，他突然想起了紀空手在臨行前的再三叮囑，不由佩服起紀空手的確有先見之明，更有對事態發展的預判能力。

行動中的項羽，與他身後的二十八人就像是一座緩緩推移的山嶽，一點一點地給對手最大限度地施加著壓力。當他們一步一步縮小著與漢軍相距的距離時，所有的漢軍將士甚至產生出一種錯覺，那就是他們所面對的不僅僅只是項羽和他的二十八名屬下，而是千軍萬馬的氣勢！

當項羽一行踏入五十步之距時，呂馬童手中的令旗終於揮下。

「嗖……嗖……」數千羽箭破空而出，如飛蝗流星般籠罩了密林的上空，其聲勢之烈，就像是天邊響起的一串風雷。

「殺啊！」羽箭破空，沒有人閃避，在項羽的帶領下，那二十八人揮舞著兵器迎箭而上，若下山猛虎般直插漢軍隊伍之中。

箭雨在擋擊下紛紛墜落改向，並不能給這一群武道高手帶來真正的威脅，他們反而利用了箭雨障眼的這點時間，迅速與漢軍拉近了距離。

陳平吃了一驚，就在他吃驚的同時，項羽等人已經衝入了漢軍的陣營，所到之處，遇者立斃，鮮血飛濺，人頭亂飛，殺得漢軍如潮水般向後飛退。

連同項羽一起，這二十九人竟然在漢軍將士之中穿行自如，發動起如水銀瀉地般的攻勢。他們每一個人都是以最無情的方式出手，眼睛殺得通紅，刀劍落下，如砍瓜切菜一般，只不過用了一炷香的時間，密林前竟然倒下了數百具屍體。

陳平驚駭之下，立刻組織將士就地反擊。他採取分隔敵人、各個擊破的戰術，不惜一切代價地切割掉項羽的隊形。

這種切割戰術果然見效，在損失了足有上千將士生命的同時，項羽等人迅速被漢軍分爲三部，等到項羽識破陳平意圖之時，已有幾名高手折損於漢軍手中。

項羽巨闕之劍劃過，連斬十人首級，突然大喝一聲：「隨我來！」竟然一連衝破了漢軍的數道包圍，與自己所有的屬下會合一處，飛退到密林之中。

他們進退自如，行動如電閃之猛，殺得漢軍不敢入林追擊。項羽細點人數之後，己方折損了十人，再回頭看時，密林之外到處都是漢軍將士的屍體，項羽不由傲然道：「怎麼樣？」

蕭公角等十八勇士雖然渾身浴血，滿臉疲累，卻由衷佩服道：「誠如大王所言，天下無人可以打敗大王。」

項羽望著每一個人臉上的塵土血漬，突然心頭一酸，低下頭道：「可是，這又有什麼用呢？天要滅我，奈何其哉！」

蕭公角厲聲喝道：「大王怎麼能這般消沈呢？大丈夫活於世上，只要一日不死，就絕不言敗！我們只要能夠衝破重圍，回到西楚，何愁沒有東山再起的機會？」

項羽渾身一震，緩緩地抬起頭來，道：「你說得對！我絕不能輸給那個無賴！」

◆

兩支大軍在一步一步地接近鴻溝，殺勢也在這腳步聲中醞釀成形，上百萬人馬在同一時間踏步前行，便是人在數十里之外，也依稀能聽到這震天動地的聲響。

韓信人在馬上，目光如電，穿越虛空，似乎在搜尋著什麼。

他的臉色顯得異常冷峻，就像是一座飄移的冰山，讓人無法揣度他思維的足跡。

這種超乎於尋常的冷靜，來自於他的自信。對眼前這種大場面，他顯得並不陌生，一切的記憶彷佛都刻下了那場蟻戰的痕跡。

一切都是那麼地相似，相似得讓人幾乎不敢相信自己的眼睛，這種相似透發出來的詭秘，這份神秘，讓韓信堅信這是天意。

兩支大軍終於在僅距鴻溝三箭之遙處停下，動作是那麼地整齊，使得大地彷彿在一剎那間盡失生機，如地獄般死寂。

靜，靜至落針可聞，這靜極之後，是讓人幾乎難以承受其重的壓力。每一個人臉上的表情都是那麼地肅穆，那麼地莊嚴，彷彿面臨的不是一場決戰，而是生與死、血與火的洗禮。

「得……得……」打破這種靜寂的是一陣輕緩而富有韻律的馬蹄聲，聲音不大，卻在這蒼茫大地上傳出了陣陣厚實的回音，它更像一通激昂的戰鼓，點擊著每一個戰士緊繃的神經。

只聞其聲，未見其人，誰都在想：「這是誰呢？當百萬人靜默相對時，他卻孤立獨行，這豈不也很需要勇氣？」

便連韓信也爲之一怔，眉頭緊皺，循聲望去。

對面的大漢軍營之中，隨著蹄聲的臨近，旌旗、刀戟、戰士如潮水般向外兩分，讓出了一條幾達數丈的路徑，在這段路的深處，隱約可見一騎緩緩踏前而行。

當韓信的目光鎖定著這個小點前移時，心頭禁不住震動了一下，感覺到渾身上下的神經在一點一點地繃緊，毛孔急劇收縮，猶如荒原中的野獸陡遇危機一般，極度緊張起來。

雖然他還不能完全看清對方的臉，卻已經猜到了對方的身分，如果那坐在馬上的人不是漢王，有誰還能如他這般從容地震懾八方？

那是一道若長槍般挺立的身影，從百萬大軍當中悠然穿行，構成了一道獨特的風景線。當這道身影緩緩前移之時，所有的江淮軍將士無不感到了一種如泰山將傾的壓力，禁不住倒退了數步。

一騎一人，繼續前行，將整個大軍甩在身後，直到鴻溝的一段懸壁處才勒馬停下。這裡無疑是鴻溝的最窄處，兩段突出的懸崖如天狗的暴牙支出，使得這段空間相距最多不過七丈之寬。

韓信的心中不由一動，眼前似乎看到了一幅慘烈的畫面：假如此刻有三十萬支勁箭對準這懸崖之上的漢王，一聲令下之後，會是一個怎樣的結局？

他不知道，也壓根兒就沒有想過要試上一試，因爲他從來不願意將一些事情簡單化，更相信以漢王的智慧，絕不會做毫無把握的事。

所以，他只有等，靜觀其變，再作決定。

立在懸崖之上的紀空手，俯瞰著旗幟分明、佇列整齊的江淮軍，心中之感慨不禁油然而生。韓信與他一樣，都是來自於淮陰城中的街頭混混，兩人識字不多，對兵家謀略更是不通，想不到數年之後，都成爲了一支大軍的統帥，這的確是讓人歎爲觀止的奇蹟。

在這奇蹟的背後，紀空手深感自己這些年來的艱辛和不易。不過，比之韓信，他不僅有知音亭的全力支持，還有張良的全心謀劃，而韓信卻完全是白手起家，憑著個人的努力成爲威震一方的諸侯，兩者並沒有太多的可比性。

「看來，當一個人熱衷於名利之時，其能量的確是不可估量的，若非是他當年在大王莊時刺出的那一劍，我們又何至於反目成仇，鬧到今天這種你死我活的地步？」紀空手的表情異常嚴肅，無論他心中怎麼想，今天都應該是他與韓信了結恩怨的時候。

所以，他深深地吸了一口氣，緩緩而道：「請淮陰侯上前一步說話！」

他此言一出，所有的人都怔了一怔，顯然誰也沒有料到紀空手會說出這麼一句話。在他們的心裡，設想過千萬種決戰的開局，也經歷過上百次血戰，但誰也沒有想到紀空手會以這種方式開局。

韓信的心中一跳，這才知曉漢王之所以能夠擊敗項羽，絕非僥倖，其一舉一動，看似無心，實則有意，根本不能以常理衡量，就從他現身的那一刹那開始，不知不覺中，他已經在氣勢上占到了上風。

這種行事作風，總讓韓信有似曾相識之感。然而，他並沒有深思下去，因爲就在這時，紀空手再次重覆了一句：「請淮陰侯上前一步說話。」聲音不高，卻帶著一種渾厚的金屬共鳴，讓所有人聽了，都覺對方彷彿就在自己耳邊說話，久久不能逝去。

事已至此，韓信沒有理由再不現身，否則他就有示弱之嫌，這對己方將士的士氣是一個不小的打擊。所以，他拍馬而出，直奔那段懸壁而去。

他的速度之快，四蹄懸空，塵埃漫起，與紀空手出現的方式構成了一個明顯的反差，當駿馬衝到懸崖邊上時，他的大手一緊，只聽「希聿聿……」一聲長嘶，駿馬昂首挺立，前蹄踢向虛空，穩穩地定在懸壁之上。

一快一慢，都顯示出了兩人駕馭烈馬的能力，同時以各自出場的方式鼓舞己方的士氣。其實戰場如商場，如江湖，無所不用其極，最終的目的卻只有一個，那就是贏得勝利！

當兩人終於站到懸崖兩端隔空相望時，他們也成爲了這一戰中最矚目的焦點。兩人所代表的都是各自一方的極巔，都是統領數十萬大軍的主帥，理所當然，他們也成了這場決戰最終的主角。

◆

當項羽再次殺入敵陣之中時，他已不是想證明些什麼了，而是隨時隨地地捕捉著突圍的戰機。他的確不甘心敗在紀空手的手上，在他的眼中，從來都沒有把紀空手放在眼裡，即使在紀空手與韓信一夜成名、成爲當今江湖上叱吒風雲的人物之時，他也始終不承認紀、韓二人會對自己構成任何威脅。

這只因爲，他打心眼裡瞧不起他們，紀韓二人只不過是街頭小混混而已，又怎能與他這個世家子弟相提並論？就算是敗，他也絕不能敗在他們手上！

求生的欲望讓他的能量完全爆發，巨闕之劍所向，殺意激昂，殺氣流瀉，龐大無匹的勁氣猶如蒼龍自劍鋒中噴吐而出，席捲向企圖擋在他面前的每一個對手。

雲聚、風湧，山林在狂風吹捲下呼嘯不止，肅冷的殺機如無形的空氣，迅速充斥了這裡的每一寸空間，使置身其中的每一個人都感到了那種嚴冬的肅寒。

馬嘶如號，人仰馬翻，千軍萬馬中，無人可擋項羽巨闕之劍的鋒芒，所過之處，必是一片淒美的血光。

耀眼的鮮血，漸漸染紅了大地，屍體漸漸臥滿了林間。殺紅了眼的項羽，已經顧不上自己身後的屬從，意識幾乎陷入了瘋狂，只能重覆著相同的一個動作，那就是殺人，無休止地繼續屠殺！

陳平身爲壓陣的主帥，距項羽尚有一段距離，但他卻被這狂野無忌的殺戮感到心驚。他目睹著一排緊接一排的漢軍將士倒在項羽的巨闕之下，審視著那目無表情、充滿赤紅的眼睛，心裡禁不住問著自己：「這是人，還是魔鬼？」

他無法回答自己，因爲他所看到的一切充滿著太多的矛盾，太多的對立。如果項羽還是一個人的話，他就不會這樣的無情，彷彿他面對的不是人，而是豬狗之類的畜牲，一劍揮下，總是堅決而充滿力度，沒有一絲猶豫；如果項羽是個魔鬼，意識就不會這樣清晰，當他下手的一剎那，總是可以不差分毫地躲閃過敵人的襲擊，然後將他的劍準確無誤地刺入敵人的體內。

陳平幾乎不敢正視這樣的場景，直到這時，他才相信紀空手說過的一句話：「當世之中，沒有人可以憑武功征服項羽，如果非要找出一個，那就是唯有他自己！」

如果真的如紀空手所言，那麼，項羽便不是人，也不是魔鬼，而是一個神，不死的戰神！

屠殺依然繼續著，在號稱「天下第一高手」的項羽面前，根本就找不到一敵之將，巨闕之劍的每一次揮下，就必然有一條生命付出代價，因爲那劍的速度之快，變化之無常，完全超出了所有人的想像。

巨劍之變、之快，其實已經不重要了，隨著戰事的發展進程，氣勢壓倒一切，沒有人可以否認項羽的氣勢，那種與生俱來的王者之氣在長劍縱橫之下發揮得淋漓盡致。

「霹靂……」天怒了！上天為這人間慘劇而憤怒，天空中閃出一道乍亮的閃電，如狂舞的銀蛇，暴響於項羽的上空。

「轟隆……」緊接著幾聲驚雷劈下，大樹轟然而倒，這天火以燎原之勢，開始吞捲著這片山林。

所有人都心中一震，就在這時，項羽暴喝一聲，闞劍舞起，旋下一名戰將的頭顱，將之一腳踢向半空。

「退者生，擋我者死！」項羽聲如驚雷，當先向西南方向突圍而去。

他顯然還沒有完全喪失理智，在狂殺的同時，已經意識到自己畢竟面臨的是上萬敵人，如果就這樣無休止地殺戮下去，就算自己的心神不分，終究有力竭的一刻，所以他必須擺脫這種死纏爛打的局面。

「嗖……」項羽一轉身的同時，陡聞一陣破空之聲響起，單辨其音，他已斷定發箭者必是內家高手。

「呼……」他深吸了一口氣，猛然回頭，怒目圓瞪，大吼一聲道：「想找死嗎？」

那支挾帶內力的勁箭正在空中急速向前，陡聞聲起，竟然顫動了數下，一頭栽落地上，而放箭的呂馬童人馬俱驚，倒退了數十步方才心魂歸位。

所有人一見，無不咋舌，幾疑項羽是天人下凡，竟然無人再敢上前阻攔。

等到項羽衝出重圍之後，再看身後，只剩下蕭公角與龍且兩人。在他們的裹挾之下，三人一路狂殺，也不知奔了幾個時辰，突然眼前橫出一條白茫茫的大江，正好阻住了三人前行的去路。

「這是烏江，過了此江，便是我西楚的疆域了。」項羽來到岸邊，看著飛瀉的流水，竟有一種想哭的衝動。

◆

兩道如電的寒芒在虛空中悍然交錯，哧溜出一串絢麗的火花，瞬間即逝。

「漢王相召，本侯原該下馬行禮才對，無奈今日你我互為大敵，下馬終有不便，還望海涵！」韓信冷冷地盯著對方，隨意地拱了一下手道。

「兩軍相對，正該如此。」紀空手微微一笑，拱手還禮道。

「不知漢王相召，所為何事？若是先禮後兵，未免多餘了吧？」韓信冷然道。

「誰說我要用兵？」紀空手的目光中閃出一道異樣的色彩，緩緩而道：「我只是想告訴你，這一仗不戰也罷，若戰，你將一敗塗地！」

韓信不由狂笑起來，半晌方止道：「如果你說的是一個笑話，那麼我可以告訴你，你很風趣；如果你用的是心理戰術，那麼我也可以告訴你，你很幼稚。一個人太過自信並不是一件好事，你只要看看我的將士們，就應相信我所言非虛。」

他大手揮起，突然向下一揮，便聽其身後數百步外的大軍中發出三聲地動山搖的大呼：「必勝！

必勝！必勝！」三十萬人在同一時間吶喊起來，確有排山倒海之勢，難怪韓信會有這般自信。

韓信大手一抬，呼聲即滅，大地又復歸靜寂。

卻聽得一陣掌聲自對面響起，紀空手淡淡而道：「令行如山，軍紀嚴明，可見淮陰侯調教出來的江淮軍，當真不同凡響。只是，可惜呀可惜……」

「可惜……」韓信怔了一怔，似乎不明白紀空手話中深意，目光直視過去，欲如剃刀般穿透紀空手的思維。

「不錯，可惜英雄無用武之地！」紀空手的話中彷彿處處藏有玄機。

韓信又有了想笑的衝動，卻沒有笑出來，他看到紀空手的臉上一片肅然，根本就不像是在開玩笑。

「我不明白，只要我大手一揮，我的軍隊完全可以在最短的時間內作出最有效的攻防，給予敵人最沈痛的打擊。雖然你我之間在實力上有強弱之分，但借著鴻溝天塹之地利，『英雄無用武之地』這句話，看來更適合你，以及你的軍隊。」韓信針鋒相對道。

他很清楚自己的弱點所在，也明白自己的優勢所在。作爲一方主帥，他要做的事情就是如何隱藏自己的弱點，張揚自己的優勢，絲毫不爲敵人的一舉一動所迷惑。

韓信是一個很有個性的人，一旦決定了的事，就必定按照自己的節奏去做，從來不管別人的看法。通常，一個很有個性的人，都非常自信，如果連自己都不敢相信的人，他是不可能張揚自己的個性的。

很久以前，他就認定自己不是一個平凡的人。當他無意之中識破蟻戰的玄機，又平空得到補天石異力之後，他就更堅定了這種看法。在他看來，無論是項羽，還是劉邦，這些人看上去是多麼地強大，其實骨子裡是軟弱的，一旦處於逆境，精神上、意志上就容易崩潰。他真正害怕的，是紀空手！

因爲，紀空手是他的朋友，更是患難之交，如果說普天之下還有一個人能夠了解他，那紀空手應是當仁不讓。正是因爲紀空手太了解他了，一旦他意欲爭霸天下，首先要對付的人就是紀空手。

所以，大王莊一役中，韓信才會不顧一切地刺出那要命的一劍，也正是那一劍，爲他的思想解除了最後一點束縛，從而按照他自己的節奏開始了爭霸天下的步伐。

他根本不懼劉邦，即使大漢軍一夜之間攻克垓下，大敗項羽，也並不因此而高看劉邦。他始終堅信，劉邦只是自己一統天下的墊腳石，其所作所爲只是爲了給自己掃清障礙，今日鴻溝一戰，將是他實現抱負、應驗天意的最佳時機。

一切都已佈置妥當，就等著大漢軍吹響進攻的號角。他甚至正在想像著，當大漢軍付出了太大的傷亡最終跨越鴻溝之時，二十萬匈奴鐵騎正以高山滾石之勢衝殺而出，所向披靡，勢不可擋，將大漢軍將士的鮮血和屍骨填滿了整個鴻溝。

「看來，你還是誤解了我話中的意思。」紀空手的話打斷了韓信放飛的思緒，將他重新拉回了現實：「我說的英雄無用武之地，並不是說你的軍隊沒有一戰的能力，而是，你的軍隊根本就沒有一戰的機會！」

韓信的眸子裡突然閃過一絲痛苦的表情，旋即逝去，他似乎明白了對方話中的意思，冷然道：

「你想要挾我？」

「我難道要挾過你嗎？」紀空手淡淡反問道。

韓信的眼芒一寒，一字一句地道：「這幾年來，你一直都在要挾我，如果不是這樣，你我又怎會結成同盟？我又怎會出兵攻打齊趙？你不能以德服人，以理服人，所以你只能採取這種卑鄙的手段力壓各路諸侯，難道你還不敢承認嗎？」

「哦，原來我還是這樣卑鄙的一個小人。」紀空手笑了起來，悠然而道：「你淮陰侯一向是天不怕、地不怕的一個人，怎麼還會受人要挾？這不是奇哉怪也嗎？」

韓信深深地吸了一口氣，沈聲道：「你不用岔開話題，我只想問你一句，她還好嗎？現在哪裡？」

「你不是找過她嗎？」紀空手道。

「不錯，我找遍了巴、蜀、漢中三郡，繼而又遍尋關中地區，卻始終沒有她的下落。」韓信的心陡然一沈，帶著嘶啞的嗓音喝道：「莫非……莫非你……」

韓信的確生出了一個不祥的念頭，也是他從來不敢深思下去的念頭，這讓他頓時冒出了一身冷汗，大手伸向了腰間的劍柄。

紀空手恍如未見一般，依然顯得十分從容，道：「她很好，我並沒有想要把她怎樣，你之所以沒有她的下落，是因爲你找錯了地方。」

「哦？」韓信禁不住怔了一下，睜大眼睛道：「難道鳳影根本就不在那幾個地方？」

紀空手點了點頭道：「既然我欲以她要挾你，就必然會把她安置在一個最安全的地方，否則我明你暗，總有一天會被你算計。可是這個最安全的地方會在哪裡呢？哪個地方才是你最想不到的呢？我考慮了很久，忽然想到了一個發生在我小時候家鄉的案子。」

韓信雖然覺得這有點滑稽，卻唯有硬著頭皮聽下去，爲了鳳影，他曾經付出了太多，當然不在意再浪費這一點時間。

「這是一個奇案，有一個大戶人家，一天晚上突然發生了盜竊案，丟失了足有數千兩黃金，這當然不是一個小數目，於是就驚動了官府。細查下來，所有的疑點都集中到了爲這戶人家打更的更夫身上，並且將他關入大獄，嚴刑拷打。然而，奇怪的是，無論官府怎麼追查，這筆黃金的下落始終沒有找到，更不明白這名更夫是如何將這數千兩黃金帶出戒備森嚴的大院的……」紀空手的故事極有懸念，韓信起初倒是耐下性子靜聽，待紀空手說到這裡，他忍不住打斷道：「我知道，因爲這個故事我也曾經聽過。」

紀空手看了他一眼，佯裝驚奇道：「你也聽過？不會吧！」

韓信道：「這名更夫將偷來的黃金就藏在庫房門外的魚池裡，以便等到風聲平息之後再取出享用，查案的官差誰也沒有注意這個魚池，所以就讓這個更夫計謀得逞了……」

說到這裡，他突然眼睛一亮，幾乎叫了出來：「難道你把鳳影就藏在淮陰城中？就在我的眼皮底下?!」

紀空手雙手一拍，微笑而道：「你終於猜到了！愈是最危險的地方，通常也是最安全的，很多人都往往會忽略這一點。」

韓信這才明白，自己一直要找的人，竟然就在自己的身邊，這看上去是一件多麼滑稽可笑的事情，卻讓他不得不重新審視眼前這個對手。

「你想怎樣？」韓信知道，對方絕不會無緣無故將鳳影的下落告訴他，所以他很想知道對方開出的條件。

「我不想怎樣，至少，我不想像你想像中的要挾於你，這一點你大可放心。」紀空手悠然一笑道：「我只想告訴你一個小秘密，只能是你我之間的小秘密。爲了防止第三人竊聽，我希望我們能同時下令，讓各自的軍隊退後五里。」

韓信一臉狐疑道：「如果我不呢？」

「爲什麼？」紀空手道：「你是怕我使詐嗎？其實，我完全沒有這個必要，這一戰一旦開始，你根本就沒有任何機會！」

韓信冷然道：「只怕未必！」

「你之所以對這一戰寄予厚望，是因爲你堅信你身後的二十萬匈奴鐵騎有扭轉乾坤的能力。如果我告訴你，這二十萬匈奴鐵騎真正的目標是你，而不是我，你會相信嗎？」紀空手緩緩而道。

韓信的臉色驟然一變，怒叱道：「你這是危言聳聽，我絕不相信！」

他當然不會相信，也不敢相信，因爲他明白，就算有匈奴鐵騎的襄助，這一戰的勝負也在五五之數。

他的心裡自兀盤算：「難道是英布出賣了我嗎？匈奴鐵騎既是英布所請，他若在中間動些手腳，就可以將我置於死地。然而，如果英布出賣了我，匈奴人又爲何一直與我保持聯絡，甚至還商定了動手的暗號和作戰計劃？」

第十五章　衆叛親離

紀空手看著韓信的臉色陰晴不定，不由沈聲道：「口說無憑，你不妨一試，看看你身後的匈奴鐵騎是否會聽你的號令行事！」

韓信確有此心，當即回過頭來，望向十里之外那片黑壓壓的人群，那整齊劃一的方陣，飄搖著數百桿鷹獸旗，正是縱橫天下的匈奴鐵騎的軍旗。

「如果匈奴鐵騎非我一路，那麼此時此刻，我江淮軍豈不正處於兩軍夾擊的絕境之中？」想到這裡，韓信渾身上下已是大汗涔涔，緩緩地，他的大手已經揚上了半空。

「刷……」他的大手終於揮了下去，這是信號，是他與匈奴主帥約定好的信號。當他的大手往下一揮時，正是匈奴鐵騎展開衝鋒的開始。

然而，匈奴鐵騎的方陣居然沒有任何動靜，韓信大吃一驚！

紀空手的眼芒直透虛空，冷然而道：「你不用吃驚，也不必詫異。或許你會想，這一定是英布出賣了你，如果你真這麼想，那麼我可以告訴你，你冤枉英布了，這一切只能用兩個字形容，那就是天意。」

韓信的心一直往下沈，沈至無底，如果也用兩個字來形容他此刻的心境，那就是絕望！他怎麼沒有想到，自己一直寄予厚望的匈奴鐵騎，竟然與大漢軍早有約定，這實在太富有戲劇性了，而自己正是這個悲劇的主角。

但他的臉上，依然保持著應有的冷靜。他在開始盤算，如果自己奮力一拚，率部突圍的可能性會有幾成？當勝利已經無望時，他想得最多的，還是如何保存自己的實力，以圖東山再起。

「我曾經說過，我並不想讓這一戰發生，這句話到現在依然有效。」紀空手道：「我甚至可以給你一個機會，只要你下令讓你的軍隊退出五里之外。」

「什麼機會？」韓信就像溺水者抓住了一根稻草，問道。

「一個你向我單獨挑戰的機會，一旦你贏了，你將帶領這三十萬軍隊安然無恙地撤出鴻溝，三日之內，我決不下令追擊！」紀空手斷然道。

「若是我輸了呢？」韓信道。

「你若輸了，就唯有死！這本來就是一個生死賭局。」紀空手道。

「這我就不明白了。」韓信一臉疑慮地道：「你明明只要一聲令下，就可以大獲全勝，甚至置我於死地，可是，你卻要給我這麼一個機會，這是爲什麼？」

紀空手沒有立即作答，只是望了望兩邊百萬將士，這才輕輕地道：「這不是給你的機會，而是給他們，一將功成萬骨枯，其實對於一場大戰來說，又何嘗不是如此？」

◆

項羽的確想大哭一場。

他沒有料到自己會輸得這麼徹底，輸得身邊只剩下蕭公角與龍且兩人。兩年前，當他踏馬渡江時，那是何等風光，帶領數十萬江東子弟西征，耳邊猶自留下兩岸百姓的歡歌笑語。

在那一刻，他壓根兒就沒有想到會輸，一心想的，就是如何再入關中，剿滅漢軍。

比之那時的風光，再看此刻的自己，項羽心中掠過的淒涼，簡直無法以任何言語形容。面對眼前這條水色渾濁、湍急洶湧的大江，他情不自禁地歎息了一聲。

「大王還有什麼可歎息的呢？」蕭公角渾身上下傷痕累累，血漬與塵土沾滿了戰袍，可他依舊精神抖擻，微笑而道：「其實，大王應該高興才對，我們能夠以寥寥數十人突出敵人的重重包圍，這本身就是一個奇蹟，至少證明了一點：上天並沒有遺棄大王！大王又何必自暴自棄呢？」

江風很大，吹得頭巾「噝噝」直響。項羽緩緩地回過頭來，目光從蕭公角、龍且二人的臉上劃過，道：「本王還能高興得起來嗎？當年本王大破田榮、田橫的大軍，轉戰關中，也是從此江而渡，那時本王是何等的意氣風發？是何等的躊躇滿志？率領三十六萬八千六百江東子弟，是帶著平定天下的夙願向西而去的！而到了今天，當我東歸之時，卻將那三十六萬八千六百具屍骨全部留在了江的這一端，只帶了你們兩人回到故土，我真恨啊！」

蕭公角眼見項羽如此消沈，心中一酸道：「其實，勝負乃兵家常事，縱觀古今，橫看天下，但凡開國立業者有誰不是幾經沈浮、歷經磨難，最終才建立了不朽功勳！今日大王只不過是運道太差，以至於輸了一局，這又算得了什麼？無非是臥薪嘗膽三四年，一旦時機成熟，依然可以和大漢軍一爭高下！」

項羽苦笑道：「要想捲土重來，談何容易？我項家乃是楚國百年將門之後，靠祖輩歷代的努力與奮鬥，才在楚國創下不菲的名望，受到楚國百姓的擁戴；與此同時，又踏足江湖，潛心武學，廣交朋友，最終建立起位列江湖五閥之一的流雲齋。我之所以能夠在亂世諸侯中一枝獨秀，並且一度雄霸天下，並非是因爲我項某人有多麼地了不起，而是因爲我時逢亂世，又借著我項家歷代祖宗打拚下來的家業，才能有所作爲啊！」

他一向自負，從來都是「老子天下第一」，可是當他遭受這一連串的打擊之後，又顯得是那麼地脆弱，幾乎失去了生活下去的勇氣。正如紀空手所料，當一個人青雲直上、一帆風順的時候，他爬得愈高，摔下來就愈痛，這種心理上的落差之大，並不是每一個人都可以坦然承受的。

蕭公角緩緩而道：「如果大王真是這麼想的，那麼算我蕭公角這一輩子看錯了人，也跟錯了人！我之所以追隨大王南征北戰，不顧生死，是因爲在我的眼中，大王是一個頂天立地的男子漢！絕不會爲了一點小小的挫折，就放棄自己畢生的追求，現在看來，是我錯了！」

項羽沈默無言，甚至無顏面對蕭公角。當他眺望大江對岸那片廣袤的土地時，心裡湧動的不是那種對故土的眷戀，不是對鄉情的親切，而是一種恐懼與負罪。

「就算我過了江，就算我回到了彭城，又有什麼臉面再見江東父老？他們把自己的丈夫、兒子託付給我，而我卻連他們的屍骨都無法帶回，就算他們不說什麼，難道我項羽的心裡就不慚愧嗎？」他喃喃而道，就像是一個精神失常的瘋子，朝著大江對岸癡望著。

蕭公角立在項羽的身後，一五一十地將項羽的話聽得清清楚楚，怔了半晌，忽淒然一笑道：「如果就這樣放棄，當你面對先輩的靈牌之時，難道就不覺得慚愧嗎？」

項羽勃然大怒，跳了起來道：「連你也敢教訓本……」話還沒有說完，當他驟然回頭時，看到了令他震驚的一幕——

蕭公角的身軀筆直挺立，但他的胸口，已被自己的短匕插入。他的臉色是那麼蒼白，嘴角處滲出一縷血絲，是那麼地醒目，那麼地驚心，就像是一幅慘澹的圖畫，充滿著悲涼的基調。

「你，你，你……」項羽驚呆了，這一刻他的頭腦完全空白，當一滴血珠順著短匕濺落到他的手背上時，其知覺彷佛才回歸體內。

他的第一個反應就是要奪去蕭公角手中的短匕，再竭力施救，但蕭公角根本就沒有給他這個機會，反手一振間，短匕已沒體而入。

「你爲什麼要這樣做？」項羽乃武道高手，一眼就看出蕭公角所刺的是絕殺部位，縱是神仙也回天無力。

蕭公角蒼白的臉上露出了一絲慘澹的笑意，近乎掙扎地道：「我也不想死，但看到大王如此頽廢的樣子，我覺得死對我來說，更是一種解脫。」

「我只不過是實話實說而已，並不想對你二人有任何的欺瞞，難道這也錯了嗎？」項羽將蕭公角抱在懷中，眼眶裡轉動著熱淚，哽咽道：「因爲我始終覺得，一個人愈是到了困境之時，就愈是不能欺瞞朋友。」

「你，你說什麼？」蕭公角掙扎了一下，眼睛一亮道。

「我說，我不能欺瞞我的朋友。」項羽的淚水終於奪眶而出，順著面頰而下，滴在蕭公角的臉上。

「謝……謝！」蕭公角激動地道：「能被大王視作朋友，我……我此生也就不冤了，不過，我還有一句話，不知當講不當講？」

項羽眼見蕭公角蒼白的臉上陡現紅暈，明白這是人在大限將臨之際出現的迴光返照，不由心頭一酸道：「我正在聽著。」

「哀……大……莫過於……心死，對……朋友……說實話，未……必有錯，但……有時……候，實……話遠……比假話……要……殘酷得多……」蕭公角幾乎是用盡了自己所有的力氣，一字一句地將自己此生最後的一句話講完，然後，他緩緩地閉上了眼睛。

項羽目睹著蕭公角就在自己的懷裡死去，卻無能爲力，不由感到了人力在這個天地間的渺小。他不知道自己說錯了什麼，也不能理解蕭公角爲什麼會選擇死，他不過是在自己最彷徨的時候想對他人傾訴一些什麼，卻沒有料到會帶來如此殘酷的結果。

他感覺到自己的腦袋裡很亂，就像是萬根絲線無序地纏繞在一起，根本理不出一點頭緒。他甚至在想：「蕭公角的死真的是求得一種解脫嗎？人死之後，真的就能一了百了嗎？」

他不知道，知道這個答案的人也無法告訴他。這只因爲，陰陽相隔，人鬼之間是不可能發生任何感應的。但在一剎那間，他似乎感覺到了什麼，整個心如落石般急劇下沈。

他感覺到了背上的劍氣，劍氣之森寒比不上他此刻心中的寒意，殺氣既然來自背後，那麼這個殺氣的擁有者就是他剛才還認定是朋友的龍且！

項羽幾乎不敢相信這是一個事實，因爲龍且不僅是他最爲器重的西楚名將，同時也是流雲齋數一數二的高手，若細算起來，他與項羽還有半師之誼，像這樣的一個人，又怎會在項羽的背後暗算偷襲呢？

但正因如此，龍且的劍鋒方能在搶入項羽數尺範圍之內時才爲項羽所感應。畢竟，號稱「天下第一高手」的項羽，縱在心神繁亂之際，身體的機能和反應也遠超常人，雖是毫無戒備，卻猶能在最短的時間內作出反應。

「嗖……」他的懷中尙有一具蕭公角的屍身，卻絲毫不影響他的速度與動作，整個人幾乎與地面緊貼，向前平滑丈餘。

但龍且的劍絕對不慢，而且帶著一股必殺之勢，因爲他心裡清楚，既然出手，就沒有退路，在兩者之間，必定有一人要離開這個塵世。

項羽即使是退避，也顯得那麼從容，每一個動作都帶著流雲般的節奏，旋舞之中，他的腳尖突然後踢，幻出萬千腿影，不僅閃過了龍且劍勢的追擊，整個人更是飄飛至江邊的一塊岩石之上，而且傲然而立，根本就沒有回頭看一眼龍且。

顯然，他還沒有把龍且放在眼裡。

龍且吃驚的同時，並沒有立刻逃竄，雖然他明白自己與項羽的差距有多大，但是，一個意外的發現讓他充滿了勝利的自信。

劍上有血，這說明了一點，剛才的襲擊還是得手了，雖然龍且不清楚項羽的傷勢究竟有多重，但至少證明，項羽的武功並非無懈可擊！

項羽極爲輕緩地捧著蕭公角的屍體，然後將之平放在岩石上，以一種非常輕柔的方式抹去他臉上的血漬，這才緩緩地站起身來，驟然回頭。

他的眼中寒芒乍現，森冷若刀，龍且一驚之下，禁不住向後退了一步。

「你竟然敢背叛我?!」項羽近乎是從牙縫裡擠出這幾個字來，臉上顯得十分陰沈。

龍且的眸子裡閃出一絲慌張，也許這是一種習慣，也許他從項羽的話中感到了咄咄逼人的殺意，他居然再退了一步，帶著顫音道：「不……」

「你還敢狡辯！可惡，真是可惡！」項羽氣極而笑，緩緩地握住了劍柄。

龍且知道，任何狡辯都無法掩蓋自己行刺的事實。與其如此，倒不如放手一搏，所以他很快讓自己鎮定下來，直承其事道：「不錯，我的確想殺了你！」

這一下輪到項羽怔了一怔，道：「我一向待你不薄，想不到竟然是你出賣了我！怪不得，怪不得，那場大火會來得如此蹊蹺。」

「你錯了，沒有人出賣你，其實就在我刺出那一劍之前，依然在抉擇自己的命運。」龍且似乎顯得非常矛盾，道：「我行刺於你，是因爲我沒有蕭公角那種求死的勇氣，同時，還想更好地活下去。」

◆

韓信別無選擇。

他不得不承認，這的確是他唯一可以扭轉乾坤的機會。

兩軍退後了五里，他們都得到了各自主帥明確的命令：「誰若膽敢擅自跨前一步，殺無赦！」張良、龍賡等人乍聞這個命令，無不一驚，似乎都無法理解紀空手的深意。等到他們明白了紀空手的良苦用心時，又無不爲紀空手所表現出來的「大仁」而感動得熱淚眼眶。

誰都清楚，此時此刻，只要紀空手一聲令下，無論局勢如何變化，韓信與他的江淮軍都唯有面臨全軍覆滅的厄運。

這是最簡單的方式，也是最有效的方式，但是紀空手卻沒有這樣做。

紀空手深深地懂得，兩軍交戰，殺敵一千，自損八百，這是不可避免的傷亡，只要是稍微懂得一點算術的人，就應該可以得出這樣一個結論：若想全殲三十萬江淮軍，大漢軍所付出的代價必定是巨大的，而這一點正是他不願看到的。

爭霸天下，難免會付出代價，有的時候甚至可以爲了一時的勝利，付出不菲的代價，紀空手也在所不惜，但是只要有一線機會可以避免這種代價的付出，他就一定會竭盡所能爭取，因爲他知道，生命一旦失去，只能成爲追憶。

得民心者得天下，這大概就是紀空手得以成功的原因。

風乍起，吹得衣袂飄飄，天地間陡然變得肅寒，是來自兩人身上透發出來的無盡殺氣。

「我始終不太明白，如果不是英布出賣了我，匈奴鐵騎怎麼會臨陣易幟，反戈相向？」韓信皺了皺眉，說出了他心中的疑慮。他堅信如果匈奴鐵騎襄助自己，這一戰的勝機必將難料，所以他感到非常惋惜。

「我說過，這是天意。」紀空手淡淡而道：「你可知道，此次匈奴鐵騎的主帥是誰？」

「蒙爾赤親王。」韓信親自拜會過蒙爾赤親王，知道此人性格剛毅，武功高強，只是不善言談，卻不明白此刻對方為什麼要提起這個話題，猶豫了一下問道：「難道你們認識？」

「他也許不認識我，卻認得這個東西。」紀空手緩緩地自懷中取出當年五音先生留下的信物，在韓信的眼前晃了一晃。

韓信心生詫異，弄不懂就這麼一個小小的東西，居然可以改變自己的命運，怔了一怔，沒有說話。

紀空手看著手中的信物，彷彿又看到了五音先生的音容笑貌。他能夠自一個市井無賴最終步入天下為之矚目的行列，可以說完全是五音先生一手栽培的結果。

沒有五音先生，就沒有現在的紀空手。所以在紀空手的心中，五音先生已成了一個不朽的豐碑，更是一段永難磨滅的記憶，正是五音先生當年與蒙爾赤親王結下的那段深厚友情，到了今天，才又一次改變了紀空手未來的命運。

天意如此，世事如棋，一切都透著上天寓示給人類的玄機，英布借兵，竟然借到了蒙爾赤親王的名下，這難道不是天意嗎？

「這信物是當年五音先生雲遊天下、路過匈奴地域時，適逢匈奴王族生變，救下蒙爾赤親王之後，蒙爾赤親王交到五音先生手中的。蒙爾赤親王當時向五音先生承諾，見物如見人，但有所召，縱在天山萬里之外也必趕來。五音先生聞知，並沒有放在心上，想不到他老人家仙逝之後，此信物卻派上了大用場。」紀空手深情地道。

韓信冷笑一聲道：「這麼說來，你為五音先生的死而感到惋惜？」

紀空手的目光投向深邃的蒼穹極處，黯然神傷道：「先生若在，天下只怕早有定數，哪還容得下你這等宵小之輩如此猖獗？」

韓信狂笑三聲，叱道：「我真沒想到，你身為漢王，竟然是如此的不要臉之至！如果我沒有記錯，當年擊殺五音先生的元兇，不正是你劉邦嗎？」

「是劉邦，卻不是我！」紀空手斷然道。

「什麼?!」韓信差點從馬上倒栽下來，簡直不敢相信自己的耳朵，好半晌才靜下心來，抬眼向對方凝視而去。

「你以為你是誰？」韓信「嗤」地一笑道：「你不是劉邦，難道還是衛三公子不成？」

韓信此話一出，臉上盡顯無賴之相，哪裡還有半點淮陰侯固有的王者風範？他這一句是無賴特有的罵人技藝，不露一絲痕跡，卻讓人回味無窮。

紀空手也情不自禁地笑了起來，彷彿又回到了孩童時代。同時，他從韓信的表情中看出，韓信面對這一連串的變故有些難以適應，開始急了。

「這正是我想告訴你的小秘密。」紀空手緩緩地低下頭，深深地吸了一口氣，然後大手在臉上拍打了幾下，這才重新抬起頭來，悠然一笑道：「韓兄，別來無恙否？」

韓信渾身一震，他無需看人，只聞其聲已知答案。

這個聲音，充滿了魔幻，透著一種對往事的親切，時常出現在韓信的夢裡。而這個聲音的主人，曾經與他是患難的朋友，最好的兄弟，但他們最終成為了今生的宿敵。

他們之間，有過一段難以化解的恩怨，一念之差形成的恩怨，唯有以生命與鮮血才能化解，而此時此刻，的確已到了了結彼此恩怨的時候。

「紀少，怎麼是你？」韓信並沒有表示出太大的驚詫，在他看來，這幾年劉邦的行事作風留給了他太多的懸疑，也許，只有紀空手的出現，才會讓這些懸疑變得合理。

但韓信的平靜卻讓紀空手吃了一驚，就好像韓信早有這樣的心理準備一般，這讓紀空手感到不可思議，因為「李代桃僵，龍藏虎相」這個計劃是他一生中的得意之作，完全可以做到無懈可擊。

「你似乎並不感到太大的意外？」紀空手凝視著韓信，想從其細微的表情中讀到他此刻真正的心情。

韓信輕輕地歎息一聲，眼神一黯道：「天意，也許這真的是天意，我的心裡一直有這樣的猜疑，如果能證實這種猜疑，那麼我完全可以不費吹灰之力就將你這個敵人擊倒，而且永無翻身的機會。但是，我不能，也不敢這麼想，即使在驪山北峰我感應到了你的氣機，也不敢承認這個事實，因為這個計劃實在太大膽了，不僅需要超凡的智慧，更需要有過人的勇氣，簡直是神仙手筆，又豈是人力可以為之的？只此一點，就證明了當年在大王莊時，我的抉擇並沒有錯。」

紀空手冷冷地看著他道：「你既然提到大王莊一役，我心裡存了數年的疙瘩倒想請你幫我解一下。我自問與你相處多年，交情不薄，一向把你當作兄弟看待，甚至爲了襄助你，不顧個人安危，千里迢迢趕到咸陽與權相趙高爲敵，按理說你不感恩戴德也就罷了，又憑什麼要暗算於我，在我的背後刺出那一劍?!」

這一直是紀空手想不通的地方，也正是因爲那來自身後的一劍，導致了他與韓信的決裂，這讓紀空手痛心之餘，更想知道韓信如此做的動機。

韓信的神情一沈，長思良久，方道：「你真的想知道其中原因？」

「如果我換作是你，你想知道嗎？」紀空手冷然質問道。

韓信沈默半晌，終於點了點頭道：「好，我告訴你。」

他的眼中流露出一絲痛苦之色，顯然，這是他的痛處。當一個人當著他人的面暴露痛處時，總是需要勇氣的。

「我刺出那一劍，並不是因爲你我有怨，而是我在那一刻發現，自小到大，你都要比我優秀，只要你在這個世上活著，我就永無出頭之日！」韓信艱難地說出了第一句話，語氣顯得激動起來，開始按著自己情緒波動的節奏繼續道：「一個人優秀並沒有錯，你錯就錯在比我優秀，當一個人心存爭霸天下之心時，他又怎能容忍當世之中還有人比自己更優秀呢?面對這種威脅，他唯一的辦法就是清除，徹底地清除掉這種威脅，從而專心去達到他所追求的目標！」

「就只這個原因?」紀空手覺得有些不可思議，似乎難以理解韓信當時的心態。不過，他並不認爲韓信是在撒謊——他從韓信的眼睛裡看到了這一點。

「是！有了這個原因難道還不夠我作出當時的抉擇嗎？背叛一個朋友，卻能得到整個天下，試問還有人可以抵擋這樣巨大的誘惑嗎?!」韓信有些歇斯底里地喊叫起來。

紀空手冷冷地看著他，彷彿是面對一頭瘋狂的魔獸，良久才道：「人上一百，形形色色；人上一千，千姿百態。每一個人都有自己行事的邏輯、思維方式，你有這樣的想法並不爲過，不過你也應該知道，當你決定以自己的方式去做一件事情的時候，你就要承擔它所帶來的後果。」

韓信狂笑起來，笑過之後，整個人彷彿一變，顯得出奇地冷靜與自信，淡淡而道：「你能贏我，我自然會承擔這種後果；你若輸了，只怕也要爲剛才的決定承擔後果。其實，我早已看透了，這個世界就是他媽的弱肉強食，唯有強者，才是對的，否則你永遠都是錯的！所以，紀少，你別怨我，我始終覺得我當年的選擇並沒有錯。」

紀空手的眼芒乍現，遙視天上風雲，似乎想從風雲的變化中識破玄機。他的臉上流露出一絲微笑，當這微笑將逝的刹那，才悠然而道：「你錯了，一個連朋友的心都贏不了的人，又憑什麼能夠贏得天下？所以你我之間的這一戰，注定了會以我的勝利而告終。」

「既然如此，何必費話？」韓信沒有猶豫，已經拔劍在手。

「既然這是勝負已定的一戰，又何必急在一時？」紀空手道。

「你莫非是在等著什麼？」韓信有所驚覺道。

「是的，看到天邊那團雲了嗎？當它變紅的時候，就是我們決戰的時刻。」紀空手所指的那團雲，正是烏江的上空。

龍且的話讓項羽感到震驚。

「接著說下去！」項羽的聲音裡自有一股不怒而威的震懾力，龍且一驚之下，看了一眼蕭公角的屍體，道：「蕭公角之所以自刎求死，是因爲他已絕望。在他的眼中，你就是他心目中的神，他把自己的一切都完全寄託在了你的身上，當他發現面對挫敗的你其實根本不是神，而是與他一樣，都是一個人的時候，他的心理完全崩潰了，只能以死來完成自己的解脫。」

項羽心中一寒，經過龍且的分析，他似乎體會到了蕭公角那種絕望的心境，輕輕地歎息一聲，沒有說話。

龍且繼續道：「我也想以死求得解脫，卻沒有這個勇氣，所以我就想，既然你已萌生死意，何不由我成全之？如此一來，對你我都是一種解脫，何樂而不爲呢？」

項羽冷然一笑道：「你想用我的人頭去邀賞，以換得加官晉爵的機會？」

龍且大著膽子道：「不錯，如果大王能夠成全我，也不枉我跟了大王這麼多年。」

「你想得倒美！」項羽冷哼一聲道：「你既有殺我之心，那就來吧，讓我看看你是否有這個本事取走我項上人頭！」

劍已在手，人卻靜立，如高峰上的一棵古松，挺立於風雲之下，雲霧之中，雖然從項羽的臉上看不到以往的瀟灑與從容，卻讓龍且感受到了一股悲壯的震撼。

項羽的頭盔早已不在，一頭亂髮披肩，露出沾滿血漬與塵土的臉，顯得是那麼地落魄不堪，唯有他手中的巨闕之劍，依然顯出王者霸殺的風範。

劍之長、之寬、之厚，堪稱重劍之王，殺氣卻若流雲漫過劍背，泛出一層淡淡的紫光，向虛空彌散。

一陣清風吹過，竟然吹不進這段空間，空間中的每一寸，已經被濃重的殺意所充斥，不留一絲縫隙。

但風過之後，龍且的眸子之中閃過一道異彩，他從這風中聞到了一股淡淡的血腥，這本不足爲奇，可是這血腥透著新鮮，這讓龍且的精神爲之一振。

毫無疑問，項羽受傷了，不管傷勢如何，對龍且來說，卻平添了一股自信。

這至少說明，項羽縱然號稱「天下第一」，但他終究是人，而不是神，並非如傳說中的無懈可擊。

所以，龍且將劍一橫，準備出手了！

龍且絕對是一個高手，當他面對著比自己更強的對手時，沈重的壓力讓他必須做到全力以赴，不容許自己出現半點失誤。

經過計算的出手，帶有一定的弧度，絲絲勁氣在劍鋒上呑吐不定，顯示出其雄渾的後勁。

項羽沒有動，甚至連一點動的意思也沒有，任由龍且的劍鋒長驅直入。等到龍且搶入項羽的七尺範圍內時，一聲如驚雷般的怒吼炸響，彷似來自於蒼穹極處，卻震落在了龍且的心中。

聲雷飛旋，炸裂虛空，一切影像俱在爆炸之中化爲虛無，化作一片虛無的流雲。

流雲在動，彷如在高天之上，有一種飄逸，還有一份從容，龍且一驚之下，感悟到了流雲之美，更感應到了流雲背後的沈重。

「啪……啦……」流雲一分爲二，從中竄出一道絢麗的電閃，就像是開天之巨斧，當頭劈下。

龍且再想退時，已是遲了，只感到自四面八方湧來急劇的風暴，將他擠壓得喘不過氣來。

他唯有讓劍飛旋，讓身體飛旋，飛旋出一個內陷的虛空，企圖將風暴盡數吸納。

無數道勁氣交織竄行，構成了一幅幅虛幻的圖畫，又如海市蜃樓般消失在空氣之中，但每一幅畫中都是十八層地獄的再現，雖然只存在了一瞬，卻可以永留在這天地之間。

如地獄般的圖畫同樣也留在了龍且的心裡，就彷佛置身於魔界之中。龍且的心裡產生出一種莫名的驚懼，他幾次欲強行衝破風暴的漩渦，卻都被強大的吸力所牽扯，這讓他感到無奈。

「呀……」他歇斯底里地狂吼一聲，人劍合一，化作一道長虹，騰上半空，便在這時，他看到了項羽！

那巨闕之劍就在流雲之中，流雲一顫間，一道狂飆電射而出，疾撲向龍且的咽喉！

龍且縮頭閃過，已是驚出一身冷汗。

流雲一變，盡化天網，數千肉眼中陡現寒芒。

龍且知道，這數千寒芒中，只有一點可以致命，其餘的全是虛幻，但問題在於，哪一點寒芒才是真正的絕殺？

他不知道，也不想知道，長劍一斜，構成一個圓弧的防線，迎著天網般的殺勢而去。

「呼……」風乍起，捲起那數千寒芒，突然化作了一把巨劍——
天裂、地變！巨劍劈下，殺機無限。
這是一把可以開天闢地的巨闕之劍，任何防線擺在它的面前，只是形同虛設。
刹那間，龍且才意識到，自己錯了，錯得不僅離譜，而且要命。
「噗……」血光濺起，巨闕之劍自龍且的頭顱破下，整齊劃一地將他的身體劈爲兩半。
血珠濺上了項羽的臉，那冷硬的臉上肌肉在不停地抽搐，鼓成一顆顆如黃豆般大小的硬團，表情是那麼地亢奮，猶如嗜血狂魔，顯得猙獰而充滿邪性。
風吹過，龍且的屍身一分爲二，向兩邊撲落，血肉模糊的慘景夾雜著血肉摔在岩石上生硬的響音，讓人感到一種淒慘的動畫效果，隨之而來的，是死一般的沈寂。
靜，靜至落針可聞，除了大江湍急的流水聲，天地間幾乎不存在任何聲音，就像是一個肅殺的地獄。
項羽依舊保持著劈劍的動作，如雕塑般充滿著線條之美與力感，眼神中空無一物，在一刹那間，他甚至失去了思維的能力，只感到自己的心是那麼地落寞，那麼地孤獨，仿如置身於一個已然塵封的空間。
敵人並未出現，但蕭公角與龍且都已死了，雖然是兩種截然不同的死法，卻給項羽以同樣的震撼，因爲項羽明白，他們的死顯然與自己有關，可自己錯了嗎？
隔江而望，是那片生他養他的土地，雖然相隔一條大江，但對項羽來說，阻隔不了他回家的腳步，然而項羽卻在彷徨、在猶豫，始終踏不出這回家的第一步。

這一步是何等的艱難，難就難在他是項羽，是曾經不可一世的西楚霸王，他曾經所站的高度無人企及，所以他很難有勇氣面對自己的失敗。

這就是項羽此刻的心態，恍惚之中，他的耳邊響起了聲聲哀號，無數個白髮蒼蒼的老人圍著他，向他索要自己的親人。他想拔劍而逃，卻見一陣陰風驟至，這些老人搖身一變，竟然個個都成了厲鬼，自四面八方向他逼來。

「啊……」項羽嚇出了一身冷汗，狂喊起來，這才發現剛才的畫面聲響只是自己一時的幻覺。

他的意識陡然清晰起來，「嗡……」地一聲，巨闕之劍如龍吟般蕩向虛空，仿似欲將夢魘自身邊趕走。

劍光一閃，在虛空中劃出了一道美麗的弧跡，就在項羽欣賞著這劍弧閃現出來的角度時，他的身體陡然一震，目光似乎捕捉到了什麼東西，眼神中充滿了極度的驚詫與恐懼，忍不住倒退了一步，面向左手方的一段臨江懸壁。

這段懸壁不長，只有十餘丈寬，數丈高，卻如刀削般筆直，懸壁的正中央現出幾個大字，赫然是：項羽自刎於此！

這是兩軍交鋒時常用的攻心戰，按理說，項羽的反應絕對不會如此之大，幾個大字就能嚇倒西楚霸王，豈不是一個天大的笑話？但事實就是如此，當項羽第一眼看到它時，一顆心空蕩蕩的，就像是墜入了萬丈深淵一般。

他的目力驚人，可以在十丈之內辨出蟲蟻之雌雄，所以他認出這幾個大字絕不是刀刻墨塗所成，而是由萬千螞蟻組合而成。

這麼多的螞蟻爬上了臨江懸壁，按照不同的組合排列成了這六個大字，如果這不是天意，那是什麼？

不知道，沒有人知道那是什麼，項羽根本就不想知道，他只覺得剎那間的驚詫與恐懼之後，感到了一種解脫，同時也為自己的逃避找到了藉口。

「哈哈哈……」他禁不住狂笑起來，引起江山倒捲，巨浪拍岸，天空在剎那間變得暗沈起來。

「天意，一切都是天意啊！」項羽喃喃自語道，當他看到這平空而出的六個大字時，心理最後的一道防線已經徹底崩潰，只覺自己好累，真想找個地方靜靜地躺下來，看看藍天，看看流雲，讓自己自由地放飛於這天地之間。

「既是上天要滅我項羽，我為什麼還要再回江東呢？就算回到江東，又有何臉面見江東父老？天意如此，不可違背，罷了！罷了！」項羽狂吼道，整個人就像一頭失去理智的魔獸躁動不安，他真的不明白，自己究竟做錯了什麼？竟會落得如此下場！

風乍起，吹動衣袂飛舞，項羽立於巨岩之上，緩緩地將巨闕之劍橫在了頸項。他的眼中，沒有淚水，只有絕望。

「呀……」一聲長嘯，帶著無盡的悲涼，劍過處，頭顱飛上半空，頸腔噴出一道血箭，直沖雲霄。

無頭的身體，依然傲立！

頭頂上的那片流雲，卻變得極紅……

項羽死了，從來不敗的項羽，死在了自己的手上。

正如紀空手所料，沒有人能夠打敗項羽，除非是他自己。

項羽是敗在自己脆弱的心理上！表面看來非常強大的他，其心理卻不如人們想像中的那麼強大，正因爲他做什麼事情都是一帆風順，所以，當陡然遇上挫折時，他的精神往往會最先崩潰。

紀空手看準了這一點，於是就制定了這個「十面埋伏」的計劃。從四面楚歌、卓小圓之死開始，紀空手從各個方面對項羽的心理逐步施壓，甚至連紅顏的出現也是他刻意安排的，爲的就是讓自己的身分暴露，從而摧毀項羽一向自感優越的自尊。

但真正讓項羽感到絕望的還是那懸壁之上的六個大字，這看上去很玄，卻是紀空手從韓信那個蟻戰的故事中得到了靈感，然後派人以蜂蜜在懸壁上寫下那六個字。螞蟻受到蜂蜜的誘惑，出現項羽所看到的現象自然就不足爲奇了，但項羽卻萬萬沒有料到，自己視爲天意的東西，卻是人爲。

這一切看上去非常偶然，最終卻成爲了一種必然，這種必然，也就注定了項羽最終的結局。

誰叫他的宿敵是紀空手呢？

很顯然，這一次紀空手運用自己的智慧再次創造了奇蹟。

第十六章　刀劍爭鋒

天邊的雲紅了，變得赤紅，在心懷柔情的人的眼裡，它紅得就像是情人嘴上的胭脂，讓人心動；在無情人的眼裡，這紅得就像是流出體外的鮮血，那麼地刺眼，那麼地殘酷。

無論是紀空手，還是韓信，他們的眉鋒間不由自主地都顫動了一下，這意味著他們之間的決戰終於開始了。

同樣是一人一騎，昂然而立，但他們的表情卻截然不同：韓信一臉陰沈，眉間緊鎖，整個人與身下的座騎構成一個和諧的整體，就像是一座冰封多年的高山，讓人無從仰視；而紀空手的臉上卻始終保持著一絲淡淡的笑意，猶如一道清風，讓人在不知不覺中感悟到春的生機，顯示出一種頑強的生命力。

無聲的對峙醞釀著無形的殺機，當兩人的勁氣一點一點地向虛空彌散時，無形的殺氣與天地融爲一體，不分彼此，就彷彿它們同源一體。

的確，這兩人的補天石異力就是吸取天地之精華，源自自然，當他們同時向體外張放勁力時，其呼吸正合自然之道。

殺機無限，戰意激昂，無形卻厚重的氣流糾集在鴻溝的上空，將這段空間壓得密不透風。

雲聚重層，風湧多變，靜默的虛空，殺機猶如飛瀉的流瀑，沖刷著每一寸角落，本是初夏的季節，卻讓每一個人感到了嚴霜的肅寒。

雲層愈壓愈低，天地彷彿壓縮到了一個極限，「霹靂……」一道閃電撕裂厚重的雲層，若利刃般直插天地，隆隆的雷聲，猶如號叫般響徹了整個大地。

幾乎是同一時間，人動了，紀空手與韓信同時棄馬，同時升空，就像是兩條叱吒風雲的蒼龍，在蒼茫的天地間展開了最爲驚心動魄的一戰。

刀是七寸飛刀，漫過虛空，精靈若閃電，注滿了天地間的靈氣。

劍是一枝梅，梅花綻放，暗香輕送，每一種變化都暗合著自然的律動。

一刀一劍，穿行於虛空之中，尙未真正接觸，就已至少變幻了七十八個角度，每一個角度都展示出了精準與力度的結合，生命的玄奧也盡在變化之中演繹出絢麗的樂章。

只有一人一刀，卻若千軍萬馬，氣勢勝天。

只有一人一劍，卻似萬馬千軍，殺機無限。

而在他們的身後，數十萬將士隔空而望，無不肅然，靜默若山，彷彿都被這驚人的畫面所震懾，更難以相信這一切的動靜只是人力爲之。

電閃依然在撕裂著一道道雲層，閃耀天空。

雷鳴依然在耳邊炸響，猶似一道道戰鼓。

兩道如遊龍般的身影橫掠於電閃雷鳴之間，時而合二爲一，時而化一爲二，萬千氣流急劇湧動，化爲狂風大作。

呼呼作響的旌旗下，張良的臉色十分冷峻，眉宇間似有一股焦慮之色，沈聲道：「這一戰本來是可以避免的，已然是勝劵在握，又何必與韓信個人一爭雌雄呢?這險也冒得大了點。」

龍賡的目光如電，始終鎖定在數百丈外虛空中的兩道身影，肅然道：「他就是這樣一個人，明知這一戰兇險萬分，卻義無反顧。因爲他明白，他這一去，至少可以避免一場亙古未有的大殺戮，如果他爲了個人的安危不去，那麼今生今世，他的良心都不會安寧。」

「明知不可爲而爲之，乃大丈夫的行徑。」張良由衷地贊了一句，有感而發道：「英雄多無情，翻開歷史長卷，這種事例比比皆是，不勝枚舉，因爲他們明白，多情必定纏綿，纏綿便不能果決，勝機往往出現在一瞬之間，不能果決就意味著不能把握勝機。是以，但凡英雄，必定無情，但公子卻以多情稱霸天下，這未必不是當世一個奇蹟。」

「此時斷言，只怕早了一點。」龍賡的表情沒有一絲輕鬆之色，反而陰晴不定，變幻無常：「我曾經與韓信有過氣機上的接觸，深知此人的功力深不可測。照我看，這一戰勝負難料，公子殊無把握，也正是如此，才是讓我佩服公子的原因。」

張良霍然色變，驚道：「龍兄，公子此戰不容有失，如果他真是毫無把握，看來只有辛苦你走一遭了。」

「晚了!」龍賡無奈地搖搖頭道：「公子此次顯然是想憑個人的實力了斷自己的這段恩怨，不想有任何人插手其中，而且以這二人的實力，一旦交手，外人是無法突破他們之間所形成的氣機的。」

「那我們現在應該怎麼辦?」張良顯然沒有料到形勢竟然不在自己的控制範圍之內，心中不由著急起來，一旦紀空手有所閃失，他將無顏面對紅顏，更無顏獨對五音先生的在天之靈。

「聽天由命！」龍賡無奈地道，他與紀空手一樣，從不信命，但這一次他卻堅信，紀空手必將再創奇蹟。

他的眼芒再一次聚集到了五里之外的虛空！

飛沙走石，電閃雷鳴，天空已然變得如同黑夜，每一道閃電從虛空劈過，都可以看到那兩條仿若遊龍的身影。

他們的體內，湧動著的都是補天石異力，這種取自然之道、吸天地精華的靈異之力，給了他們更多的靈動，使他們的一舉一動都暗合了天地自然的節奏。

上接天之神韻，下連地之脈動，渾成一個周而復始的圓體，變有限爲無限，化無限爲殺意，風雷俱動，回應蒼天，回歸大地。

雙方幾乎用盡了所有的變化，都無法看到對方的破綻，時間一點一點地過去，但刀與劍都沒有找到運行虛空之上的交叉點，這讓紀、韓二人同時感到了心驚。

他們其實從氣機對峙的那一刻就發現，這是一場一旦開始就沒有結果的決戰。他們的內力路數同出一脈，功力相當，對武道的領悟也非常接近，要想打破這種均衡之勢，無論是誰都將付出慘重的代價。

龐大的氣機在不斷地擴張，就像是一個湧動著萬千氣流的黑洞漩渦，使得這段虛空變得空洞而喧囂，充滿著混亂與無序。

然而，就在這種混亂與無序的氣流漩渦中，紀空手與韓信就像是兩片孤零零的落葉，上下沈浮，左右搖擺，都想從中找到屬於自己的軌跡，繼而擺脫氣機形成的強大內陷力。

「霹靂……」一道乍亮的閃電裂雲而出，顯得是那麼地耀眼，那麼地絢麗，就像是橫空掠過的一條銀蛇，突然竄入了這漩渦的中心。

氣流隨之而變，五彩斑斕，絢爛多彩，每一道光環的邊沿，竟然竄出如絲如匝藍幽幽的電光。

紀空手的臉色變了，韓信的臉色也變了，就像是塗抹著青藍色油彩的戲子，顯得恐怖而猙獰，原本飄逸的長髮變成一根根鋼針，豎立頭上，整個人彷彿被扭曲了一般。

然而，就在閃電乍現的那一刻，紀空手出手了，飛刀出手，是在他窮盡了所有變化之後。

他不知道，自己該不該出手，只知如果不出手，自己就永遠沒有勝機。所以，他選擇在電閃的剎那出手。

飛刀出手，韓信的臉色陡然一變，那耀眼的電芒與刀鋒相映，將天地照得雪白雪亮，天地之間，一切光芒盡被這一刀吸納，隨之再釋放出來，就像是太陽在急劇間爆炸。

紀空手的手，穩定、修長，雙指彈出的剎那，飛刀橫掠虛空，已不再是七寸，也不是那七尺，而是一把可以開天闢地的刀。

天裂地沈，風雲俱止，虛空一破兩半，刀過處，將渾圓的漩渦強分兩端。

一切都顯得那麼靜默，彷彿進入了無聲的世界，這一刀綻放的光芒，同時也照亮了韓信的臉。

那是一張蒼白而冷峻的臉，帶著一臉難以置信的表情。對韓信來說，他對飛刀的理解並不比紀空手遜色，卻從來沒有想過當飛刀運用到極致時，竟然會是如此地霸烈。

刀在，人呢？

讓韓信感到驚懼的是，紀空手居然不見了，平空消失在他的視線之內。飛刀的光芒照亮了天地間的一切，同時也遮擋了韓信銳利而敏銳的視線。

韓信幾乎不敢相信這是事實，就在這時，那光芒的背後，突然多出了一道流雲。

流雲之上，靜伏著一隻神龜，牠臉上的微笑，是那麼地平和，那麼地熟悉，一舉一動都流露出紀空手的痕跡。

龍藏龜相，只爲了等待時機，等待那蛻殼化龍的一刻。

當牠蛻殼而去時，九天之上便會留下牠如刀刻般的足跡。

這的確是讓人感到可怕的一個畫面，是人，都會感到可怕，因爲這種畫面看上去就像是一個神話，無處不顯出神蹟的力量。

一縷陽光自烏雲裂口穿透而出，罩在了神龜的龜殼之上，龜殼的裂紋交錯縱橫，猶如一幅八卦圖，似乎正寓示著上天賦予人類的玄機。

異象來得如此突然，消逝得又是如此之快，幾乎是一眨眼的功夫，陽光不再，雲層依舊，神龜化作一道狂舞的蒼龍，漫沒虛空，仿如自九天之外掠過。

「轟……隆……」一連串驚雷炸響，從虛空滾落至地上，猶如萬馬奔騰，勢不可擋。與此同時，一道閃電劃過天際！

閃電永遠是在雷聲之前，這是自然的規律，但這道閃電卻在驚雷之後，這只因爲，它不是閃電，而是飛刀！

刀依舊是刀，依舊是開天闢地、拔雲破霧的一刀，彷彿剛才所發生的一切只是幻象，當幻象回歸本源時，刀的本質已然凸現。

刀走偏鋒，這是每一個武者都深諳的道理。之所以要刀走偏鋒，就在於刀的本身具有一定的邪性，當這種邪性張揚至極限時，肅殺之氣便在剎那間彌漫了整個鴻溝。

韓信的眼中有一絲驚詫，一閃即逝，緊接著，他的眸中透出一股深不可測的意味，宛若夜空下的星辰讓人無法揣度，當飛刀如天網般直罩而下時，他選擇了退，如流星般退，非常之果決。

「嗡……」這是一枝梅發出的龍吟之音，其聲之烈，遠比驚雷更迅猛，傳至虛空，傳至天外，傳至每一個人的心中。

他深知，退只是一種手段，根本無法阻擋飛刀的鋒芒，真正的狙擊，還在於他手中的劍。

這是冥宗的鎮幫之寶，完全可以躋身於天下十大神兵之列。既是神兵，自然有它固有的靈性，是以當韓信意念一動時，此劍已然劃向虛空。

「轟……」刀劍終於在十萬分之一的概率中完成了它們的首次接觸，沒有人可以形容這一聲爆響的慘烈，更無法形容這一聲爆響蘊含的魔力，如魔音一般，響聲炸起，兩邊觀戰的百萬將士幾乎是在同一時間停止了呼吸。

但魔音絕不只有這一響，電光石火間，刀劍在虛空中展開了一系列攻防，爆炸聲隆隆而起，炸得地面到處是坑，塵土飛揚。

七十九響之後，天空倏然一暗，飛刀一旋之下，平空消失，而紀空手恰在這時再現虛空。

手中無刀的紀空手，遠比手中有刀的紀空手更爲可怕，因爲「心中無刀」的紀空手，當他手中已沒有任何兵器的時候，他自身便是一把鋒利無匹的刀。

這才是刀道的最高境界，人刀合一，不分彼此，刀即是人，人即是刀。

韓信的身形陡然急旋，不降反升，以最快的速度升至一個高點，然後拖著霸烈的殺勢，俯衝而下。

電閃雷鳴間，只見一道雪白的亮光劃破虛空，根本不容他人阻擋。

「呀……」紀空手屹立如山，等到這道亮光進入了他的視線之後，長嘯一聲，不退反進，身形如山嶽崩塌般向前疾移。

「蓬……」千萬道氣流沿著一個中心點爆裂開來，迅速向外飛瀉，猶如一朵巨大的蘑菇雲般，遮天蔽日，吸納了所有的光線。

與此同時，紀空手與韓信的身體如斷線風箏般跌落地面，噴血的同時，兩人已回歸到他們各自起動的位置，如長槍傲立。

目光，冷寒的目光，如鋒利的刀刃再一次穿越虛空，悍然交錯，一溜藍幽幽的電火隨之而生，正映上了兩人不斷收縮的瞳孔之上。

當他們傲立不動的時候，剛才不動的天象卻動了，就彷彿時間在某一刻停止，將天地間的一切事物定格。

烏雲湧聚，狂風飛瀉，天雷滾滾，一道道如巨劍般的閃電斜劈而下，一切異象瘋狂地聚壓於鴻溝上空的一小塊地方，讓所有人都看得瞠目結舌，目瞪口呆。

「嘩……啦……」暴雨終於來臨，以傾盆之勢自天而降，豆大的雨點打在塵土之上，頓成一個個泥洞。

紀空手的眉鋒一跳，揚手往虛空一抓，飛刀再次出手，殺向韓信。

刀風破空，激起一道翻湧的氣流，如注的雨線在飛刀所過之處，突然形成了一個斷層，一個形如真空的斷層。

這真是不可思議，有人曾云「抽刀斷水水更流」，說這句話的人，一定是沒有看到過紀空手的飛刀，如果他今天就在鴻溝，那麼必會爲自己的孤陋寡聞感到羞愧。

一切都變得瘋狂起來，爲這一刀而瘋狂。

在紀空手與韓信相隔的這七丈距離，如果以這一刀來衡量，它已不再是距離。

韓信沒有用自己的眼睛衡量這段距離，因爲目光的速度已經不及刀速，他只能以自己的感應揣度氣機的運行，同時劍鋒微振，變化著不同的角度，以封鎖對方的刀路。

他有這樣的自信，自信自己可以封鎖住任何人的進攻！《龜伏圖》的下冊一直在他手中，其劍法之所以能夠超越冥宗的四大高手，就在於他將《龜伏圖》的精髓融入劍道，自成一家。

龜伏的精髓所在，就在於等待時機，而等待的火候，在於滴水不漏的防守。

但當他的這種自信還沒有來得及表現出來時，心中陡然一驚，感到了自己布下的氣機中突然出現了一道裂紋，從裂紋中直入的，是有質無形的一把刀！

飛刀有形，這無形的刀是什麼？

韓信的心中剛湧出這樣的一個念頭，一種莫大的恐懼已如海潮般漫捲全身，他突然悟到，手中無刀的紀空手，豈不正是一把要命的鋒刃？

韓信唯有飛退、旋舞，就像是一道暗黑而瘋狂的狂飆。

狂飆捲入虛空，旋成了圓，旋出了一個漩渦，層層疊疊，變成了一個如惡獸大嘴般的黑洞，吸納著周邊的一切物質，強大的牽扯力將這段虛空的空氣一下子抽乾了，就像是到了一段真空。

「呼……」紀空手知道，勝負就在這一刻，所以他沒有猶豫，更沒有遲疑，只是讓自己體內所有的能量在這一刻爆發，緊追著自己那把有形的飛刀，直插向漩渦的中心。

勇者無懼，唯有勇者，才有如此驚人之舉。

天地隨之一震，靜默得就像是回到鴻蒙未開的洪荒年代，一切都顯得不再真實，猶如是一幅有畫無聲的動畫。

「轟……」但這種動畫只存在了一瞬，隨之而來的，是一聲驚天動地的爆炸，那無底的黑洞爆裂開來，恰似一朵綻放的蓮花。

雲靜，風止，雨消散。

一縷陽光透過雲層而下，天地彷彿又回復了悠然寧靜的往昔。

紀空手與韓信相對而立，僅距三丈，一把七寸飛刀，插在了韓信的心口之上。

紀空手的身體晃了一晃，一口鮮血噴射而出，他顯然也受了極重的內傷，卻把飛刀插在了足以讓韓信致命的要害部位。

他們此時已墜落於懸壁之下，一地的亂石沙土，顯得是那麼的原始，就彷彿這裡從來沒有人來過一般。

紀空手冷冷地看著韓信，半晌才喘了一口氣道：「你敗了！」

「我敗了？」韓信茫然地說了一句，胸口的傷痛刺激了他漸漸昏厥的意識，看了看胸口上的飛刀，他搖了搖頭道：「我不會敗，也不可能敗，如果我敗了，那麼老天就錯了！」

紀空手的眼中流露出一絲憐憫之情，緩緩而道：「你真的相信你在問天樓刑獄地牢中看到的那場蟻戰是上天的旨意嗎？」

「是的，只可惜，我沒有看到那場蟻戰最後的結局。」韓信的話中不無遺憾。

紀空手無話可說，面對一個將死之人，他不想讓自己過於冷酷無情，畢竟，這人曾經是他的朋友。

韓信木然地盯著胸口上的飛刀，當一陣風吹過他的臉頰時，他似乎終於承認了現實，從幻象中回歸，輕輕地歎息了一聲：「不管怎麼說，我敗了，按照你我之間的約定，敗就是死，我不想多說什麼，只希望你能答應我一件事情。」

「什麼事？」紀空手似從韓信臉上露出的一絲柔情猜到了什麼，不由心中一顫。

「永遠都不要向鳳影提起我的死。」韓信緊緊地盯著紀空手，一字一句地道：「我不想她傷心！」

紀空手默默地點了點頭，眸子之中閃現出一股非常複雜的情緒。他不明白，爲了鳳影，可以不惜一切的韓信，竟然是如此矛盾的結合體：一方面，他對自己的女人是如此的癡情，寧可受制於人，也要保證她的安危；另一方面，他卻能對自己從小患難的朋友毫不猶豫地刺出背叛之劍，顯得是那麼地冷酷無情。

也許，對愛人癡情，是韓信的本性；對朋友冷酷無情，是他太過於熱衷名利。名利二字，看似簡單，但普天之下又有幾人可以堪破？當名利的色彩進入人心之後，人心自然也就變得深不可測了。

正在沈思中的紀空手，突然眉鋒一動，他沒有回頭，卻感應到背後有一股龐大無匹的勁氣平空而來，以勢在必得的氣勢強行擠入了他們之間漸趨弱勢的氣場之中。

三十丈、二十丈、十丈……

殺氣來得如此之快，完全出乎了紀空手的意料。他之所以有些驚詫，是因爲他在與韓信對峙之前，就以自己的靈覺對方圓數十丈內的範圍搜尋了一遍，此刻根本就不應有人跡的出現。

這股氣機來得如此之突然，只能說明一點，那就是這股氣機的主人功力竟在紀空手之上，而且事先埋伏於此，是以紀空手無法洞察出他的存在。

「難道是你事先……」紀空手驚怒之間望向韓信，但話僅說到一半，便沒有再繼續說下去，只因爲他從韓信的表情中已然看出，韓信顯然也對這驚變一無所知。同時，韓信的眸子裡更張揚出難以置信的震驚，臉上的肌肉抽搐得扭曲變形。

紀空手再沒有任何的猶豫，雖然他無法回頭，卻從韓信的臉上讀出了自己的背後一定發生了不可思議的事情。

他迅速地標前，身形已明顯不如剛才，誰都可以看出，他雖然將飛刀插入了韓信的胸口，但韓信的真力反震而出，讓他的經脈受到了不小的震傷。

踏前五步之後，紀空手的手掌如刀，一連在自己的身後布下了十數道氣牆，驀然回首間，他驚呆了，腦海中彷彿出現了一段空白。

他忽然明白，當這股殺機出現之時，韓信何以會這般訝異，因爲他此刻的表情絕對比韓信好不了多少。

以紀空手和韓信的堅韌意志，就算他們此時身負重傷，也沒有什麼事情可以讓他們震驚到這種地步。之所以出現這樣的現象，只能說明他們所看到的是一件不可能發生的事情。

這的確是一件不可能發生的事情。

在紀空手與韓信身前的數丈之地，正悠然地走來一人，他的神情十分悠然，仿如閒庭信步，臉上流露出一種從容的微笑，使其一舉一動都充滿著自信。

他踏出的每一步，都如大山推移般沈穩，就像他的行事作風一樣，讓人不可揣度。

殺氣來自於他腰間的長劍，劍未出鞘，卻透發出一股不可抑制的殺機，直到逼入紀空手身前七尺之內時，這道殺氣才霍然消逝。

冷冷的眼芒，閃錯於虛空之上，無聲的靜默，讓紀空手的心底產生出一股驚懼。

當這個人甫一出現時，紀空手的心就如重石下沈，沈重的失落感壓得他幾乎喘不過氣來，本來一切注定了的結局，卻因爲這個不速之客的出現而改變，這的確讓紀空手始料未及。

他千算萬算，一切看上去都在他的掌握之中，但他是人，不是神，終究還是犯下了錯誤，一個不可饒恕的錯誤，而這個錯誤足以讓他的一切努力付之東流。

也許，這個錯誤的發生不能怪他，畢竟，誰又能想到一個死人還能復生？還能活生生地站在自己的面前呢？

「你就是紀空手？」來人問了一個他本不該問的問題，紀空手一怔之下，眼中陡然亮了起來。

「我爲什麼會出現在這裡，想必你已知道了原因。」來人捕捉到了紀空手臉上的表情，不由由衷贊道：「你能從我的一句話中悟出其意，可見思維極爲敏銳，這同時也證明了我的眼光不錯，你果然沒有辜負我的厚望。」

紀空手似乎一下子明白了一切，深深地吸了一口氣，他重新恢復到自己剛才的那種從容鎮定，拍了拍手道：「我輸了，而且輸得心服口服，能輸在你的手上，我並不感到冤枉。因爲你所安排的這個計劃，實在是天衣無縫，無懈可擊，我想不服都不行。」

他說得彷彿十分輕鬆，話裡卻有更多的無奈，面對眼前的這個人，他第一次感到了在強者面前的無奈和軟弱。

來人淡淡地笑了，似有幾分得意。能得到以智計聞名天下的紀空手的佩服，實在不是一件容易的事情，但同時，他也不敢有任何的大意，即使是身負內傷的紀空手，也足以讓任何人的神經緊繃。

「其實，你無須佩服我，我這個計劃的產生，靈感正是來自於你。如果不是我事先識破了你的

『龍藏虎相，李代桃僵』之計，又怎會將計就計，讓你爲我所用呢？」來人緩緩而道：「這也許就是天意吧！」

「可是，你明明死於大鐘寺，又怎會死而復生呢？難道那一天你根本就沒有死?!」紀空手驚詫地道，這無疑是此刻他心中的最大懸疑。

「在你和龍賡這兩大絕頂高手面前，沒有人可以不死，也沒有人可以死而復生。這看上去的確有些蹊蹺，有些詭異，其實，就只有一個原因，那一天死在大鐘寺的人不是我，而是另有其人！」來人的眉間一皺，臉上不經意地露出了一絲哀傷。

「誰？」紀空手渾身一震，他實在想不出來，如果那死去的人不是劉邦，天下間又怎會有長得如此相像之人？

「他叫劉助，我的孿生兄弟。」劉邦冷然而道。

◆

劉邦居然沒死，而且出現在了鴻溝——他的出現看上去是一個巧合，就在紀空手與韓信兩敗俱傷的時候。但誰都明白，這不是巧合，絕對是一個陰謀！它的絕妙之處就在於，劉邦隨時都可以殺了紀空手，取而代之，卻絕不會引起任何人的懷疑。

這個計劃，劉邦將它稱之爲「作繭自縛」，作繭自縛的人不是劉邦自己，而是紀空手。

春蠶到了一定的時候，就要吐出絲來，將自己包圍在裡面，紀空手在淮陰的時候見過不少，卻沒有想到自己也會有作繭自縛的一天——他唯有苦笑！

但劉邦的情緒卻變得有些激動起來，面對即將到手的勝利，面對自己今生的宿敵，他有一種衝動，因爲爲了這個絕妙的計劃，他承受了太多的痛苦，付出了太多的代價，他不想就這麼沈默下去，必須告訴對手他今天的勝利來之不易。

「在我們問天樓中，每一代都會出現一對孿生兄弟，沒有人可以解釋這是出於什麼原因，卻是我們問天樓的一個絕大秘密。」劉邦道：「之所以要把它隱瞞下來，讓它成爲一個秘密，是因爲歷代閥主都肩負著復國的使命，深知爭霸天下的艱辛和殘酷。一旦閥主遭到不測，另一人便能挺身而出，主持大局，不至於亂了陣腳，家父得到我們兩兄弟之後，欣喜之下，便爲我們取名爲『衛邦』、『衛助』！」

「衛三公子如此取名，只怕另有深意。」紀空手已經意識到了自己犯下的第一個錯誤。其實，他完全可以從衛三公子與衛三少爺之間推斷出一些線索，既然衛三公子與衛三少爺是孿生兄弟，那麼劉邦之外，是否也有一個孿生兄弟呢？

「家父爲我兄弟二人取名，的確大有深意，他苦於在這亂世之中，憑我問天樓一閥之力，是很難得到天下的，所以他寄望於有強手的幫助，故而得名。」劉邦深深地看了紀空手一眼，道：「雖然家父是死在你的手中，卻一直對你讚賞有加，臨終前尚對我交待道：『如果此人不能爲我所用，當除之，否則日後必成大患。』」

「可是，最終我還是爲你所用了，雖然是利用，卻更顯閣下的手段之高明。」紀空手有些沮喪地道。

劉邦淡淡一笑道：「這不是我的手段高明，而是你又犯下了第二個錯誤，當日五音先生遇難之夜，你曾經以我的容貌出現，繼而脫困而逃，這至少讓我清楚一點，你有非常高明的易容術，完全可以做到以假亂真，由此引起了我的警覺。」

紀空手搖了搖頭，不得不承認這是自己一時的疏忽。

「但真正讓我識破你的『龍藏虎相，李代桃僵』大計的，是夜郎之行。你太自信了，所以又犯下了第三個錯誤：你根本不該與我相處得那麼久，以我的心思與目力，自然不難從你的一舉一動中發現一些蛛絲馬跡。」劉邦冷笑了一聲，環視了一下四周的動靜，這才重新把目光落在了紀空手的臉上。

紀空手勉力一笑道：「在聰明人的眼中，出現一個錯誤已足以致命，何況我一連犯了三個錯誤？當真該死。也正因如此，你才設下了大鐘寺的那個圈套，等著我這個笨蛋往裡鑽！」

「你不笨，直到今天，我仍然覺得你是當世之中頂尖的智囊人物。」劉邦一臉正色道：「若非如此，我又何必費盡心機地設下圈套，引君入甕呢？這只因爲，我堅信你可以爲我打下江山，爲我奪得天下！」

「於是，你就以自己的孿生兄弟爲餌，釣我這條大魚？」紀空手譏諷道，難得有反擊的機會，他當然不會放過，藉此平衡一下自己的心態。

劉邦絲毫不覺得有臉紅的必要，反而肅然道：「爲了復國大業，凡我問天樓人，隨時都準備著獻出自己的生命，連我也不例外！不過，到了今天，我總算可以告慰他的在天之靈了，畢竟，他死得其所，死得很有意義，不至於讓其血白流。」

「哎呀……」紀空手突然驚叫了一聲，甚是懊惱地道：「怪不得那一天他身體中並沒有無妄咒，而是中毒而亡，而且死得那麼容易，連有容乃大也未使出。」

劉邦贊許地點了點頭道：「不錯！我這些日子的潛伏也就是爲了化解體內的無妄咒，我的確沒想到五音這老匹夫臨死還會如此狠，天幸我終於化解了。」

紀空手的思路變得愈來愈清晰起來，但卻心頭更冷！

劉邦已勝券在握，雖然紀空手也是一個頂尖高手，但重傷之下，已是不堪一擊。

更何況他還擁有一式威震天下的有容乃大！

紀空手淡淡地笑了，不再爲這樣的結果感到沮喪，因爲他突然悟到，雖然結果並不美麗，但自己卻擁有了過程，沒有結局的過程永遠要比沒有過程的結局更讓人値得追憶。

所以，他不後悔，心裡也沒有太多的遺憾，而是抬起頭來，直視對手。

七尺之距，無論是劉邦，還是紀空手，似乎都算不上距離，但在此時此刻，它是從生到死的距離。

劉邦有這樣的自信，就像一個經驗豐富的獵人面對掉入陷阱的困獸，企圖從對方的絕望恐懼中得到一種心理的滿足。

然而，他失望了，他所看到的，竟然是紀空手臉上的微笑。

這簡直讓人不可思議！

佛家禪境有「我不入地獄，誰入地獄」的大無畏者，當他們面對死亡時，從來無懼，有的只是微笑，佛家謂之「拈花笑」，難道此時的紀空手已然堪破生死，領悟到了佛家真諦？

劉邦不禁心生一絲惱怒，冷哼道：「你居然不怕死，那我就成全你！」

紀空手深深地看了他一眼道：「怕與不怕，我都得死，這之間難道還有什麼區別嗎？我只不過是想告訴你，要想殺我，並不容易，你必須做到全力以赴！」

劉邦冷笑一聲，劍已在手，整個人卓立不動，劍鋒卻在輕顫中發出了一道龍吟之音。

雨絲如織，卻遮迷不了兩人相對的眼芒。

無限的殺機，在這相持之中醞釀。

劉邦的劍終於出手，如蝸牛爬行般漫入虛空，遙指紀空手的眉心。

每一寸前移，都如一道山樑擠壓而過，虛空中的壓力在一點一點地增強，讓人幾乎無法承受其重。

不知什麼時候紀空手手中也多出了一把飛刀，誰也不清楚他的身上究竟有多少把這樣的飛刀，但誰都明白，飛刀一出，總是會出現在它應該出現的地方。

飛刀一出，他的眉心不由一皺，這自然逃不過劉邦的眼睛。

這只能說明紀空手的內傷極重，已到了不能妄動真氣的地步，這對劉邦來說，無疑是一個很好的消息。

劍鋒再顫時，化入虛空，在它所消失的地方，內陷出一個黑點，一道裂縫，轉眼之間，卻變成了一個不斷內旋擴張的黑洞。

「這就是問天樓的鎮閣奇學有容乃大，當年你在霸上對我父子倆用計，家父爲了能讓我將來在項羽流雲真氣下不敗。死前忍著讓經脈寸斷之苦，將功力傳於我。想不到因果報應逼我真正使此招的人不是項羽反而是你！現在你能死在這一式之下，也足以瞑目了。」劉邦猙獰的笑聲彷彿來自於九幽地府，透出一股張揚的殺意。

吞噬萬物的黑洞在擴張、吸納，空氣、雨點、沙石、亂流，全被一股力量牽引，爲黑洞所吞噬，唯一不動的是紀空手的飛刀。

只有紀空手自己清楚，飛刀能夠巍然不動，全靠自己一口真氣支撐著，飛刀上所承受的壓力，幾如大山一般，更有千萬縷氣流纏繞其上，拚命地向黑洞深處牽扯。

他的額頭上滲出了絲絲冷汗，甚至在想，如果自己未受內傷，只怕也無法抗衡這式有容乃大，它所詮釋的境界，如地獄、如魔界、如同天上那一條天狗，可以吞雲吐月，又似黑夜之下那廣袤無際的蒼穹，繁星點點，暗黑無邊。

這一式有容乃大，猶如神跡般讓人驚心，它的偉大，可以讓任何對手爲之失魂。

紀空手咬牙支撐，只覺體內的補天石異力正在彙聚，產生出一種外泄的衝動，受傷的經脈是如此地脆弱，根本無法承受兩股力量的衝突，正一點一點地接近崩潰的邊緣……

這個過程，就是生死線上的掙扎，更是殘酷的折磨，它不僅考驗著一個人的意志，同時也考驗著一個人的心理，就像是大火中的鳳凰，經歷著火的洗禮，從而涅昇華。

唯一的不同是，經過了這個過程之後，鳳凰升天，而等待紀空手的，卻是地獄。

「霹靂……」一道閃電當頭劈下，挾帶萬千交織纏繞的電流裂開虛空，裂開雨幕，瘋狂地投入到那黑洞之中。

「嗤嗤」爆響中，黑洞的邊沿居然泛出一道藍幽幽的光環，就彷如是魔獸的大嘴，盡數將這閃電吞噬吸納。

天地陡然一暗，刹那間靜寂無邊，唯有紀空手與劉邦兩人那濃重急促的呼吸之聲迴盪於這廣袤的虛空。

就在這時，劉邦看到了紀空手的臉，在那張剛毅冷峻的臉上，竟然現出了一絲莫名詭異的笑容。然後，飛刀動了，與人共旋，在高速中化爲一個光球，追隨著那一入即逝的閃電，以狂野之勢沒入黑洞深處。

天地間爲之一靜，時間定格，畫面定格，出現了一刹那的停頓，一切都顯得不再真實，讓人彷如置身於玄幻的世界。

「砰……砰……」那黑洞突然發出一陣怪異的悶響，猶如心跳般在急劇地收縮痙攣，繼而又如一個巨大的皮球般無限擴張，擴縮之間，在那黑洞深處突然亮起了一道火焰。

「轟……」這是燃燒的火焰，就像點燃了百萬噸火焰，炸出一聲驚天動地的震響，比無數個海嘯彙聚一起更讓人感到驚心動魄，那一道擦過天邊的火焰，照亮了天地間的每一個角落。

無邊的黑洞驀然炸裂開來，千萬勁流席捲大地，引得地動山搖，唯一不動的，還是那一道火焰，那是七寸飛刀，正是因爲它的出現而改變了一切。

爆炸之後的黑洞，瞬即逝去，虛空中又恢復了它固有的平靜。

七寸飛刀，因黑洞的消失而片片碎裂，就彷彿完成了它的使命一般，最終回歸大地。

陽光透過這暗黑沈悶的虛空，復甦了天地應有的生機，明晃晃的光線反射到紀空手蒼白的臉上，透出一股鮮活的紅暈。

他還活著，這是一個奇蹟。

在充滿著毀滅的爆炸之後，他依然還活著，這絕對是一個不可思議的奇蹟！

他爲這樣的奇蹟而驚詫，更爲這樣的奇蹟感到高興，驚詫莫名間，他將這個奇蹟視爲天意。

劉邦的身體晃了晃，最終跪倒於紀空手的面前。他已經完全虛脫，已經沒有任何力量支撐自己的尊嚴，只能如一隻狗般跪伏地上，等待著命運最終的判決。

「怎麼會這樣？怎麼會這樣？」劉邦的嘴中依然不停地喃喃自語著，在完全佔據優勢的情況下，他卻輸了，輸得是這麼徹底，這讓他彷如置身於惡夢中，至今未醒。

紀空手淡淡地笑了：「怎麼就不能是這樣的結局呢？」話音未落，突然想到了什麼，渾身一震，緩緩回過頭來，卻見韓信整個人靠在一塊大石之上，渾身血漬，臉色蒼白，嘴角處流露出一絲欣慰的笑意。

紀空手一下子明白過來，出現這樣的奇蹟，不是天意，而是人爲！

這只因爲，在他的身後，還有一個韓信！

誰也不會想到，在紀空手面臨即將被有容乃大吞沒的剎那，正是由於韓信將自己體內所有的補天石異力注入到紀空手的背上，才使紀空手得以破解這威震天下的有容乃大。

紀空手體內的補天石異力為陽，韓信體內的補天石異力為陰，當千年注定的宿命重現，當兩股同屬一脈的異力在一人體內陰陽互濟、匯流一起時，所產生的能量之大，絕非是人力可以想像的，當年黃帝軒轅便以此能量一統洪荒。這包容天下萬物的生機的力量，豈是劉邦這有容乃大所能容下的。

所謂的有容乃大，就像是一條大江，它可以吸納千百條小溪河流進入自己的運行軌道，從而形成浩大的聲勢，一瀉千里，勢不可擋。可當它遇到了比它的能量更大的洪流，陡然注入到它的運行軌道之中，而它的容量無法包容時，就勢必引發一個結果，那就是決提泛濫！

劉邦顯然沒有想到身負重傷的紀空手還能有如此沛然不可禦之的內力，是以當紀空手的異力衝入時，他的經脈根本無法承受其重，終於被震得經脈寸斷，頓成廢人一個。

這樣的結局，的確是所有人都未曾料到的，不僅劉邦，就連紀空手，也想像不到韓信會在最後的關頭幫了自己一把。

韓信的身體晃了晃，順著石沿滑至地面，紀空手搶上一步，將他緊緊地抱入懷中。

「紀少，我們終於是誰也不欠誰的了。」韓信的身體完全失重，如一癱爛泥般緊貼在紀空手的胸口，他的脈息正一點一點地消失，顯示著其生機已然枯竭到了無可挽回的地步。

紀空手狠狠地點了一下頭，卻沒有說話。面對這個曾經既是宿敵又是朋友的人，他的心很亂。

「我從來……就不覺得……自己……做錯過什麼，也許，你……會覺得，我背叛了……你，可我……總覺得，在……機會面前，絕不能……錯失，因為……我不想……再過……那種混吃騙喝的……日子，更……不想……讓鳳影……瞧不起我。」韓信的臉上露出淡淡的笑意，只有在這一刻，他才真正流露出壓抑心底不知多少日夜的心思。

「你說的這些，我已經不記得了。」紀空手只覺自己的眼眶開始濕潤起來，深深地吸了一口氣後，一字一句道：「我只記得剛才你所做的一切，如果你還把我當作朋友，就請讓我真誠地向你說一句：謝謝！」

韓信的情緒顯得是那麼地激動，抓住紀空手的手，卻又無力地放下，喘了一口氣道：「你……不……該……謝我，要……謝，就……謝……你……自己。」

紀空手反手握住韓信的手，臉上露出一絲驚詫，卻聽韓信道：「你……本可以……殺了我，但……在最後一刻，你卻……手下留情，這……讓我……很感動。」

他一口氣接不上來，暈了過去，紀空手趕忙爲其輸入真氣，半晌過後，韓信才悠然醒轉，定了定神道：「這……讓我明白，即……使你我勢不兩……立，但……在內心深處，你……始終把……我……當作……朋——友。」

「我……要……去……了。」韓信近乎是掙扎地說著他最後一句話：「我……很累，我……真想回家。」

感受著韓信的身體在自己懷中一點一點地冷卻，紀空手只覺心裡很涼很涼，傷心之餘，他臉上流露出來的是更多的倦意，喃喃重覆著韓信生前的最後一句話：「我很累，我真想回家。」

眼看天下就在自己的掌握之中，紀空手竟然亢奮不起來，他緩緩地站起身來，只覺自己現在最想做的一件事，就是睡覺，讓自己忘掉這曾經發生的一切。

劉邦搖晃著站了起來，緊緊地盯著紀空手，突然爆發出一陣狂笑，瘋狂般吼道：「來吧！殺了我吧！你能廢去我的武功，就一定能殺了我！」

紀空手緩緩地回過頭來，驚詫地看了他一眼，道：「你想求死？」

「我此時生不如死，不如一死了之！」劉邦笑著笑著，突然痛哭起來。他此刻武功盡失，與常人無異，想到問天樓歷代祖先的努力竟然因自己而付之東流，他的心裡根本無法承受如此巨大的落差，唯有求死以換得解脫。

紀空手雙手背負，抬頭望天。雨後的天空，雲散雨止，流雲片片，一切顯得是那麼潔淨，又是那麼地悠然，讓紀空手的精神爲之一振，心胸乍然開放，完全將自己置身其中，彷彿與自然渾爲一體。

他自小混跡市井，閒散慣了，只因機緣巧合，這才踏入江湖，加入到了爭霸天下的行列。對他來說，他能夠一直走到今天，很大程度上是因爲五音先生的死，他覺得自己完全有責任擔負五音先生的使命，否則他將一輩子都良心難安。

但他的天性是喜歡市井生活那種無拘無束、天馬行空的方式，更願意讓自己的思想放飛於自然，還原於自然，而不是成天忙於算計，忙於籌劃，是以這幾日來，他一直處於兩難之中，在進與退之間難以決斷。

韓信臨死前說的那一句：「我很累，我真想回家。」雖然平平無奇，卻一下子勾起了紀空手思鄉的念頭，只覺自己真的很累，在剎那間，他突然厭倦了這打打殺殺的生活。

「也許，我真的該走了，可是就算我贏得了天下，最終卻不能將它建成人間樂土，開創出一個太平盛世，又有何臉面去見五音先生老人家？」紀空手心中一動，突然將目光落在了正在嚎啕大哭的劉邦身上。

「你不會死，也不能死，你若死了，誰來做這個天下的皇帝？」紀空手此言一出，就連他自己也

嚇了一跳，他為自己匪夷所思的構想感到吃驚。

「什麼？」劉邦簡直不敢相信自己的耳朵，收住哭聲，向紀空手道：「你說什麼？」

紀空手淡淡而道：「你的武功已廢，但塞翁失馬，焉知非福？也許這就是天意，你雖失功力，但

你的智慧並未同時失去。所以我想讓你做這個天下的皇帝。」

劉邦一臉驚詫，怔怔地望著紀空手，恍如夢中一般，根本不敢相信紀空手所說的一切。

「其實，這是一個沒有任何權力的皇帝，說簡單點，他就是一個被人操縱的傀儡，其一舉一動都

將在我的耳目監視之下，所有的政令發佈都不能與我的思想相衝突，他更不能以自己的思想自以為事，

一旦違反我與他的約定，那麼在一夜之間，他就將消失於這個世間。而我也將會重新指定有能力的人去

管理天下萬民。」紀空手的目光如鋒刃般盯住劉邦的臉，冷然道：「你能否做到？如果能，那麼三五月

之後，當我將一切安排妥當時，你就是這個天下的皇帝！而你這一生為復國所付出的努力也沒白費。」

劉邦重重地點了一下頭，隨即小心翼翼地問道：「我能不能問一句，你為什麼不當這個皇帝？」

其實人就是這樣，當他借著權勢、名望、武功、財力這些身外之物在人前耀武揚威、風光無限的時候，

他看上去的確高人一等，而一旦這些身外之物失去後，他其實什麼都不是，就是和你我一樣，都是人。

「做皇帝太累，尤其是戴上一張面具做皇帝，更是累上加累。我實在不想讓自己活得這麼累，所

以才會把這個位置讓給你。」紀空手淡淡而道，似乎在他的眼中，他所讓的不是皇帝這個位置，而是一隻燙手的山芋。

「你所說的可是真的？」劉邦的眼中既有驚喜，更有謙卑，當他失去武功之後，也失去了他往日的高傲與尊嚴，但此刻當他竟發現自己早已渴望得到的東西能夠失而復得時，這種驚喜不啻於天下掉下一塊餡餅，他寧願爲此放棄做人的矜持。

紀空手點了點頭，沒有再看劉邦一眼，而是望向高天上掠過的一片流雲，悠然道：「你無須多疑，古話有云：有一得必有一失。天下萬事皆通此理，你得到了皇帝之位，卻失去了自由，而我失去了皇帝頭銜，卻得到了自由。得失之間，孰是孰非，外人是無法評定的，一切由心吧。」

◆

當紀空手站到懸崖之邊時，一輪西下的紅日正掛在他身後的天空。遙看上去，就彷彿他在太陽之中，五彩的陽光爲他披上了一道美麗而燦爛的光環，恍如天神，讓所有目睹這幅畫面的人都產生出一股頂禮膜拜的衝動。

紀空手淡淡地笑了，他從所有人的目光中看到了敬畏和崇拜之情，這種感覺，是有些人窮盡一生也無法追求得到的東西，但在他看來，只是可笑。

就在他笑得最燦爛的一刻，兩邊的百萬將士霍然跪地，磕首歡呼起來：「萬歲！萬歲！」

這呼聲是如此的整齊劃一，猶如十萬個驚雷同時炸響，不僅地動山搖，而且直沖九霄，其聲之威，當真驚天動地。

「萬歲？一個人真的能活上一萬年嗎？真是放他奶奶的狗屎臭屁！想蒙誰啊？」紀空手壓根就沒有把這些歡呼聲聽入耳中，反倒在心裡罵了一句，此罵一出，他頓感渾身舒泰，似乎又重新找回了當年那種混混兒的感覺。

後記大漢十二年，也就是大漢軍攻克垓下的第七個年頭，劉邦病逝於長樂宮，當時有關他的死因謠傳頗多，最終不了了之，緊接著呂雉當政，進入了八年「呂後稱制」時代。

當時天下太平，處處可見盛世景象，地處江南的江淮自然也不例外。到了三四月間，地氣溫暖，鶯飛草長，風景最是宜人，引得無數文人墨客到此一遊，聊發詩興，留連往返。

這一天正值廟會，大街小巷人頭攢動，熱鬧非凡，既有打拳賣藥的，又有測字占卦的，耍把戲、唱小曲、賣小吃、售脂粉……一時喧囂連天，說不盡的繁華。

靠大河邊上有一座茶樓，一頭壓水，一頭連街，是個喝茶聊天的好去處。此時已至下午時分，茶樓中早已滿坐，在靠窗的一張橫幾上，一個中年漢子橫睡其間，旁若無人，極是惹眼，只是他背向眾人，誰也無法看清其面目。

這時，自門外走入一個帶刀的漢子，一看就是江湖豪客，他四下張望之後，逕自朝這邊走來。

「借光，添個座兒。」帶刀漢子大咧咧地一拍橫几，高聲叫道。

中年漢子哼了一聲，懶懶地道：「三錢銀子一個座，外帶管我的茶和酒水，否則免談。」

「憑什麼呀？」帶刀漢子氣極而笑道。

「不憑什麼，咱們是姜太公釣魚，願者上鈎，你若嫌這銀子花得不值，站著喝茶倒也暢快。」中年漢子懶洋洋地翻了個身，根本就沒拿正眼瞧他。

帶刀漢子怔了一怔，隨即拍手道：「好，就衝你這句話，我雷五交定了你這個朋友！」

「啪……」地一聲，他將幾顆碎銀扔在橫几上。那中年漢子將之抓在手中，翻身而下，笑嘻嘻地衝著茶樓夥計叫道：「來呀，上好茶，我得好生巴結巴結這位爺！」

雷五聽了，哭笑不得，正襟危坐地坐了下來，打量了一下對方道：「閣下想必就是名揚天下的江淮混混吧？」

「好眼力！」中年漢子接過茶，喝了一口，然後衝著雷五豎起大拇指道：「我是個混混不假，只是名揚天下倒也未必。」

「江淮混混之所以能名揚天下，當然不是因爲閣下，十年前，這裡出過兩個驚天動地的大人物，想必閣下不會不知道吧？」雷五說到這裡，臉上已是肅然起敬。

「你莫非說的是紀少和韓爺？」中年漢子斜了他一眼，嘿嘿笑道：「如此看來，我能坐到這裡喝茶，還多少沾了他們二位的光囉！」

雷五的眼睛陡然一亮道：「聽你的口氣，莫非你們早就相識？」

「那又怎樣？」中年漢子伸了個懶腰道。

雷五精神一振道：「不瞞老兄，我此次學藝有成，爲的是像紀少和韓爺那般，闖蕩江湖，幹一番事業！想到他們只不過是一個街頭混混，居然闖出偌大名頭，著實讓人豔羨，所以我此次專程前來這發跡之地，就是想借借他們的運氣。」

中年漢子冷然一笑道：「像你這種人，這些年來我至少遇上了一千八百二十個，如果江湖真的這麼好闖，哪還能輪到你？老子早就出山了，還跑到這裡騙吃騙喝？真是奇了！」

雷五傲然道：「在下乃『飛雪連天十三斬』第十三代傳人戴先生的五大弟子之一，豈是你這個街頭混混可比？」

後記中年漢子嘿嘿一陣冷笑道：「你既然如此了得，我也不攔你，只要能完成我的三道題，就說明你夠格闖蕩江湖。」

雷五突然大笑起來：「你算哪門子蔥，敢來考我？」

「你愛信不信，這三道題可是當年我考過紀少和韓爺的，他兩人正是連闖三關，才踏入江湖，從此發跡的。」中年漢子翹起二郎腿，洋洋得意道。

雷五遲疑片刻，看了看中年漢子，一咬牙道：「好！你儘管出題！」

中年漢子淡淡而道：「這三道題可不能白考，總得帶點彩頭，如果你有一道完成不了，就得輸給我十兩銀子才成。」

雷五爽快地掏出十兩銀子道：「就依你！」

那中年漢子笑了一笑，道：「這第一道題其實簡單，你只要把我騙出門去，就算你贏。」

雷五想了想道：「你明知我要騙你，當然不會上當，這題我可不行。」

中年漢子嘻嘻一笑，伸手便要拿那十兩銀子。

雷五一把按住他的手道：「除非你能做到，否則這題不算。」

中年漢子道：「我不行。不過，你若是到了門外，我倒有一個辦法可以讓你心甘情願地進來。」
雷五臉上露出一絲疑意，搖了搖頭道：「我不信！」
中年漢子十分自信地道：「不信可以試呀，我若輸了，也賠你十兩銀子。」
雷五想了半晌，終於起身，帶著一臉狐疑走出門去。
他剛一跨出門檻，便聽到裡面傳來一陣嘻嘻笑聲：「你輸了。」
雷五一驚之下，這才明白自己不知不覺就上了那中年漢子的當了。
「佩服！佩服！」雷五重新回到座位上，對中年漢子已是另眼相看，自懷中又掏出一錠銀子道：「請閣下再出題。」
中年漢子呷了一口茶，悠然而道：「如果你把這十兩銀子給我，我不要，你知道這是什麼原因嗎？」
雷五想出了幾個答案，終究覺得拿不太準，只得搖了搖頭，老實答道：「我不知道。」
中年漢子毫不客氣地將銀子揣入懷中，嘻嘻一笑道：「因爲我笨嘛！」頓了一頓道：「這第三道題就更簡單了。如果我給你十兩銀子，你不要，這是什麼原因？」
雷五脫口而出：「因爲我笨！」
「恭喜你，答對了！」中年漢子一拍手道：「既然你笨，就老老實實地待在家裡，江湖險惡，還是少闖爲妙。」
雷五這才明白自己遭到了戲弄，霍然站起，拔刀！

但他的刀只拔出了一半，便再也沒有拔出，因爲就在這一剎那間，他看到了驚人的一幕。

只見那中年漢子的一隻手輕輕地沿著茶杯劃了一圈，然後似是不經意地將這只茶杯推到另一隻茶杯旁邊，兩相比較，兩隻原本一模一樣的茶杯竟然相差了一截。

誰都明白，這到底發生了什麼事。

雷五倒吸了一口冷氣，這才明白自己遇上的這個中年混混竟然是一個絕頂高手。

「俗話說得好：亂世出英雄。現在已是太平盛世，要當英雄，只能怨你生不逢時啊！」中年漢子依然是那麼地懶散，緩緩地站了起來，向門外走去。

就在這時，自門外探出一個頭來，鬼頭鬼腦地向裡面張望了一下，衝著那中年漢子叫了起來：「爹，娘要我叫你回家哩，龍大叔來了！」

中年漢子精神不由一振，哈哈一笑道：「好哩，無施，咱們這就回去。」

等到雷五醒過神來追出門外時，只見一大一小兩道身影在落日的餘暉映射下，漸漸地消失於人流之中。

《滅秦》全書完

暌違數十年之古龍武俠處女作
古龍的天才光芒已然閃耀在武俠文壇的一角

古龍
真品絕版復刻

（共13冊）

•蒼穹神劍　•失魂引　•月異星邪
•遊俠錄　•殘金缺玉　•飄香劍雨

收錄六部古龍最早期之武俠作品
全新編校・收錄最齊・名家導讀・限量發行

少年古龍初見名家風範之作，見證古龍的靈氣之源和俠情之始，全新編校・收錄最齊・名家導讀・限量發行。殘金缺玉，碎鑽散翠，卻可由此透視後來光芒萬丈、膾炙人口的古龍武俠諸名著，其最根柢處的靈氣之源和俠情之始。凡對古龍作品珍愛非常的讀友，必會收存這個專輯，並可由此看出：當古龍將這些金玉鑽翠串綴起來時，是何等的璀燦奪目？

滅秦 9 【珍藏限量版】大結局

作　者：龍人
發行人：陳曉林
出版所：風雲時代出版股份有限公司
地址：10576台北市民生東路五段178號7樓之3
電話：(02) 2756-0949
傳真：(02) 2765-3799
執行主編：劉宇青
美術設計：許惠芳
業務總監：張瑋鳳
出版日期：2024年8月新版一刷
版權授權：蔡雷平
ISBN ：978-626-7369-97-5
風雲書網：http://www.eastbooks.com.tw
官方部落格：http://eastbooks.pixnet.net/blog
Facebook：http://www.facebook.com/h7560949
E-mail：h7560949@ms15.hinet.net
劃撥帳號：12043291
戶名：風雲時代出版股份有限公司

風雲發行所：33373桃園市龜山區公西村2鄰復興街304巷96號
電話：(03) 318-1378　　傳真：(03) 318-1378
法律顧問：永然法律事務所 李永然律師
　　　　　北辰著作權事務所 蕭雄淋律師

行政院新聞局局版台業字第3595號 營利事業統一編號22759935

定價：340元　

國家圖書館出版品預行編目資料

滅秦／龍人 著. -- 二版 -- 臺北市：風雲時代出版股份有限公司, 2024.05　冊；　公分.
ISBN : 978-626-7369-97-5（第9冊：平裝）

857.7　　113002954

有華人的地方就有

龍人的作品